Canção de Susannah

A Torre Negra *vol* • VI

Stephen King

Canção de Susannah

Tradução de Mário Molina

10ª reimpressão

Copyright © 2004 by Stephen King
Publicado mediante acordo com o autor através de Ralph M. Vicinanza, Ltd.
Proibida a venda em Portugal

Título original
Song of Susannah — The Dark Tower Vol. VI

Ilustração de capa
Igor Machado

Copidesque
Julia Michaels

Revisão
Fátima Fadel
Ana Kronemberger

CIP-Brasil. Catalogação na fonte
Sindicato Nacional dos Editores de Livros, RJ

K52c
 King, Stephen
  Canção de Susannah / Stephen King, tradução de Mário Molina. – 1ª ed. – Rio de Janeiro : Objetiva, 2007.
  408p. (A torre negra, v.6)

  Tradução de: *Song of Susannah — The Dark Tower Vol. VI*
  ISBN 978-85-8105-026-3

  1. Literatura americana - Romance. I. Título.

              CDD: 813

[2016]
Todos os direitos desta edição reservados à
EDITORA SCHWARCZ S.A.
Praça Floriano, 19 — sala 3001
20031-050 — Rio de Janeiro — RJ
Telefone: (21) 3993-7510
www.objetiva.com.br

Para Tabby, que soube quando estava pronto

"Vá, então. Há outros mundos além desses."
    John "Jake" Chambers

"Sou uma moça de aflição constante
Vi problemas todos os meus dias
De uma ponta à outra do mundo por onde estou destinada a vagar
Não tenho amigos que me mostrem o caminho..."
    Folclore

"Justo é qualquer coisa que Deus queira fazer."
    Leif Enger
    Peace Like a River

Sumário

PRIMEIRA ESTROFE: FEIXEMOTO — 13
SEGUNDA ESTROFE: A PERSISTÊNCIA DA MAGIA — 30
TERCEIRA ESTROFE: TRUDY E MIA — 54
QUARTA ESTROFE: O DOGAN DE SUSANNAH — 66
QUINTA ESTROFE: A TARTARUGA — 82
SEXTA ESTROFE: O ENCANTO DO CASTELO — 103
SÉTIMA ESTROFE: A EMBOSCADA — 129
OITAVA ESTROFE: PASSANDO A BOLA — 157
NONA ESTROFE: EDDIE MORDE A LÍNGUA — 175
DÉCIMA ESTROFE: SUSANNAH-MIO, DIVIDIDA MOÇA MINHA — 217
DÉCIMA PRIMEIRA ESTROFE: O ESCRITOR — 262
DÉCIMA SEGUNDA ESTROFE: JAKE E CALLAHAN — 303
DÉCIMA TERCEIRA ESTROFE: SALVE, MIA, SALVE, MÃE — 342
POSFÁCIO: PÁGINAS DO DIÁRIO DE UM ESCRITOR — 381

REPRODUÇÃO

19

PRIMEIRA ESTROFE

Feixemoto

1

— Quanto tempo a magia vai durar?

A princípio ninguém respondeu à pergunta de Roland e por isso ele tornou a perguntar, desta vez olhando ao outro lado da sala da reitoria para onde Henchick, do povo *manni*, estava sentado com Cantab, que desposara uma das numerosas netas de Henchick. Os dois homens estavam de mãos dadas, à maneira *manni*. O homem mais velho perdera uma neta naquele dia, mas se ele lamentava, a emoção não transparecia no rosto duro, sereno.

Sentado perto de Roland, sem segurar a mão de ninguém, silencioso e terrivelmente branco, estava Eddie Dean. A seu lado, no chão, de pernas cruzadas, estava Jake Chambers. Pusera Oi no colo, uma coisa que Roland nunca vira antes e não teria imaginado que o trapalhão aceitasse. Tanto Eddie quanto Jake estavam salpicados de sangue. O da camisa de Jake pertencia a seu amigo, Benny Slightman. O de Eddie pertencia a Margaret Eisenhart, ex-Margaret do Caminho Vermelho, a neta perdida do velho patriarca. Eddie e Jake pareciam tão cansados quanto Roland, que tinha certeza absoluta de que não haveria descanso para eles naquela noite. Distante, vindo da cidadezinha, chegava o barulho de fogos, cantos e comemoração.

Ali, no entanto, não havia comemoração. Benny e Margaret estavam mortos e Susannah se fora.

— Henchick, me diga, eu imploro: quanto tempo a magia vai durar?

O velho homem alisava a barba com ar distraído.

— Pistoleiro... *Roland*... Não sei dizer. A magia da porta que há naquela gruta está além do meu poder. Como tu deves saber.

— Me dê a sua opinião. Com base no que você *realmente* sabe.

Eddie ergueu as mãos. Estavam sujas, tinham sangue sob as unhas e tremiam.

— Diga, Henchick — disse ele, falando num tom humilde, confuso, que Roland jamais ouvira. — Diga, eu imploro.

Rosalita, pau-para-toda-obra de *père* Callahan, entrou com uma bandeja, sobre a qual havia xícaras e uma garrafa térmica de café fumegante. Finalmente encontrara tempo para tirar a camisa e a calça jeans empoeiradas, cheias de manchas de sangue, e pôr um vestido surrado, mas o choque continuava em seus olhos. Eles espreitavam do seu rosto como pequenos animais espiando das tocas. Ela serviu o café e passou as xícaras sem falar. Não tinha, sem dúvida, se livrado de todo o sangue, Roland viu ao pegar uma das xícaras. Havia uma mancha nas costas de sua mão direita. Sangue de Margaret ou Benny? Ele não sabia. Nem se importava muito. Os Lobos tinham sido derrotados. Se voltariam ou não algum dia a Calla Bryn Sturgis era um problema do *ka*. O deles era Susannah Dean, que tinha desaparecido logo a seguir, levando o Treze Preto.

— Você pergunta sobre o *kaven*? — disse Henchick.

— Ié, pai — Roland concordou. — A persistência da magia.

Padre Callahan pegou a xícara de café com um balanço de cabeça e um sorriso distraído, mas nenhuma palavra de agradecimento. Tinha falado pouco desde que saíram da gruta. Em seu colo havia um livro chamado *'Salem*, escrito por um homem de quem nunca ouvira falar. Supostamente era uma obra de ficção, mas ele, Donald Callahan, estava na história. Tinha morado na cidade onde era narrada, tinha tomado parte nos eventos que narrava. Havia procurado na quarta capa e na orelha a foto do autor, estranhamente certo de que veria uma versão de sua própria face a encará-lo (muito provavelmente com a aparência que tinha em 1975, quando aqueles eventos ocorreram), mas não havia foto, só uma nota sobre o autor, que dizia muito pouco. Morava no estado do Maine. Era casado. Já escrevera um livro antes, muito bem recebido pela crítica se a pessoa desse crédito às citações da capa.

— Quanto maior a magia, mais tempo ela persiste... — disse Cantab, olhando para Henchick com ar interrogador.

— Ié — disse Henchick. — Magia e fascínio, as duas coisas são uma coisa só, e se desdobram juntas. — Ele fez uma pausa. — Vêm do passado, vocês sabem.

— Esta porta se abriu para muitos lugares e muitas vezes no mundo de onde vêm meus amigos — disse Roland. — Eu a abriria de novo, mas para voltar aos dois últimos lugares. Aos dois últimos. Isto pode ser feito?

Esperaram, enquanto Henchick e Cantab refletiam. Os *mannis* eram grandes viajantes. Se alguém sabia, se alguém podia responder ao que Roland queria saber — ao que todos queriam saber —, seriam eles dois.

Cantab se inclinou respeitosamente para o velho, o *dinh* de Calla Caminho Vermelho. Cochichou. Depois de ouvir com ar impassível, Henchick virou a cabeça de Cantab com a mão torta e velha e também cochichou.

Eddie mudou de posição e Roland sentiu que ele estava à beira de perder o controle, talvez de começar a gritar. Pôs a mão no ombro do amigo e Eddie se acalmou. Ao menos por algum tempo.

A consulta em cochicho continuou, talvez, por uns cinco minutos, enquanto os outros esperavam. Roland achava difícil suportar os distantes sons de comemoração; só Deus sabia o efeito disto em Eddie.

Por fim Henchick deu tapinhas no rosto de Cantab e se virou para Roland.

— Achamos que pode ser feito — disse ele.

— Obrigado, Deus — Eddie murmurou. E então mais alto: — Obrigado, *Deus*! Vamos subir. Logo nos encontraremos na estrada do Leste...

Os dois barbudos estavam sacudindo as cabeças, Henchick com uma espécie de severidade e pesar, Cantab com um olhar que era quase horror.

— Não subiremos para a Gruta das Vozes na escuridão — disse Henchick.

— *Temos* de subir! — Eddie explodiu. — Vocês não entendem! Não é apenas uma questão de quanto tempo a magia vai durar ou não, é uma questão de tempo do outro lado! Lá ele anda mais rápido e depois que passar, acabou! Cristo, Susannah pode estar tendo aquele bebê agora mesmo, e se for uma espécie de canibal...

— Olhe para mim, meu jovem — disse Henchick —, e preste atenção: daqui a pouco não haverá mais luz alguma.

Era verdade. Nunca na experiência de Roland um dia escorrera tão depressa por entre seus dedos. A batalha com os Lobos fora de manhã cedo, depois tiveram, na estrada, a comemoração pela vitória e o momento de chorar as perdas (que tinham sido impressionantemente pequenas no final das contas). Então veio a percepção de que Susannah sumira, a jornada até a gruta, as descobertas ali. Quando voltaram ao campo de batalha na estrada do Leste, já passava do meio-dia. A maioria dos habitantes da cidade tinha ido embora, levando para casa, em triunfo, os filhos salvos. Com bastante boa vontade, Henchick concordara em manter aquela palestra, mas quando voltaram à reitoria, o sol já estava no lado errado do céu.

Afinal vamos descansar uma noite, Roland pensou, e não sabia se ficava contente ou desapontado. O sono lhe seria útil; disso ele sabia.

— Ouço e escuto — disse Eddie, e Roland, mantendo a mão no ombro do amigo, podia sentir o seu tremor.

— Mesmo que estivéssemos dispostos a ir, não poderíamos persuadir um número suficiente de pessoas a nos acompanhar — disse Henchick.

— Você é o *dinh*...

— Ié, você está dizendo e acho mesmo que sou, embora isto não seja consenso, você sabe. Na maioria das coisas eles me seguem. Sabem que o débito que têm para com o *ka-tet* de vocês vale bem mais que um dia de trabalho e estão ansiosos para mostrar gratidão. Mas não subiriam aquele caminho para entrar naquele lugar assombrado após o escurecer. — Henchick estava balançando devagar a cabeça e com grande certeza. — Não... isso eles não fariam.

"Escute, jovem. Eu e Cantab chegaremos a Caminho Vermelho Kraten ainda antes do escurecer. Ali reuniremos nosso melhor pessoal no Tempa, que é para nós o que o Salão da Assembléia é para o povo esquecido. — Olhou rapidamente para Callahan. — Me perdoe, *père*, se o termo o ofende."

Callahan balançou distraidamente a cabeça sem tirar os olhos do livro, virado e revirado em suas mãos. Estava coberto com um plástico protetor e parecia valioso como uma antiga primeira edição. O preço anotado a lápis no canto do plástico era *$950*. Era o segundo romance de algum jovem. Ele se perguntava o que, de fato, o tornava tão valioso. Se esbarrassem com o dono do livro, um homem chamado Calvin Tower, certamente ia fazer a pergunta. Que seria apenas a primeira de uma série de outras.

— Explicaremos o que você quer e pediremos voluntários. Dos 68 homens de Caminho Vermelho Kra-ten, acho que só uns quatro ou cinco não concordarão em ajudar... em unir suas forças. Será um poderoso *khef.* Não é assim que chamam? *Khef?* Uma partilha?

— Sim — disse Roland. — A partilha da água, a gente diz.

— Esse número de homens não entra na boca daquela gruta — disse Jake. — Nem se metade deles se sentassem nos ombros da outra metade.

— Não vai ser preciso — disse Henchick. — Colocaremos os mais poderosos lá dentro... os que chamamos de mensageiros. Os outros ficarão alinhados ao longo da trilha, unidos mão a mão e ombro a ombro. Estarão lá amanhã de manhã, antes que o sol alcance o topo dos telhados. Sei e garanto o que estou dizendo.

— De qualquer modo, esta noite precisamos reunir nossos ímãs e pêndulos — disse Cantab. Estava olhando para Eddie com um ar de quem pede desculpas e com algum medo. O rapaz estava em terrível aflição, isso era claro. E era um pistoleiro. Um pistoleiro podia se descontrolar e, quando isso acontecia, o golpe nunca era sem alvo.

— Pode ser tarde demais — disse Eddie, em voz baixa. Os olhos muito castanhos, agora vermelhos, escuros de cansaço, se viraram para Roland. — Amanhã pode ser tarde demais mesmo se a magia *não tiver* se dissipado.

Roland abriu a boca e Eddie ergueu um dedo.

— Não fale no *ka*, Roland. Se você falar mais uma vez no *ka*, juro que minha cabeça vai explodir.

Roland fechou a boca.

Eddie voltou a se virar para os dois barbudos com suas capas pretas de fiéis da seita quacre.

— E vocês não têm certeza se a magia vai continuar funcionando, não é? O que pode estar aberto esta noite pode estar, amanhã, fechado para sempre. E nem todos os ímãs e pêndulos de criação *manni* conseguirão abrir.

— Ié — disse Henchick. — Mas sua mulher levou a bola mágica com ela e, a despeito do que você possa pensar, isso libera o Mundo Médio e as Fronteiras de sua presença.

— Eu venderia minha alma para ter a bola de volta, e nas minhas mãos — disse Eddie claramente.

Todos ficaram chocados, mesmo Jake, e Roland sentiu uma grande vontade de mandar que Eddie retirasse o que disse. Havia forças poderosas trabalhando contra a busca da Torre, forças sombrias, e o Treze Preto era seu mais nítido sinal. O que podia ser usado também podia ser mal usado e as dobras do arco-íris tinham seu próprio encanto maléfico, principalmente a Décima Terceira. Que era, talvez, a soma de todas. Mesmo se a possuíssem, Roland lutaria para mantê-la longe das mãos de Eddie Dean. No atual estado de dor e distração de Eddie, a bola o destruiria ou escravizaria em minutos.

— Uma pedra não pode beber, porque não tem boca — disse Rosa secamente, sobressaltando a todos. — Coloque de lado as questões de magia, Eddie, e pense no caminho que vai até a gruta. Depois pense nas cinco dúzias de homens, muitos quase tão velhos quanto Henchick, um ou dois cegos como morcegos, tentando avançar após o anoitecer.

— O pedregulho — disse Jake. — Lembra o pedregulho onde você tem que passar apertado e os pés ficam pendurados sobre o precipício?

Eddie aquiesceu relutantemente. Roland viu que ele estava tentando aceitar o que não podia mudar. Lutando pela sanidade.

— Susannah Dean é também um pistoleiro — disse Roland. — Talvez possa passar um tempinho cuidando de si mesma.

— Acho que Susannah não está no controle de nada — Eddie respondeu —, e você sabe disso. O bebê, afinal, é de Mia e é Mia quem vai estar nos controles até o bebê... o chapinha... nascer.

Roland teve então uma intuição e, como tantas que tivera na vida, ela se mostrou verdadeira.

— Mia podia estar à frente quando as duas partiram, mas talvez não tenha sido capaz de continuar à frente.

Callahan falou por fim, tirando os olhos do livro que tanto chamara sua atenção:

— Por que não?

— Porque não é o mundo de Mia — disse Roland. — É o de Susannah. Se não conseguirem achar um meio de trabalhar juntas, podem morrer juntas.

2

Henchick e Cantab voltaram ao Caminho Vermelho *manni*, primeiro para reunir os anciãos (todos homens) e falar sobre a tarefa do dia, depois para lembrar o que estariam pagando. Roland foi com Rosa para a cabana dela. Ficava no alto da colina, perto de uma antiga e elegante casa de fazenda, agora quase toda em ruínas. Dentro desta casa, como inútil sentinela, se achava o que restara de Andy, o Robô Mensageiro (e multifuncional). Rosalita tirou devagar e completamente a roupa de Roland. Quando ele ficou nu como veio ao mundo, ela se estendeu a seu lado na cama e lhe fez uma massagem com óleos especiais: gordura de gato para as dores e um mais cremoso, levemente perfumado, para as partes mais sensíveis. Fizeram amor. Gozaram juntos (o tipo de acidente físico que os tolos pensam ser o destino), ouvindo o crepitar dos fogos na rua Alta de Calla e os tempestuosos gritos do *folken*, a maioria deles agora bem embriagados, a julgar pelo som.

— Durma — disse ela. — Amanhã não o verei mais. Nem eu, nem Eisenhart ou Overholser, nem ninguém em Calla.

— Você tem a visão, então? — Roland perguntou. Parecia relaxado, até satisfeito, mas mesmo durante a penetração, quando estava em pleno ardor, o remoer por Susannah não deixara sua mente: uma pessoa do *ka-tet*, e perdida. Só isso já era suficiente para impedir que tivesse um verdadeiro repouso ou relaxamento.

— Não — disse ela —, mas de vez em quando tenho pressentimentos, como qualquer outra mulher, especialmente quando seu homem está prestes a ir embora.

— É o que sou para você? Seu homem?

O olhar dela foi simultaneamente tímido e firme.

— Apesar do pouco tempo que está aqui, ié, gosto de pensar que sim. Acha que estou errada, Roland?

Ele balançou negativamente a cabeça, e de imediato. Era bom ser de novo o homem de uma mulher, mesmo que só por um curto período.

Rosalita viu que ele não mentiu, e suas feições relaxaram. Ela acariciou o rosto magro dele.

— Foi muito bom nos encontrarmos, Roland, não foi? Bem-encontrados em Calla.

— Ié, minha dama.

Ela tocou os restos da mão direita dele, depois o quadril direito.

— E como estão suas dores?

Roland não ia mentir.

— Péssimas.

Rosalita abanou a cabeça, depois pegou a mão esquerda dele, a mão que ele conseguira manter longe das lagostrosidades.

— E esta, hein?

— Está melhor — disse ele, mas sentindo uma dor latente. Emboscada. Esperando uma oportunidade para vir à tona. A dor que Rosalita chamava de torção seca.

— Roland! — ela exclamou.

— Ié?

Os olhos de Rosalita o contemplavam calmamente. Ela ainda segurava sua mão esquerda, acariciava-a, colhendo seus segredos.

— Acabe o que tem a fazer assim que puder.

— É este seu conselho?

— Sim, coração. Antes que o que tem a fazer acabe com você.

3

Eddie estava sentado na varanda dos fundos da reitoria quando a meia-noite chegou e aquilo que as pessoas mais tarde chamariam "dia da Batalha da Estrada do Leste" passou à história (depois passaria ao mito... sempre presumindo que o mundo se mantivesse inteiro pelo tempo suficiente para que isto acontecesse). Na cidade, os ruídos da comemoração tinham se tornado cada vez mais altos e febris, até Eddie começar seriamente a temer que colocassem em chamas toda a rua Alta. E ele se importaria? Nem um pouco. Estamos conversados, obrigado. Enquanto Roland, Susannah,

Jake, Eddie e três mulheres — que se autodenominavam Irmãs de Oriza — enfrentavam os Lobos, o resto da Calla-*folken* tinha se escondido na cidade ou no arrozal junto à margem do rio. Mas daqui a dez anos — talvez não mais de cinco! — estariam contando uns aos outros que, num dia de outono, tinham chegado aos limites da bravura, ficando ombro a ombro com os pistoleiros.

Não era justo e parte dele sabia que não era justo julgar assim os outros, mas nunca na sua vida Eddie se sentira tão indefeso, tão perdido, tão convincentemente miserável. Dizia a si mesmo para parar um pouco de pensar em Susannah, de se perguntar onde ela poderia estar ou se a criança-demônio já teria vindo à luz. Mas só se via pensando nela. Fora para Nova York, até aí ele tinha certeza. Mas em que quando? Estariam as pessoas andando em cabriolés sob a luz de lampiões ou rodando a jato em táxis antigravitacionais dirigidos por robôs da North Central Positronics?

Será que pelo menos está viva?

Se pudesse, teria repelido este pensamento, mas a mente sabia ser cruel. Continuava vendo Susannah na sarjeta, em algum ponto da Cidade do Alfabeto, com uma suástica gravada na testa e uma placa pendurada no pescoço dizendo SAUDAÇÕES DE SEUS AMIGOS NA CIDADE DE OXFORD.

Atrás dele a porta da cozinha da reitoria se abriu. Houve o barulho suave, macio, de pés nus (seus ouvidos agora estavam afiados, treinados como o resto de seu equipamento de matador) e o estalar de unhas de patas. Jake e Oi.

O garoto sentou-se ao lado de Eddie na cadeira de balanço de Callahan. Estava todo vestido e usava seu cinturão. Nele, o Ruger que Jake tinha roubado do pai no dia em que fugira de casa. Hoje a arma havia derramado... bem, sangue não. Ainda não. Óleo? Eddie sorriu um pouco. Mas não havia humor no sorriso.

— Não consegue dormir, Jake?

— Ake — Oi completou e desabou nos pés de Jake, o focinho descansando nas tábuas entre suas garras.

— Não — disse Jake. — Continuo pensando em Susannah. — Ele fez uma pausa, depois acrescentou: — E em Benny.

Eddie sabia que era natural, o garoto tinha visto o amigo explodir diante de seus olhos, *evidentemente* estaria pensando nele, mas Eddie ainda sentia um amargo fluxo de ciúmes, como se toda a consideração de Jake devesse ter sido guardada para a esposa de Eddie Dean.

— Aquele garoto Tavery — disse Jake. — Foi culpa dele. Entrou em pânico. Saiu correndo. Quebrou o tornozelo. Se não fosse por causa dele, Benny ainda estaria vivo. — E muito suavemente (teria gelado o coração do garoto em questão, se ele tivesse ouvido isso, Eddie não tinha dúvida), Jake acrescentou: — Frank Tavery... o fodido.

Eddie estendeu a mão com que pretendia consolar e tocou a cabeça do garoto. O cabelo dele estava comprido. Precisava de uma lavada. Droga, precisava de um corte. Precisava de uma mãe para garantir que o garoto debaixo daquele cabelo o cuidasse. Mas já não havia nenhuma mãe, não para Jake. E um pequeno milagre: dar consolo fez Eddie se sentir melhor. Não muito, mas um pouco.

— Esquece — disse ele. — O que está feito está feito.

— *Ka* — disse Jake amargamente.

— Ki-ié, *ka* — disse Oi sem levantar o focinho.

— Amém — disse Jake, agora rindo. Já se tornara perturbador em sua frieza. Jake tirou a Ruger do coldre improvisado e contemplou-a. — Este revólver atravessará, porque veio do outro lado. É o que Roland diz. Os outros também devem atravessar, porque não entraremos em *todash*. Se não passarem, Henchick os esconderá na gruta e talvez possamos voltar para pegá-los.

— Se chegarmos em Nova York — disse Eddie —, haverá muitos revólveres. E nós os encontraremos.

— Não revólveres como os de Roland. Torço como o diabo para que possam atravessar. Não sobrou nenhum revólver como o dele em nenhum mundo. É o que eu acho.

Era o que Eddie também achava, mas ele não se preocupou em dizer isso. Da cidade veio um estrépito de fogos de artifício, depois o silêncio. A coisa estava se acalmando. Finalmente se acalmando. O dia seguinte seria indubitavelmente um dia inteiro de festa nas ruas, uma continuação da comemoração, só que um pouco menos embriagada e um pouco mais coerente. Roland e seu *ka-tet* seriam recebidos como convidados de honra, mas se os deuses da criação fossem bons e a porta se abrisse, eles seguiriam caminho... Correndo atrás de Susannah. Encontrando-a. Nunca deixando de correr atrás. *De encontrá-la.*

— Ela ainda está viva — disse Jake como se lesse os pensamentos de Eddie (e ele podia fazer isso, era forte no toque).

— Como pode ter certeza?

— Nós teríamos sentido se tivesse morrido.

— Pode tocá-la, Jake?

— Não, mas...

Antes que ele pudesse acabar, um profundo ronco veio da terra. A varanda começou de repente a subir e a descer, como um barco num mar agitado. Podiam ouvir as tábuas rangendo. Da cozinha veio o barulho de porcelana quebrando, como dentes batendo. Oi levantou a cabeça e ganiu. Com as orelhas puxadas para trás, seu pequeno focinho de raposa tinha um ar comicamente assustado. Na sala de estar de Callahan, alguma coisa caiu e se estraçalhou.

O primeiro pensamento de Eddie, ilógico mas forte, foi que Jake tinha matado Suze simplesmente por declará-la ainda viva.

E por um momento o tremor se intensificou. O vidro de uma janela se partiu quando a moldura saiu do encaixe. Veio um rangido da escuridão. Eddie presumiu — corretamente — que era banheiro externo em ruínas, agora desabando completamente. Ele ficou de pé sem dar-se conta disso. Jake parou ao lado dele, agarrando seu pulso. Eddie havia sacado o revólver de Roland e agora os dois pareciam prontos para começar a atirar.

Veio um último ronco do fundo da terra e a varanda tornou a se fixar em suas bases. Em certos pontos-chave ao longo do Feixe, as pessoas estavam acordando e olhando ao redor, atordoadas. Nas ruas de um quando de Nova York, os alarmes de alguns carros dispararam. Os jornais do dia seguinte relatariam um terremoto menor: janelas quebradas, nenhuma morte comunicada. Só um pequeno tremor numa camada de rocha essencialmente sólida.

Jake estava olhando para Eddie, olhos arregalados. E sábios.

A porta se abriu atrás deles e Callahan entrou na varanda. Além da fina cueca branca que chegava aos joelhos, usava um crucifixo de ouro no pescoço.

— Foi um terremoto, não foi? — perguntou. — Já passei por um no norte da Califórnia, mas não vi nada disso depois que cheguei a Calla.

— Foi muito mais que um terremoto — disse Eddie, apontando. A porta de tela da varanda, dando para o leste, mostrava o horizonte iluminado por uma artilharia de silenciosas explosões de luz verde. Embaixo da reitoria, a porta da cabana de Rosalita se abriu e depois bateu. Ela e Roland avançaram juntos pela colina, Rosalita num camisolão e o pistoleiro numa calça *jeans*, ambos descalços no orvalho.

Eddie, Jake e Callahan desceram ao encontro deles. Roland olhava fixamente para os clarões de relâmpago, já diminuindo. Tudo no leste. Onde a terra de Trovoada esperava por eles, assim como a corte do rei Rubro e, no fim do Fim do Mundo, a própria Torre Negra.

Se, Eddie pensou, *se ela ainda estiver de pé.*

— Jake estava dizendo que, se Susannah morresse, nós saberíamos — Eddie comentou com Roland. — Que haveria o que você chama um *sigul*, um sinal. Então aconteceu isto. — Apontou para o gramado do *père,* onde uma nova crista tinha se elevado, cerca de uns três metros do solo revirado, deixando à mostra as enrugadas entranhas marrons da terra. Um coro de cachorros latia na cidade, mas nenhum barulho vinha do *folken,* pelo menos ainda não; Eddie supôs que um número considerável deles estava dormindo durante aquela coisa. O sonho embriagado da vitória.

— Mas isso não teve nada a ver com Suze. Teve?

— Não diretamente, não.

— E não foi o nosso — Jake acrescentou —, senão o prejuízo teria sido muito pior. Não acha?

Roland abanou a cabeça, mas Rosa olhou para Jake com um misto de perplexidade e pavor.

— Não foi o nosso *o que,* garoto? — perguntou ela. — Do que está falando? Não foi um terremoto, claro!

— Não — disse Roland. — Foi um *Feixe*moto. Um dos Feixes sustentando a Torre... que sustenta tudo... só isso. Só o Feixe estalando.

Mesmo na débil luminosidade dos quatro lampiões que piscavam na varanda, Eddie viu a face de Rosalita Munoz perder a cor. Ela se benzeu.

— Um *Feixe?* Um dos *Feixes?* Diga que não! Diga que não é verdade!

Eddie se viu pensando num escândalo de beisebol, já bastante antigo, onde um menininho implorava: *Diga que não, Joe.*

— Não posso — Roland disse a ela —, porque é.

— Quantos desses Feixes existem? — Callahan perguntou.

Roland olhou para Jake e abanou levemente a cabeça: *Diga sua lição, Jake de Nova York... Fale e seja verdadeiro.*

— Seis Feixes conectando 12 portais — disse Jake. — Os 12 portais estão nas 12 pontas da terra. Roland, Eddie e Susannah começaram sua busca a partir do Portal do Urso e me pegaram entre lá e Lud.

— Shardik — disse Eddie, observando os últimos clarões dos relâmpagos no leste. — Era esse o nome do urso.

— Sim, Shardik — Jake concordou. — Portanto estamos no Feixe do Urso. Todos os Feixes se juntam na Torre Negra. E nosso Feixe, do outro lado da Torre...? — Olhou para Roland em busca de ajuda. Este, por sua vez, olhou para Eddie Dean. Mesmo agora, ao que parecia, Roland continuava tendo de ensinar o Caminho do Eld.

Ou Eddie não viu o olhar ou preferiu ignorá-lo, mas Roland não se desconcertou.

— Eddie? — ele insistiu.

— Estamos na Trilha do Urso, Caminho da Tartaruga — disse Eddie num tom distraído. — Não sei por que isso teria importância, já que o nosso caminho vai somente até a Torre, mas no outro lado é a Trilha da Tartaruga, Caminho do Urso. E ele recitou:

Veja a TARTARUGA de enorme dimensão!
Em seu casco sustenta a terra,
Seu pensamento, é lento mas sempre generoso:
Sustenta a todos nós em sua mente.

Neste ponto, Rosalita entrou no poema:

Em suas costas carrega a verdade,
Onde o amor é casado com dever.
Ama a terra e ama o mar,
Ama até uma criança como eu.

— Não exatamente como ouvi no berço e ensinei aos meus amigos — disse Roland —, mas muito próximo, pela idéia e pelas palavras.

— O nome da Grande Tartaruga é Maturin — disse Jake dando de ombros. — Se é que isso importa.

— Você não tem meios de dizer qual dos Feixes quebrou? — Callahan perguntou estudando Roland com atenção.

Roland balançou negativamente a cabeça.

— Só sei é que Jake tem razão... não foi o nosso. Se fosse, nada num raio de mais de 150 quilômetros em torno de Calla Bryn Sturgis ficaria de pé. Ou talvez num raio de 1.500 quilômetros, quem poderia dizer? Até os pássaros teriam caído em chamas do céu.

— Você fala do Armagedon — disse Callahan em tom baixo, transtornado.

Roland sacudiu a cabeça, mas não em desacordo.

— Não conheço a palavra, *père*, mas estou falando de grande morte e grande destruição, com certeza. Em algum lugar... talvez ao longo do Feixe conectando Peixe e Rato... E acabou de acontecer.

— Está convencido de que isto é verdade? — Rosa perguntou em voz baixa.

Roland assentiu. Já tinha passado uma vez por aquilo quando Gilead caiu e a civilização, como ele então a compreendia, terminou. Na época em que o deixaram solto para vagar com Cuthbert, Alain e Jamie e os poucos outros de seu *ka-tet*. Um dos seis Feixes tinha então se rompido e quase certamente não fora o primeiro.

— Quantos Feixes restam para sustentar a Torre? — Callahan perguntou.

Pela primeira vez, Eddie pareceu interessado em alguma outra coisa além do destino da esposa perdida. Estava olhando para Roland com uma espécie de quase atenção. E por que não? Aquela, afinal, era a questão crucial. *Todas as coisas servem ao Feixe,* diziam, e embora a verdade essencial fosse que todas as coisas servem à Torre, eram os Feixes que sustentavam a Torre. Se partissem...

— Dois — disse Roland. — Tem de haver pelo menos dois. O que corre pela Calla Bryn Sturgis e outro. Mas só Deus sabe quanto tempo vão agüentar. Mesmo sem os Sapadores trabalhando neles, duvido que se mantenham por muito tempo. Temos de agir rápido.

Eddie empinara o corpo.

— Se está sugerindo que continuemos sem Suze...

Roland balançou impaciente a cabeça, como se estivesse mandando Eddie deixar de ser tolo.

— Não podemos alcançar a Torre sem ela. Pode até ser que precisemos do chapinha de Mia para alcançá-lo. A coisa está nas mãos do *ka* e na minha terra havia um ditado que dizia o seguinte: "O *ka* não tem coração nem mente."

— Com esse eu posso concordar — disse Eddie.

— Podemos ter outro problema — disse Jake.

Eddie franziu a testa.

— Não *precisamos* de outro problema.

— Eu sei, mas... E se o tremor bloqueou a entrada da gruta? Ou... — Jake hesitou, depois relutantemente levantou aquilo de que estava realmente com medo. — Ou se a derrubou completamente?

Eddie estendeu a mão, segurou a camisa de Jake e enrolou o tecido na mão.

— Não diga isso. Jamais *pense* numa coisa dessas!

Agora ouviam vozes da cidade. O *folken* estaria novamente se reunindo na assembléia, achava Roland. Também achava que este dia — e agora esta noite — seriam lembrados por mil anos em Calla Bryn Sturgis. Se a Torre ficasse de pé, é claro.

Eddie soltou a camisa de Jake e passou a mão no lugar onde a tinha agarrado, para alisar as dobras. Tentou dar um sorriso que o fez parecer fraco e velho.

Roland se virou para Callahan.

— Será que os *mannis* virão mesmo amanhã? Você conhece a turma melhor que eu.

Callahan deu de ombros.

— Henchick é um homem de palavra. Mas se conseguirá fazer com que outros o sigam depois do que aconteceu... isso, Roland, eu não sei.

— Espero que consiga — disse Eddie sombriamente. — Realmente espero que consiga.

— Quem quer entrar num jogo de Me Olhe? — disse Roland de Gilead.

Eddie olhou-o sem acreditar.

— Vamos ficar acordados até de manhã — disse o pistoleiro. — É bom arranjar um passatempo.

Então jogaram Me Olhe e Rosalita venceu uma partida atrás da outra. Ela ia marcando os pontos num pedaço de lousa, mas sem qualquer sorriso de triunfo — na realidade sem qualquer expressão que Jake pudesse perceber. Pelo menos não a princípio. Ele chegou a pensar em tentar o toque através da cara impossível da Rosa, mas continuava convencido de que só razões muito fortes justificavam seu uso. Empregar o toque para ver seria como vê-la tirando a roupa. Ou vê-la fazendo amor com Roland.

Contudo, à medida que o jogo prosseguia e o céu nordeste começava a ficar mais luminoso, Jake achou que descobrira afinal o que ela estava pensando. Pois era o mesmo que *ele* estava pensando. Em certo nível de suas mentes, todos estariam pensando naqueles últimos dois Feixes, de agora até o fim.

Esperando que um deles, ou os dois, fossem estalar. Quer fosse o *ka-tet* seguindo o rastro de Susannah, quer fosse Rosa fazendo o jantar ou Ben Slightman lamentando a morte do filho no rancho de Vaughn Eisenhart, todos acabariam pensando na mesma coisa: só sobravam dois Feixes e os Sapadores trabalhavam dia e noite contra, se alimentando deles, *aniquilando-os.*

Quanto tempo faltava para que tudo terminasse? E *como* terminaria? Ouviriam o vasto ronco daquelas enormes e coloridas pedras de ardósia caindo? Se rasgaria o céu como frágil peça de tecido, esparramando as monstruosidades que viviam na escuridão *todash*? Haveria tempo para gritar? Haveria uma vida após a morte ou mesmo o céu e o inferno seriam eliminados pela queda da Torre Negra?

Jake olhou para Roland e enviou um pensamento, o mais claramente que pôde: *Roland, nos ajude.*

E um pensamento voltou, enchendo sua mente com um frio consolo (ah, mas um pouco de consolo, mesmo servido frio, era melhor que absolutamente nenhum consolo): *Se eu puder.*

— Me Olhe — disse Rosalita colocando as cartas na mesa. Ela havia feito varinhas, a seqüência alta e a carta de cima era a Dama da Morte.

> LINHA: Commala-*venha-venha*
> *Há um jovem com revólver.*
> *Que perdeu sua querida*
> *Quando ela o pegou na corrida.*
>
> RESPOSTA: Commala-*venha-uma!*
> *Ela o pegou na corrida!*
> *Deixou o amor mas sozinho*
> *Ele não terminou.*

Segunda Estrofe

A Persistência da Magia

1

Eles não precisavam ter duvidado da colaboração do povo *manni*. Henchick, severo como sempre, apareceu na assembléia da cidade, o ponto designado para o encontro, com quarenta homens. Ele assegurou a Roland que aquele número seria suficiente para abrir a Porta Não-Encontrada — se ela, é claro, ainda pudesse ser aberta, agora que aquilo que Roland chamara de "vidro escuro" tinha desaparecido. Assim, sem dar nenhuma palavra de desculpas por comparecer com menos homens do que prometera, o velho continuou puxando a barba. Às vezes com as duas mãos.

— Por que ele faz isso, *père*, o senhor sabe? — Jake perguntou a Callahan enquanto as tropas de Henchick rolavam para leste numa dúzia de carros de boi. Atrás desses, puxados por uma parelha de asnos albinos com orelhas extravagantemente compridas e abrasadores olhos rosados, ia um cabriolé de duas rodas, completamente coberto por uma lona branca. Para Jake parecia um grande baú de víveres sobre rodas. Henchick ia sozinho naquela engenhoca, agora puxando com ar abatido a ponta das suíças.

— Acho que significa que ele está sem jeito — disse Callahan.

— Não entendo por quê. Acho incrível que ele tenha conseguido reunir tanta gente depois do Feixemoto.

— Mesmo assim, quando o solo tremeu, Henchick dever ter percebido que alguns de seus homens ficaram com mais medo do Feixemoto que dele. E no que dizia respeito propriamente a Henchick, isto resultaria numa promessa quebrada. Não numa promessa *qualquer* quebrada, mas na que fizera a seu *dinh*. Ele perdeu prestígio. — E sem mudar absolutamente o tom de voz, induzindo o garoto a uma resposta que, de outra forma, ele não teria dado, Callahan perguntou: — Então ela ainda está viva, sua amiga?

— Sim, mas em ter... — Jake começou, mas logo tampou a boca. Olhou para Callahan com ar acusador. À frente deles, no banco do cabriolé de duas rodas, Henchick olhou para o lado, sobressaltado, como se eles tivessem levantado as vozes e começado a discutir. Callahan se perguntou se todos naquela maldita história tinham o toque, menos ele.

Não é uma história. Não é uma história, é a minha vida!

Mas era difícil acreditar nisso, não era? Com Callahan vendo a si mesmo em caixa-alta como um dos principais personagens de um livro onde a palavra FICÇÃO vinha escrita na primeira página. Edição da Doubleday and Company, 1975. Um livro sobre vampiros, sim, que todos *sabem* que não são reais. Só que já tinham sido reais. E em alguns mundos adjacentes ainda eram reais.

— Não me trate assim — disse Jake. — Não *brinque* comigo assim. Não acha que estamos do mesmo lado, *père*. Certo?

— Desculpe — disse Callahan. E de novo: — Peço perdão.

Jake sorriu palidamente e passou a mão em Oi, que viajava no bolso da frente do poncho.

— Ela está...

O garoto balançou a cabeça.

— Não quero falar sobre isso agora, *père*. É melhor nem pensarmos nela. Tenho a impressão... não sei se verdadeira ou não, mas é forte... de que alguma coisa está atrás dela. Se assim for, é melhor que não nos ouça. Poderíamos dar pistas.

— Alguma coisa...?

Jake estendeu a mão e tocou o lenço que Callahan usava no pescoço, estilo caubói. Era vermelho. Depois encostou brevemente a mão no olho esquerdo. Por um momento Callahan não compreendeu, mas depois sim. O olho vermelho. O Olho do Rei.

Recostou-se no banco da carroça e não falou mais nada. Atrás deles, também calados, Roland e Eddie iam a cavalo, lado a lado. Ambos carregavam suas mochilas e revólveres. Jake tinha a arma numa carroça que vinha a reboque. Se voltassem a Calla Bryn Sturgis, não seria por muito tempo.

Em terror era o que ele ia dizer, mas era pior que isso. Absurdamente fraco, absurdamente distante, mas ainda claro, Jake podia ouvir o grito de Susannah. Só esperava que Eddie não.

2

Assim se afastaram de uma cidade quase toda adormecida, emocionalmente esgotada após a comemoração, sem falar no tremor que a sacudira. Como o dia estava bastante frio, podiam ver o bafo de suas respirações no ar. Uma camada de gelo, fina, cobria as espigas de milho secas. Uma névoa pendia sobre o Devar-tete Whye, como se o próprio rio estivesse soltando seu fôlego. Roland pensou: *Estamos na entrada do inverno.*

A cavalgada de uma hora levou-os para a região dos arroios. O único ruído era o retinir dos cabrestos, o ranger das rodas, a batida dos cascos dos cavalos, um ocasional urro sardônico de um dos asnos albinos que puxavam o cabriolé; em segundo plano, o chamado dos pardais *rusty*, voando. Rumando para o sul, talvez, se o sul ainda pudesse ser encontrado.

Dez ou 15 minutos após o terreno começar a se elevar à direita deles, enchendo-se de montes, rochedos e mesetas, voltaram ao lugar onde, apenas 24 horas antes, tinham encontrado as crianças de Calla e travado sua batalha. Ali havia uma trilha que se afastava da estrada do Leste e avançava mais ou menos para noroeste. Na vala do outro lado da estrada havia uma rude trincheira de terra — o esconderijo onde Roland, seu *ka-tet* e as damas dos pratos tinham esperado pelos Lobos.

E por falar dos Lobos, onde eles estavam? Quando deixaram aquele lugar de emboscada, ele ficara forrado de corpos. Um total de sessenta ou mais criaturas em forma de homem que tinham vindo a cavalo do oeste usando calças cinzentas, capas verdes e máscaras de lobo com dentes arreganhados.

Roland desmontou e caminhou para Henchick, que estava descendo do cabriolé de duas rodas com a rígida falta de jeito própria da idade.

Roland não fez qualquer esforço para ajudá-lo. Não correspondia às expectativas de Henchick e poderia inclusive ofendê-lo.

O pistoleiro esperou que ele desse uma última sacudida na capa escura e começou a fazer sua pergunta. Logo, no entanto, percebeu que não precisava fazê-la. Quarenta ou 50 metros à frente, do lado direito da estrada, surgira, do dia para a noite, um grande morrote com espigas de milho à flor da terra. Era um monte funerário, Roland percebeu, construído sem qualquer tipo de respeito. Roland não perdera tempo nem se preocupara em descobrir como o *folken* passara a tarde anterior (antes da festa de que, sem a menor dúvida, ainda estavam se recuperando), mas agora via a obra deles na sua frente. Tiveram medo que os Lobos pudessem voltar à vida?, ele se perguntava, sabendo que, de alguma forma, era exatamente o que temeram. E por isso haviam arrastado os corpos pesados, inertes (cavalos cinzentos e Lobos vestidos de cinzento), para o milharal, empilhando-os da forma mais compacta possível e cobrindo-os depois com espigas de milho. Hoje converteriam aquele esquife numa pira funerária. E se viessem os ventos seminômades? Roland achou que, de qualquer modo iriam acender a pira, correndo o risco de um possível incêndio na terra fértil entre estrada e rio. Por que não? A estação de cultivo estava acabada naquele ano e nada era melhor que o fogo para fertilizar o solo, pelo menos era o que dizia o pessoal mais velho. Sem dúvida o *folken* só ia realmente descansar quando aquele monte estivesse queimado. E mesmo depois, pouca gente iria gostar de vir até aqui.

— Roland, olhe — disse Eddie numa voz que oscilava entre o pesar e a raiva. — Ah, maldição, *olhe*!

Perto do fim da trilha, onde Jake, Benny Slightman e os gêmeos Tavery tinham esperado antes daquela última corrida para atravessar a estrada a procura de segurança, havia uma cadeira de rodas amassada e arranhada, os cromados piscando brilhantemente no sol, o assento com poeira e marcas de sangue. A roda esquerda se curvara e saíra da calota.

— Por que está com raiva? — Henchick perguntou. A ele tinham se juntado Cantab e meia dúzia de anciãos do grupo a que Eddie às vezes se referia como o Pessoal da Capa. Dois desses anciãos pareciam muito mais velhos que o próprio Henchick, e Roland pensou no que Rosalita dissera na noite anterior: *Muitos quase tão velhos quanto Henchick, tentando avan-*

çar após o anoitecer. Bem, não estava escuro, mas Roland se perguntava se todos conseguiriam andar até o início da trilha que levava à Gruta da Porta, para não falar no resto do caminho até o topo.

— Trouxeram a cadeira que roda de sua mulher até aqui — Henchick continuou. — Para lhe fazer honra. E para honrar você. E a sua. Então por que está falando com raiva?

— Porque não deve estar toda arrebentada e ela devia estar sentada nela — disse Eddie ao velho. — Não acha, Henchick?

— A raiva é a mais inútil das emoções — Henchick entoou —, destrutiva para a mente e prejudicial ao coração.

Os lábios de Eddie se afinaram até virarem uma cicatriz branca embaixo do nariz, mas ele conseguiu conter uma resposta. Caminhou até a cadeira amassada de Susannah (já rodara centenas e centenas de quilômetros antes de eles a encontrarem em Topeka, mas seus dias de rodar estavam encerrados) e baixou com ar mal-humorado os olhos para ela. Quando Callahan se aproximou, Eddie chamou o *père* de volta.

Jake estava olhando para o lugar na estrada onde Benny fora atingido e morto. O corpo do rapaz já não estava lá, é claro, e alguém cobrira o sangue derramado com uma fresca camada de terra, mas Jake percebeu que, mesmo assim, as manchas escuras continuavam visíveis. E se lembrou do braço cortado de Benny, jazendo de palma para cima. Jake se lembrou de como o pai de seu amigo tinha caminhado em ziguezague para fora do milharal e visto o filho caído ali. Por cerca de cinco segundos, não fora capaz de emitir qualquer som, e Jake supôs que aqueles cinco segundos teriam bastado para o pai ouvir alguém comentando como as baixas tinham sido pequenas: um rapaz morto, uma esposa de rancheiro morta, outro garoto com um tornozelo quebrado. Muito pouca coisa, sem dúvida. Mas ninguém havia feito tal comentário, e então o Slightman mais velho começara a gritar. Jake achou que jamais ia esquecer o som daquele grito, assim como sempre veria Benny jogado ali, na terra escura e ensangüentada, com o braço arrancado.

Ao lado do lugar onde Benny tinha caído havia mais alguma coisa coberta com terra. Jake só conseguia ver um pequeno brilho de metal. Ele pôs um joelho no chão e escavou uma das bolas mortais dos Lobos, chamadas pomos de ouro. Modelo Harry Potter, conforme o que estava escrito nelas. Na véspera pegara algumas, sentindo-as vibrar. Tinham um zumbido fraco, malévolo. Aquela estava morta como pedra. Jake se levantou e atirou-a no monte coberto de espigas e de Lobos mortos. Um arremesso forte o bastante para fazer seu braço doer. Provavelmente o braço estaria duro no dia seguinte, mas ele não se importava. Também não dava grande importância ao baixo conceito que Henchick tinha da raiva. Eddie queria a esposa de volta; Jake queria o amigo. E embora Eddie pudesse conseguir realizar sem desejo em algum momento do futuro, Jake Chambers não iria realizar o seu. Como diamantes, a morte era para sempre.

Ele queria continuar avançando, queria ver pelas costas aquele trecho da estrada do Leste. Também queria não ter mais de olhar para a cadeira de rodas surrada e vazia de Susannah. Os *mannis* formaram um círculo em volta do ponto onde a batalha realmente tivera lugar e a oração de Henchick, numa voz alta e rápida, feria os ouvidos de Jake: lembrava bastante o guincho de um porco assustado. Henchick falava com alguma coisa chamada o Supremo, pedindo passagem segura para a gruta, um esforço bem-sucedido, sem que ninguém perdesse a vida ou a sanidade mental (Jake considerou aquele trecho da prece de Henchick especialmente perturbador, talvez por nunca ter pensado em sanidade mental como coisa a ser pedida). O veterano também pediu ao Supremo que recarregasse a energia de seus ímãs e pêndulos. E finalmente pediu pela *kaven*, a persistência da magia, um termo que parecia ter poder especial para aquelas pessoas. Quando ele acabou, todos entoaram em uníssono: "Supremo-*sam*, Supremo-*kra*, Supremo-*can-tah*", e deixaram cair suas mãos unidas. Alguns se ajoelharam para ter uma pequena palestra extra com o verdadeiro *grande* chefe. Cantab, enquanto isso, conduzia quatro ou cinco dos homens mais jovens para o cabriolé. Dobraram para trás a capota branca como a neve, revelando várias grandes caixas de madeira. Jake achava que deviam estar cheias de pêndulos e ímãs, sem dúvida bem maiores que aqueles que usavam em volta do pescoço. Trouxeram de tudo para a pequena aventura. As caixas estavam cobertas com desenhos — estrelas, luas e estranhas formas geométricas — que pareciam mais cabalísticas que cristãs. Jake, no entanto, não tinha base para acreditar que os *mannis* fossem cristãos. Podiam *lembrar* quacres ou o povo amish com suas capas, barbas e chapéus pretos de aba redonda, podiam eventualmente introduzir *tu* ou *contigo* na conversa, mas, pelo que Jake sabia, nem quacres nem amish tiveram jamais como *hobby* viajar para outros mundos.

Longas varas envernizadas foram tiradas de outra carroça e empurradas através de alças de metal que havia nos lados das caixas de madeira trabalhada. As caixas se chamavam caixotões, Jake ficou sabendo. Os *mannis* as carregavam como se fossem artefatos religiosos desfilando pelas ruas de uma cidade medieval. Jake supôs que, de certa forma, *eram* artefatos religiosos.

Subiam a trilha, que continuava cheia de fitas de cabelo, farrapos de roupa e alguns pequenos brinquedos. Coisas que tinham servido de isca para os Lobos, iscas que foram mordidas.

Quando alcançaram o lugar onde Frank Tavery havia prendido o pé, Jake ouviu a voz da inútil e bonita irmã do garoto: *Ajude-o, por favor,* sai, *eu imploro.* Ele tinha ajudado, que Deus o perdoasse. E Benny tinha morrido.

Jake desviou o olhar, fazendo uma careta, então pensou: *Agora você é um pistoleiro, tem de reagir melhor.* E se forçou a olhar de novo.

A mão de *père* Callahan caiu em seu ombro.

— Filho, tudo bem com você? Está terrivelmente pálido.

— Estou bem — disse Jake. Um nó havia crescido em sua garganta, bastante grande, mas ele se forçou a engolir e repetiu o que acabara de dizer, contando a mentira para si mesmo antes que para o *père*. — É, estou bem.

Callahan abanou a cabeça e deslocou sua tralha (a mochila, cheia pela metade, de um homem da cidade que, no fundo, não acredita estar indo para lugar algum) do ombro esquerdo para o direito.

— E o que vai acontecer quando chegarmos àquela gruta? *Se* chegarmos àquela gruta?

Jake balançou a cabeça. Ele não sabia.

3

A trilha estava OK. Uma boa quantidade de rocha solta tinha rolado e o avanço era difícil para os homens que carregavam os caixotões, mas sob certo aspecto o caminho estava mais fácil que antes. O tremor deslocara a pedra gigantesca que antes, bloqueava quase inteiramente o trecho perto do topo. Eddie deu uma olhada e viu-a bem lá embaixo, partida em dois pedaços. Havia uma espécie de coisa luminosa cintilando no meio dela, algo que pareceu a Eddie o maior ovo cozido do mundo.

A gruta continuava lá, embora uma grande pilha de tálus se achasse agora na frente da entrada. Eddie juntou alguns dos *mannis* mais jovens para ajudar a limpá-la, atirando punhados de xisto quebrado (com granadas que, em certos pontos, brilhavam como gotas de sangue) para o lado. Ver a boca da gruta aliviou a corda que apertava o coração de Eddie, mas ele não gostou do silêncio. Em sua visita anterior, havia uma tremenda tagarelice na gruta. De algum lugar no fundo vinha o lamento rangente de uma corrente de ar, mas só isso. Onde estava Henry, seu irmão? Henry tinha que estar reclamando que os cavalheiros de Balazar o assassinaram e que tudo era culpa de Eddie. Onde estava sua mãe, que tinha que estar se harmonizando muito bem com Henry (em tons igualmente dolorosos)? Onde estava Margaret Eisenhart, se lamentando a Henchick, seu avô, sobre como fora rotulada de esquecida e depois abandonada? Aquela fora a Gruta das Vozes muito antes de ser a Gruta da Porta, mas as vozes tinham silenciado. E a porta parecia... *estúpida* — era a palavra que primeiro ocorrera à mente de Eddie. A segunda foi *sem importância*. A gruta fora um dia formada e reconhecida pelas vozes em seu fundo; e a porta se tornara terrível, misteriosa e poderosa graças à bola de cristal — o Treze Preto — que penetrara em Calla através dela.

Mas agora saiu do mesmo jeito, e isto é apenas uma velha porta que não...
Eddie tentou reprimir e não pôde.
... que não levava a parte alguma.
Virou-se para Henchick, desgostoso com o súbito brotar de lágrimas em seus olhos, mas incapaz de contê-las.

— Aqui não sobrou nenhuma magia — disse. Tinha a voz impregnada de desespero. — Não há nada atrás da porra daquela porta além de ar velho e rocha caída. Você é um tolo e eu sou outro.

Suspiros abafados se seguiram a isso, mas Henchick olhou para Eddie com olhos que pareciam quase alegres.

— Lewis, Thonnie! — disse ele, quase jovialmente. — Tragam-me o caixotão Branni.

Dois rapazes parrudos, com barbas curtas e cabeleiras puxadas para trás em longas tranças, deram um passo à frente. Traziam um caixotão de pau-ferro com mais de um metro de comprimento e bastante pesado, a julgar pelo modo como seguravam as varas. Pousaram-no diante de Henchick.

— Abra, Eddie de Nova York.

Thonnie e Lewis olharam para ele, curiosos e com um certo medo. Os *mannis* mais velhos, Eddie percebeu, o observavam com uma espécie de ávido interesse. Ele apostou que as pessoas levavam alguns anos para absorver plenamente o estilo *manni* de extravagante esquisitice; no momento certo, Lewis e Thonnie chegariam lá, mas neles a coisa ainda não se tornara suficientemente peculiar.

Henchick abanou a cabeça com uma certa impaciência. Eddie se curvou e abriu a caixa. Foi fácil, não havia fechadura. No interior havia um pano de seda. Henchick removeu-o com um floreio de mágico, revelando um pêndulo numa corrente. Lembrava a Eddie um antiquado pião de criança e estava longe de ser tão grande quanto ele esperava que fosse. Talvez meio metro do alto até o ponto mais largo da peça de prumo, feita de uma madeira amarelada, de aspecto gorduroso. A corrente de prata fora amarrada ao redor de uma cunha de cristal, posta no alto do caixotão.

— Tire da cunha — disse Henchick e, quando Eddie olhou para Roland, o pêlo sobre a boca do velho se abriu e uma fileira de dentes perfeitamente brancos se mostrou num sorriso de estarrecedor cinismo. — Por que olhas para teu *dinh*, jovenzinho hipócrita? A magia saiu deste lugar, tu mesmo o disseste! E hesitas? Ora, deves ter no máximo... não sei... 25?

Risadinhas dos *mannis* que estavam perto o suficiente para ouvir a troça, vários deles com menos de 25 anos.

Furioso com o velho bastardo (e também consigo mesmo), Eddie estendeu a mão para a caixa. Henchick deteve sua mão.

— Não encosta no prumo. Não se queres segurar a porra por um lado e a merda pelo outro. Pega perto da corrente, estás entendendo?

Mesmo assim Eddie quase encostou no pêndulo (já fizera papel de bobo na frente daquelas pessoas; sem dúvida não havia razão para não completar o feitio), mas viu gravidade nos olhos castanhos de Jake e mudou de idéia. O vento estava soprando forte ali em cima, gelando o suor da subida em sua pele, fazendo-o estremecer. Eddie tornou a estender a mão, se apoderou da corrente e cautelosamente desenrolou-a da cunha.

— Puxe-a — disse Henchick.

— O que vai acontecer?

Henchick abanou a cabeça, como se finalmente Eddie tivesse falado algo que fazia sentido.

— É o que vamos ver. Puxe.

Eddie obedeceu. Dado o óbvio esforço com que os dois jovens tinham carregado a caixa, ele ficou assombrado com a leveza do pêndulo. Erguê-lo foi como erguer uma pena atada a uma corrente fina de um metro de comprimento. Ele enrolou a corrente nas costas dos dedos e pôs as mãos na frente dos olhos. Ficou meio parecido com um homem prestes a fazer uma marionete dançar.

Eddie ia novamente perguntar a Henchick o que o velho esperava que fosse acontecer, mas antes que o fizesse, o pêndulo começou a balançar de um lado para o outro em pequenos arcos.

— Não estou fazendo isso — disse Eddie. — Pelo menos acho que não. Tem de ser o vento.

— Não acho que seja — disse Callahan. — Não há rajadas que...

— Silêncio! — disse Cantab, com um olhar tão autoritário que Callahan realmente se calou.

Eddie permanecia na frente da gruta, com toda a região dos arroios e a maior parte de Calla Bryn Sturgis estendidas abaixo dele. Muito distante, etereamente azul-acinzentada, ficava a floresta que tinham atravessado para chegar aqui — o último vestígio do Mundo Médio, para onde jamais iriam voltar. O vento soprava, agitando seu cabelo para longe da testa e, de repente, Eddie ouviu um som murmurante.

Só que não ouviu. O murmúrio estava dentro da mão que mantinha na frente dos olhos, a mão com a corrente jogada nos dedos estendidos. O murmúrio estava em seu braço. E mais que tudo, em sua cabeça.

Na extremidade da corrente, aproximadamente na altura do joelho direito de Eddie, o balanço do pêndulo ficou mais pronunciado, ampliando consideravelmente o arco. Eddie percebeu uma coisa estranha: cada vez que o pêndulo atingia a ponta de seu vaivém, ficava mais pesado. Era como se estivesse prendendo em alguma coisa que estava sendo puxada por uma extraordinária força centrífuga.

O arco ficou ainda mais longo, o pêndulo balançou mais rápido, o puxão na ponta de cada balanço ficou mais forte. E então...

— Eddie! — Jake gritou, meio preocupado, meio deliciado. — Está vendo?

É claro que estava. Agora o pêndulo ia ficando *embaçado* no final de cada movimento. A pressão para baixo em seu braço... o peso do prumo... foi rapidamente ficando mais forte enquanto isto acontecia. Ele teve de apoiar o braço direito com a mão esquerda de modo a não soltar a corrente e agora também seus quadris balançavam com o vaivém do pêndulo. Eddie se lembrou de repente de onde estava... cerca de uns 200 metros acima do solo. Aquela coisinha, se não parasse, em breve o faria cair de lá de cima. E se ele não conseguisse desenroscar a corrente da mão?

O pêndulo balançou para a direita, desenhando no ar a forma de um sorriso invisível, ganhando peso enquanto subia para o final de seu arco. De repente, a pequena peça de madeira que ele havia puxado da caixa com tanta facilidade pareceu pesar 30, 40, 50 quilos. E quando o pêndulo parou no final do arco, momentaneamente equilibrado entre movimento e gravidade, ele percebeu que podia ver a estrada do Leste além dele, não apenas claramente mas de forma *ampliada*. Então o prumo Branni voltou a recuar no arco, afundando, ganhando peso. Quando tornou a subir, agora para a esquerda...

— Tudo bem, entendo a coisa! — Eddie gritou. — Mas tire isso de mim, Henchick. Pelo menos faça parar!

Henchick proferiu uma única palavra, um som tão rouco que pareceu ter sido puxado de uma poça de lama. O pêndulo não foi diminuindo de velocidade através de uma série de arcos decrescentes. Simplesmente parou, pendendo outra vez ao lado do joelho de Eddie, a ponta virada para seu pé. Por um momento o murmúrio continuou no braço e na cabeça de Eddie. Então, também parou. Quando isso aconteceu, a desagradável sensação de peso do pêndulo cessou. A maldita coisa tornara a ficar leve como uma pena.

— Tem algo para me dizer, Eddie de Nova York? — Henchick perguntou.

— Sim, peço que me desculpe.

Os dentes de Henchick, outra vez revelados, cintilaram brevemente na aridez da barba e de novo sumiram.

— Não és inteiramente retardado, és?

— Espero que não — disse Eddie sem poder reprimir um pequeno suspiro de alívio quando Henchick, do povo *manni*, puxou a fina corrente de prata de sua mão.

4

Henchick insistiu num teste. Eddie entendia por quê, mas detestava toda aquela merda de preliminar. O tempo, agora, parecia ser uma coisa quase física, como uma áspera peça de roupa escorregando na palma da mão. Ele, não obstante, manteve silêncio. Já tinha irritado Henchick uma vez, e uma vez chegava.

O velho levou seis de seus *amigos* (Eddie achou cinco deles mais velhos que Deus) para a gruta. Deu pêndulos a três deles e ímãs em forma de concha para os outros três. O pêndulo Branni, quase certamente o mais forte do conjunto, ele reservou para si mesmo.

Os sete formaram um círculo na boca da gruta.

— Não em volta da porta? — Roland perguntou.

— Não até precisarmos — disse Henchick.

Os anciãos deram-se as mãos, cada qual segurando um pêndulo ou um ímã no ponto onde as mãos se encontravam. Assim que o círculo ficou completo, Eddie tornou a ouvir aquele murmúrio. Alto como num grande amplificador estéreo. Ele viu Jake erguer as mãos para tapar os ouvidos e a face de Roland se contrair numa breve careta.

Eddie olhou para a porta e viu que ela perdera o ar empoeirado e banal. Os hieróglifos mais uma vez se destacavam nitidamente, palavras esquecidas que significavam NÃO-ENCONTRADA. A maçaneta de cristal brilhava, fazendo cintilar em linhas brancas de luz a rosa ali gravada.

Posso abrir agora?, Eddie questionou. *Abrir e atravessar?* Ele achava que não. Pelo menos ainda não. Mas estava muitíssimo mais esperançoso do que cinco minutos atrás.

De repente as vozes do fundo da gruta vieram à tona, mas o fizeram numa rouca mistura. Eddie pôde perceber Benny Slightman, o filho, gritando a palavra *Dogan,* ouviu sua mãe dizendo-lhe que agora, para coroar uma carreira de coisas perdidas, ele perdera a *esposa,* ouvira um homem (provavelmente Elmer Chambers) dizendo a Jake que Jake tinha ficado louco, estava *fou,* era *Monsieur Lunatique.* Mais vozes juntaram-se a essa, e mais e mais.

Henchick abanou vivamente a cabeça para os colegas. As mãos se soltaram. Nesse momento, as vozes vindas de baixo interromperam a tagarelice. E Eddie não ficou espantado quando viu a porta recuperar imediatamente seu aspecto de insípido anonimato — era uma porta qualquer, pela qual se podia passar na rua sem olhar duas vezes.

— O que em nome de Deus foi *isso*? — Callahan perguntou, fazendo um gesto para a escuridão mais profunda, onde o terreno começava a descer. — Não aconteceu antes.

— Acho que o tremor ou a perda da bola mágica deixou a gruta insana — disse Henchick calmamente. — De qualquer modo, isso não tem importância para o que viemos fazer aqui. Nosso negócio é com a porta. — Olhou para a mochila de Callahan. — Antigamente você era errante.

— Sim, eu era.

Os dentes de Henchick tiveram outra breve participação especial. Eddie concluiu que, em algum nível, o velho bastardo estava gostando daquilo.

— Pelo aspecto de sua tralha, *sai* Callahan, você perdeu o jeitão.

— Acho difícil acreditar que estamos de fato indo para algum lugar — disse Callahan, mostrando um sorriso. Comparado com o de Henchick, era um sorriso frágil. — E estou mais velho agora.

Henchick deixou escapar uma rude exclamação ouvindo isso... *fah!,* foi assim que soou.

— Henchick — disse Roland —, você sabe o que fez a terra tremer hoje de manhã cedo?

Os olhos azuis do velho estavam embaçados, mas ainda atentos. Ele abanou a cabeça. Diante da boca da gruta, numa fila que descia a trilha, quase três dúzias de homens *mannis* esperavam pacientemente.

— Um feixe soltou, é o que achamos.

— É o que eu penso também — disse Roland. — Nosso problema fica cada vez pior. Acho que não devemos ficar jogando conversa fora. Vamos palestrar até onde precisarmos e depois continuar com nosso negócio.

Henchick olhou para Roland com a mesma frieza que olhara para Eddie, mas os olhos de Roland não vacilaram. A testa de Henchick ficou franzida, depois se suavizou.

— Bem — disse ele. — Como queira, Roland. Tu nos prestaste um grande serviço, tanto aos *mannis* quanto ao povo esquecido, e agora o retribuiremos o melhor que pudermos. A magia continua aqui, e forte. Só precisa de uma faísca. Tu podes proporcionar essa faísca, ié. É fácil como a *commala*. Podes obter o que queres. Por outro lado, todos nós podemos acabar na clareira do fim do caminho. Ou na escuridão. Entendes isto?

Roland abanou afirmativamente a cabeça.

— Vais em frente?

Roland ficou um instante de cabeça baixa, a mão na coronha do revólver. Quando ergueu os olhos, mostrava um sorriso. Um sorriso bonito, cansado, desesperado e perigoso. Deu dois giros no ar com a mão esquerda: *Vamos*.

5

Os caixotões estavam arrumados — cuidadosamente, porque o caminho subindo para o que os *mannis* chamavam Kra Kammen era estreito —, e os conteúdos tinham sido removidos. Dedos de unhas compridas (os *mannis* só podiam cortar as unhas uma vez por ano) batiam de leve nos ímãs, produzindo um zumbido estridente que pareceu cortar a cabeça de Jake como uma faca. O zumbido trouxe à memória dele os sinos *todash*, o que não lhe pareceu surpreendente; aqueles sinos *eram* o *kammen*.

— O que significa Kra Kammen? — ele perguntou a Cantab. — Casa dos Sinos?

— Casa dos Fantasmas — Cantab respondeu sem tirar os olhos da corrente que estava desenrolando. — Me deixe em paz, Jake, isto é um trabalho delicado.

Jake não entendeu o porquê da delicadeza, mas fez o que lhe pediam. Roland, Eddie e Callahan estavam logo dentro da entrada da gruta. Jake juntou-se a eles. Henchick, enquanto isso, colocara os membros mais velhos de seu grupo em semicírculo dando volta pelos fundos da porta. O lado da frente, com sua inscrição de hieróglifos e maçaneta de cristal, continuaria sem guarda, ao menos durante algum tempo.

O velho foi até a boca da gruta, falou brevemente com Cantab, depois acenou para a fileira de *mannis* que esperavam na trilha para subir. Assim que o primeiro homem da fileira penetrou na gruta, Henchick parou novamente a fila, se virou para Roland e ficou de cócoras, convidando com um gesto o pistoleiro a fazer o mesmo.

O chão da gruta estava coberto de pó. Uma parte vinha das rochas, mas o volume maior era resíduo dos ossos dos animaizinhos que tinham tido a falta de esperteza de entrar ali. Usando uma unha, Henchick desenhou um retângulo com uma abertura embaixo e depois um semicírculo em volta dele.

— A porta — disse Henchick. — E os homens do meu *kra*. Estás entendendo?

Roland abanou a cabeça e comentou:

— Você e seus amigos completarão o círculo, e o desenhou.

— O garoto é bom no toque — disse Henchick, olhando tão repentinamente para Jake que ele deu um pulo.

— Sim — disse Roland.

— Vamos colocá-lo, então, diretamente na frente da porta, mas a uma certa distância para que, se a porta abrir bruscamente... e isso pode acontecer... não vá decapitá-lo. Vai ficar lá, garoto?

— Sim, até que você ou Roland me mandem sair — Jake respondeu.

— Vai sentir alguma coisa na cabeça... como um sorvo. Não é bom. — Henchick fez uma pausa e se virou para Roland: — Você vai abrir a porta duas vezes.

— Sim — disse Roland. — Duas.

Eddie sabia que a segunda abertura da porta tinha a ver com Calvin Tower, mas ele perdera qualquer interesse que pudesse ter tido no proprietário da livraria. O homem não era inteiramente sem coragem, Eddie supôs, mas era muito ganancioso, obstinado e egoísta: em outras palavras, o perfeito homem da cidade de Nova York no século XX. Mas a pessoa que mais recentemente usara a porta fora Suze e, no momento em que a porta se abrisse, Eddie pretendia cruzá-la de imediato. Se ela abrisse uma segunda vez na pequena cidade do Maine onde Calvin Tower e o amigo dele, Aaron Deepneau, chegaram à terra, nenhum problema. Se todo mundo acabasse lá, tentando proteger Tower, ganhar a propriedade de um certo terreno baldio e conquistar uma certa rosa selvagem, também nenhum problema. Mas a prioridade de Eddie era Susannah. Diante dela, tudo o mais era secundário.

Inclusive a torre.

6

— Quem você vai querer mandar da primeira vez que a porta se abrir? — disse Henchick.

Roland pensou um pouco, passando distraidamente a mão por cima da estante que Calvin Tower insistira em despachar. A estante continha o livro que tanto transtornara o *père*. Ele não estava muito disposto a mandar Eddie, um homem que, além de ser impulsivo, estava agora quase cego de preocupação e amor pela esposa. Mas será que Eddie obedeceria se Roland o quisesse mandar para seguir Tower e Deepneau? Roland achava que não. O que significava...

— E então, pistoleiro? — Henchick incitou.

— Assim que a porta se abrir, vou entrar com Eddie — disse Roland. — A porta se fechará sozinha?

— Se fechará, sem dúvida — disse Henchick. — Terão de ser rápidos como a mordida do diabo ou provavelmente serão cortados em duas partes. A metade ficará no chão desta gruta e o resto viajará para onde quer que tenha ido a mulher de pele marrom.

— Vamos ser o mais rápidos que pudermos, é claro — disse Roland.

— Ié, é melhor — disse Henchick, pondo mais uma vez os dentes à mostra. Isto era um sorriso

(*O que ele não está dizendo? alguma coisa que sabe ou imagina que sabe?*)

em que Roland teria doravante muito tempo para pensar.

— Eu deixaria os revólveres aqui — disse Henchick. — Se tentarem passar com eles, poderão perdê-los.

— Vou conservar o meu e arriscar — disse Jake. — Meu revólver veio do outro lado e assim talvez não haja problema. Se perdê-lo, consigo outro. Arranjo uma maneira.

— Espero que os meus também possam fazer a viagem — disse Roland. Ele pensara cuidadosamente no assunto e decidira conservar os grandes revólveres. Henchick deu de ombros, como a dizer *como quiserem*.

— E quanto a Oi, Jake? — Eddie perguntou.

Os olhos de Jake se arregalaram e o queixo caiu. Roland percebeu que até aquele momento o garoto não pensara no amigo trapalhão. O pistoleiro ponderou (não pela primeira vez) como era fácil esquecer a verdade mais básica sobre John "Jake" Chambers: ele era apenas um guri.

— Quando fomos *todash*, Oi... — Jake começou.

— Isto não é aquilo, docinho — disse Eddie e, ao ouvir o afetuoso "docinho" de Susannah saindo de sua boca, sentiu um aperto triste no coração. Pela primeira vez admitiu para si mesmo que talvez nunca mais voltasse a encontrá-la, assim como Jake talvez nunca mais visse Oi depois que deixassem aquela gruta fedorenta.

— Mas... — Jake começou e então Oi deu um pequeno latido de reprovação. Jake o estava apertando demais.

— Vamos cuidar dele para você, Jake — disse Cantab num tom suave. — Cuidar muito bem, tenha certeza. Haverá gente postada aqui até você voltar para pegar seu amigo e o resto de seus bens. — *Se você voltar* foi a parte que Cantab se mostrou gentil demais para declarar. Roland, contudo, leu-a nos olhos dele.

— Roland, tem certeza que não posso... que ele não pode... não... Entendo. Desta vez não é *todash*. OK. Não.

Jake estendeu a mão para o bolso da frente do poncho, pegou Oi, colocou-o no chão poeirento da gruta. Depois se curvou, plantando as mãos logo acima dos joelhos. Oi ergueu os olhos, esticando o pescoço de modo que as faces dos dois quase se tocaram. E Roland agora viu uma coisa extraordinária: não as lágrimas nos olhos de Jake, mas as lágrimas que tinham começado a inundar os olhos de Oi. Um trapalhão chorando. Era o tipo de história que se podia ouvir num *saloon*, tarde da noite e embriagado — o fiel trapalhão que chorava pela partida do dono. Você não acreditava nessas histórias, só não dizia isso para evitar brigas (talvez até tiros). Contudo, lá estava, Roland estava vendo, o que também o deixava com uma certa vontade de chorar. Seria outra imitação do trapalhão ou será que Oi realmente compreendia o que estava acontecendo? Roland torcia, de todo o coração, pela primeira hipótese.

— Oi, você vai ter de ficar um pouco com Cantab. Você vai ficar bem. Ele é um companheiro nosso.

— Nosso! — o trapalhão repetiu. Lágrimas caíram de seu focinho e, no ponto onde ele estava, o solo poeirento ficou escurecido por gotas do tamanho de moedas. Roland achou as lágrimas da criatura singularmente terríveis, de certa forma ainda piores que as lágrimas de uma criança. — Eique! *Eique!*

— Não, eu tenho que ralar — disse Jake, passando as costas das mãos no rosto e deixando listras de sujeira como marcas de guerreiro que subiam até as têmporas, como pintura de guerra.

— Não! Eique!

— Tenho de ir. Você fica com Cantab. Eu volto para pegá-lo, Oi... Vou voltar, a não ser que morra. — Deu outro abraço em Oi, depois se levantou. — Fique com o Cantab. É esse aqui. — Jake apontou. — Escute o que estou dizendo, vá agora.

— Eique! Nosso! — Era impossível negar a angústia naquela voz. Por um momento, Oi ficou onde estava. Então, sempre chorando... ou imitando as lágrimas de Jake, Roland ainda contava com isso... o trapalhão se virou, trotou para Cantab e sentou-se entre o couro macio das botas empoeiradas do rapaz.

Eddie tentou pôr um braço em volta de Jake. Jake sacudiu o braço e deu um passo atrás. Eddie revelou um ar frustrado. Roland manteve a cara do jogo Me Olhe; por dentro, no entanto, estava tremendamente deliciado. Ainda nem fizera 13 anos, mas a têmpera já estava ali.

Estava na hora.

— Henchick?

— Ié. Não quer fazer uns dois dedos de prece, Roland? Para algum deus a que te agarres?

— Não me agarro a nenhum deus — disse Roland. — Me agarro à Torre e não vou rezar para ela.

Vários dos 'migos de Henchick pareceram chocados, mas o velho Henchick só anuiu, como se não esperasse mais que isso. Olhou para Callahan.

— *Père*?

— Deus — disse Callahan —, Tua mão, Tua vontade. — Ele esboçou uma cruz no ar e abanou a cabeça para Henchick. — Se vamos, vamos agora.

Henchick deu um passo à frente, tocou a maçaneta de cristal da Porta Não-Encontrada, depois olhou para Roland. Seus olhos brilhavam.

— Me escute esta última vez, Roland de Gilead.

— Estou ouvindo muito bem.

— Sou Henchick dos *mannis* do *Kra* Caminho Vermelho-a-Sturgis. Somos gente que vê longe e viaja até longe. Somos marinheiros no vento do *ka*. Queres viajar neste vento? Tu e teus amigos?

— Ié, para onde quer que ele sopre.

Henchick passou a corrente do pêndulo Branni pelas costas da mão e Roland sentiu de imediato um poder penetrando nesta câmara. Ainda uma coisa pequena, mas que crescia. Que florescia como uma rosa.

— Quantas visitas você já fez?

Roland suspendeu os dedos restantes da mão direita.

— Duas. O que é o mesmo que dizer *twim* na linguagem do Eld.

— Dois ou *twim* é a mesma coisa — disse Henchick. — *Commala*-vem-dois. — Ergueu a voz. — Venha, *manni*! Venha *commala*, junte sua força à minha força! Venha e cumpra sua promessa! Venha e pague nosso débito para com esses pistoleiros! Ajude-me a colocá-los a caminho! *Agora!*

7

Antes que qualquer um deles pudesse ter consciência do fato de que o *ka* tinha mudado de planos, o *ka* já exercera sua vontade neles. Mas a princípio parecia que absolutamente nada ia acontecer.

O *manni* Henchick tinha mandado os mensageiros — seis anciãos, além de Cantab — formarem um semicírculo atrás da porta e em volta pelos lados. Eddie pegou a mão de Cantab e entrelaçou os dedos com um dos *mannis*. Um dos ímãs em forma de concha conservava as palmas separadas. Eddie podia senti-lo vibrar como uma coisa viva. Acreditou que fosse. Callahan pegou sua outra mão e agarrou-a firmemente.

Do outro lado da porta, Roland pegou a mão de Henchick, entrelaçando a corrente do pêndulo Branni entre seus dedos. Agora o círculo estava completo, salvo por um lugar diretamente na frente da porta. Jake respirou fundo, olhou em volta, viu Oi se encostando na parede da gruta, cerca de três metros atrás de Cantab, e abanou a cabeça.

Oi, fique, eu vou voltar, disse Jake, ocupando em seguida o lugar que sobrava. Ele pegou a mão direita de Callahan e, depois de hesitar um instante, segurou a mão esquerda de Roland.

O rumor retornou de imediato. O pêndulo Branni começou a se mover, desta vez não em arcos mas num círculo pequeno, apertado. A porta se iluminou e tornou-se mais *presente* — Jake viu isto com seus próprios olhos. As linhas e círculos dos hieróglifos que diziam NÃO-ENCONTRADA ficaram mais claros. A rosa gravada na maçaneta começou a brilhar.

A porta, contudo, permaneceu fechada.

(Concentre-se, garoto!)

Era a voz de Henchick, soando tão forte em sua cabeça que Jake teve a impressão de que lhe comprimia o cérebro. Ele baixou a cabeça e olhou para a maçaneta. Viu a rosa. Viu-a muito bem. Imaginou-a girando como a maçaneta sobre a qual fora moldada. Um dia, não muito tempo atrás, ficara obcecado por portas e pelo mundo

(Mundo Médio)

que sabia existir atrás de cada uma delas. A sensação foi de voltar àquilo. Imaginou todas as portas que tinha conhecido em sua vida — portas de quarto portas de banheiro portas de cozinha portas de armário portas de um boliche no beco portas de vestiário portas de cinema portas de restaurante portas de portas com os dizeres ENTRADA PROIBIDA portas com os dizeres USO EXCLUSIVO DOS FUNCIONÁRIOS portas de geladeira, sim mesmo essas — e então viu todas elas se abrirem de uma só vez.

Abra!, ele pensou na porta, sentindo-se absurdamente como um árabe principesco em alguma história antiga. *Abre-te sésamo! Abra, digo eu!*

Bem lá de baixo, do fundo da gruta, as vozes começaram mais uma vez a murmurar. Houve um forte barulho de sopro, de sorver e o pesado baque de algo caindo. O chão da gruta tremeu sob seus pés, como se sob o efeito de outro Feixemoto. Jake não deu importância. A sensação de força viva naquela câmara era agora muito forte — podia senti-la pinçando sua pele, vibrando em seus olhos e nariz, puxando os cabelos de seu couro cabeludo —, mas a porta permanecia fechada. Ele fez mais pressão sobre a mão de Roland e do *père*, concentrando-se em portas do corpo de bombeiros, portas de delegacias, a porta para o gabinete do diretor no Piper, até mesmo num livro de ficção científica chamado *Porta para o Verão*. O cheiro da gruta — fungos penetrantes, ossos antigos, distantes correntes de ar — de repente pareceu muito forte. Ele sentiu aquele nítido, exuberante surto de certeza... *Agora, vai acontecer agora, sei que vai...* A porta, no entanto, continuou fechada. E então ele pôde sentir mais alguma coisa. Não algo da gruta, mas o aroma levemente metálico de seu próprio suor escorrendo pelo rosto.

— Henchick, não está dando certo. Não acho que eu...

— Naum, ainda não... E nunca ache que precisa fazer tudo sozinho, rapaz. Procure alguma coisa entre você e a porta... algo como um gancho... ou um espinho... — Enquanto falava, Henchick fez sinal para o *manni* que encabeçava a fileira de reforços. — Hedron, adiante-se. Thonnie, segure o ombro de Hedron. Lewis, segure o de Thonnie. E os de trás continuem o esquema! Vamos!

A fileira arrastou os pés para a frente. Oi latiu num tom inseguro.

— Sinta, garoto! Procure sentir esse gancho! Está entre você e a porta! Sinta!

E enquanto Jake procurava expandir a mente, sua imaginação floresceu repentinamente com uma poderosa e assustadora nitidez que superava mesmo os sonhos mais claros. Ele viu a Quinta Avenida entre a Quarenta e Oito e a Sessenta ("as 12 quadras onde meu bônu de Natal desaparece a cada janeiro", o pai gostava de resmungar). Viu cada porta, dos dois lados da rua, se escancararem de repente: Fendi! Tiffany! Bergdorf Goodman! Cartier! Doubleday Books! O hotel Sherry Netherland! Viu um corredor interminável com linóleo marrom e sabia que ficava no Pentágono. Viu portas, pelo menos mil portas, todas se escancarando, gerando rajadas de furacão.

Contudo, a porta na frente dele, a única que importava, permanecia fechada.

É, mas...

A porta estava trepidando na moldura. Ele a ouvia.

— Vá, garoto! — disse Eddie. As palavras vinham por entre dentes fortemente apertados. — Se não pode abri-la, derrube essa porra a soco!

— Me ajudem! — Jake gritou. — Me *ajudem*, maldição! *Todos vocês!*

A força na gruta pareceu dobrar. O ronco parecia estar fazendo vibrar os próprios ossos no crânio de Jake. Seus dentes batiam. O suor entrava nos olhos, borrando a visão. Via dois Henchicks fazendo sinal para alguém atrás dele: Hedron. E atrás de Hedron, Thonnie. E atrás de Thonnie, todos os outros, serpenteando para fora da gruta e descendo 10 metros de trilha.

— Se prepare, rapaz — disse Henchick.

A mão de Hedron deslizou sob a camisa de Jake e agarrou a cintura de sua calça. Jake sentiu-se empurrado em vez de puxado. Algo em sua cabeça se atirou para a frente e, por um momento, ele viu todas as portas de milhares, milhares de mundos se escancarando, gerando um vendaval tão grande que parecia quase capaz de apagar o sol.

E então seu avanço foi interrompido. Havia alguma coisa... Alguma coisa bem na frente da porta...

O gancho! É o gancho!

Jake passou em cima da coisa como se sua mente e força vital fossem uma espécie de arco. Ao mesmo tempo sentiu Hedron e os outros puxando-o para trás. A dor foi imediata, enorme, parecendo despedaçá-lo. Então a sensação de ser drenado começou. Era medonha, como ter alguém puxando suas tripas, dobra por dobra. E sempre aquele zumbido maníaco nos ouvidos e no fundo do cérebro.

Tentou suplicar — *Não, parem, soltem, é demais!* — e não conseguia. Tentou gritar e ouviu o grito, mas unicamente dentro de sua cabeça. Deus, estava preso. Preso pelo gancho e sendo rasgado em dois.

Uma criatura *chegou* a ouvir seu grito. Latindo furioso, Oi se lançou para a frente. E nesse momento, a Porta Não-Encontrada se escancarou, se agitando no silvo de um arco bem na frente do nariz de Jake.

— *Olhem!* — Henchick gritou numa voz ao mesmo tempo terrível e exaltada. — *Olhem, a porta se abre! Over-sam kammen! Can-tah, can-kavar kammen! Over-can-tah!*

Os outros responderam, mas Jake Chambers já se soltara da mão de Roland à sua direita. Já estava voando, mas não sozinho.

Père Callahan voava com ele.

8

Só houve tempo para Eddie ouvir Nova York, *cheirar* Nova York e perceber o que estava acontecendo. De certa forma, isso era o que tornava a coisa tão terrível — ele era capaz de registrar que tudo estava indo diabolicamente contra o que tinha esperado, mas não era capaz de fazer nada a esse respeito.

Viu Jake sendo arrancado do círculo e sentiu a mão de Callahan ser separada da sua; viu-os voar em direção à porta, um ao lado do outro, desenhando anéis, como uma fodida dupla de acrobatas. Alguma coisa peluda e latindo pra caralho passou em disparada pelo lado de sua cabeça. Oi, fazendo vôos rasantes, as orelhas para trás e os olhos apavorados, parecendo saltar da cabeça.

E mais. Eddie estava consciente de soltar a mão de Cantab e investir em direção à porta — à *sua* porta, à *sua* cidade e, no meio disso, à *sua* mulher grávida e perdida. Estava consciente (estranhamente consciente) da mão invisível que *o empurrava para trás,* e de uma voz que falava, mas não em palavras. O que Eddie ouviu era muito mais terrível que quaisquer palavras. Com palavras era possível discutir. Isto era apenas uma negação articulada e, ao que tudo indicava, estava vindo da própria Torre Negra.

Jake e Callahan foram disparados como balas de um revólver: atirados numa escuridão cheia dos exóticos sons de buzinas tocando e tráfego roncando. A distância, como uma coisa de sonho, mas clara, Eddie ouviu uma voz rápida, arrebatadora, bipando em êxtase sua mensagem pela rua:

— Diga *Jesusss*, bróder, isso aí, diga *Jesusss* na Segunda Avenida, diga *Jesusss* na Avenida B, diga *Jesusss* no Bronx, eu digo *Jesusss*, eu digo *Jesussstremendo*, eu digo *Jesusss!* — A voz de um autêntico maluco de Nova

York, e Eddie bem sabia reconhecer um maluco de Nova York, e isto lhe abriu o coração. Viu Oi passar rapidamente pela porta como um pedaço de jornal sugado rua acima na esteira de um carro em velocidade. Então a porta bateu, golpeando com tanta força e rapidez que ele teve de fechar os olhos para se proteger do vento lançado contra seu rosto, um vento coalhado da poeira de ossos que forrava esta gruta podre.

Antes que Eddie pudesse dar um grito de raiva, a porta tornou a abrir. E desta vez ele ficou fascinado pela enevoada luz do sol que chegava com piados de passarinhos. Sentiu o cheiro de pinheiros e ouviu o estrondo distante do que parecia ser um grande caminhão. Então foi sugado para aquele sol, incapaz de gritar que aquilo era foda, uma porra de...

Alguma coisa colidiu com o lado da cabeça de Eddie. Por um breve momento ele ficou luminosamente consciente de sua passagem entre os mundos. Depois foi o tiroteio. Depois a morte.

LINHA: Commala-*venha-vento*
O sopro vai levá-la pelo ar.
Fazê-la chegar aonde soprá-la o vento do ka
Pois não há mais nada a fazer.

RESPOSTA: Commala-*venha-dois!*
Mais nada a fazer!
Chegar aonde soprá-la o vento do ka
Pois não há mais nada a fazer.

TERCEIRA ESTROFE

Trudy e Mia

1

Até primeiro de junho de 1999, Trudy Damascus era o tipo de mulher prática que diria a você que a maioria dos OVNIs eram balões meteorológicos (e os que não eram provavelmente não passavam de invenção de gente que queria aparecer na tevê), o Sudário de Turim era um truque de algum trapaceiro do século 14 e fantasmas — inclusive o de Jacob Marley — eram percepções dos mentalmente enfermos ou visões causadas por indigestão. Ela era prática, se *orgulhava* de ser prática e não tinha nada sequer levemente espiritual na cabeça ao descer a Segunda Avenida rumo à firma (uma firma de contabilidade chamada Guttenberg, Furth e Patel) com sua sacola de lona e a bolsa penduradas a tiracolo. Um dos clientes da GF&P era uma cadeia de lojas de brinquedos chamada KidzPlay e a KidzPlay devia à GF&P uma considerável soma de dinheiro. O fato de estarem também sobrevivendo à beira da inadimplência não tinha importância nenhuma para Trudy. Ela queria aqueles 69.211,19 dólares e passara a maior parte da hora do almoço (numa mesa dos fundos do Dennis's Waffles and Pancakes, que até 1994 se chamava Chew Chew Mama's) matutando sobre os meios de conquistá-los. Durante os últimos dois anos dera vários passos no sentido de transformar a Guttenberg, Furth e Patel em Guttenberg, Furth, Patel e Damascus; forçar a KidzPlay a soltar a grana seria outro passo — e bem longo — naquela direção.

E assim, quando atravessou a rua Quarenta e Seis na direção do grande arranha-céu de vidro escuro que existia agora na esquina da Segunda Avenida com a Quarenta e Seis (a esquina de cima, onde havia antigamente um certo Comestíveis Finos e Artísticos e depois um certo terreno baldio), Trudy não estava pensando em deuses, fantasmas ou outras visitas do mundo espiritual. Estava pensando em Richard Goldman, a porra do diretor-presidente de uma determinada empresa de brinquedos, e como...

Mas foi então que a vida de Trudy mudou. Para ser exato, às 13h19, hora do leste. Ela acabara de alcançar o meio-fio no lado *downtown* da rua. Estava, de fato, pisando na calçada. E de repente apareceu uma mulher na sua frente. Uma afro-americana de olhos grandes. Não havia falta de mulheres negras na cidade de Nova York e Deus sabia que um razoável percentual delas teriam olhos grandes, mas Trudy nunca vira nenhuma brotando do ar na sua frente, que fora exatamente o que esta fizera. Dez segundos antes, Trudy Damascus teria rido e dito que *nada* podia ser mais inacreditável que uma mulher passar de repente a existir na frente dela numa calçada do Centro, mas acontecera. Sem a menor dúvida acontecera.

E agora ela sabia como todas aquelas pessoas que narravam visões de discos voadores (para não mencionar fantasmas em correntes que rangiam) deviam se sentir, como deviam se sentir frustradas pela obstinada descrença de gente como... bem, de gente como Trudy Damascus era às 13h18 daquele dia de junho, a Trudy que deu adeus para sempre no lado *downtown* da rua Quarenta e Seis. Você podia dizer às pessoas: *Você não está entendendo, isto REALMENTE ACONTECEU!*, e vê-las reagir como pedras de gelo. Elas diziam coisas do tipo: *Bem, provavelmente a mulher saiu de trás do abrigo do ônibus e você simplesmente não se deu conta* ou *ela provavelmente saiu de uma das lojinhas e você simplesmente não se deu conta.* Você podia dizer a eles que *não* havia abrigo de ônibus no lado *downtown* da Segunda com a Quarenta e Seis (como também não havia no lado *uptown*) e não adiantava. Você podia dizer a eles que *não* havia pequenas lojas naquela área, não depois que construíram o prédio na Hammarskjöld Plaza 2, e que portanto esse argumento também não funcionava. Trudy logo descobriria essas coisas por si mesma e elas a deixariam próxima da insanidade. Não estava acostumada a ter suas percepções descartadas como se fossem nada mais do que uma gota de mostarda ou um pedaço de batata mal cozida.

Nada de abrigo de ônibus. Nada de pequenas lojas. Havia a escada subindo para a Hammarskjöld Plaza, onde uns poucos retardatários do almoço ainda estavam sentados com suas sacolas marrons, mas a mulher-fantasma também não viera de lá. O fato era este: quando Trudy Damascus pôs o pé esquerdo, calçado com tênis, no meio-fio, a calçada diretamente na sua frente estava completamente vazia. Quando ela deslocou seu peso se preparando para tirar o pé direito da rua, uma mulher apareceu.

Por um momento, Trudy pôde ver a Segunda Avenida através dela, e alguma outra coisa também, algo que lembrava a entrada de uma gruta. Então aquilo passou e a mulher foi se solidificando. Provavelmente a coisa só demorou um segundo ou dois, foi esse o cálculo de Trudy; mais tarde ela pensaria na expressão "perdeu por um piscar de olhos" e lamentou não ter piscado. Se bem que houve algo mais que a materialização inicial...

As pernas da dama negra cresceram bem ali, na frente de Trudy Damascus.

Foi isso mesmo; as pernas cresceram.

Não houve nada de errado com os poderes de observação de Trudy e ela contaria mais tarde às pessoas (ao número cada vez menor de pessoas que iam querer ouvir) que cada detalhe do breve encontro estava impresso na sua memória como uma tatuagem. A aparição tinha menos de um metro e meio de altura. Isso era um pouco atarracado para uma mulher comum, Trudy supôs, mas provavelmente não para alguém cujas pernas paravam nos joelhos.

A aparição estava usando uma camisa branca, salpicada de tinta cor de vinho ou sangue coagulado, e calça jeans. A calça estava cheia e arredondada nas coxas, onde *havia* pernas, mas abaixo dos joelhos o tecido arrastava na calçada como a pele solta de estranhas cobras azuis. Então, de repente, elas inflaram. *Inflaram*, as próprias palavras pareciam insanas, mas Trudy viu acontecer. No mesmo instante, a mulher passou de seu nada-abaixo-do-joelho-menos-de-um-metro-e-meio para sua estatura de talvez um e setenta, um e setenta e cinco. Era como assistir a algum extraordinário truque de câmera num filme, mas aquilo não era filme, era a *vida* de Trudy.

Sobre o ombro esquerdo a aparição usava uma bolsa com forro de pano que parecia ter sido feita de caniços. Aparentemente havia pratos lá dentro. Na mão direita ela segurava uma sacola vermelha desbotada, fechada por cordões, onde alguma coisa de fundo quadrado balançava de um lado para o outro. Trudy não conseguia ler tudo que estava escrito na sacola, mas achou que parte da inscrição era PISTAS MIDTOWN.

Então a mulher agarrou Trudy pelo braço.

— O que você tem nessa bolsa? — ela perguntou. — Sapatos?

Isto fez Trudy olhar para os pés da negra e ver outra coisa impressionante: os pés da afro-americana eram *brancos*. Tão brancos quanto os seus.

Trudy já tinha ouvido falar de gente que perdia a fala em certas horas; agora a coisa acontecia com ela. A língua estava grudada no céu da boca e não descia. Contudo, não havia nada de errado com seus olhos. Eles viam tudo. Os pés brancos. Mais gotinhas no rosto da negra, quase certamente sangue coagulado. Cheiro de suor, como se a materialização na Segunda Avenida só tivesse ocorrido depois de um tremendo esforço.

— Se tem sapatos, senhora, é melhor me dar. Não quero matá-la mas tenho de encontrar gente que me ajude com meu chapinha e não posso fazer isso descalça.

Ninguém naquele pequeno trecho da Segunda Avenida. Pessoas — pelo menos algumas — sentadas na escada do Hammarskjöld Plaza 2, e algumas olhavam diretamente para Trudy e a mulher negra (a mulher *quase toda* negra), mas não com espanto ou sequer interesse, que diabo havia de *errado* com eles, eram cegos?

Bem, para começar não são eles que ela está agarrando. Como também não é a eles que está ameaçando mat...

A sacola de lona da Borders com os sapatos que usava no escritório (sapatos confortáveis de meio salto, um couro cor do vão) foi puxada de seu ombro. A negra espreitou lá dentro e tornou a erguer os olhos para Trudy.

— Qual é o número?

A língua de Trudy finalmente se descolou do céu da boca, mas isso não ajudou; a língua caiu sem vida.

— Deixa pra lá, Susannah diz que você parece usar 36. Esses vão s...

O rosto da aparição de repente pareceu cintilar. Ela ergueu uma das mãos (que desenhou um arco frouxo, com um punho igualmente frouxo, que a certa altura se imobilizou no ar, como se a mulher não tivesse um controle muito bom sobre ele) e bateu na testa, bem entre os olhos. E de repente seu rosto estava diferente. Trudy recebia o canal *Comedy Central* como parte do seu pacote de tevê a cabo e vira comediantes especializados em simular alterações no rosto com aquele tipo de mímica.

Quando a mulher negra tornou a falar, sua voz também tinha se alterado. Era agora o tom de uma mulher educada. E (Trudy seria capaz de jurar) de uma mulher assustada.

— Me ajude — disse ela. — Meu nome é Susannah Dean e eu... eu... meu deus... ah *Cristo*...

Desta vez era dor o que distorcia o rosto da mulher e ela agarrou a barriga. Olhou para baixo. Quando voltou a levantar a cabeça, a mulher anterior reapareceu, a que falara em matar por um par de sapatos. Os pés descalços deram um passo atrás. Ela ainda segurava a sacola com os belos Ferragamo de salto baixo de Trudy e o *New York Times* dentro dela.

— Ó Cristo — disse ela. — Ah, como isso dói! *Mama!* Você tem de fazer isso parar. Não pode ser agora, não aqui no meio da rua, tem de fazer com que espere um pouco.

Trudy tentou erguer a voz e gritar por um policial. Nada saiu além de um pequeno sussurro.

A aparição apontou para ela.

— Tu tem de se mandar agora daqui — disse ela. — E se berrar chamando algum tira ou carro de patrulha, vou te procurar e te cortar esses peitos. — Ela tirou um dos pratos da bolsa de caniços. Trudy observou que a beirada do prato era de metal, afiada como faca de açougueiro. De repente ela teve de lutar para não molhar as calças.

Te procuro e te corto esses peitos, e uma beirada como a que ela estava olhando provavelmente daria conta do recado. *Zip-zup,* mastectomia instantânea, ó bom Deus!

— Bom-dia para a senhora, madame — Trudy ouviu sua boca dizer. Parecia alguém tentando falar alguma coisa com o dentista antes do efeito da novocaína acabar. — Aproveite bem os sapatos, pode usar sem problemas.

Sem dúvida, a aparição não parecia particularmente saudável. Nem mesmo com as pernas no lugar e os belos dentes brancos.

Trudy partiu. Desceu a Segunda Avenida. Tentava dizer a si mesma (sem absolutamente qualquer resultado) que *não* vira uma mulher brotar do ar na frente do Hammarskjöld 2, o prédio que o pessoal que trabalhava nele chamava zombeteiramente de Torre Negra. Tentava dizer a si mesma (também sem nenhum resultado) que aquilo era conseqüência de ter almoçado rosbife com batatas fritas. Devia ter se mantido fiel à habitual *waffle* com ovos. Afinal as pessoas iam ao Dennis para *waffles*, não para rosbife com batatas, e se você não acredita que elas sabem o que estão fazendo, veja o que acabou de acontecer a ela. Vendo aparições afro-americanas e...

E sua sacola! A bolsa Borders de lona! Com certeza a deixara cair!

Não fora bem assim. Passara todo o tempo com medo que a mulher viesse atrás dela gritando como uma caçadora de cabeças das selvas mais fechadas e escuras de Papua. Havia um lugar de formente-dormigamento em suas costas (queria dizer *um lugar de formigamento dormente*, mas dormigamento era o que realmente estava sentindo, uma impressão de sonolência solta, fria, distante), onde sabia que o prato a morderia, bebendo seu sangue e daí comendo um de seus rins antes de chegar, ainda trepidando, no giz vivo de sua espinha. Ela ia ouvir o prato avançando, sabendo de algum modo que haveria um som sibilante, como o sorver de um pião de criança, ia sentir o sangue quente borrifando suas nádegas e as barrigas de suas pernas...

Não conseguiu evitar. A bexiga fraquejou, a urina esguichou e a frente da calça esporte, parte de um conjunto Norma Kamali *très* dispendioso, ganhou uma deprimente mancha escura. A essa altura ela estava quase na esquina da Segunda Avenida com a rua Quarenta e Cinco. Trudy — que jamais voltaria a ser a mulher prática que até então se considerava — foi finalmente capaz de parar e dar a volta. Já estava sentindo um dormigamento menor. Só restava a quentura no meio das pernas.

E a mulher, a louca aparição, se fora.

2

Trudy conservava alguma roupas de treino de beisebol — camisetas e dois velhos pares de calças jeans — dentro do armário no escritório. Quando chegou de volta na Guttenberg, Furth e Patel, trocar de roupa foi sua prioridade. Depois, ligou para a polícia. O policial que registrou sua queixa foi o agente Paul Antassi.

— Meu nome é Trudy Damascus — disse ela — e acabei de ser assaltada na Segunda Avenida.

O agente Antassi foi extremamente solidário ao telefone e, quando Trudy se deu conta, estava imaginando um George Clooney italiano. Não uma coisa de todo absurda, considerando o nome Antassi e os cabelos e olhos escuros de Clooney. Pessoalmente, Antassi não era nada parecido com Clooney, mas, ora, quem podia esperar por milagres e astros de cinema vivendo num mundo real. A pesar de que... considerando o que lhe acontecera na esquina da Segunda Avenida com a rua Quarenta e Seis às 13h19, hora do leste...

O agente Antassi chegou por volta das três e meia e de repente ela estava lhe contando exatamente o que acontecera, *tudo*, mesmo a parte sobre a sensação de dormigamento em vez de formigamento dormente e sua estranha certeza de que a mulher estava se preparando para lhe atirar aquele prato...

— Quer dizer que o prato tinha uma beirada afiada? — Antassi perguntou fazendo uma anotação no bloco. Quando os olhos dela disseram que sim, ele acenou a cabeça com ar simpático. Alguma coisa no aceno lhe parecera familiar, mas naquele momento estava ocupada demais em contar o que acontecera para completar as associações. Mais tarde, é claro, se perguntaria como podia ter sido tão estúpida. Era exatamente o aceno simpático que já vira num daqueles filmes sobre senhoras piradas como *Garota, Interrompida* com Winona Ryder e, muito tempo antes, *A Cova da Serpente*, com Olivia de Havilland.

Mas naquele momento estava absorvida demais. Ocupada demais explicando ao simpático agente Antassi como a calça jeans da aparição se arrastava na calçada dos joelhos para baixo. E nesse momento ela ouviu pela primeira vez a sugestão de que provavelmente a mulher negra saíra de trás de um abrigo de ônibus. E também a idéia (uma idéia de matar) de que a mulher negra provavelmente saíra de uma pequena loja, havia bilhões delas naquele trecho. Quanto a Trudy, ela iniciou sua contestação de que *não* havia abrigos de ônibus naquela esquina, nem em todo o lado *downtown* da Quarenta e Seis, nem do lado *uptown* também. Iniciou também a contestação de que todas as lojas tinham desaparecido daquela área desde que o Hammarskjöld 2 fora erguido. Estes argumentos acabariam se transformando num de seus números mais populares, tão populares que talvez um dia ela subisse no palco da porra do Radio City.

Pela primeira vez ouviu a pergunta sobre o que comera no almoço pouco antes de ver a mulher, e percebeu, pela primeira vez, que almoçara uma versão século XX do que Ebenezer Scrooge comera pouco antes de ver seu antigo (e há muito falecido) sócio: batatas e rosbife. Para não mencionar *várias* passadas de mostarda.

Ela esqueceu inteiramente a idéia de perguntar se o agente Antassi gostaria de sair para jantar com ela.

Na realidade, colocou-o para fora de sua sala.

Mitch Guttenberg enfiou pouco depois a cabeça pela porta.

— Acham que vão conseguir recuperar sua bolsa, Tru...

— Caia fora — disse Trudy sem olhar para ele. — Já!

Guttenberg constatou a palidez do rosto dela e a tensão da mandíbula. E se retirou sem dizer mais nada.

3

Trudy deixou o trabalho às 16h45, o que para ela era cedo. Voltou para a esquina da Segunda com a Quarenta e Seis, e, embora a sensação de dormigamento começasse de novo a subir pelas suas pernas em direção à boca do estômago enquanto ela se aproximava da Hammarskjöld Plaza, ela não hesitou. Parou na esquina, ignorando tanto o branco SIGA quanto o vermelho PARE. Depois se virou num círculo pequeno e apertado, quase como uma bailarina, sempre ignorando seus companheiros da Segunda Avenida e sendo ignorada por eles.

— Foi bem aqui — disse. — Aconteceu bem aqui. Sei que foi. Me perguntou que número eu usava e antes que eu pudesse responder... eu *teria* respondido, eu teria dito a ela qual era a cor da minha calcinha se ela perguntasse, eu estava em choque... antes que eu pudesse responder, ela disse...

Deixe pra lá, Susannah diz que você parece usar 36. Estes vão servir.

Bem, não, ela não tinha acabado de todo essa última parte, mas Trudy tinha certeza que era o que a mulher tinha pretendido dizer. Só então se rosto se alterara. Como um cômico se aprontando para imitar Bill Clinton ou Michael Jackson ou talvez o próprio George Clooney. E ela pedira ajuda. Pediu ajuda e disse que seu nome era... qual?

— Susannah Dean — disse Trudy. — Esse era o nome. Isso eu não contei ao agente Antassi.

— Bem, é, mas que se fodesse o agente Antassi. O agente Antassi, com seus abrigos de ônibus e pequenas lojas, que simplesmente *se fodesse*.

Aquela mulher — Susannah Dean, Whoopi Goldberg, Coretta Scott King, quem quer que fosse — *achava que estava grávida. Achava que estava em* trabalho de parto. *Tenho quase certeza disso. Achou que ela estivesse grávida, Trudes?*

— Não — respondeu ela.

No lado *uptown* da rua Quarenta e Seis, o branco SIGA novamente se transformou no vermelho PARE. Trudy sentiu que estava se acalmando. Alguma coisa relacionada com o fato de estar simplesmente ali, com o Dag Hammarskjöld Plaza 2 à sua direita, parecia acalmá-la. Como a mão fresca de alguém numa testa quente ou palavras suaves garantindo que não havia nada, absolutamente *nada* que justificasse uma sensação de dormigamento.

Percebeu que podia ouvir um murmúrio. Um leve som sussurrante.

— Não é um murmúrio — disse ela quando o vermelho PARE retrocedeu mais uma vez ao branco SIGA (ela se lembrou de um namorado da faculdade uma vez lhe dizer que o pior desastre cármico que ele podia imaginar seria voltar como sinal de tráfego). — Não é um murmúrio, é um *canto*.

E então, bem a seu lado — assustando-a, mas sem lhe dar medo —, falou uma voz de homem.

— Está certo — disse ele. Trudy se virou e viu um cavalheiro que parecia ter quarenta e poucos anos. — Passo a toda hora por aqui, só para ouvi-lo. E lhe digo uma coisa, já que a gente nunca mais vai se ver... quando eu era rapaz, tive o mais terrível problema de acne do mundo. Acho que vir até aqui de alguma forma me curou.

— Acha que ficar parado na esquina da Segunda com a Quarenta e Seis curou sua acne? — perguntou ela.

O sorriso dele, um sorriso discreto mas gentil, vacilou, mas muito pouco.

— Sei que parece loucura...

— Vi uma mulher aparecer em pleno ar bem aqui — disse Trudy. — Foi o que vi três horas e meia atrás. Quando apareceu, não tinha pernas dos joelhos para baixo. Então o que faltava das pernas brotou do nada. Quem acha que é o maluco, meu amigo?

O homem ficou olhando para ela de olhos arregalados, provavelmente um subalterno anônimo de terno e gravata arriada no final do dia de trabalho. E sim, ela pôde ver as marcas e sombras da antiga acne nas bochechas e na testa.

— Isto é verdade? — perguntou ele.

Trudy levantou a mão direita.

— Que eu morra se estiver mentindo. A puta roubou meus sapatos. — Ela hesitou. — Não, não era uma puta. Não creio que fosse uma puta. Tinha medo, estava descalça e achava que tinha entrado em trabalho de parto. Eu só queria ter tido o tempo de dar a ela os tênis que eu trazia nos pés, não os ótimos que eu levava na bolsa.

O homem dispensou-lhe um olhar cauteloso e, de repente, Trudy Damascus se sentiu cansada. Concluíra que ia ter de se acostumar a olhares como aquele. O sinal disse novamente SIGA e o homem que tinha falado com ela começou a atravessar a rua, balançando a pasta.

— Senhor!

Ele não parou de andar, mas deu uma olhada pelo ombro.

— O que havia aqui? Quando o senhor parava nesta esquina para o tratamento da acne?

— Nada — disse ele. — Era só um terreno baldio atrás de uma cerca. Achei que ia parar... aquele som incrível... quando começaram a construir, mas nunca parou.

Ele atingiu o meio-fio da outra calçada. E começou a subir a Segunda Avenida. Trudy ficou onde estava, perdida em pensamentos. *Achei que ia parar, mas nunca parou.*

— Por que seria? — perguntou ela, virando-se para encarar o Hammarskjöld Plaza 2. A Torre Negra. O murmúrio ficou mais forte quando Trudy se concentrou nele. E mais doce. Não era apenas uma voz, mas muitas. Era como um coro. Então parou. Desapareceu tão de repente quanto a mulher negra surgira na calçada.

Não desapareceu, Trudy pensou. *Eu apenas perdi a capacidade de ouvi-lo, só isso. Se eu ficasse aqui um tempo suficiente, aposto que ele voltaria. Nossa, isto é loucura.* Estou *maluca.*

Ela acreditava nisso? A verdade era que não. De uma hora para outra o mundo parecia ter ficado muito rarefeito, antes uma idéia que coisa real, como se não estivesse realmente ali. Nunca em sua vida se sentira uma mulher menos prática. Experimentava uma fraqueza nos joelhos, um aperto no estômago e a sensação de estar à beira de um desmaio.

4

Havia um pequeno jardim do outro lado da Segunda Avenida. Nele, uma fonte; perto da fonte, a escultura de metal de uma tartaruga, o casco molhado brilhando sob o jato da fonte. Ela não se importava nada com fontes ou esculturas, mas havia também um banco.

SIGA tinha aparecido de novo. Trudy atravessou meio trôpega a Segunda Avenida, como uma mulher de 83 e não de 38 anos, e sentou-se. Começou a respirar fundo, devagar, e uns três minutos depois já se sentia um pouco melhor.

Ao lado do banco havia um recipiente de lixo com MANTENHA A CIDADE LIMPA gravado nele. Logo embaixo, em tinta spray rosa, uma estranha e pequena pichação: *Veja a TARTARUGA de enorme casco*. Trudy viu a tartaruga, mas não achou que ela fosse assim tão grande; a escultura era bem modesta. Também viu mais alguma coisa; um exemplar do *New York Times*, enrolado como sempre enrolava o seu quando queria conservá-lo um pouco mais e tinha uma bolsa para guardá-lo. Sem dúvida haveria provavelmente pelo menos um milhão de cópias do *Times* daquele dia flutuando por Manhattan, mas aquele exemplar era o seu. Soube antes mesmo de tirá-lo do recipiente de lixo e conferir o que já sabia abrindo as palavras cruzadas (ela as completara quase inteiramente durante o almoço com a tinta lilás que sempre usava).

Devolveu o jornal à cesta de lixo e correu os olhos pela Segunda Avenida até o lugar onde sua idéia de como as coisas funcionavam fora alterada. Talvez para sempre.

Pegou meus sapatos. Atravessou a rua, sentou-se ao lado da tartaruga e calçou-os. Guardou minha sacola mas jogou fora o Times. *Por que ia querer minha sacola? Não tinha nenhum sapato seu para pôr nela.*

Trudy achou que sabia. A mulher tinha posto seus pratos nela. Um tira que desse uma olhada naquelas beiradas afiadas poderia ter curiosidade de saber o que a pessoa servia em pratos que podiam decepar os dedos se fossem pegos de mau jeito.

Certo, mas depois para onde ela foi?

Havia um hotel na esquina da Primeira Avenida com a rua Quarenta e Seis. Antigamente fora o U.N. Plaza. Trudy não sabia qual seu nome agora e não se importava. Nem queria ir até lá para perguntar se uma mulher negra de calça jeans e uma camisa branca manchada não teria passado por ali há algumas horas. Tinha uma forte intuição de que sua versão do fantasma de Jacob Marley fizera exatamente isso, mas era uma intuição na qual não queria insistir. Melhor deixá-la passar. A cidade estava cheia de sapatos, mas quanto à *sanidade,* à *sanidade* de uma pessoa...

Melhor ir para casa, tomar um banho e simplesmente... deixar passar. Só que...

— Há alguma coisa errada — disse, e um homem passando na calçada olhou para ela. Trudy revidou o olhar com ar desafiante. — Em algum lugar há alguma coisa *muito* errada. Está...

Tombando foi a palavra que lhe veio à cabeça, mas ela não a disse em voz alta. Como se pronunciá-la pudesse fazer tombar se transformar num ruir de vez.

Foi um verão de maus sonhos para Trudy Damascus. Alguns sobre a mulher que primeiro apareceu e depois *cresceu.* Esses eram maus, mas não eram os piores. Nos piores ela estava no escuro, sinetas terríveis soavam e ela sentia algo tombando mais e mais, até ser tarde demais.

LINHA: Commala-*venha-tom*
Pode me dizer o que vê?
São fantasmas ou apenas o espelho
Que a fazem querer fugir?

RESPOSTA: Commala-*venha-três!*
Imploro, me diga!
São fantasmas ou apenas seu eu mais sombrio
Que a fazem querer fugir?

QUARTA ESTROFE

O Dogan de Susannah

1

A memória de Susannah se tornara terrivelmente irregular e não-confiável, como a transmissão desgastada de um carro velho. Lembrava-se da batalha com os Lobos e de Mia esperando pacientemente o seu término...

Não, não era bem assim. Não era isso. Mia fizera muito mais do que esperar pacientemente. Tinha torcido pela Susannah (e os outros) com seu próprio coração de guerreira. Tinha mantido o trabalho de parto em estado latente enquanto a mãe substituta do chapinha distribuía a morte com seus pratos. Então acabaram descobrindo que os Lobos eram robôs, de modo que se podia realmente dizer...

Sim. Sim, você pode dizer muita coisa. Porque eles eram mais que robôs, muito mais, e nós os matamos. Soubemos nos erguer e liquidar seus focinhos.

Mas a despeito do que se viesse a dizer, estava acabado. E assim que acabara, Susannah sentiu o trabalho de parto voltando, e com força. Ia ter a criança na margem da maldita estrada se não se cuidasse; e ele ia morrer ali, porque estava faminto, o chapinha de Mia estava *fominha* e...

Você tem de me ajudar!

Mia. Impossível não responder a esse apelo. Mesmo sentindo Mia empurrando-a para um lado (como Roland pusera um dia Detta Walker de lado), era impossível não responder àquele selvagem grito de mãe. Em parte, Susannah supôs, porque era o corpo *dela* que compartilhavam, e o corpo se declarava pelo interesse do bebê. Provavelmente não poderia agir de outra forma. E por isso ela havia ajudado. Fizera o que a própria Mia não mais podia fazer, tinha suspendido o trabalho de parto por um pouco mais tempo. Embora isso fosse perigoso para o chapinha (engraçado como essa palavra se insinuava em seus pensamentos, tornava-se sua palavra tanto quanto palavra de Mia), se acabasse se prolongando demais. Ela se lembrava de uma história contada por uma moça durante uma reunião de mulheres, tarde da noite, no alojamento da Universidade de Colúmbia (eram meia dúzia de garotas fazendo uma roda, de pijama, fumando e fazendo circular uma garrafa de Wild Irish Rose — absolutamente *proibida* e portanto duas vezes mais gostosa). A história fora sobre uma garota da idade delas numa longa viagem de carro. A moça ficara envergonhada de dizer aos amigos que precisava de uma parada para fazer xixi. Segundo a história, ela sofreu uma ruptura da bexiga e morreu. Era o tipo de coisa que você considera ao mesmo tempo pura invencionice e acredita piamente. E esta coisa com o chapinha... o *bebê*...

Mas fosse qual fosse o perigo, ela fora capaz de deter o trabalho de parto. Porque existiam interruptores que podiam fazer isso. Em algum lugar.

(no Dogan)

Só que ninguém jamais pensara em usar a maquinaria do Dogan para fazer o que ela... elas...

(nós)

estavam querendo fazer. Acabaria tendo uma sobrecarga e

(ruptura)

todas as máquinas entrariam em combustão, queimariam. Com alarmes disparando. Painéis de controle e telas de monitores se apagando. Quanto tempo antes que isso acontecesse? Susannah não sabia.

Tinha a vaga lembrança de tirar sua cadeira de rodas de uma carroça *bucka* enquanto todos estavam distraídos, comemorando a vitória e chorando os mortos. Subir, escalar, não era fácil para alguém sem pernas do joelho para baixo, mas também não era tão difícil quanto algumas pessoas poderiam acreditar. Certamente ela estava acostumada a um cotidiano de obstáculos — de entrar e sair do banheiro a tirar livros de uma prateleira antigamente tão acessível (houvera um banquinho para auxiliá-la nessas tarefas em cada cômodo de seu apartamento de Nova York). De qualquer modo, Mia insistira — na realidade a *impelira,* como um caubói poderia impelir um bezerro desgarrado. E assim Susannah se suspendera sozinha para sentar diretamente na *bucka*. Abaixara a cadeira de rodas e se introduzira cuidadosamente para dentro dela. Não tão fácil quanto rolar de um tronco de madeira, mas de modo algum a tarefa mais difícil desde que perdera seus últimos 40 centímetros.

A cadeira a conduzira por um último quilômetro, talvez um pouco mais (nenhuma perna para Mia, filha de ninguém, não na Calla). Por fim ela bateu numa saliência de granito, que a jogou no chão. Felizmente, fora capaz de amortecer a queda com os braços, poupando a turbulenta e infeliz barriga.

Ela se lembrava de ter se levantado (correção, ela se lembrava de Mia levantando o corpo seqüestrado de Susannah Dean) e de ter continuado a subir a trilha. Tinha apenas outra lembrança nítida de Calla: a tentativa de impedir que Mia tirasse o cordão de couro que Susannah usava no pescoço. Um anel pendia dele, um belo e leve anel feito por Eddie. Quando Eddie viu que o anel era grande demais (querendo que fosse uma surpresa, ele não medira o dedo de Susannah), ficou desapontado e disse a Susannah que lhe faria outro.

Se quiser, vá e faça o que está dizendo, disse ela, *mas vou usar sempre este.*

Ela o pendurara no pescoço, gostava do modo como ele caía entre os seios e agora aqui estava esta mulher desconhecida, esta *puta,* tentando tirá-lo.

Detta tinha *avançado,* lutando com Mia. Detta não tivera absolutamente sucesso ao tentar reassumir controle sobre Roland, mas Mia não era Roland de Gilead. As mãos de Mia soltaram o cordão. Seu controle oscilou. Quando isso aconteceu, Susannah sentiu outra daquelas contrações varrerem seu corpo, fazendo-a se curvar e gemer.

O cordão tem de sair!, Mia gritou. *De outra forma, eles terão o rastro dele assim como o seu! De seu marido! Não é isso que você quer, acredite!*

Quem?, Susannah perguntara. *De quem você está falando?*

Não importa... não há tempo. Mas se ele vier atrás de você... e sei que você acha que ele vai tentar... não podem ter o cheiro dele! Vou deixar isso aqui, onde ele o encontrará. Mais tarde, se for a vontade do ka, *você poderá usá-lo de novo.*

Susannah pensara em dizer a Mia que ela podia tirar o anel, lavá-lo para eliminar o cheiro de Eddie, mas sabia que não era de um simples cheiro que Mia estava falando. Era um anel de amor e este cheiro sempre permaneceria.

Mas rastro para quem?

Para os Lobos, ela supunha. Os *verdadeiros* Lobos. Aqueles de Nova York. Os vampiros de quem Callahan tinha falado e os homens baixos. Ou havia alguma outra coisa? Algo ainda pior?

Me ajude!, Mia gritou e de novo Susannah encontrou aquele apelo impossível de resistir. O bebê podia ou não ser de Mia, podia ou não ser um monstro, mas seu corpo queria tê-lo. Os olhos queriam vê-lo, fosse lá como ele fosse, e seus ouvidos queriam ouvi-lo chorar, mesmo se o choro fosse realmente feito de rosnados.

Ela tirara o anel, dera um beijo nele e o jogara no fim da trilha, onde Eddie certamente o veria. Pois ele a seguiria pelo menos até aqui, ela sabia disso.

E depois? Não sabia. Lembrava-se de estar cavalgando alguma coisa na maior parte da subida por uma trilha íngreme, certamente a trilha que levava à Gruta da Porta.

Depois a escuridão.

(não escuridão)

Não, não *completa* escuridão. Havia luzes piscando. O leve clarão das telas de tevê que estavam, pela primeira vez, projetando não imagens mas apenas uma suave luminosidade cinza. Havia o ronco fraco de motores; o clique de relés. Aquilo era

(*o Dogan o Dogan de Jake*)

uma espécie de sala de controle. Talvez um lugar que ela própria tivesse construído, talvez a versão de sua imaginação da cabana de metal e teto redondo que Jake encontrara no margem oeste do rio Whye.

A coisa seguinte de que ela se lembrou claramente foi estar de volta a Nova York. Seus olhos eram janelas através das quais viu Mia roubar os sapatos de uma pobre mulher aterrorizada.

Susannah *tomou de novo a frente,* pedindo ajuda. Ela queria continuar, dizer à mulher que precisava ir para o hospital, precisava de um médico, ia ter um bebê e havia alguma coisa errada com ele. Antes, no entanto, que pudesse colocar isso para fora, outra contração tomou conta dela, esta monstruosa, mais profunda que qualquer dor que já tivesse sentido na vida, pior até que a dor que sentira após ter perdido a parte de baixo das pernas. Esta dor... *esta...*

— Ó Cristo — disse ela, mas Mia voltou a assumir antes que pudesse dizer mais alguma coisa. Mia disse a Susannah que ela tinha de fazer aquilo parar e disse à mulher que se ela assobiasse chamando algum policial, ia perder um par de coisas muito mais valiosas do que sapatos.

Mia, preste atenção, Susannah lhe disse. *Posso parar isso de novo... Acho que posso... mas você tem de ajudar. Você tem de sentar. Se não se acalmar um pouco, nem o Próprio Deus será capaz de impedir que o trabalho de parto siga seu curso. Está entendendo? Está me ouvindo?*

Mia ouvia. Ficou onde estava por um momento, observando a mulher de quem tinha roubado os sapatos. Então, quase timidamente, fez uma pergunta: *Aonde devo ir?*

Susannah sentiu que sua seqüestradora estava, pela primeira vez, tomando consciência da enorme cidade onde se encontrava. Finalmente prestava atenção aos sucessivos cardumes de pedestres, às ondas de carruagens de metal (uma em cada três, ao que parecia, pintada de um amarelo tão brilhante que quase gritava) e torres tão altas que, num dia nublado, os cumes ficariam fora de vista.

Duas mulheres olhavam para uma cidade estranha através de um par de olhos. Susannah sabia que era a *sua* cidade, mas sob muitos aspectos, não era mais. Ela deixara Nova York em 1964. Quantos anos tinham se passado? Vinte? Trinta? Não importa, esqueça isso. Não estava na hora desse tipo de preocupação.

O olhar combinado das duas fixou-se no pequeno jardim do outro lado da rua. As dores de parto tinham cessado naquele momento e, quando o sinal lá na frente dizia SIGA, a mulher negra de Trudy Damascus (que não parecia particularmente grávida) atravessou a rua, caminhando devagar, mas com firmeza.

No lado oposto havia um banco ao lado de uma fonte e uma escultura de metal. Ver a tartaruga confortou um pouco Susannah; era como se Roland tivesse lhe deixado aquele sinal, algo que o pistoleiro teria chamado *sigul.*

Ele virá atrás de mim também, ela disse a Mia. *E você devia tomar cuidado com ele, mulher. Você devia tomar muito cuidado com ele.*

Vou fazer o que preciso fazer, Mia respondeu. *Quer ver o jornal da mulher. Por quê?*

Quero saber em que quando estou. O jornal vai dizer.

As mãos escuras tiraram o jornal enrolado da bolsa Borders de lona. Abriram o jornal e o ergueram para olhos azuis que tinham começado este dia escuros como as mãos. Susannah viu a data — 1º de junho de 1999 — e ficou maravilhada. Não 25 anos ou mesmo trinta, mas 35. Até aquele momento ela não percebera como subestimara as chances do mundo para sobreviver tanto tempo. Os contemporâneos que conhecera em sua antiga vida — colegas estudantes, defensores dos direitos civis, companheiros de copo e *aficionados* de *folk-music* — estariam agora se aproximando do fim da meia-idade. Alguns, sem a menor dúvida, já teriam morrido.

Já chega, disse Mia, atirando o jornal no recipiente de lixo, onde ele reassumiu a antiga forma enrolada. Ela tirou o máximo possível de pó das solas dos pés descalços (devido à sujeira, Susannah não reparou que eles tinham mudado de cor) e depois calçou os sapatos roubados. Eram um pouco pequenos e ela achou que, como estava sem meias, lhe fariam bolhas se tivesse de andar muito, mas...

O que lhe importa, não é?, disse Susannah. *Não são seus pés.*

E logo que disse isto (aquilo *era* uma forma de conversar; o que Roland chamava *palestrar*), ela percebeu que podia estar errada. Certamente seus próprios pés, aqueles que tinham marchado obedientemente pela vida debaixo do corpo de Odetta Holmes (e às vezes Detta Walker), estavam há muito desaparecidos, apodrecendo ou, mais provavelmente, já queimados em algum incinerador municipal.

Mas ela não havia reparado na mudança de cor. Só mais tarde iria pensar: *Você reparou, sim. Reparou e bloqueou a imagem. Porque demais é demais.*

Antes que ela pudesse prosseguir a questão, tão filosófico quanto físico de saber de quem eram os pés que estava usando, outra dor de trabalho de parto a atingiu. Comprimiu seu estômago e o transformou em pedra, enquanto as coxas iam se afrouxando. Sentiu pela primeira vez a terrível, amedrontadora necessidade de *empurrar.*

Tem de parar isto!, Mia gritou. *Mulher, você tem de pará-la! Pelo chapinha e também por nós!*

Sim, tudo bem, mas como?

Feche os olhos, disse Susannah.

O quê? Você não me ouviu? Você tem de...

Eu ouvi, disse Susannah. *Feche os olhos!*

O parque desapareceu. O mundo ficou escuro. Ela era uma negra, ainda jovem e sem a menor dúvida bonita, sentada num banco de jardim ao lado de uma fonte e uma tartaruga de metal — a tartaruga tinha um casco úmido e brilhante. A negra podia estar meditando nesta tarde quente de final de primavera, no ano de 1999.

Agora vou me afastar por alguns momentos, disse Susannah. *Voltarei. Enquanto isso, fique sentada onde está. Quieta. Não se mexa. A dor deve recuar de novo, mas mesmo que isso não ocorra logo, fique quieta. Rodar de um lado para o outro só vai piorá-la. Está me entendendo?*

Mia podia estar assustada e estava certamente determinada a impor sua vontade, mas não era boba. Limitou-se a fazer uma única pergunta.

Aonde você está indo?

De novo ao Dogan, respondeu Susannah. *Ao meu Dogan. Ao que está aqui dentro.*

2

O prédio que Jake tinha encontrado na outra margem do rio Whye era uma espécie de antigo posto de comunicações e vigilância. O garoto tinha descrito a coisa com algum detalhe, mas talvez não reconhecesse a forma como Susannah o imaginava, baseada numa tecnologia que, apenas 13 anos mais tarde, quando Jake trocasse Nova York pelo Mundo Médio, estaria completamente superada. No quando de Susannah, Lyndon Johnson era presidente e tevê a cores ainda era novidade. Computadores eram coisas enormes que enchiam prédios inteiros. Mas Susannah, visitara a cidade de Lud e vira algumas das maravilhas que havia lá, e assim Jake *talvez* reconhecesse pelo menos certos traços semelhantes ao lugar onde tinham se escondido de Ben Slightman e Andy, o Robô Mensageiro.

Certamente ia reconhecer o empoeirado chão de linóleo, com aquele padrão xadrez de quadrados vermelhos e pretos, e as cadeiras com rodas ao longo de consoles cheios de luzes piscando e mostradores brilhantes. E teria reconhecido o esqueleto no canto, sorrindo por cima do colarinho puído da camisa de seu antigo uniforme.

Susannah cruzou a sala e sentou-se numa das cadeiras. Acima telas de tevê em preto-e-branco mostravam dezenas de imagens. Algumas eram de Calla Bryn Sturgis (a assembléia da cidade, a igreja de Callahan, o armazém geral, a estrada saindo da cidade para leste). Outras eram fotos que pareciam fotografias de estúdio: uma de Roland, outra de Jake sorridente segurando Oi nos braços e uma terceira — Susannah quase não suportava olhar para ela — de Eddie com o chapéu inclinado para trás, estilo caubói, e a faca de entalhe numa das mãos.

Outro monitor mostrava a negra esbelta sentada no banco ao lado da tartaruga, joelhos juntos, mãos dobradas no colo, olhos fechados, um par de sapatos roubados nos pés. Ela agora carregava três bolsas: a que roubara da mulher na Segunda Avenida, a sacola de caniços com os afiados pratos Orizas e uma bolsa de boliche. A bolsa de boliche era de um vermelho desbotado e dentro dela havia alguma coisa com cantos quadrados. Uma caixa. Ver aquilo na tela de tevê fez Susannah sentir raiva (sentir-se traída) mas ela não sabia explicar por quê.

A bolsa era rosa lá do outro lado, ela pensou. *Mudou de cor quando atravessamos, mas só um pouco.*

O rosto da mulher na tela em preto-e-branco acima do painel de controle fez uma careta. Susannah sentiu um eco da dor que Mia estava experimentando, mas fraco e distante.

Faça parar. E rápido.

A pergunta ainda era: como?

Do modo como você fez do outro lado. Quando ela levava sua carga para aquela gruta, o mais rápido que pôde.

Isso parecia ter acontecido há muito tempo, em outra vida. E por que não? *Fora* outra vida, outro mundo e, se ela tivesse esperanças de algum dia voltar para lá, era preciso dar agora uma ajuda a Mia. Mas o que fizera?

Você usou aquele negócio, foi o que fez. Um negócio que só existe em sua cabeça... O que professor Overmeyer chamou de "uma técnica de visualização" no curso básico de psicologia. Feche os olhos.

Susannah obedeceu. Agora os dois pares de olhos estavam fechados, os físicos que Mia controlava em Nova York e aqueles em sua mente.

Visualize.

Ela obedeceu. Ou tentou.

Abra.

Ela abriu os olhos. Agora, no painel à sua frente, havia dois grandes mostradores e um interruptor onde antes existiam reostatos e luzes piscando. Os comandos pareciam feitos de baquelita, como os reguladores circulares do fogão da mãe, na casa da infância. Susannah achava que não havia surpresa ali; tudo que ela imaginava, por mais louco que fosse, não era mais que uma versão disfarçada do que já conhecia.

O regulador à sua esquerda estava rotulado TEMPERATURA EMOCIONAL. As marcas iam de 32 a 212 (32 em azul; 212 em vermelho vivo). Naquele momento estava fixo em 160. O botão que havia no meio tinha a inscrição TRABALHO DE PARTO. Os números ao redor do regulador iam de 0 a 10 e, naquele momento, chegavam ao 9. O rótulo sob o interruptor dizia apenas CHAPINHA e só havia duas posições: ACORDADO e ADORMECIDO. Naquele momento estava fixo em ACORDADO.

Susannah olhou para cima e viu que um dos monitores estava agora mostrando um bebê no útero. Era um menino. Um *belo* menino. O pênis minúsculo flutuava como fio de alga marinha sob a preguiçosa curva do cordão umbilical. Os olhos estavam abertos e, embora o resto da imagem fosse em preto-e-branco, os olhos eram extremamente azuis. O olhar do chapinha pareceu atravessar o dela.

São os olhos de Roland, ela pensou, sentindo-se estúpida com admiração. *Como pode ser isso?*

Não podia ser, é claro. Tudo era fruto de sua própria imaginação, uma técnica de visualização. Mas se assim fosse, por que imaginaria os olhos azuis de Roland? Por que não os castanhos-claros de Eddie?

Não há tempo para pensar nisso agora. Faça o que tem a fazer.

Estendeu a mão para TEMPERATURA EMOCIONAL com o lábio inferior preso entre os dentes (no monitor que mostrava o banco do parque, Mia também começava a morder o lábio inferior). Ela hesitou, depois levou o regulador para 72, exatamente como se fosse um termostato. E não era?

A calma imediatamente tomou conta dela. Relaxou na cadeira e deixou o lábio escapar do aperto dos dentes. No monitor do parque, a negra fez o mesmo. Tudo bem, até ali tudo bem.

Ela hesitou um instante com a mão quase tocando o botão do TRABALHO DE PARTO. A mão logo se deslocou para CHAPINHA e passou o interruptor de ACORDADO para ADORMECIDO. Os olhos do bebê se fecharam imediatamente. Para Susannah foi um certo alívio. Aqueles olhos azuis eram desconcertantes.

Tudo bem, de volta ao TRABALHO DE PARTO. Susannah achou que aquilo era a coisa importante, o que Eddie chamaria o Grande Lance. Ela segurou o regulador antiquado, experimentou aplicar uma certa força e não ficou exatamente surpresa ao sentir a coisa tosca resistir bravamente no encaixe. Não queria girar.

Mas vai girar, Susannah pensou. *Porque precisamos que gire.* Precisamos *que gire.*

Agarrou o regulador com força e começou a girá-lo devagar no sentido anti-horário. Uma pontada de dor atravessou sua cabeça e ela fez uma careta. Outra pontada comprimiu por um instante sua garganta, como se ela tivesse uma espinha de peixe encravada ali. Então as pontadas cessaram. À sua direita, um painel inteiro de luzes acendeu, a maioria das luzes cor de âmbar, algumas muito vermelhas.

— ADVERTÊNCIA — disse uma voz com o mesmo tom sinistro da voz do Mono Blaine. — ESTA OPERAÇÃO PODE EXCEDER OS PARÂMETROS DE SEGURANÇA.

Sem essa merda, mané, Susannah pensou. O regulador TRABALHO DE PARTO estava agora indo para o 6. Quando ela o forçou a recuar do 5, outro painel de luzes cor de âmbar e vermelhas se acendeu, e três dos monitores que mostravam cenas de Calla entraram em curto com chiados e estalos. Outra pontada de dor agarrou sua cabeça como dedos invisíveis fazendo pressão. De algum lugar embaixo dela veio o gemido inicial de motores ou turbinas entrando em funcionamento. Coisa grande, a julgar pelo barulho. Os sentia vibrando em seus pés, que estavam descalços, é claro — Mia ficara com os sapatos. *Ah, bem,* ela pensou, *eu não tinha nem pé antes disto então de certo jeito estou muito bem.*

— ADVERTÊNCIA — disse a voz mecânica. — O QUE VOCÊ ESTÁ FAZENDO É PERIGOSO, SUSANNAH DE NOVA YORK. ME ESCUTE, EU SUPLICO. NÃO É BOM TENTAR ENGANAR A MÃE NATUREZA.

Uma das máximas de Roland lhe ocorreu: você faz o que *você* precisa fazer, eu faço o que *eu* preciso fazer e vamos ver quem ganha o ganso. Ela não tinha certeza do sentido, mas a coisa parecia se adequar à situação e Susannah a repetia em voz alta enquanto devagar, mas com firmeza, fazia o regulador de TRABALHO DE PARTO recuar do 4, para o 3...

Pretendia fazer o botão voltar ao 1, mas a dor que dilacerou sua cabeça quando aquela coisa absurda passou do 2 foi tão grande — tão nauseante — que teve de largar o regulador.

Por um momento a dor continuou — inclusive se intensificou — e ela achou que ia morrer. Mia cairia do banco onde estava sentada e ambas estariam mortas antes que o corpo que compartilhavam atingisse o cimento na frente da escultura da tartaruga. Amanhã ou depois, seus restos fariam uma rápida viagem para Potter's Field. E o que sairia na certidão de óbito? Derrame? Ataque do coração? Quem sabe aquela fórmula antiga e vaga do médico apressado: morte por causas naturais...

Mas a dor cedeu e ela continuou viva. Sentada no console diante dos dois ridículos reguladores e do interruptor, respirou fundo várias vezes, limpando o suor dos lados do rosto com ambas as mãos. Incrível, mas quando se tratava de técnica de visualização, ela era o craque do mundo.

Isto é mais que visualização... sabe que sim, não é?

Achava que sim. Alguma coisa a modificara... modificara todos eles. Jake conquistara o toque, que era uma espécie de telepatia. Eddie tinha desenvolvido (ainda estava desenvolvendo) uma capacidade de criar poderosos objetos talismânicos — um deles já servira para abrir uma porta entre dois mundos. E ela?

Eu... vejo. Isso é tudo. E se vejo com bastante força, a coisa começa a ser real. Do modo como Detta Walker se tornou real.

Em todo lugar nesta versão de Dogan, brilhavam luzes cor de âmbar. Enquanto ela olhava, algumas ficavam vermelhas. Sob seus pés — ela os imaginava como pés convidados — o chão tremia e zumbia. Se isto continuasse, começariam a aparecer rachaduras no piso antigo. Rachaduras que iriam se alargar, ficar mais profundas. Senhoras e senhores, bem-vindos à Casa de Usher.

Susannah se levantou da cadeira e olhou em volta. Devia voltar. Havia alguma outra coisa que tivesse de fazer antes de voltar?

Algo lhe ocorreu.

3

Susannah fechou os olhos e imaginou um microfone de rádio. Quando os abriu o microfone estava lá, instalado no console à direita dos dois reguladores e do interruptor. Tinha imaginado a marca Zenith, com aquele Z prolongado como se fosse um relâmpago na base do microfone, mas o que estava estampado lá era North Central Positronics. Alguma coisa, então, estava se misturando com sua técnica de visualização, o que lhe pareceu extremamente assustador.

No painel de controle diretamente atrás do microfone havia um mostrador com três cores, semicircular, com as palavras **SUSANNAH-MIO** gravadas sob ele. Uma agulha estava saindo do verde e entrando no amarelo. Depois da faixa amarela o mostrador era vermelho e havia uma única palavra gravada em preto: **PERIGO**.

Susannah pegou o microfone, viu que faltava um jeito de usá-lo, tornou a fechar os olhos e imaginou um interruptor como aquele marcado com ACORDADO e ADORMECIDO, só que desta vez ao lado do microfone. Quando tornou a abrir os olhos, o interruptor estava lá. Ela o apertou.

— Eddie — chamou, sentindo-se um pouco tola, mas mesmo assim chamando. — Eddie, se está me ouvindo, saiba que estou bem, ao menos por enquanto. Estou com Mia em Nova York. É 1º de junho de 1999 e vou tentar ajudá-la a ter o bebê. Não vejo outra saída. Afinal, tenho de me livrar dele. Eddie, se cuide. Eu... — Seus olhos se encheram de lágrimas. — Amo você, docinho. Demais.

As lágrimas se derramaram pelo seu rosto. Ela começou a enxugá-las e de repente parou. Será que não tinha o direito de chorar pelo seu homem? Como qualquer outra mulher?

Esperou uma resposta, sabendo que poderia criar uma se quisesse, mas resistindo ao impulso. Não era uma situação em que falar consigo mesma com a voz de Eddie pudesse ter algum efeito positivo.

De repente tudo ficou duplo na frente de seus olhos. Viu o Dogan como o fantasma irreal que ele de fato era. Além daquelas paredes não havia o deserto das terras devastadas na margem direita do Whye, mas a Segunda Avenida com seu tráfego barulhento.

Mia tinha aberto os olhos. De novo estava se sentindo bem — *graças a mim, queridinha, graças a mim* — e pronta para seguir adiante.

Susannah voltou.

4

Uma mulher negra (que ainda se via como preta) estava sentada num banco na cidade de Nova York, na primavera de 99. Uma mulher negra com suas sacolas de viagem — sua tralha — jogadas à sua volta. Uma delas era de um vermelho desbotado. SOMENTE STRIKES NAS PISTAS MIDTOWN estava escrito nela. Fora cor-de-rosa do outro lado. A cor da rosa.

Mia se levantou. Susannah prontamente *tomou a frente* e a fez se sentar de novo.

Para que fez isso?, Mia perguntou, surpresa.

Não sei, não tenho idéia. Mas vamos palestrar um pouco. Por que não começa me dizendo aonde quer ir?

Preciso de um telefung. Alguém vai ligar.

Telefone, disse Susannah. *E escuta, há sangue na sua blusa, docinho, sangue de Margaret Eisenhart e, mais cedo ou mais tarde, alguém vai identificar a mancha. Então o que vai fazer?*

A resposta foi o silêncio, uma onda de sorridente desprezo, o que deixou Susannah furiosa. Cinco minutos atrás — talvez 15, era difícil conservar a noção do tempo quando você estava se divertindo — esta puta seqüestradora estava berrando socorro. E agora, ajuda obtida, o que sua salvadora conseguia era um sorriso interno de desprezo. O pior era que a puta estava certa: provavelmente poderia perambular o dia inteiro pelo *mitown* sem que ninguém perguntasse se o que tinha na camisa era sangue coagulado ou se ela apenas derramara a gemada com chocolate.

Tudo bem, disse Susannah, *mas mesmo que ninguém faça perguntas sobre o sangue, onde você vai guardar sua tralha?* Então outra pergunta lhe veio à cabeça, uma dúvida que devia ter chamado de imediato sua atenção.

Mia, como você sabe o que é um telefone? E não me diga que eles existem no lugar de onde veio.

Nenhuma resposta. Só uma espécie de silêncio atento. Mas Susannah conseguira tirar o sorriso da cara da puta; pelo menos isso conseguira.

Você tem amigos, não? Ou pelo menos acha que são amigos. Pessoas com quem tem conversado pelas minhas costas. Gente que pode ajudá-la. Ou pelo menos é o que você pensa.

Você *vai me ajudar ou não?* De volta àquilo. E furiosa. Mas sob a raiva, o quê? Pavor? Provavelmente pavor seria forte demais, ao menos por enquanto. Mas certamente preocupação. *Quanto tempo eu — nós — temos antes que o trabalho de parto comece de novo?*

Susannah achava que ia demorar entre seis e dez horas — certamente antes que a meia-noite soasse em 2 de junho —, mas tentava manter isto para si mesma.

Não sei. Mas sem dúvida não muito tempo.

Então temos de agir logo. Preciso encontrar um telefung. Fone. *Num lugar particular.*

Susannah achava que havia um hotel na Primeira Avenida, perto de uma esquina no fim da rua Quarenta e Seis, mas tentou guardar isto para si. Seus olhos voltaram para a sacola, uma vez rosa, agora vermelha, e de repente ela compreendeu. Não tudo, mas o suficiente para deixá-la desanimada e com raiva.

Vou deixar isso aqui, Mia tinha dito, falando do anel que Eddie fizera para ela, *vou deixar isso aqui, onde ele o encontrará. Mais tarde, se for a vontade do* ka, *você poderá usá-lo de novo.*

Não exatamente uma promessa, pelo menos não uma promessa direta, mas Mia tinha certamente *sugerido*...

Uma raiva surda correu pela mente de Susannah. Não, Mia não prometera. Simplesmente a conduzira numa certa direção, e ela própria fizera o resto.

Mia não me enganou; me deixou me enganar eu mesma.

Mia tornou a se levantar e mais uma vez Susannah *tomou a frente* e a fez se sentar. Difícil, desta vez.

Quê? Susannah, você prometeu! O chapinha...

Vou ajudá-la com o chapinha, Susannah respondeu severamente. Curvando-se para frente, pegou a sacola vermelha. A sacola com a caixa. E dentro da caixa? Dentro daquela fantasmagórica caixa de madeira com NÃO-ENCONTRADA escrito em runas? Ela podia sentir uma pulsação maligna mesmo através da camada de madeira mágica e do tecido que o escondiam. O Treze Negro estava na sacola. Mia o levara pela porta. E se era preciso aquela bola de cristal para abrir a porta, como Eddie poderia socorrê-la?

Fiz o que tinha de fazer, disse Mia nervosamente. *É meu bebê, meu chapinha e cada mão está agora contra mim. Cada mão a não ser a sua, e você só me ajuda porque é obrigada. Lembre o que eu disse... se for a vontade do* ka, *eu disse...*

Foi a voz de Detta Walker que respondeu. Era áspera, crua e não tolerava contestação.

— Tô cagando pra esse tal de *ka* e num perca tempo me falando disso. Tu tem pobrema, guria. Tem um macaquinho que você nem sabe o que é. Tem gente dizendo que vão te ajudar e tu nem sabe quem *eles* são. Porra, tu nem sabe o que é um telefone ou onde vai encontrá um. Agora tu vai ficá sentada aqui e vai me contá o que está por acontecer. Vamo palestrá, moça, e se tu não me convencê, nóis vai ficá sentada aqui cum esses sacos até a noite chegá e tu pode tê teu priciosu chapinha nesse banco e lavá ele na porra daquele chafariz.

A mulher no banco mostrou os dentes no sorriso grotesco que era típico de Detta Walker.

— *Tu* tá preocupada com aquele chapinha... e Susannah, ela tá *um pouco* preocupada com aquele chapinha... mas eu fui praticamente despejada deste corpo e... tô... *cagando* pra isso.

Uma mulher empurrando um carrinho de bebê (sem dúvida tão divinamente leve quanto a cadeira de rodas abandonada de Susannah) dirigiu à mulher no banco um olhar nervoso e voltou a empurrar o carro de seu bebê, agora tão rápido que parecia estar correndo.

— Então! — disse Detta animadamente. — Vai tê uma festinha por aqui, né? Tempo legal pra cunversá. Tá me ouvindo, mamãe?

Nenhuma resposta de Mia, filha de ninguém e mãe de alguém. Detta não perdeu a calma; seu sorriso se ampliou.

— Tá me ouvindo, claro que tá; me ouviu do começo *ao fim*. Então vamos batê um pequeno papo. Vamo palestrá.

LINHA: Commala-*venha*-ko
Qui tu tá fazendo no meu cantão?
Si tu num me contá já, minha amiga,
Vou te jogá no chão.

RESPOSTA: Commala-*tome a frente!*
Posso derrubá-la, vai ver!
As coisas que fiz a gente como você
Tu nem vai querer saber.

Quinta Estrofe

A Tartaruga

1

Mia disse:

Será mais fácil conversar... e conversar de forma mais rápida e clara... se fizermos isso cara a cara.

Como podemos?, Susannah perguntou.

Teremos nossa palestra no castelo, Mia respondeu prontamente. *O Castelo sobre o Abismo. No salão de banquetes. Está lembrada do salão de banquetes?*

Susannah confirmou com um aceno de cabeça, mas de forma hesitante. Suas recordações do salão de banquetes só tinham sido recuperadas recentemente, e eram portanto vagas. Mas isso era coisa que não lamentava. A forma como Mia comera lá fora... bem, fora entusiástica, para dizer o mínimo. Comera de muitos pratos (geralmente com os dedos), bebera de muitos copos e falara a muitos fantasmas em muitas vozes emprestadas. Emprestadas? Diabo, foram vozes *roubadas*. Duas delas Susannah reconhecera muito bem. Uma fora a voz "social", nervosa (um tanto arrogante) de Odetta Holmes. Outra fora a voz rouca (estilo estou-cagando-pra-isso) de Detta. Mia aplicava sua roubalheira a cada aspecto da personalidade de Susannah, ao que parecia, e se Detta Walker estava de volta, energizada e pronta para que rolasse de tudo, isso era em grande parte obra daquela estranha importuna.

O pistoleiro me viu lá, disse Mia. *O garoto também.*

Houve uma pausa. Então:
Eu já conheci os dois.
Quem? Jake e Roland?
Ié, eles.
Onde? Quando? Como você conseg...
Não podemos falar aqui. Por favor. Vamos a algum lugar mais discreto.
Um lugar com telefone, não é o que pretende dizer? Assim os amigos podem ligar.
Sei muito pouco, Susannah de Nova York, mas o pouco que sei estou tentando passar a você.

Susannah também achava que sim. E embora não estivesse exatamente interessada em que Mia percebesse isso, também estava ansiosa para sair da Segunda Avenida. A coisa em sua blusa podia parecer gemada derramada ou café seco ao passante casual, mas Susannah estava agudamente consciente do que era: não apenas sangue, mas sangue de uma brava mulher que permanecera fiel na defesa das crianças de sua cidade.

E havia as sacolas jogadas a seus pés. Já vira muita sacola-*folken* em Nova York, ié. Agora se sentia um deles e não gostava da sensação. Fora criada para coisa melhor, como teria dito sua mãe. Cada vez que alguém, passando na calçada ou atravessando o pequeno jardim, lhe dispensava um olhar, ela sentia vontade de gritar que não era louca, por mais que sua aparência sugerisse o contrário: blusa manchada, cara suja, cabelo comprido demais e despenteado, nenhuma bolsa, só aquelas três sacolas a seus pés. Uma sem-teto, sim (e será que alguém já fora tão sem-teto quanto ela, não apenas vivendo fora de uma casa, mas fora do próprio tempo), mas com a cabeça no lugar. Precisava palestrar com Mia e chegar a uma compreensão do que tudo isto se tratava, com certeza. De imediato, o que ela *queria* era ainda mais simples: tomar um banho, vestir roupas limpas e passar ao menos algum tempo longe da rua.

Tão impossível quanto querer a lua, docinho, disse a si mesma... e a Mia, se Mia estivesse ouvindo. *Privacidade custa dinheiro. Você está numa versão de Nova York onde um simples hambúrguer chega a custar um dólar, por mais louco que isso possa parecer. E você não tem um tostão. Só mais ou menos uma dúzia de pratos afiados e uma bola de cristal com algum tipo de magia negra. Então o que vai fazer?*

Antes que pudesse se aprofundar um pouco mais no pensamento, Nova York foi varrida e ela se viu outra vez na Gruta da Porta. Mal tomara consciência daquele ambiente em sua primeira visita (Mia estivera na dianteira, apressada para fazê-la atravessar a porta), mas agora ele era muito claro. *Père* Callahan estava aqui. Assim como Eddie. E de certo modo o irmão de Eddie. Susannah podia ouvir a voz de Henry Dean flutuando das profundezas da gruta, ao mesmo tempo zombeteira e decepcionada:

— Estou no inferno, bróder! Estou no inferno, não consigo uma dose e *tudo é culpa sua!*

A desorientação de Susannah não era nada em comparação com a fúria que ela sentiu ao som daquela voz prepotente e cheia de censuras:

— A maior parte do que acontecia com Eddie era *culpa sua!* — ela gritou. — Você teria feito um favor a todo mundo se morresse jovem, Henry!

Quem estava na gruta sequer se virou para ela. O que era isto? Teria vindo *todash* de Nova York só para entrar naquele jogo? Se assim fosse, por que não ouvira os sinos?

Calma. Calma, amor. Era a voz de Eddie em sua mente, clara como o dia. *Só preste atenção.*

Está ouvindo Eddie?, ela perguntou a Mia. *Está...*

Sim! Agora cale a boca!

— Quanto tempo teremos de ficar aqui, tem idéia? — Eddie perguntou a Callahan.

— Receio que algum tempo — Callahan respondeu, e Susannah compreendeu que estava vendo algo que já tinha acontecido. Eddie e Callahan tinham ido até a Gruta da Porta para tentar localizar Calvin Tower e Deepneau, amigo de Tower. Aquilo acontecera pouco antes do confronto com os Lobos. Fora Callahan quem tinha atravessado a porta. O Treze Negro havia capturado Eddie enquanto o *père* estava ausente. E quase o matou. Callahan voltara na hora H para impedir que Eddie se atirasse do alto do penhasco no fundo do precipício.

Agora Eddie estava puxando a sacola (cor-de-rosa, sim, ela tinha razão a esse respeito, no lado de Calla fora rosa), tirando-a de baixo da estante de primeiras edições do complicado *sai* Tower. Precisavam da bola que ficava dentro da sacola pela mesma razão que Mia tinha necessidade dela: porque abria a Porta Não-Encontrada.

Eddie ergueu a sacola, começou a se virar e ficou imóvel. Estava franzindo a testa.

— Que foi? — perguntou Callahan.

— Tem uma coisa aqui dentro — Eddie respondeu.

— A caixa...

— Não, alguma coisa na sacola. Costurada no forro. Parece uma pedrinha ou algo do gênero. — De repente ele pareceu estar olhando diretamente para Susannah e ela teve consciência de estar sentada no banco de parque. O que ouvia não eram mais vozes vindas das profundezas da gruta, mas o chiar e a batida na bacia da água do chafariz. A gruta estava se apagando. Eddie e Callahan estavam se apagando. Ouviu as últimas palavras de Eddie chegarem de uma grande distância:

— Talvez seja um bolso secreto.

Então ele desapareceu de todo.

2

Absolutamente não estivera lá, *todash*. A breve visita à Gruta da Porta fora uma espécie de visão. Mandada por Eddie? Se fosse este o caso, significava que Eddie recebera a mensagem que ela tentara lhe enviar do Dogan? Eram perguntas a que Susannah não podia responder. Se o visse de novo, ia lhe perguntar. Claro, depois de beijá-lo pelo menos mil vezes.

Mia pegou a sacola vermelha e passou vagarosamente as mãos pelos dois lados. Havia a forma da caixa lá dentro, sim. Mas a meio caminho do fundo havia mais alguma coisa, um pequeno volume. E Eddie tinha razão: parecia uma pedra.

Ela — ou talvez elas, isso não tinha mais importância — rolou a sacola, não gostando da pulsação agora intensificada da coisa escondida lá dentro, mas protegendo a mente contra ela. Ali estava, bem ali... alguma coisa que parecia uma costura.

Susannah olhou mais de perto e não viu uma costura, mas percebeu uma espécie de fecho. Não o reconheceu, como Jake também não teria reconhecido, mas Eddie teria reconhecido Velcro quando o visse. Susannah *tinha* ouvido um certo tributo prestado à coisa numa canção de Z.Z. Top, chamada "Velcro Fly". Ela pôs uma unha no fecho e puxou com a ponta do dedo. O fecho se soltou com um leve som de rasgar, revelando um pequeno bolso do lado de dentro da sacola.

O que é?, Mia perguntou, fascinada, mesmo contra a vontade.

Bem, então vamos ver.

Ela estendeu a mão e puxou não uma pedra mas uma pequena tartaruga entalhada e pintada. Feita de marfim, a julgar pela aparência. Cada detalhe do casco era minucioso, executado com precisão, embora estivesse danificado por um pequeno arranhão, que parecia quase um ponto de interrogação. Metade da cabeça da tartaruga estava de fora. Os olhos eram minúsculos pontos pretos de alguma espécie de alcatrão e pareciam incrivelmente vivos. Ela viu outra pequena imperfeição na boca da tartaruga — não um arranhão, mas uma lasca.

— É antiga — ela murmurou alto. — Muito antiga.

Sim, Mia retornou.

Segurar a tartaruga deixou Susannah se sentindo incrivelmente bem. Ela sentiu uma espécie... de *segurança*.

Veja a Tartaruga, ela pensou. *Veja a Tartaruga de enorme dimensão, em seu casco ela sustenta a Terra.* E era assim? Achou que era quase isso. E se tratava, é claro, do Feixe que estavam seguindo rumo à Torre. O Urso numa ponta — Shardik. A Tartaruga na outra — Maturin.

Seu olhar passou do minúsculo totem que encontrara no forro da sacola para aquele ao lado do chafariz. Desconsiderada a diferença de materiais (a tartaruga ao lado do banco era feita de metal escuro com certa cintilação cor de cobre), eram exatamente iguais, incluindo o arranhão no casco e a pequena lasca em forma de cunha na boca. Por um momento sua respiração parou e o coração também pareceu parar. Passava de um instante para outro daquela aventura — às vezes de um dia para outro — sem pensar muito, se deixando simplesmente levar pelos acontecimentos, pelo que Roland insistia ser o *ka*. Então surgia uma coisa como esta e, por um momento, ela conseguia vislumbrar um quadro muito mais amplo, um quadro que a imobilizava de admiração e temor. Sentia a presença de forças além de sua capacidade de compreensão. Algumas, como a bola na caixa de madeira de ébano, eram más. Mas esta ... *esta...*

— Incrível — disse alguém. Quase um suspiro.

Susannah ergueu os olhos e viu um executivo (muito bem-sucedido a julgar pelo terno) parado ao lado do banco. Tinha atravessado o jardim, provavelmente a caminho de um lugar tão importante como ele, talvez o local de alguma reunião ou conferência, quem sabe a própria ONU, que ficava perto (a não ser que também tivesse mudado de lugar). Agora, no entanto, ele dava uma parada repentina. Uma dispendiosa maleta pendia de sua mão direita. Os olhos estavam arregalados, fixos na tartaruga na mão de Susannah-Mia. No rosto dele surgiu um sorriso largo e um tanto vidrado.

Guarde isso! Mia gritou, alarmada. *Ele vai roubá-la!*

Queria vê-lo tentar, respondeu Detta Walker. A voz relaxada e um tanto zombeteira. O sol brilhava e Susannah — todas as partes dela — de repente percebia que, tudo o mais posto de lado, era um dia bonito. E precioso. Esplêndido.

— Precioso, bonito e esplêndido — disse o executivo (ou talvez fosse um diplomata), que parecia ter esquecido tudo sobre suas obrigações. Era do dia que ele estava falando ou do totem em forma de tartaruga?

De ambos, Susannah pensou. E de repente ela achou que entendia aquilo. Jake também teria entendido — ninguém melhor que ele! Susannah riu. No seu interior, Detta e Mia também riram, Mia um pouco a contragosto. E o executivo ou diplomata também riu.

— É, de ambos! — disse o executivo. Com um leve sotaque escandinavo, *ambos* saía como *ampos*. — Que coisa linda você tem! — *Gue goisa lintta!*

Sim, *era* linda. Um lindo e pequeno tesouro. E um dia, não tanto tempo atrás, Jake Chambers tinha encontrado uma coisa estranhamente parecida. Na livraria de Calvin Tower. Jake tinha comprado um livro chamado *Charlie Chuu-Chuu,* de Beryl Evans. Por quê? Porque tinha chamado sua atenção. Mais tarde — na realidade, pouco antes do *ka-tet* de Roland ter chegado a Calla Bryn Sturgis — o nome do autor mudara para Claudia y Inez Bachman, transformando-o em participante do Ka-Tet dos Dezenove, sempre em expansão. Jake tinha escondido uma chave naquele livro e Eddie talhara uma réplica dela no Mundo Médio. A versão da chave de Jake tinha ao mesmo tempo fascinado as pessoas que a viram e as tornado extremamente sugestionáveis. Como a chave de Jake, a tartaruga de marfim tinha sua réplica; Susannah estava sentada ao lado dela.

A questão era saber se a tartaruga era como a chave de Jake também sob outros aspectos.

A julgar pelo modo fascinado como o executivo escandinavo olhava para a tartaruga, Susannah tinha quase certeza absoluta que a resposta seria sim. Ela pensou: *Dad-a-urga, dad-a-uga, tranqüila, garota, você tem a tartaruga!* Era uma coisa tão tola que ela quase riu em voz alta.

Me deixe cuidar disto, disse a Mia.

Cuidar de quê? Eu não entendo...

Sei que não. Então me deixe cuidar. De acordo?

Não esperou pela resposta de Mia. Sorrindo efusivamente, virou-se para o executivo. Levantava a tartaruga para ele ver. De repente começou a balançá-la de um lado para o outro e notou como os olhos dele seguiam o movimento (ainda que a cabeça, com uma impressionante mecha de cabelo branco, não se mexesse).

— Qual é o seu nome, *sai?* — perguntou Susannah.

— Mathiessen van Wyck — disse ele. Os olhos rolaram lentamente nas órbitas, contemplando a tartaruga. — Sou segundo-assistente do embaixador sueco nas Nações Unidas. Minha esposa arranjou um amante. O que me deixa triste. Mas meus intestinos estão de novo funcionando bem. O chá que a massagista do hotel recomendou deu resultado, e isto me deixa feliz. — Uma pausa. E então: — Sua *sköldpadda** me deixa feliz.

Susannah estava fascinada. Se pedisse que o homem arriasse a calça e usasse o intestino recentemente regularizado para evacuar na calçada, ele faria isso? É claro que faria.

Ela olhou rapidamente em volta e não viu ninguém na vizinhança imediata. Isso era bom, mas Susannah achou que seria ainda melhor se cuidasse o mais depressa possível do negócio que tinha a tratar ali. Jake acabara atraindo uma pequena multidão com sua chave. Ela não tinha nenhuma vontade de fazer o mesmo; era justamente o que queria evitar.

— Mathiessen — começou ela —, você mencionou...

— Mats — ele falou.

— Como disse?

— Me chame de Mats, se não se importa. Prefiro assim.

— Tudo bem, Mats, você mencionou uma...

— Fala sueco?

— Não — disse ela.

— Então vamos falar em inglês.

— Sim, acho preferível...

— Tenho uma posição bastante importante — disse Mats, os olhos jamais deixando a tartaruga. — Estou encontrando muita gente importante. Vou a coquetéis onde mulheres bonitas usam "aquele vestidinho preto".

— Deve ser realmente incrível. Mats, quero que você segure a língua e só a solte quando eu fizer uma pergunta direta. Vai colaborar?

Mats fechou a boca. Chegou a fazer um gesto cômico de passar um zíper nos lábios, mas os olhos jamais deixaram a tartaruga.

— Você mencionou um hotel. Está num hotel?

— Sim, estou hospedado no New York Plaza-Park Hyatt, na esquina da Primeira com a Quarenta e Seis. Logo vou estar me instalando numa unidade do condomínio...

Mats pareceu perceber que estava de novo falando demais e fechou a boca.

Susannah pensava febrilmente, mantendo a tartaruga na frente dos seios, onde seu novo amigo podia vê-la muito bem.

— Mats, preste atenção no que vou dizer, OK?

— Prestarei atenção para ouvir bem, minha senhora-*sai*, e ouvirei bem para obedecer.

Isto soou terrivelmente mal aos ouvidos de Susannah, especialmente por ser pronunciado no engraçadinho sotaque escandinavo de Mats.

— Tem um cartão de crédito?

Mats sorriu orgulhosamente.

— Tenho muitos. Tenho American Express, MasterCard e Visa. Tenho o Euro-Gold Card. Tenho...

— Bom, já chega. Quero que vá até o... — Por um momento houve um branco em sua mente, mas logo a memória voltou. — Até o Plaza-Park Hotel e reserve um quarto. Reserve por uma semana. Se perguntarem, diga que é para uma amiga, uma senhora sua amiga. — Uma desagradável possibilidade lhe ocorreu. Isto era Nova York, no *norte*, no ano de 1999, e era bom acreditar que as coisas tinham seguido na direção certa. Contudo, era melhor conferir. — Acha que haverá algum problema pelo fato de eu ser negra?

— Não, é claro que não. — Ele pareceu surpreso.

— Reserve o quarto em seu nome e diga ao recepcionista que uma mulher chamada Susannah Mia Dean vai ficar lá. Está entendendo?

— Estou, Susannah Mia Dean.

O que mais? Dinheiro, é claro. Susannah perguntou se ele tinha algum. Seu novo amigo pôs a mão no bolso e entregou-lhe a carteira. Com uma das mãos, ela continuou a segurar a tartaruga onde Mats pudesse ver, enquanto com a outra vasculhava a carteira, uma Lord Buxton de excelente qualidade. Havia um maço de cheques de viagem (que não serviam para ela, não com aquela assinatura insanamente enroscada) e cerca de 200 dólares em boa e velha grana americana. Ela pegou o dinheiro e deixou-o cair na sacola Borders, antes o lugar do par de sapatos. Ao erguer os olhos ficou perturbada quando viu que uma dupla de jovens bandeirantes, talvez de 14 anos, e ambas carregando mochilas, tinham se juntado ao executivo. Fitavam a tartaruga com olhos brilhantes e lábios úmidos. De repente Susannah se lembrou das moças da platéia na noite em que Elvis Presley se apresentara no *The Ed Sullivan Show*.

— Muito *legaaaaal* — disse uma delas, quase num suspiro.

— Realmente impressionante — disse a outra.

— Vão tratar da sua vida, garotas! — disse Susannah.

Seus rostos se contraíram, assumindo idênticas expressões de pesar. Eram muito parecidas com gêmeas de Calla.

— Temos mesmo de ir? — perguntou a primeira.

— *Sim!* — disse Susannah.

— Obrigada-*sai*, longos dias e belas noites — disse a segunda. Lágrimas tinham começado a rolar pelo seu rosto. A amiga também estava chorando.

— Esqueçam que me viram! — gritou Susannah quando elas começaram a se afastar.

Ficou nervosa a observá-las, até elas atingirem a Segunda Avenida e virarem à esquerda. Depois voltou a prestar atenção em Mats van Wyck.

— Também quero que você se apresse, Mats. Solte o cabresto até chegar àquele hotel e reserve o quarto. Diga que sua amiga Susannah logo vai estar chegando.

— O que é soltar o cabresto? Não estou entendendo...

— Ande rápido, é isso que quer dizer! — Susannah lhe devolveu a carteira, menos o dinheiro, lamentando não ter mais tempo para dar uma olhada melhor em todos aqueles cartões de plástico, curiosa para saber por que alguém precisaria de tantos cartões. — Assim que tiver reservado o quarto, vá para onde estava indo. E esqueça que me encontrou.

Agora, como as jovens em seus uniformes verdes, Mats começou a chorar.

— Também tenho de esquecer a *sköldpadda*?

— Sim. — Susannah lembrava um hipnotizador que vira uma vez num show de variedades na tevê, talvez no próprio *Ed Sullivan*. — Esqueça a tartaruga. Mas vai se sentir bem o resto do dia, *está me ouvindo? Vai se sentir como...* — Um milhão de dólares talvez não tenha muito significado para ele, e quem sabe, um milhão de *Karoner* nem lhe pagava um corte de cabelo. — Vai se sentir como o próprio embaixador sueco. E vai parar de se preocupar com o novo parceiro de sua esposa. Que vá para o inferno, certo?

— É, para o inferno com *aquele* cara! — Mats gritou e, embora ainda estivesse chorando, agora também sorria. Havia alguma coisa divinamente infantil naquele sorriso. Ele fazia Susannah se sentir feliz e triste ao mesmo tempo. Ela teve vontade de poder fazer mais alguma coisa por Mats van Wyck.

— E seus intestinos?

— Sim?

— Vão funcionar como um relógio pelo resto da vida — disse Susannah segurando a tartaruga no ar. — Qual é sua hora habitual, Mats?

— Vou ao banheiro depois do café da manhã.

— Então é nessa hora que vai ser. Pelo resto de sua vida. A não ser que esteja apressado. Se estiver atrasado para um encontro ou algo do gênero, diga... um... *Maturin*, e a vontade passará até o dia seguinte.

— Maturin.

— Correto. Vá agora.

— Não posso levar a *sköldpadda*?

— Não, não pode. Vá agora.

Ele começou a se afastar. De repente fez uma pausa e tornou a olhar para Susannah. Embora seu rosto estivesse úmido, a expressão era brincalhona, um pouquinho esperto.

— Talvez eu devesse levá-la — disse. — Talvez seja minha por direito.

Gostaria de ver você tentar, branquela, foi o pensamento de Detta, mas Susannah (que se sentia cada vez mais responsável pelo extravagante trio de mulheres, ao menos naquele momento) fez com que ela se calasse.

— Por que está dizendo isso, meu amigo? Explique, eu lhe peço.

O ar esperto se manteve. *Você tá perdendo a noção do perigo,* a coisa dizia. Pelo menos era o que aquela expressão sugeria a Susannah.

— Mats, Maturin — disse ele. — Maturin, Mats. Não vê?

Susannah percebia. Ela ia começar a dizer que era apenas coincidência e então pensou: *Calla, Callahan.*

— Entendo — ela disse —, mas a *sköldpadda* não é sua. Nem é minha.

— Então de quem é? — Um tom queixoso. Soava como *da guem?*

E antes que a mente consciente de Susannah pudesse detê-la (ou pelo menos censurá-la), ela falou a verdade. A verdade que seu coração e sua alma conheciam:

— Pertence à Torre, *sai.* À Torre Negra. É a ela que vou entregar a tartaruga, se o *ka* permitir.

— Que os deuses estejam com você, minha senhora-*sai.*

— E com você, Mats. Longos dias e belas noites.

Ela ficou olhando o diplomata sueco se afastar, depois baixou os olhos para a tartaruga de marfim.

— Isso foi realmente incrível, Mats meu velho.

Mia não tinha interesse na tartaruga; tinha um único objetivo. *Este hotel,* disse. *Terá telefone?*

3

Susannah-Mia pôs a tartaruga no bolso do jeans e obrigou-se a esperar vinte minutos no banco do jardim. Passou boa parte deste tempo admirando suas novas pernas (não importa a quem pertencessem, eram muito bonitas) e agitando seus novos dedos dentro de seus novos

(*e roubados*)

sapatos. A certa altura fechou os olhos e convocou a sala de controle do Dogan. Mais fileiras de luzes de advertência se acendendo e as máquinas sob o piso pulsando mais alto que nunca, mas a agulha do mostrador com a inscrição SUSANNAH-MIO estava ainda chegando ao amarelo. Tinham começado a aparecer rachaduras no chão, como ela previra que ia acontecer, mas até o momento não pareciam graves. A situação não era das melhores, mas Susannah achou que por ora poderiam conviver com ela.

O que está esperando?, Mia perguntou. *Por que continuamos sentadas aqui?*

Estou dando ao sueco a chance de preparar a coisa para nós no hotel e sumir, Susannah respondeu.

E quando ela achou que já tinha passado tempo suficiente para ele ter feito aquilo, pegou as sacolas, se levantou, atravessou a Segunda Avenida e começou a descer a rua Quarenta e Seis na direção do Plaza-Park Hotel.

4

O saguão estava cheio da agradável luz da tarde refletida por quinas de vidro verde. Susannah jamais vira um salão tão bonito (fora a nave da St. Patrick, é claro), mas também havia alguma coisa estranha naquilo.

Porque é o futuro, ela pensou.

Nossa, quantos indícios. Os carros pareciam menores e inteiramente diferentes. Muitas das mulheres mais jovens circulavam com a parte de baixo da barriga exposta e as alças dos sutiãs aparecendo. Susannah teve de ver este último fenômeno quatro ou cinco vezes em seu trajeto pela rua Quarenta e Seis antes de conseguir se convencer completamente que aquilo era algum tipo de bizarra tendência da moda, não um equívoco. Em sua época, uma mulher com as alças do sutiã aparecendo (ou um centímetro de anágua, *nevando no sul,* costumavam dizer) teria se metido no banheiro público mais próximo para prendê-lo com alfinete, e já. Quanto ao departamento das barrigas aparecendo...

A não ser em Coney Island, você ia presa, ela pensou. *Sem dúvida.*

Mas a coisa que deixou a maior impressão foi também a mais difícil de definir: a cidade simplesmente parecia *maior*. Bradava e roncava por todo lado. Vibrava. Cada sopro de ar era perfumado com um cheiro peculiar. As mulheres esperando táxis na frente do hotel (com ou sem as alças de sutiã aparecendo) só podiam ser mulheres de Nova York; os porteiros (não um mas dois) fazendo sinal para os táxis só podiam ser porteiros de Nova York; os taxistas (ela ficou impressionada ao reparar quantos tinham a pele negra e viu um que estava usando um *turbante*) só podiam ser taxistas de Nova York, mas todos eram também... diferentes. O mundo tinha seguido adiante. Era como se sua Nova York, aquela de 1964, tivesse sido um clube de futebol de segunda divisão. Esta pertencia às grandes ligas.

Ela parou um instante no meio do saguão, tirando do bolso a tartaruga de marfim e se orientando. À sua esquerda havia uma sala de estar. Duas mulheres estavam sentadas lá, conversando, e Susannah contemplou-as um instante, mal acreditando no quanto suas pernas estavam à mostra sob as bainhas das saias (*que* saias, há-há?). E não eram adolescentes ou garotas de colégio; eram mulheres na faixa dos trinta, pelo menos (ela admitia a possibilidade de que estivessem na faixa dos *sessenta,* quem poderia dizer que avanços científicos tinham ocorrido nos últimos 35 anos).

À direita havia uma pequena loja. Em algum lugar, nas sombras além da lojinha, um piano deixava escapar algo abençoadamente familiar — "Night and Day" —, e Susannah sentiu que, se caminhasse na direção do som, encontraria uma série de assentos de couro, uma amontoado de garrafas cintilantes e um cavalheiro de paletó branco que ficaria feliz em servi-la mesmo se *ainda* estivessem no meio da tarde. Tudo aquilo era decididamente um alívio.

Diretamente à sua frente ficava a recepção e, atrás do balcão estava a mulher mais exótica que Susannah já vira. Parecia ser branca, negra e chinesa, tudo misturado. Em 1964 tal mulher seria, sem a menor dúvida, vista como uma espécie de vira-lata, por mais bonita que fosse. Aqui fora enfiada num *tailleur* extremamente elegante e colocada atrás do balcão de recepção de um grande hotel cinco estrelas. A Torre Negra podia estar cada vez mais instável, Susannah pensou, e o mundo podia ter seguido adiante, mas ela achava que a bela funcionária da recepão era prova (se alguma ainda fosse necessária) de que nem *tudo* estava desabando ou seguindo na direção errada. A moça conversava com um hóspede que se queixava da conta do filme no quarto, fosse lá o que isso pudesse ser.

Não importa, é o futuro, Susannah repetiu de novo para si mesma. *É ficção científica, como a Cidade de Lud. Melhor não procurar entender.*

Pouco me importa o que são as coisas ou de que quando são, disse Mia. *Quero estar perto de um telefone. Quero tratar do meu chapinha.*

Susannah passou por um cartaz num tripé, depois voltou e deu uma olhada melhor.

> EM 1º DE JULHO DE 99, O NEW YORK PLAZA-PARK HYATT
> VAI SE TRANSFORMAR NO REGAL U.N. PLAZA HOTEL
> OUTRO GRANDE PROJETO SOMBRA/NORTH CENTRAL!!

Susannah pensou: *Sombra, como havia nos condomínios de luxo da Baía da Tartaruga, aqueles que jamais foram construídos. O mesmo logotipo com a agulha de vidro negro no canto. E North Central como na North Central Positronics. Interessante.*

Sentiu de repente uma pontada de dor na cabeça. Pontada? Diabo, uma faísca de dor. Encheu seus olhos de água. E ela sabia quem a mandara. Mia, que não tinha interesse na Sombra Corporation, na North Central Positronics ou na própria Torre Negra, estava ficando impaciente. Susannah sabia que tinha de mudar isso ou pelo menos tentar. Mia estava cegamente concentrada em seu chapinha, mas se queria *manter* o chapinha, talvez tivesse de ampliar um pouco seu campo de visão.

Ela luta com você a cada maldito passo do caminho, disse Detta. A voz era astuta, dura, muito viva. *Tu também sabe disso, num é?*

Susannah sabia.

Ela esperou até que o homem com o problema acabasse de explicar como tinha pedido sem querer um filme chamado *X-Rated*, que não se importava de pagar desde que não aparecesse em sua fatura, e então avançou um passo para o balcão. Seu coração martelava no peito.

— Acho que um amigo meu, Mathiessen van Wyck, pagou um quarto para mim — disse. Viu a funcionária da recepção contemplar sua blusa manchada com justificada desaprovação e riu nervosamente. — Realmente não vejo a hora de tomar um banho e trocar de roupa. Tive um pequeno acidente. No almoço.

— Sim, madame. Só preciso verificar. — A mulher foi até o que parecia ser um pequeno monitor de tevê unido a um teclado de máquina de escrever. Bateu algumas teclas e olhou para a tela:

— Susannah Mia Dean, está certo?

Você diz a verdade, eu digo obrigado subiu aos seus lábios, mas ela o sufocou.

— Sim, está certo.

— Tem alguma identificação, por favor?

Por um momento, Susannah ficou confusa. Então pôs a mão na bolsa de caniços e puxou um prato Oriza, tendo o cuidado de segurá-lo pela borda cega. De repente estava se lembrando de uma coisa que Roland dissera a Wayne Overholser, o grande rancheiro de Calla: *Trabalhamos com chumbo.* As 'Rizas não eram balas, mas certamente eram o equivalente. Segurava o prato numa das mãos e a pequena tartaruga entalhada na outra.

— Isto vai servir? — perguntou ela num tom simpático.

— O que... — começou a perguntar a bonita funcionária da recepção, caindo logo em silêncio enquanto os olhos passavam do prato para a tartaruga, olhos que iam ficando grandes e um tanto vidrados. Os lábios, cobertos por um interessante brilho cor-de-rosa (que Susannah achou mais parecido com doce que com batom), se entreabriram. Um som suave saiu do meio deles: — *Ahhhh...*

— É minha carteira de motorista — disse Susannah. — Está vendo? — Felizmente não havia mais ninguém por perto, nem sequer um porteiro. Os hóspedes de saída tardia estavam na calçada, lutando pelos táxis; o interior do saguão continuava sonolento. Do bar além da lojinha de suvenires, "Night and Day" deu lugar a uma preguiçosa e introspectiva versão de "Stardust".

— Carteira de motorista — a funcionária concordou no mesmo tom suspirante, atônito.

— Bom. Precisa fazer alguma anotação?

— Não... O quarto foi pago pelo Sr. Van Wyck... Só preciso... dar uma olhada na... posso pegar a tartaruga, senhora?

— Não — disse Susannah, e a funcionária da recepção começou a chorar. Susannah observou este fenômeno com ar desconcertado. Não acreditava que tivesse feito tanta gente chorar desde seu desastroso recital de violino (o primeiro e o último) aos 12 anos de idade.

— Não, não posso pegar — disse a funcionária da recepção, chorando abertamente. — Não, não, não posso, não posso pegar, ah, Discórdia, não posso...

— Pare com essa choradeira — disse Susannah e a funcionária da recepção parou de imediato. — Me dê a chave do quarto, por favor.

Mas em vez de uma chave, a mulher eurasiana passou-lhe um cartão de plástico num pedaço de cartolina dobrado. Escrito do lado de dentro da cartolina (para que os ladrões não pudessem ver com facilidade, ela supôs) havia o número 1919. O que não surpreendeu de modo algum Susannah. Mia, é claro, não poderia ter se importado menos.

Susannah quase perdeu o equilíbrio. Ela cambaleou ligeiramente. Teve de sacudir uma das mãos (a que segurava a "carteira de motorista") para se endireitar. Por um momento achou que ia desabar no chão, mas logo estava se sentindo novamente bem.

— Senhora? — perguntou a funcionária da recepção. Parecendo remota... *muito* remotamente... preocupada. — Tudo bem com a senhora?

— Sim — disse Susannah. — Só... perdi o equilíbrio por um ou dois segundos.

Mas ela se perguntava: *Que diabo tinha realmente acontecido?* Ah, mas sabia a resposta. Mia era a que tinha suas pernas, *Mia*. Susannah estava conduzindo o ônibus desde o encontro do velho Senhor-Não-Posso-Pegar-a-*Sköldpadda* e seu corpo estava começando a reverter para o estágio sem pernas-abaixo-do-joelho. Loucura mas verdade. O seu corpo estava voltando para Susannah.

Mia, suba aqui. Assuma.

Não posso. Ainda não. Assim que estivermos sozinhas assumo.

E por Cristo, Susannah reconhecera aquele tom de voz, o reconhecera muito bem. A puta estava *tímida*.

— O que é esta coisa? — Susannah perguntou à funcionária da recepção. — É uma chave?

— Ora... Sim, *sai*. Vai usá-la tanto no elevador como para abrir a porta. Basta passar o cartão na abertura, na direção apontada pela flecha. Passe depressa. Quando a luz na porta ficar verde, poderá entrar. Tenho um pouco mais de oito mil dólares na gaveta do caixa. Dou-lhe tudo por esta bela coisa, sua tartaruga, sua *sköldpadda,* sua *tortuga,* sua *kavvit,* sua...

— Não — disse Susannah, tornando a cambalear e agarrando a ponta do balcão. Seu equilíbrio estava no fim. — Vou subir agora. — Ela pensara visitar a lojinha de suvenires primeiro e gastar um pouco da grana de Mats num vestido limpo, se houvesse algum à venda, mas isso teria de esperar. *Tudo* teria de esperar.

— Sim, *sai*. — Não mais *senhora,* não naquele momento. A tartaruga estava funcionando nela. Enfraquecendo a fenda entre os mundos.

— Vai simplesmente esquecer que me viu, está bem?

— Sim, *sai.* Quer que ponha um aviso de não-perturbe no telefone? Mia protestou. Susannah nem se preocupou em prestar atenção.

— Não, não faça isso. Estou esperando uma ligação.

— Como quiser, *sai.* — Olhos na tartaruga. Sempre na tartaruga. — Desfrute o Plaza-Park. Quer um porteiro para ajudá-la com a bagagem?

Pareço precisar de ajuda para a porra dessas três sacas que tenho?, Detta pensou, mas Susannah se limitou a balançar negativamente a cabeça.

— Muito bem.

Susannah começou a se virar, mas as palavras seguintes da funcionária do balcão a fizeram voltar depressa.

— Logo vem o Rei, ele do Olho.

Susannah abriu a boca para a mulher, um espanto próximo do choque. Sentiu um arrepio correndo pelos braços. A bela face da funcionária do balcão, enquanto isso, permaneceu plácida. Olhos negros na tartaruga de marfim. Os lábios se entreabriram, agora úmidos não só de brilho, mas de saliva. *Se eu ficar mais tempo aqui,* Susannah pensou, *ela vai começar a babar.*

Susannah queria realmente muito acompanhar o assunto do Rei e o Olho — era um assunto *dela* — e podia fazer isso, era a única que estava à frente, dirigindo o ônibus, mas cambaleou de novo e sabia que logo não poderia mais se mover... Ia ser desagradável, é claro, rastejar para o elevador usando as mãos e os joelhos com a parte inferior das pernas do jeans se arrastando atrás dela. *Talvez mais tarde,* pensou, sabendo que era improvável; as coisas estavam indo depressa demais.

Começou a atravessar o saguão, caminhando com uma oscilação discreta. A recepcionista falou atrás dela num tom que expressava um amável pesar, não mais que isso.

— Quando o Rei chegar e a Torre cair, *sai,* todas essas coisas belas, como a que você tem, serão quebradas. Então haverá escuridão e nada mais a não ser o uivo da Discórdia e o choro do *can toi.*

Susannah não deu resposta, embora o arrepio tivesse agora lhe atingido a nuca e ela pudesse sentir o couro cabeludo contraindo em seu próprio crânio. Suas pernas (pelo menos as pernas *de alguém*) iam rapidamente perdendo toda sensibilidade. Se ela fosse capaz de olhar sua pele nua, teria visto suas ótimas pernas novas ficando transparentes? Teria sido capaz de ver o sangue correndo pelas veias, descendo muito vermelho, depois mais escuro e fino ao subir de volta para o coração? Teria visto os entrelaçados filamentos de músculo?

Ela achava que sim.

Apertou o botão do elevador e guardou o prato Oriza na sacola, rezando para uma das três portas de elevadores se abrir antes que desabasse no chão. O pianista passara a tocar "Stormy Weather".

A porta do elevador do meio se abriu. Susannah-Mia entrou e apertou o 19. A porta se fechou, mas o carro não subiu para parte alguma.

O cartão de plástico, ela se lembrou. *Tem de usar o cartão.*

Susannah viu a abertura e passou o cartão, tendo o cuidado de empurrar no sentido da seta. Desta vez, quando pressionou o 19, o número se iluminou. Um momento depois estava sendo rudemente empurrada para o lado enquanto Mia *tomava a frente.*

Susannah se recolheu aos fundos de sua própria mente com uma espécie de cansado alívio. Sim, que outra pessoa assumisse, por que não? Que outra pessoa dirigisse por algum tempo o ônibus. Podia sentir a força e substância voltando para suas pernas, e por enquanto isso bastava.

5

Mia podia ser uma estranha em terra estranha, mas aprendia com rapidez. Localizou no 19º andar a seta sobre a numeração 1911-1923 e seguiu

decidida pelo corredor para o 1919. O tapete, uma coisa verde e grossa, mas deliciosamente macia, sussurrou sob seus
(dela, de Mia)
sapatos roubados. Passou o cartão magnético, abriu a porta e entrou. Havia duas camas. Pôs as sacolas numa delas, olhou em volta sem grande interesse e acabou se concentrando no telefone.
Susannah! Impaciente.
O quê?
Como faço para ele tocar?
Susannah riu realmente com vontade. *Querida, você não é a primeira pessoa a fazer esta pergunta, tenha certeza. Nem a milionésima. Às vezes ele toca, às vezes não. Tem seu próprio tempo. Enquanto isso, por que não dá uma olhada em volta. Veja se pode achar um lugar para guardar seus apetrechos.*
Ela esperou uma discussão, mas não houve nenhuma. Mia rodou pelo quarto (não se preocupando em abrir as cortinas, embora Susannah tivesse muita vontade de ver a cidade daquela altura), deu uma espiada no banheiro (palaciano, com o que parecia ser uma bacia de mármore e espelhos por todo lado) e se aproximou do armário. Lá, numa prateleira com alguns sacos plásticos para a roupa a ser lavada a seco, havia um cofre. Havia uma placa nele, mas Mia não conseguiu ler. Roland enfrentava problemas semelhantes de vez em quando, mas os dele eram causados pela diferença entre o alfabeto inglês e as "grandes letras" do Mundo Interior. Susannah teve a impressão de que os problemas de Mia eram muito mais básicos; embora sua seqüestradora sem a menor dúvida conhecesse os números, Susannah achava que a mãe do chapinha não sabia absolutamente ler.
Susannah *tomou a frente,* mas não completamente. Por um momento ficou olhando através de dois pares de olhos para duas placas, uma sensação tão estranha que a deixou com náuseas. Então as imagens se uniram e ela conseguiu ler a mensagem.

ESTE COFRE É FORNECIDO PARA SEUS PERTENCES PESSOAIS
A GERÊNCIA DO PLAZA-PARK HYATT NÃO ASSUME
RESPONSABILIDADE PELOS ITENS DEIXADOS AQUI
JÓIAS E DINHEIRO EM ESPÉCIE DEVEM SER DEPOSITADOS NO COFRE
NA RECEPÇÃO DO HOTEL
PARA GRAVAR UMA SENHA, DIGITE QUATRO NÚMEROS SEGUIDOS DE *ENTER*
PARA ABRIR, DIGITE SUA SENHA DE QUATRO NÚMEROS E APERTE *OPEN*

Susannah se afastou e deixou Mia selecionar quatro números. Ela escolheu o número um seguido de três noves. Era o ano corrente e podia ser uma das primeiras combinações a ser tentada por um ladrão, mas pelo menos não era o número do próprio quarto. Além disso, eram os números *adequados.* Números de poder. Um *sigul.* As duas sabiam disso.

Mia tentou abrir o cofre após gravar a senha, viu que continuava fechado e digitou os números para abri-lo. Veio um zumbido de algum lugar lá dentro e a porta se abriu com um estalo. Ela pôs ali a sacola vermelho-clara com os dizeres PISTAS MIDTOWN — a caixa dentro da sacola coube por um triz — e depois a saca dos pratos Oriza. Tornou a trancar a porta do cofre, testou a maçaneta, viu que estava bem fechada e abanou a cabeça. A sacola Borders continuava sobre a cama. Ela puxou o maço de dinheiro guardado lá dentro e enfiou-o no bolso da frente da perna direita do jeans, junto com a tartaruga.

Tem de conseguir uma blusa limpa, Susannah lembrou à sua incômoda hóspede.

Mia, filha de ninguém, não deu resposta. Sem a menor dúvida não se importava *lhufas* com blusas, limpas ou sujas. Mia estava olhando para o telefone. Naquele momento, com o trabalho de parto suspenso, o telefone era tudo com que se importava.

Agora palestramos, disse Susannah. *Você prometeu e é uma promessa que vai cumprir. Mas não naquele salão de banquetes.* Ela estremeceu. *Em algum lugar lá fora. Por favor me escute. Quero ar fresco. Aquele salão de banquetes tinha cheiro de morte.*

Mia não discutiu. Susannah teve a vaga percepção da outra mulher vasculhando arquivos de memória — examinando, rejeitando, examinando, rejeitando — e por fim encontrando algo que ia servir.

Como vamos chegar lá?, Mia perguntou com indiferença.

A mulher negra que era agora (de novo) duas mulheres sentou-se numa das camas e pousou as mãos dobradas no colo. *Como num trenó,* disse a parte Susannah da mulher. *Eu empurro, você guia. E não esqueça, Mia de Susannah, se quiser minha cooperação, terá de me dar algumas respostas diretas.*

Darei, respondeu a outra. *Só não espere gostar delas. Ou mesmo compreendê-las.*

O que você...

Não importa! Deuses, nunca encontrei ninguém *que fizesse tantas perguntas! O tempo é curto! Quando o telefone tocar, nossa palestra acaba! Então, se quer mesmo palestrar...*

Susannah não se preocupou em dar a ela a chance de concluir. Fechou os olhos e se deixou cair para trás. Nenhuma cama deteve a queda; ela passou direto pela cama. Estava caindo mesmo, caindo através do espaço. Podia ouvir o tanger dos sinos *todash*, em surdina, ao longe.

Aí vou de novo, ela pensou. E: *Eddie, eu te amo.*

LINHA: Commala-*dance-ligue*
Não é incrível estar vivo?
Para assistir à Discórdia
Quando a Lua do Demônio vier.

RESPOSTA: Commala-*venha-cinco!*
Mesmo quando a sombra se erguer!
Ver o mundo e andar o mundo
Deixa a gente feliz de viver.

SEXTA ESTROFE

O Encanto do Castelo

1

De repente ela estava caindo de novo em direção ao seu corpo e a sensação provocou uma memória de brilho ofuscante: Odetta Holmes aos 16 anos, sentada de combinação na cama sob uma brilhante faixa de sol e calçando uma meia de seda. Pelo tempo que aquela memória perdurou, sentiu o cheiro do Pond's Beauty Bar e do White Shoulders, o sabonete e o perfume da mãe, que já se achava velha demais para usar perfume. Ela pensou: *É o Baile da Primavera! Vou com Nathan Freeman!*

Então a coisa passou. O cheiro doce do sabonete Pond's foi substituído por uma limpa e fria (mas um tanto úmida) brisa noturna e tudo que restou foi a sensação, tão estranha e perfeita, de se estender para um novo corpo como se ela própria fosse uma meia que alguém estivesse puxando por uma barriga de perna e um joelho.

Abriu os olhos. O vento soprava, jogando uma areia fina em seu rosto. Contraiu os olhos, fazendo uma careta e erguendo o braço, como se tivesse de se defender de um golpe.

— Aqui! — disse uma voz de mulher. Não era a voz que Susannah teria esperado. Não era estridente, não era um grasnar triunfante. — Aqui, fora do vento!

Ela se virou e viu uma mulher atraente e alta acenando. O primeiro olhar de Susannah para Mia em carne e osso deixou-a muito espantada, porque a mãe do chapinha era *branca*. Aparentemente, a antiga Odetta tinha agora um lado caucasiano em sua personalidade, o que sem dúvida devia ferir bastante a sensibilidade racial de Detta Walker!

Estava de novo sem pernas, sentada numa espécie de carroça tosca. A carroça estava estacionada defronte a uma abertura num parapeito baixo. Contemplou a mais terrível e ameaçadora paisagem que já vira na vida. Enormes formações rochosas projetadas para o céu, estendendo-se até o horizonte, brilhavam como esqueletos alienígenas sob o clarão de uma selvagem lua minguante. Longe do clarão daquele sorriso lunar, um bilhão de estrelas ardiam como gelo quente. Entre as rochas de pontas lascadas e fissuras abertas, uma trilha estreita serpenteava para a distância. Ao olhá-la, Susannah pensou que um grupo teria de viajar naquele caminho em fila indiana. *E teria de levar muitos suprimentos. Não há sequer cogumelos para colher no caminho; nem qualquer tipo de fruta.* Ao longe, uma escura luminosidade rubra (vaga e funesta, brotando de algum lugar além do horizonte) se espalhava num tom declinante. *Coração da rosa,* ela pensou, e então: *Não, isso não! Trabalho do Rei.* Contemplou a luz sombria e pulsante com indefeso, horrorizado fascínio. Vergar... e afrouxar. Difundir... e fazer declinar. Uma infecção se anunciando aos céus.

— Venha até mim agora, já que tem de estar aqui, Susannah de Nova York — disse Mia. Vestia um poncho grosso e o que parecia uma bermuda de couro que parava logo abaixo do joelho. As canelas estavam arranhadas, tinham cascas de feridas. Usava *huaraches* de sola grossa nos pés. — Pois o Rei pode fascinar, mesmo a distância. Estamos do lado Discórdia do Castelo. Gostaria de acabar sua vida nas agulhas que existem na base deste muro? Se ele a enfeitiçar e mandar que pule, é justamente o que você fará. Seus papais-pistoleiros não estão aqui para ajudá-la, não é? Naum, naum. Você está por sua conta e risco, é isso.

Susannah tentou afastar o olhar daquele clarão que não parava de pulsar e, a princípio, não conseguiu. O pânico brotou em sua mente

(se ele a enfeitiçar e mandar que pule)

mas ela o tratou como ferramenta, levando-o a um nível capaz de romper sua assustada imobilidade. Por um momento nada aconteceu, então ela se atirou para trás tão violentamente na tosca carrocinha que teve de agarrar-se às beiradas para não desabar nas pedras do chão. O vento tornou a soprar, jogando areia e cascalho contra seu rosto e cabelos, parecendo zombar dela.

Mas aquela atração... fascinação... *encanto*... o que quer que fosse desaparecera.

Olhou para o carrinho de bilha (assim o imaginava, fosse ou não o nome correto) e viu de imediato como ele funcionava. Era bastante simples, sem dúvida. Sem nenhum jumento para puxar, *ela* era o jumento. Estava a quilômetros da doce e leve cadeirinha que tinham encontrado em Topeka e a anos-luz de ser capaz de caminhar sobre as pernas fortes que a haviam transportado do pequeno jardim ao hotel. Deus, sentia saudades das pernas! Já sentia.

Mas não havia saída.

Agarrou as rodas de madeira da carroça, fez força, não houve movimento, fez mais força. Quando estava quase chegando à conclusão de que teria de saltar da carroça e rastejar de modo ignominioso para onde Mia esperava, as rodas giraram com um gemido rangente, precisando de óleo. Elas andaram ruidosamente na direção de Mia, que estava parada atrás de uma atarracada coluna de pedra. Havia um grande número dessas colunas. Elas se estendiam em curva pela escuridão. Susannah supôs que antigamente (antes de o mundo seguir adiante), arqueiros teriam buscado proteção atrás delas enquanto o exército atacante atirava suas flechas, punha em ação catapultas incandescentes ou qualquer outra arma. De repente avançavam para o espaço entre as colunas e faziam seus próprios disparos. Quanto tempo atrás isso teria acontecido? Que mundo *era* aquele? E a que distância ficava da Torre Negra?

Susannah teve a sensação de que talvez estivesse muito perto.

Empurrou o carro tosco, desconjuntado, que empacava no vento e olhou para a mulher no poncho, envergonhada de ficar tão sem fôlego após avançar menos que uma dúzia de metros, mas incapaz de disfarçar a respiração ofegante. Respirou fundo várias vezes no ar úmido e um tanto arenoso. As colunas — achou que se chamavam merlões, ou algo parecido — estavam à sua direita. À esquerda havia um lago de escuridão circular cercado por muros de pedra que tinham começado a desmoronar. No meio do caminho, duas torres se erguiam bem alto sobre a parede externa, mas uma fora estilhaçada, como se tivesse sido alvo de um relâmpago ou algum poderoso explosivo.

— Aqui onde estamos é o ponto de encanto — disse Mia. — O muro-passarela do Castelo do Abismo, outrora conhecido como Castelo Discórdia. Você disse que queria ar fresco. Espero que este te possa servir, como dizem na Calla. Estamos bem longe de onde viemos, Susannah. Entramos bastante na área do Fim do Mundo, chegamos perto do lugar onde sua busca termina, para o bem ou para o mal. — Ela fez uma pausa e continuou: — Para o mal, quase certamente. Se bem que estou pouco me importando com isso, não, não eu. Sou Mia, filha de ninguém, mãe de alguém. Me importo com meu chapinha e nada mais. O chapinha me basta, ié! Quer palestrar? Ótimo. Posso lhe dizer o que acho ser verdadeiro. Por que não? O que afinal significa para mim, de um modo ou de outro?

Susannah olhou em volta. Quando seu rosto ficou de frente para o centro do castelo — para o que Susannah achou que era o pátio interno — ela captou um cheiro antigo de podridão. Mia viu-a torcer o nariz e sorriu.

— Ié, eles já se foram há muito tempo e as máquinas que os últimos deixaram para trás estão quase todas paradas, mas o cheiro de sua morte permanece, não é? O cheiro da morte sempre se conserva. Pergunte ao seu amigo pistoleiro, ao *verdadeiro* pistoleiro. Ele sabe, pois tem sua parte nisso. Na realidade é responsável por muita coisa, Susannah de Nova York. A culpa do que fez em certos mundos pende em volta de seu pescoço como um cadáver em decomposição. Ele chegou bem longe com sua seca e febril determinação de finalmente chegar à sombra do que é realmente grande. Mas ele será destruído, ié, e todos que permanecerem a seu lado. Carrego seu fim em minha própria barriga e não me importo. — O queixo se empinou sob a luz das estrelas. Sob o poncho, os seios arfaram... e Susannah viu bem a curva da barriga. Pelo menos naquele mundo a gravidez de Mia era muito evidente. Pronta para o parto, sem dúvida.

— Aproveite, faça suas perguntas — disse Mia. — Mas não esqueça. Existimos também no outro mundo, aquele onde estamos atadas. Estamos deitadas numa cama na estalagem, aparentemente adormecidas... mas não estamos dormindo, não é, Susannah? Naum. E quando o telefone tocar, quando meus amigos ligarem, deixamos este lugar e voltamos para lá. Se suas perguntas tiverem sido feitas e respondidas, ótimo. Caso contrário, ótimo também. Pergunte. Ou... bem, você é ou não é uma pistoleira? —

Os lábios se curvaram num sorriso de desdém. Susannah achou que ela estava insolente, sim, insolente. Sobretudo para quem não seria capaz de achar o caminho da rua Quarenta e Seis à Quarenta e Sete no mundo para onde tinha de voltar. — Pode *atirar!* Estou pronta.

Susannah olhou mais uma vez para o muro escuro, quebrado, junto ao qual ficava o centro do castelo, sua cidadela e principal arena de combate, seus barbacãs e fendas mortais, seu só-Deus-sabe-mais-o-quê. Ela fizera um curso de história medieval e se lembrava de alguns termos, mas já fora há muito tempo. Certamente havia um salão de banquetes em algum lugar lá dentro, um salão que ela própria tinha suprido de comida, ao menos por algum tempo. Mas seus dias de fornecedora de bufês estavam encerrados. Se Mia tentasse empurrá-la com força demais ou para longe demais, descobriria isso por si mesma.

De qualquer modo, ela achou que começaria com alguma coisa relativamente fácil.

— Se este é o Castelo do Abismo — disse —, onde está o Abismo? Não vejo nada parecido lá fora, só um campo muito rochoso... e aquele clarão vermelho no horizonte.

Mia, o cabelo negro que caía até os ombros flutuando (nem uma só onda naquele cabelo, como havia no de Susannah; o de Mia era como seda), apontou através do fosso interior abaixo delas para o muro oposto, onde as torres subiam e o barbacã continuava sua curva.

— Estamos numa fortaleza — disse ela. — Mais além fica a aldeia de Fedic, agora abandonada, pois morreram todos da Morte Rubra há mais de mil anos. Além dela...

— A Morte Rubra? — Susannah perguntou, sobressaltada (assustada, mesmo a contragosto). — A Morte Rubra do conto de *Poe?* Como na história? — E por que não? Afinal já não tinha vagado (e conseguido sair) pelo Oz de L. Frank Baum? O que viria depois? *Alice no País das Maravilhas?*

— Não sei, minha senhora. Só o que posso dizer é que além da aldeia deserta fica a verdadeira muralha externa e, além dessa muralha, há uma grande fenda na terra repleta de monstros que rastejam, saltam, se reproduzem e tramam para fugir. Antigamente o precipício era atravessado por uma ponte, mas há muito ela caiu. "Antes de começar a contagem do tempo", como se costuma dizer. Ali há horrores capazes de levar um homem ou uma mulher comum à loucura após um simples olhar.

Mia dispensou a Susannah um de seus próprios olhares. Um dos decididamente satíricos.

— Mas não uma *pistoleira*. Certamente não uma pessoa como *tu*.

— Por que está zombando de mim? — Susannah perguntou em voz baixa.

Mia pareceu assustada, depois carrancuda.

— Foi minha a idéia de vir aqui? Vir para este frio miserável onde o Olho do Rei borra o horizonte e mancha a face da própria lua com sua luz imunda? Naum, senhora! A idéia foi tua, portanto não me chicoteie com a língua!

Susannah podia ter respondido que não tinha sido sua a idéia de ficar grávida do bebê de um demônio, mas seria uma hora terrível para entrar numa daquelas querelas sim-você-fez, não-eu-não-fiz.

— Eu não a estava censurando — disse Susannah —, só perguntando.

Mia fez um impaciente gesto de descartar o argumento com a mão, como se dissesse *e daí, se estivesse?*, e virou um pouco para o lado. A meia-voz ela disse:

— Não estudei em Morehouse* nem em *nenhuma* outra *house*. E seja como for, vou continuar carregando meu chapinha, está ouvindo? Não importa como caiam as cartas. Vou carregá-lo e alimentá-lo!

De repente Susannah compreendeu muita coisa. Mia zombava porque estava assustada. A despeito de tudo que sabia, grande parte dela *era* Susannah.

Não estudei em Morehouse nem em nenhuma outra house, por exemplo, isso era de *O Homem Invisível*, de Ralph Ellison. Quando Mia se agarrou a Susannah, adquiriu pelo menos duas personalidades pelo preço de uma. Fora Mia, afinal, quem havia tirado Detta da aposentadoria (ou talvez de profunda hibernação) e era Detta quem gostava particularmente desta fala, que expressava tão bem o profundo desprezo e desconfiança do negro pelo que era às vezes chamado "a melhor educação do negro no pós-guerra".

---

* Faculdade exclusivamente para alunos negros, localizada em Atlanta, Georgia, fundada em 1867. (N. da E.)

Não para Morehouse nem para *nenhuma house*; eu sei o que sei, em outras palavras, sei de tudo, peguei de ouvido, querida, peguei no rádio-peão.

— Mia — ela disse agora. — O chapinha é seu e de quem? Que demônio era o pai dele, você sabe?

Mia sorriu. Não foi um sorriso que agradasse a Susannah. Tinha muita coisa de Detta; riso demais e sabedoria amarga.

— Ié, senhora, eu sei. E a senhora tem razão. Foi um demônio que o colocou na senhora, e para falar a verdade um demônio sem dúvida muito terrível! Um demônio humano! Não podia ser de outra maneira, pois como a senhora sabe os verdadeiros demônios, os que sobraram nos litorais desses mundos que ficaram girando ao redor da Torre quando o *Primal* retrocedeu, são estéreis. E por uma razão muito boa.

— Então como...

— Seu *dinh* é o pai de meu chapinha — disse Mia. — Roland de Gilead, ié, ele. Steven Deschain finalmente tem seu neto, embora já descanse podre no túmulo e não vá saber disso.

Susannah arregalava os olhos para ela, desatenta ao vento frio que corria pela aridez da Discórdia.

— *Roland...?* Não pode ser! Ele estava do meu lado quando o demônio estava *dentro* de mim; estava tirando Jake da casa em Dutch Hill e foder seria a *última* coisa que passaria pela sua cabeça... — Deixou a frase pela metade, pensando no bebê que vira no Dogan. Pensando naqueles olhos. Naqueles olhos azuis de atirador. *Não, não. Me recuso a acreditar nisso!*

— Ainda assim, Roland é o pai dele — Mia insistiu. — E quando o chapinha chegar, vou chamá-lo por um nome tirado quase por completo de sua mente, Susannah de Nova York; da história que lhe contaram falando de merlões, pátios, catapultas e barbicãs. Por que não? É um bom nome, soa bem.

Susannah se lembrou do professor Murray, que contara a história de Mordred no curso de Introdução à História Medieval.

— Vou chamá-lo Mordred — Mia continuou. — Vai crescer depressa o meu querido menino, mais depressa que um humano, conforme sua natureza de demônio. Vai crescer forte. E será o avatar de cada pistoleiro que já existiu. E assim como o Mordred da história, ele vai matar o pai.

E com isso, Mia, filha de ninguém, ergueu os braços para o céu repleto de estrelas e gritou, embora Susannah não pudesse dizer se de pesar, terror ou alegria.

2

— Venha cá — disse Mia. — Tenho isto.

De baixo do poncho ela puxou um cacho de uvas e uma sacola de papel cheia de umas frutinhas que pareciam pequenas laranjas, inchadas como sua barriga. De onde, Susannah se perguntou, tinham vindo aquelas frutas? Será que o corpo que as duas compartilhavam sonambulava pelo Plaza-Park Hotel? Será que havia alguma cesta de frutas por lá em que não tinha reparado? Ou seriam todas elas frutos de sua imaginação?

Não que isso tivesse importância. Qualquer apetite que Susannah pudesse ter tido se fora, dissipado pelo que ouvira de Mia. O fato de essa história ser impossível de certa forma só servia para tornar a idéia ainda mais monstruosa. Mas ela não conseguia parar de pensar no bebê que vira dentro de um útero numa daquelas telas de tevê. Aqueles olhos azuis.

Não. Não pode ser, está ouvindo? Não pode ser.

O vento, atravessando as fendas entre os merlões, a congelava até os ossos. Ela se levantou do banco da carroça e se acomodou ao lado de Mia no parapeito do muro. Sob o gemido constante do vento, Susannah ergueu os olhos para as estrelas desconhecidas.

Mia estava enchendo a boca de uvas. O suco escorria de um dos cantos da boca enquanto ela cuspia sementes pelo outro canto com a rapidez de uma saraivada de balas de metralhadora. De repente engoliu, limpou o queixo e disse:

— Pode. Pode ser. E tem mais: é. Ainda acha que fez bem em ter vindo, Susannah de Nova York, ou já preferia ter deixado a curiosidade insatisfeita?

— Se vou ter um bebê pelo qual não tive de trepar com ninguém, vou querer saber tudo que puder sobre essa criança. Compreende isso?

Mia piscou ante a deliberada crueza, depois abanou a cabeça.

— Pode ser.

— Me diga como pode ser de Roland. E se quiser que eu acredite em alguma outra coisa que venha a me dizer, é melhor começar por me fazer acreditar nisto.

Mia enfiou as unhas na casca de uma *pokeberry*, descascou-a com um gesto rápido e comeu avidamente a fruta. Fez um gesto como se fosse abrir outra, mas começou simplesmente a fazê-la rolar entre as palmas das mãos (aquelas desconcertantes palmas brancas), aquecendo-a. Depois de algum tempo, Susannah sabia, a fruta saltaria naturalmente de dentro da casca. Então Mia começou.

3

— Quantos Feixes existem, Susannah de Nova York?

— Seis — disse Susannah. — Pelo menos havia seis. Acho que agora só há dois que...

Mia agitou a mão com impaciência, como se dissesse "não me faça perder tempo".

— Seis, ié — disse. — E quando os Feixes foram criados dessa Discórdia maior, o caldo da criação que alguns (incluindo os *mannis*) chamam de Supremo e outros chamam *Primal*, quem os fez?

— Não sei — disse Susannah. — Foi Deus, não acha?

— Talvez exista um Deus, mas os Feixes surgiram do *Primal* por efeitos de magia, Susannah, a verdadeira magia que há muito desapareceu. Foi Deus que fez a magia ou foi a magia que fez Deus? Não sei. É uma questão para filósofos e minha tarefa é ser mãe. Mas outrora tudo era Discórdia e dela, pujantes e se cruzando num único ponto unificador, vieram os seis Feixes. Havia magia para conservá-los firmes por toda a eternidade, mas quando a magia desapareceu de tudo que existe menos da Torre Negra, que alguns chamaram Can Calyx, a Casa do Religamento, os homens se desesperaram. Quando a Era da Magia passou, a Era das Máquinas começou.

— North Central Positronics — Susannah murmurou. — Computadores dipolares. Motores de levitação. — Fez uma pausa. — O Mono Blaine. Mas não em nosso mundo...

— Não? Está dizendo que seu mundo é uma exceção? O que me diz da placa no saguão do hotel? — A *pokeberry* estourou. Mia acabou de descascar e engoliu-a, respingando suco por um sorriso de esperteza.

— Tive a impressão que não sabia ler — disse Susannah. Aquilo fugia do assunto, mas foi tudo que ela conseguiu pensar em dizer. Sua mente continuava voltando à imagem do bebê, àqueles brilhantes olhos azuis. Olhos de pistoleiro.

— Ié, mas conheço meus números e quando eles são percebidos por minha mente posso lê-los muito bem. Será que não se recorda da placa no saguão do hotel? Vai me dizer que não?

Claro que se lembrava. Segundo a placa, o Plaza-Park, daí a mais um mês, seria parte de uma organização chamada Sombra/North Central. E quando ela disse *não em nosso mundo* certamente estava pensando em 1964 — o mundo da televisão em preto-e-branco, dos computadores absurdamente volumosos que ocupavam salas inteiras, dos tiras do Alabama mais que dispostos a soltar os cachorros nos negros participantes de marchas pelos direitos de voto. As coisas tinham mudado muito naquele intervalo de 35 anos e confundiam. Por exemplo, a combinação de tevê e máquina de escrever da recepcionista eurasiana — como Susannah poderia saber se não era um computador dipolar comandado por alguma forma de motor de levitação? Não podia.

— Continue — ela disse a Mia.

Mia deu de ombros.

— Vocês se condenam a si mesmos, Susannah. Parecem definitivamente submissos a esta atitude e a raiz é sempre a mesma: fé os abandona e vocês a substituem por pensamento racional. Mas não existe amor neste tipo de pensamento, nada que escape das deduções. Só há morte no racionalismo.

— O que isto tem a ver com seu chapinha?

— Não sei. Há muita coisa que não sei. — Ergueu a mão, detendo Susannah antes que ela pudesse falar. — E não, *não* estou jogando conversa fora ou tentando desviá-la do que você gostaria de saber; estou falando obedecendo ao meu coração. Quer ouvir ou não?

Susannah assentiu. Ia ouvir... ao menos um pouco mais. Mas se o assunto não chegasse logo ao bebê, ela mesma se encarregaria de colocá-lo naquela direção.

— A magia foi embora. Merlim retirou-se para sua caverna num certo mundo, a espada do Eld cedeu lugar às pistolas dos pistoleiros em outro mundo, e a magia foi embora. E através do arco dos anos, grandes alquimistas, grandes cientistas e grandes... o quê?... técnicos, é isso? Grandes homens de pensamento, sem dúvida, é o que estou querendo dizer, grandes homens de *dedução*... eles atuaram juntos e criaram as máquinas que sustentaram os Feixes. São máquinas incríveis, mas são máquinas *mortais*. Substituíram a *magia* pelas *máquinas*, está entendendo, e agora as máquinas estão fracassando. Em certos mundos, grandes pragas dizimaram populações inteiras.

Susannah aquiesceu.

— Vimos uma dessas — disse ela em voz baixa. — Foi chamada de supergripe.

Os Sapadores do Rei Rubro estão apenas acelerando um processo que já estava em curso. As máquinas estão enlouquecendo. Você pode ver isto com seus próprios olhos. Os homens acreditaram que haveria sempre mais homens como eles para fabricar mais máquinas. Ninguém previu o que ia acontecer. Esta... esta exaustão universal.

— O mundo seguiu adiante.

— Ié, minha senhora. Assim foi. E não deixou ninguém para substituir as máquinas que sustentam a última magia na criação, pois o *Primal* se retirou há muito tempo . A magia se foi e as máquinas estão fracassando. Logo a Torre Negra cairá. Talvez haja tempo para um esplêndido momento de pensamento racional universal antes que a escuridão passe a governar para sempre. Isto não seria belo?

— Mas o Rei Rubro também não será destruído quando a Torre cair? Ele e toda a sua gente? Os caras com os buracos sangrando na testa?

— Há um reino que a ele foi prometido, onde governará para sempre, desfrutando prazeres especiais. — A aversão tinha tomado conta da voz de Mia. O medo também, talvez.

— Prometido? Prometido por quem? Quem é mais poderoso que ele?

— Não sei, minha senhora. Talvez seja apenas uma promessa que ele fez a si mesmo. — Mia abanou os ombros. Seus olhos não chegaram realmente a encontrar os de Susannah.

— Nada pode impedir a queda da Torre?

— Nem mesmo seu amigo pistoleiro espera *impedir* — disse Mia —, só diminuir o ritmo da queda detendo os Sapadores e... talvez... assassinando o Rei Rubro. Salvá-la? *Salvá-la?* Ah, delícia! Ele algum dia falou a você que essa era a missão dele?

Susannah pensou no assunto e balançou negativamente a cabeça. Se Roland alguma vez tivesse levantado o assunto com todos esses detalhes, ela não podia lembrar. E tinha certeza que não teria deixado de lembrar.

— Não — Mia continuou —, pois ele não vai mentir para seu *ka-tet* a não ser que seja obrigado, é orgulhoso. O que ele quer da Torre é apenas *vê-la.* — Então ela acrescentou, um tanto de má vontade: — Ah, talvez penetrar nela e subir até a sala no topo. Sua ambição pode se limitar a isso. Seu sonho pode ser se apoiar em sua vigia mais alta como estamos apoiadas aqui e entoar os nomes dos camaradas caídos e de todos os seus ascendentes até Arthur Eld. Mas *salvar* a Torre? Não, minha boa senhora! Só um retorno da magia poderia salvá-la e... como a senhora bem sabe... seu *dinh* só trabalha com chumbo.

Desde que começara a cruzar os mundos, Susannah nunca ouvira a ocupação de Roland definida sob uma luz tão infame. Isso a fez se sentir irritada e triste, mas ela escondeu suas sensações o melhor que pôde.

— Me diga como seu chapinha pode ser filho de Roland. Eu gostaria de saber.

— Sim, é um bom truque, mas alguém do Povo Antigo em River Crossing poderia ter explicado a você, eu não tenho dúvida.

Susannah reagiu a isso.

— Como sabe *tanta coisa* a meu respeito? — perguntou.

— Porque você está possuída — disse Mia —, e sou eu quem a possui, claro. Posso ver qualquer uma de suas memórias que eu quiser. Posso ler o que seus olhos vêem. Agora fique calada e escute o que quer saber, pois sinto que nosso tempo é curto.

4

Isto foi o que o demônio de Susannah lhe falou.

— Existem seis Feixes, como você mesma disse, mas existem 12 Guardiães, um para cada ponta de cada Feixe. Este aqui... pois ainda estamos nele... é o Feixe de Shardik. Se você passasse para o outro lado da Torre ele se tornaria o Feixe de Maturin, a grande tartaruga em cujo casco o mundo repousa.

"Similarmente, há seis elementais, seis demônios, um para cada Feixe. Abaixo deles há todo o mundo invisível, aquelas criaturas deixadas para trás na praia da existência quando o *Primal* recuou. São demônios falantes, demônios de casas que alguns chamam de fantasmas, demônios funestos que alguns (fabricantes de máquinas e adoradores do grande e falso deus da racionalidade, como é o seu caso) chamam enfermidade. Muitos demônios pequenos, mas só seis demônios elementais. Contudo, como há 12 Guardiães para os seis Feixes, há 12 *aspectos* demoníacos, pois cada demônio elemental é ao mesmo tempo macho e fêmea."

Susannah começou a pressentir aonde aquilo ia chegar e sentiu uma repentina contração nas entranhas. Do descarpado pedaço de rochas além da cidadela, no que Mia chamava de Discórdia, veio um seco e febril cacarejar de riso. A este humorista invisível se juntou um segundo, um terceiro, um quarto e um quinto. De repente pareceu que todo mundo estava rindo dela. E talvez com bom motivo, pois fora uma boa piada. Mas como ela podia ter percebido?

Enquanto as hienas (ou fossem lá o que fossem) riam, ela comentou:

— Você está me dizendo que os demônios elementais são hermafroditas. Por isso eles são estéreis, porque são de ambos os sexos.

— Ié. No local onde havia o Oráculo, seu *dinh* teve intercurso com um desses demônios elementais para obter informação, o tipo de informação chamada de *profecia* na Língua Superior. Ele não tinha razão para pensar que o Oráculo fosse qualquer outra coisa além de um súcubo, como aqueles que às vezes existem nos lugares solitários...

— Certo — disse Susannah —, só um demônio tarado qualquer.

— Se preferir colocar assim — disse Mia e, desta vez, quando ela estendeu a mão com uma *pokeberry*, Susannah pegou e começou a rolar a frutinha entre as palmas das mãos, esquentando a casca. Ainda não estava com fome, mas tinha a boca seca. Muito seca.

— O demônio pegou o sêmen do pistoleiro como fêmea e passou-o a você como macho.

— Quando estávamos no círculo falante... — disse Susannah num tom desolado. Estava se lembrando de como a chuva que caía tinha golpeado seu rosto virado para cima. Lembrou-se da sensação de mãos invisíveis pousando em seus ombros e então o abraço da coisa a envolveu de cima a baixo, parecendo ao mesmo tempo rasgá-la. A pior parte foi o frio do enorme pau dentro dela. Na hora, achou que era como ser fodida por um pingente de gelo.

E como conseguira sobreviver àquilo? Convocando Detta, é claro. Apelando para a puta, vencedora de uma centena de imundos torneios sexuais passados nos estacionamentos de duas dúzias de motéis de beira de estrada e hoteizinhos de subúrbio. Detta, que o prendeu...

— Ele tentou escapar — disse ela a Mia. — Assim que percebeu que tinha seu pau preso numa maldita algema de dedos, ele tentou escapar.

— Se ele quisesse escapar — disse Mia em voz baixa —, *teria* conseguido.

— Por que se dar ao trabalho de me enganar? — perguntou Susannah, mas achou dispensável que Mia respondesse à pergunta. Porque precisava dela, é claro. Precisava dela para carregar o bebê.

O bebê de *Roland*.

A condenação de Roland.

— Agora sabe de tudo que precisava saber sobre o chapinha — disse Mia. — Não é?

Susannah achava que sim. Um demônio, sob a forma de fêmea, tinha recolhido o sêmen de Roland; conseguira estocá-lo e depois o passara a Susannah Dean sob a forma de macho. Mia tinha razão. Ela sabia o que precisava saber.

— Mantive minha promessa — disse Mia. — Vamos voltar. O frio não é bom para o chapinha.

— Só mais um minuto — disse Susannah. Ela segurava a *pokeberry*. A fruta dourada agora se mostrava através de rupturas em sua casca cor de laranja. — Minha *berry* acabou de estourar. Me deixe comer. Tenho outra pergunta.

— Coma, pergunte e faça as duas coisas depressa.

— Quem é *você*? Quem é realmente você? É o tal demônio? E por falar nisso, ele tem um nome? Ele e ela, eles têm um nome?

— Não — disse Mia. — Elementais não precisam de nomes; são o que são. Eu sou um demônio? É o que gostaria de saber? Bem, suponho que sim. Ou era. Tudo é vago agora, como um sonho.

— E você é uma pessoa distinta de mim... ou não é?

Mia não respondeu. E Susannah percebeu que provavelmente ela não sabia.

— Mia? — Baixo. Pensativa.

Mia estava encostada no merlão com o poncho enfiado entre os joelhos. Susannah podia ver que os tornozelos estavam inchados e, por um momento, teve pena da mulher. Então descartou a coisa. Não era hora de pena e não havia verdade no sentimento.

— Você não passa da babá, garota.

A reação foi exatamente a que ela esperava, e mais. O rosto de Mia registrou o choque, depois a raiva. Diabo, a *fúria.*

— Está *mentindo*! Sou a *mãe* deste chapinha! E quando ele vier, Susannah, ninguém mais achará que o mundo está sendo corroído pelos Sapadores, pois meu chapinha será maior que todos eles, capaz de quebrar sozinho os dois Feixes restantes! — A voz se enchera de um orgulho que parecia alarmantemente próximo da insanidade. — Meu Mordred! Está me ouvindo?

— Ah, sim — disse Susannah. — Estou ouvindo. E você está fazendo exatamente o jogo daqueles determinados a derrubar a Torre, não é? Eles mandam, você faz. — Fez uma pausa e concluiu com deliberada suavidade. — E quando chegar a hora, eles vão pegar o chapinha, dizer muito obrigado e mandá-la de volta para o caldo de onde você veio.

— Naum! Vou ficar encarregada da criação dele, foi o que me prometeram! — Mia cruzou os braços sobre a barriga num gesto protetor. — Ele é meu, sou a mãe dele e sou eu quem vai criá-lo!

— Moça, por que não cai na *real*? Acha que vão *manter* a palavra? *Eles*? Como é capaz de enxergar tanta coisa e não conseguir ver isso?

Susannah sabia a resposta, é claro. Era iludida pela própria sensação de maternidade.

— Por que não me deixariam criá-lo? — Mia perguntou num tom estridente. — Quem melhor que eu? Quem melhor que Mia, que foi feita unicamente para duas coisas: gerar um filho e criá-lo?

— Mas você não é única — disse Susannah. — Você é como as crianças de Calla. Parecida com muitas outras criaturas que eu e meus amigos conhecemos ao longo do caminho. Você é uma *gêmea,* Mia! Eu sou sua outra metade, sua salva-vidas. Você vê o mundo através de meus olhos e respira pelos meus pulmões. Tenho de carregar o chapinha porque você não pode, certo? Você é tão estéril quanto os garotões que estão no comando. E assim que eles tiverem seu guri, seu Sapador nível bomba H, vão se livrar de você. Nem que seja pelo fato de só assim poderem se livrar de mim.

— Tenho a palavra deles — disse Mia. Estava de rosto baixo, rígido de obstinação.

— Tire isso da cabeça — disse Susannah. — Tire da cabeça, eu lhe imploro. Se eu estivesse em seu lugar e você no meu, o que ia pensar se eu falasse de uma promessa dessas?

— Queria que parasse com a matraca dessa língua!

— Quem de fato é você? Em que diabo de lugar a pegaram? Será que você respondeu a algum classificado: Precisa-se de Mãe de Aluguel, Bons Honorários, Emprego de Caráter Temporário? Quem de fato é você?

— Cale a boca!

Susannah inclinou na direção dela, agachada. Em geral, esta posição lhe era extraordinariamente desconfortável, mas ela esqueceu tanto o desconforto quanto a meio comida *pokeberry* que mantinha na mão.

— Vamos lá! — disse ela, a voz assumindo a aspereza dos tons de Detta Walker. — Vamos, tire essa venda dos olhos, querida. Você não me obrigou a tirar a minha? Diga a verdade e cuspa no olho do diabo! *Que porra de merda é você?*

— *Não sei!* — Mia gritou e, abaixo delas, os chacais escondidos nas rochas gritaram de volta, só que seus gritos eram risadas. — *Não sei, não sei quem eu sou, está satisfeita?*

Não estava. Susannah estava prestes a pressionar mais, e com mais força, quando Detta Walker ergueu a voz.

5

Foi isto que disse o outro demônio de Susannah.

Bonequinha, tu precisa pensá um pouco nisso, é o que eu acho. Ela não pode, é burra como pedra, num sabe lê, num pode decifrá mais que um ou dois sinais, nunca esteve em Morehouse, nunca esteve em nenhuma house, *mas* você *esteve, senhora Ah-Detta Holmes tão formada em Co-lum-bi-ya, modelo de discrição, Gema preciosa dos Oceanos, que finura nós temos, eu e você.*

Pra começar, tu precisa pensar em como ela engravidou. Ela diz que fodeu Roland e roubou o sêmen dele, daí se tornou macho, um demônio do círculo, e lançou a porra dentro de você, e agora tu carrega a porra. Tu enfia na goela todas aquelas coisas nojentas que Mia te obrigou a comer, então qual é o papel dela nisso tudo, é o que Detta gostaria de saber. Como que é ela que está sentada aí, grávida debaixo daquele cobertor seboso que tá usando? É mais daquela... como que você chama... técnica de visualização?

Susannah não sabia. Só sabia que Mia olhava para ela com olhos subitamente estreitados. Sem dúvida pegava alguma coisa daquele monólogo. Em que proporção? Não muita coisa, realmente não, era no que Susannah apostava; talvez uma palavra aqui outra ali, mas em geral só ouvia uma barulheira. E de qualquer modo, Mia certamente *agia* como mãe do bebê. Bebê Mordred! Era como um charge de Charles Addams.

Isso ela faz, Detta ponderava. Se comporta como uma mamãe, ninando o bebê dos pés à cabeça, sobre isso você tem razão.

Mas talvez, Susannah pensou, fosse apenas a natureza dela. Talvez se você passasse além do instinto materno, não houvesse *mais* Mia.

Uma mão fria se estendeu e agarrou o pulso de Susannah.

— Quem é? É aquela nojenta coisa falante? Se for, mande embora. Ela me assusta.

Para falar a verdade, Detta ainda conseguia assustar a própria Susannah, mas não como no início, quando ela teve de admitir que Detta era real. Não tinham se tornado amigas, e provavelmente jamais se tornariam, mas estava claro que Detta Walker podia ser uma poderosa aliada. Era mais que apenas má. Assim que a pessoa esquecia aquele sotaque idiota de Butterfly McQueen, ela era astuta.

Essa Mia pode ser uma poderosa aliada se você souber colocá-la do seu lado. É difícil haver algo mais poderoso no mundo que uma mamãe furiosa.

— Vamos voltar — disse Mia. — Respondi às suas perguntas, o frio não faz bem à criança e há coisa ruim aqui. A palestra está concluída.

Mas Susannah se livrou de seu aperto e recuou um pouco, saindo do alcance imediato de Mia. Na fenda entre os merlões o vento frio cortava como faca através da blusa leve, mas também pareceu clarear sua mente e refrescar o pensamento.

Parte dela sou eu, porque ela tem acesso às minhas memórias. O anel de Eddie, as pessoas de River Crossing, o Mono Blaine. Mas ela tem de ser mais que eu porque... porque...

Vamos lá, garota, você não está indo mal, mas tá lenta.

Porque sabe também de toda aquela outra coisa. Sabe sobre os demônios, tanto os pequenos quanto os elementais. Sabe como os Feixes passaram a existir — tem uma idéia — e falou do caldo mágico da criação, o Prim (Primal). *Eu sempre soube que* prim, *em inglês, é uma palavra que se usa para as garotas que estão sempre arriando as saias para baixo dos joelhos. Ela não arrumou este outro significado de mim.*

Ocorreu-lhe o que aquela conversa sugeria: pai e mãe falando sobre o novo bebê. O novo chapinha. Ele tem o seu nariz, Sim mas tem os *seus* olhos, e Mas meu deus, *de onde* ele tirou esse cabelo?

Detta disse: *E ela também tem amigos em Nova York, não se esqueça* disso. *Pelo menos quer* pensar *neles como amigos.*

Então é também alguma outra pessoa ou alguma outra coisa. Alguém do mundo invisível dos demônios caseiros e espíritos funestos. Mas quem? Será realmente um dos elementais?

Detta riu. *Ela diz isso, mas tá mentindo, docinho! Sei que tá!*

Então o que ela é? O que era, *antes de ser Mia?*

De repente um telefone, o som amplificado até quase romper os tímpanos com sua estridência, começou a tocar. Estava tão fora de lugar naquela torre de castelo abandonado que, a princípio, Susannah não soube o que era. As coisas ali na Discórdia — chacais, hienas, não importa o que fossem — tinham estado quietas, mas com o advento daquele som começaram de novo a cacarejar e gritar.

Mia, filha de ninguém, mãe de Mordred, identificou imediatamente de onde saía o toque. Ela *tomou a frente*. Susannah sentiu de imediato aquele mundo oscilar e perder sua realidade. Ele pareceu se congelar, tornando-se uma espécie de pintura. Não uma pintura das melhores, sem dúvida.

— Não! — ela gritou e se atirou para Mia.

Mas Mia — grávida ou não, arranhada ou não, tornozelos inchados ou não — dominou-a facilmente. Roland havia ensinado vários truques de autodefesa com as mãos (a parte Detta vibrara, deliciada com a malícia deles), mas foram inúteis contra Mia; ela aparou cada um antes que Susannah pudesse fazer mais que o primeiro movimento.

Claro, sim, evidente, ela conhece seus truques exatamente como sabe de tia Talitha em River Crossing e de Topsy, o Marujo, em Lud, porque ela tem acesso a suas memórias, porque ela é, pelo menos até certo ponto, você...

E aqui seus pensamentos terminavam, porque Mia tinha lhe torcido os braços atrás das costas e ah, bom Deus, a dor era enorme.

Você é a puta mais infantil, disse Detta com uma espécie de desprezo nervoso, temperamental. Antes que Susannah pudesse responder, uma coisa surpreendente aconteceu: o mundo se rasgou como frágil folha de papel. O rasgão começava nas pedras sujas do piso do torreão, passava pelo merlão mais próximo e se prolongava para o céu. Corria pelo firmamento repleto de estrelas e rasgava em duas a lua crescente.

Susannah teve um momento para pensar no que poderia ser aquilo. Um ou os dois últimos Feixes tinham se rompido e a Torre caíra. Então, através do rasgão, ela viu duas mulheres deitadas numa das duas camas de solteiro do apartamento 1919 do Plaza-Park Hotel. Estavam abraçadas e os olhos estavam fechados. Vestiam blusas e calças jeans idênticas e manchadas de sangue. Seus traços eram os mesmos, mas só uma delas tinha pernas abaixo do joelho, um cabelo sedoso muito liso e pele branca.

— Não brinque comigo! — Mia soprou em seu ouvido. Susannah sentiu um fino borrifo de saliva que provocava uma comichão. — Não brinque comigo ou com meu chapinha. Porque sou mais forte, está ouvindo? *Sou mais forte!*

Não havia dúvida a esse respeito, Susannah pensou ao ser impelida para o buraco cada vez maior. Ao menos por ora.

Ela foi empurrada através do rasgão na realidade. Por um momento, sua pele pareceu estar ao mesmo tempo em chamas e coberta de gelo. Em algum lugar os sinos *todash* estavam tocando, e então...

6

... ela sentou na cama. Uma mulher, duas mulheres, pelo menos uma com pernas. Susannah foi empurrada com toda a força para os fundos. Mia estava agora no leme. Mia estendeu a mão para o telefone, a princípio agarrando o fone ao contrário, depois virando-o.

— Alô? Alô!

— Alô, Mia. Meu nome é...

Ela não o deixou completar.

— Vai me deixar ficar com meu bebê? Esta puta dentro de mim diz que não!

Houve uma pausa, primeiro longa e depois ainda mais longa. Susannah sentiu o medo de Mia, primeiro um regato, depois uma enchente. *Não tem de se sentir assim,* tentou lhe dizer. *É você que tem o que eles querem, o que eles* precisam, *não entende isso?*

— Alô, você está aí? Deuses, *você está aí? POR FAVOR ME DIGA QUE AINDA ESTÁ AÍ!*

— Estou aqui — disse calmamente a voz de homem. — Podemos começar de novo, Mia, filha de ninguém? Ou devo desligar até você estar se sentindo... um pouco mais senhora de si?

— Não! Não, não faça isso, não faça isso, eu imploro!

— Não vai me interromper de novo? Porque não há razão para ser rude.

— Eu prometo!

— Meu nome é Richard P. Sayre. — Um nome que Susannah conhecia, mas de onde? — Você sabe aonde precisa ir, não sabe?

— Sim! — Ávida agora. Ávida para agradar. — O Dixie Pig, esquina da Sessenta e Um com a Lexingworth.

— Lexing*ton* — Sayre corrigiu. — Odetta Holmes pode ajudá-la a encontrar, tenho certeza.

Susannah teve vontade de gritar: *Meu nome não é esse!* Mas continuou calada. Aquele Sayre gostaria que ela gritasse, não é? Gostaria que perdesse o controle.

— Você está aí, Odetta? — Um tom gentil, mas debochado, e então: — Está aí, sua puta intrometida?

Ela continuou calada.

— Está aqui — disse Mia. — Não sei por que não está respondendo, não estou fazendo nenhuma pressão.

— Ah, acho que *eu* sei por quê — disse Sayre num tom indulgente. — Para começar, ela não gosta que a chamem por este nome. — Então, numa referência que Susannah não pegou: — Não me chamem mais de Clay, Clay é meu nome de escravo, me chamem Muhammad Ali! Entendeu, Susannah? Ou será que isso foi depois de sua época? Um pouco depois, eu acho. Lamento. O tempo pode ser tão confuso, não é? Não importa. Tenho algo a lhe dizer. Só um minuto, querida. Não vai gostar muito, eu acho, mas sinto que deve saber.

Susannah continuou em silêncio. Com mais dificuldade.

— Quanto ao futuro imediato de seu chapinha, Mia, fico espantado que ainda julgue necessário perguntar — Sayre lhe disse. Era, quem quer que ele fosse, um homem de fala macia, uma fala que não continha mais que a quantidade exata de injúria. — O Rei cumpre o que promete, ao contrário de alguém que eu conheço. E, questões de integridade de lado, pense nas coisas *práticas*! Quem mais deveria ficar com a guarda da que é, talvez, a mais importante criança que já nasceu até hoje... *incluindo* Cristo, *incluindo* Buda, *incluindo* o profeta Maomé? De quem mais poderia ser o seio, para falar cruamente, a quem confiaríamos sua nutrição?

Música para os ouvidos de Mia, Susannah pensou deprimida. *Tudo que ela está sedenta de ouvir. E por quê? Porque é mãe.*

— Vocês o confiariam a mim! — Mia gritou. — Só a mim, é claro! Obrigada! *Obrigada!*

Susannah falou por fim. Disse que *não* confiasse *nele*. E foi, é claro, redondamente ignorada.

— Assim como não quebraria uma promessa feita à minha mãe, eu não mentiria para você — disse a voz ao telefone. (*Será que um dia você teve mãe, docinho?*, Detta teve vontade de saber.) — Embora a verdade às vezes doa, as mentiras costumam voltar para nos morder, não é? A verdade desta coisa é que você não ficará com seu chapinha por muito tempo, Mia, pois sua infância não será como a de outras crianças, crianças normais...

— Eu sei! Ah, eu sei!

— ... mas ao menos por cinco anos você *realmente* o terá... talvez sete, o tempo pode chegar até a sete anos... Ele terá o melhor de tudo. De você, é claro, mas também de nós. Nossa interferência será mínima...

Detta Walker saltou à frente, rápida e desagradável como óleo queimando. Só conseguiu se apossar um momento das cordas vocais de Susannah Dean, mas foi um momento *precioso*.

— Tá certo, tá certo — cacarejou ela —, ele não vai gozar na sua boca ou melar seu cabelo!

— *CALE essa boca de puta!* — Sayre rebateu com violência e Susannah sentiu o tranco quando Mia empurrou Detta às cambalhotas (Detta ainda carcarejando) para os fundos da mente que compartilhavam. De novo para a cadeia.

Tive minha fala, isso sim, diabos!, Detta gritava. *Eu falei para aquele branquelo fodido!*

A voz de Sayre no fone foi clara e fria.

— Mia, você tem controle ou não?

— Sim! Sim, tenho!

— Então não deixe isso acontecer de novo.

— Não vou deixar!

E em algum lugar — parecia acima dela, embora não existissem direções reais ali, nos fundos da mente compartilhada —, alguma coisa retiniu. Como um alçapão de ferro.

Estou *realmente na cadeia,* ela disse a Detta, mas Detta apenas continuou rindo.

Susannah pensou: *Agora tenho quase certeza absoluta que sei quem ela é. Além de mim, é claro.* A verdade parecia óbvia. A parte de Mia que não era nem Susannah nem alguma coisa retirada do vácuo universal para se pôr a serviço do Rei Rubro... por certo essa terceira parte era de fato o Oráculo, elemental ou não; a força feminina que a princípio tentara molestar Jake e depois optara por Roland; aquele espírito triste, ansioso. Finalmente ela tinha o corpo de que precisava. Um corpo capaz de carregar o chapinha.

— Odetta? — A voz de Sayre, implicante e cruel. — Ou Susannah, se prefere assim. Prometi lhe dar uma notícia, não foi? Acho que é uma espécie de jogo boa notícia-má notícia. Gostaria de ouvir?

Susannah se manteve em silêncio.

— A má notícia é que o chapinha de Mia talvez não seja capaz de cumprir o destino que lhe foi reservado matando o pai. A boa notícia é que Roland estará quase certamente morto daqui a poucos minutos. Quanto a Eddie, se discute ainda menos. Ele não tem os reflexos nem a experiência de batalha de seu *dinh*. Muito cedo, minha querida, você vai ficar viúva. Essa é a outra má notícia.

Ela não pôde se calar por mais tempo, e Mia deixou-a falar.

— Está mentindo! Sobre *tudo*!

— De modo nenhum — Sayre disse calmamente, e Susannah percebeu de onde conhecia o nome: o fim da história de Callahan. Detroit. Onde ele violara o mandamento mais sagrado de sua igreja e cometera suicídio para não cair nas mãos dos vampiros. Callahan pulara da janela de um arranha-céu para fugir a esse terrível destino. Caíra primeiro no Mundo Médio e viajara daí, via Porta Não-Encontrada, para as Fronteiras de Calla. E o que estivera pensando (o *père* contara) fora: *Eles não vão conseguir vencer, não vão conseguir vencer*. E ele estava certo a esse respeito, *certo*, maldição! Mas se Eddie morresse...

— Sabíamos aonde seu *dinh* e seu marido iriam aportar, se passassem por uma certa porta — Sayre disse a ela —, e chamar certas pessoas, começando com um chapa chamado Enrico Balazar... Eu lhe garanto, Susannah, foi coisa *fácil*.

Susannah percebeu a sinceridade na voz dele. Se estivesse escondendo alguma coisa, era sem dúvida o melhor mentiroso do mundo.

— Como pôde descobrir uma coisa dessas? — Susannah perguntou. Quando a resposta não veio, ela abriu a boca para repetir a pergunta. Antes que tivesse tempo de falar, foi de novo empurrada para trás. Independentemente do que pudesse já ter sido, Mia tinha ganho uma incrível energia dentro de Susannah.

— Ela se foi? — Sayre estava perguntando.

— Sim, foi, para os fundos. — Servil. Ávida em agradar.

— Então venha para nós, Mia. Quanto mais cedo você vier, mais cedo poderá ver o rosto de seu chapinha!

— Sim! — Mia gritou, delirando de alegria, e Susannah captou um repentino brilho de alguma coisa. Era como espreitar por baixo da lona de um circo e ver um incrível prodígio. Ou alguma coisa sombria.

O que viu foi tão simples quanto terrível: *Père* Callahan comprando um pedaço de salame de um comerciante. Um comerciante *do norte* que tinha uma certa loja de departamentos na cidade de East Stoneham, no

Maine, no ano de 1977. Callahan contara toda a história a eles na reitoria... *e Mia estivera lá ouvindo.*

A compreensão veio como um sol vermelho se erguendo num campo onde milhares de pessoas foram massacradas. Susannah correu de novo para tomar a frente, sem se importar com a força de Mia, gritando e gritando e gritando:

— Puta! Puta traidora! Puta assassina! Você disse a eles para onde a Porta ia mandá-los! Para onde ia mandar Eddie e Roland! Ah, sua **PUTA**!

7

Mia era forte, mas não estava preparada para aquele novo ataque. Um ataque especialmente feroz porque Detta juntara sua própria energia homicida à argumentação de Susannah. Por um momento, a intrusa foi empurrada para trás, olhos arregalados. No quarto do hotel, o telefone caiu da mão de Mia. Ela cambaleou como embriagada pelo tapete, quase tombou sobre uma das camas, depois rodopiou como dançarina sem equilíbrio. Susannah deu-lhe um tapa e marcas vermelhas apareceram em seu rosto como pontos de exclamação.

Esbofeteando a mim mesma, é só o que estou fazendo, Susannah pensou. *Surrando o próprio equipamento, que estupidez é essa?* Mas não pôde evitar. A enormidade do que Mia fizera, a *enormidade* da traição...

Por dentro, em algum ringue de batalha que não era de todo físico (mas também não era de todo mental), Mia foi finalmente capaz de agarrar Susannah/Detta pela garganta e empurrá-las para trás. Os olhos de Mia continuavam arregalados, chocados com a ferocidade do assalto. E também de vergonha, talvez. Susannah esperava que ela fosse capaz de sentir vergonha, que ainda não tivesse ultrapassado isto.

Fiz o que tinha de fazer, Mia repetiu enquanto forçava Susannah a voltar para a retaguarda. *É meu chapinha, todas as mãos estão levantadas contra mim, fiz o que tinha de fazer.*

Negociou Eddie e Roland pelo seu monstro, foi isso que fez!, Susannah gritou. *Baseado no que você ouviu por acaso e passou adiante, Sayre teve certeza que usariam a Porta para ir atrás da Torre, não foi? E quantos ele colocou contra os dois?*

A única resposta foi aquela batida de alçapão de ferro. Só que desta vez foi seguida por uma segunda. E uma terceira. Mia sentira as mãos de sua anfitriã agarrando-lhe a garganta e conseqüentemente não queria correr mais riscos. Desta vez o trinco da porta do alçapão era triplo. Alçapão? Diabo, o lugar também podia ser chamado de Buraco Negro de Calcutá.

Quando eu sair daqui, vou voltar para o Dogan e desarmar todos os interruptores!, Susannah gritou. *Não posso acreditar que tentei ajudá-la! Bem, foda-se! Tenha o bebê na rua, que eu pouco me importo!*

Você não pode ir embora, Mia respondeu, quase num tom de desculpas. *Mais tarde, se eu puder, deixo você em paz...*

Que tipo de paz haverá para mim com Eddie morto? Não admira que você queria tirar a aliança dele. Como você ia suportar senti-lo na sua pele, sabendo o que tinha feito?

Mia pegou o telefone e se pôs a ouvir, mas Richard P. Sayre não estava mais lá. Provavelmente tinha outros lugares aonde ir e outras doenças para espalhar, Susannah pensou.

Mia pôs o fone no gancho, olhou ao redor do quarto vazio e estéril, do modo como fazem as pessoas quando não vão voltar para um lugar e querem ter certeza de que não esqueceram nada lá. Bateu num dos bolsos da calça jeans e sentiu o pequeno volume de dinheiro. Encostou a mão no outro e sentiu o contorno da tartaruga, a *sköldpadda*.

Sinto muito, disse Mia. *Tenho de cuidar do meu chapinha. Agora cada mão está levantada contra mim.*

Não é verdade, disse Susannah da sala trancada onde Mia a arremessara. Onde ficava de fato esta sala? Nos calabouços mais profundos, mais escuros do Castelo do Abismo? Provavelmente. Mas isso importava? *Eu estava do seu lado. Eu a ajudei. Parei seu maldito trabalho de parto quando você precisou pará-lo. E olhe o que fez. Como pôde agir de modo tão baixo e covarde?*

Mia fez uma pausa com a mão na maçaneta da porta do quarto, as faces ficando ligeiramente vermelhas. Sim, estava envergonhada, tudo bem. Mas a vergonha não ia detê-la. *Nada* iria detê-la. Até, é claro, ela descobrir que fora traída por Sayre e seus amigos.

Saber que isto, sem a menor dúvida, ia acontecer não deu qualquer satisfação a Susannah.

Você está condenada, disse ela. *Sabe disso, não é?*

— Não faz mal — disse Mia. — Estou disposta a pagar o preço de uma eternidade no inferno só para ver a cara do meu chapinha. Ouça-me bem, imploro.

E então, carregando Susannah e Detta, Mia abriu a porta do quarto do hotel, ganhou o corredor e deu os primeiros passos do caminho para o Dixie Pig, onde terríveis cirurgiões esperavam para livrá-la de seu igualmente terrível chapinha.

LINHA: Commala-*força-nada!*
Você não sabe onde meteu os dedos!
Cumprimentar um traidor de mão enluvada
É agarrar um feixe de gravetos!

RESPOSTA: Commala-*venha-seis!*
Nada além de espinho, gravetos!
Quando encontra sua mão na luva de um traidor
Você não sabe onde meteu os dedos.

SÉTIMA ESTROFE

A Emboscada

1

Roland Deschain foi justificadamente o último da última grande estirpe de guerreiros de Gilead. Com um temperamento estranhamente romântico aliado à falta de imaginação e mãos letais, nunca houvera ninguém melhor que ele. Agora fora invadido pela artrite, mas nada funcionava mal em seus olhos e ouvidos. Ouviu a batida da cabeça de Eddie contra a moldura da Porta Não-Encontrada quando o grupo foi sugado através dela (Roland se abaixara na última fração de segundo, escapando por um triz de ter a cabeça quebrada pelo batente). O pistoleiro ouviu o som de pássaros, a princípio estranho e distante, como passarinhos cantando num sonho, mas depois muito próximo, banal, decididamente ali. Ele estava saindo da obscuridade da gruta e o sol que banhava seu rosto deveria tê-lo cegado completamente. Isto só não aconteceu porque havia semicerrado os olhos no momento em que vira aquela luz brilhante, fizera isso sem pensar. Se não tivesse feito, certamente não teria visto o clarão circular vindo logo à direita, enquanto aterrissavam em terra dura e suja de óleo. Eddie teria morrido com certeza. Talvez os dois tivessem morrido. Até então, na experiência de Roland, só duas coisas tinham aquela perfeita circularidade brilhante: óculos e a mira longa de uma arma.

O pistoleiro agarrou Eddie pelo braço tão irrefletidamente quanto semicerrara os olhos contra o clarão do sol. Sentira a tensão nos músculos do homem mais novo ao deixarem o solo da Gruta da Porta, forrado de pedras e ossos. Depois, quando a cabeça de Eddie se conectou com o lado da Porta Não-Encontrada, sentiu afrouxar os músculos do amigo. Agora Eddie gemia, ainda tentando falar, sem dúvida ao menos parcialmente acordado.

— *Eddie, para mim!* — Roland gritou, se levantando. Uma forte dor explodiu em seu quadril direito e foi correndo até o joelho, mas nada transpareceu em sua expressão. Na realidade, ele mal registrara a dor. Levou Eddie para um prédio, pouco importava saber que prédio era, passando por bombas de óleo ou gasolina. Tinham a marca MOBIL em vez de CITGO ou SUNOCO, dois outros nomes com os quais o pistoleiro estava familiarizado.

Eddie continuava no máximo semi-inconsciente. A face esquerda estava molhada do sangue que vinha do machucado no couro cabeludo. Mesmo assim, pôs suas pernas a funcionar como pôde e conseguiu escalar os três degraus de madeira do que Roland achou que fosse um mercado. Sem dúvida um pouco menor que o armazém de Took, mas sob outros aspectos não muito d...

Um som que zumbia e estalava veio de trás, ligeiramente à direita deles. O atirador estava suficientemente perto para Roland ter certeza que, se ele já ouvira o barulho do tiro, o homem com o rifle já tinha errado.

De repente algo passou a centímetros de sua orelha, produzindo um som perfeitamente claro: *Mizzzzzz!* Os estilhaços do vidro na porta da frente do pequeno mercado caíram para o lado de dentro. A tabuleta pendurada ali (ESTAMOS ABERTOS, VENHA NOS VISITAR) pulou e ficou torta.

— Rolan... — A voz de Eddie, fraca e distante, parecia estar passando por uma boca cheia de mingau. — Rolan... que... quem... OUH! — Este último som fora um grunhido de surpresa quando Roland atirou-o para dentro do mercado e caiu em cima dele.

Então veio outro daqueles sons estalantes; havia um atirador com um rifle extremamente poderoso por ali. Roland ouviu alguém gritar: "Ah, vá se foder, Jack!", e, pouco depois, uma arma de tiro rápido — que Eddie e Jake chamavam metralhadora — abriu fogo. As sujas vitrines de ambos os lados da porta viraram uma massa brilhante de cacos. Os papéis colados no vidro — do diário geral da cidade, Roland não tinha dúvidas — haviam voado.

Duas mulheres e um cavalheiro a caminho da velhice eram os únicos fregueses nos corredores do mercado. Os três estavam virados para a frente — para Roland e Eddie — e tinham no rosto o eterno olhar perplexo do civil desarmado. Roland às vezes o considerava um olhar de quem estava no pasto, como se eles (a maioria dos que estavam na mesma situação em Calla Bryn Sturgis não eram diferentes) fossem ovelhas em vez de pessoas.

— *Abaixem-se!* — Roland gritou de cima de seu semiconsciente (e agora sem fôlego) parceiro. — Pelo amor de seus deuses, *abaixem-SE!*

O cavalheiro a caminho da velhice, que estava usando uma camisa xadrez de flanela a despeito do calor no mercado, soltou-se da lata que segurava (havia uma gravura de tomate na lata) e jogou-se no chão. As duas mulheres não, e a segunda rajada da metralhadora matou as duas, escavando o peito de uma delas e explodindo o alto da cabeça da outra. A mulher atingida no peito caiu como um saco de feijão. A outra, que fora atingida na cabeça, deu dois passos cegos, trôpegos, na direção de Roland. O sangue escorria de onde seu cabelo tinha estado como lava de um vulcão em erupção. Do lado de fora do mercado, mais duas metralhadoras começaram a atirar, enchendo o dia de barulho, enchendo o ar de um mortal entrelaçar de balas. A mulher que perdera o topo da cabeça girara duas vezes num último passo de dança, sacudindo os braços, e caíra. Roland estendeu a mão para o revólver e ficou aliviado ao descobrir que continuava no coldre: o tranqüilizador cabo de sândalo estava lá. Pelo menos esse ponto estava em ordem. O jogo não acabara. Ele e Eddie certamente não tinham entrado em *todash* e os atiradores tinham visto os dois, tinham visto muito bem os dois.

Pior. Estavam *esperando* pelos dois.

— Andem! — alguém gritava. — Andem, andem, não dêem a eles a chance de encontrar seus pintos. Andem, seus *catzarros!*

— Eddie! — Roland urrou. — Eddie, você tem de me ajudar agora!

— Hizz...? — Fraco. Atordoado. Eddie olhando-o com apenas um olho, o direito. O esquerdo estava temporariamente afogado no sangue que caía do machucado na cabeça.

Roland estendeu a mão e esbofeteou-o com força suficiente para fazer voar sangue do cabelo.

— *Capangas!* Vêm para nos matar! Para matar a todos aqui!

O olho visível de Eddie clareou. Aconteceu depressa. Roland viu o esforço que custou... não para recuperar os sentidos mas para recuperá-los com tanta pressa, a despeito de uma cabeça que devia estar martelando de forma monstruosa... Roland só precisou de um momento para se sentir orgulhoso de Eddie. Ali estava de novo Cuthbert Allgood. Cuthbert voltando à vida.

— Que diabo é isto? — alguém perguntou num tom esganiçado, nervoso. — Por *todos* os diabos, *o que é isto?*

— Abaixem-se! — disse Roland, sem olhar em volta. — Se querem viver, joguem-se no chão.

— Façam o que ele está dizendo, chip — alguém respondeu... provavelmente, Roland pensou, o homem que estivera examinando a lata com a gravura do tomate.

Roland veio da porta rastejando por camadas de cacos de vidro, sentindo ferrões e pontadas de dor quando o vidro cortava os joelhos ou os nós dos dedos, mas ele não se importava. Uma bala passou zumbindo próximo à sua testa. Roland também a ignorou. Lá fora era um ensolarado dia de verão. Em primeiro plano, havia duas bombas de gasolina como a inscrição MOBIL. Num lado havia um carro velho, provavelmente de uma das mulheres que estavam fazendo compras (nenhuma delas precisaria mais do carro) ou do Sr. Camisa de Flanela. Atrás das bombas e do pavimento cheio de óleo da área de estacionamento, havia uma pequena estrada rural pavimentada e, além dela, um pequeno grupo de prédios pintados uniformemente de cinza. Num deles havia a placa PREFEITURA, em outro STONEHAM SOCORRO DE INCÊNDIO. O terceiro e maior era a GARAGEM MUNICIPAL. A área de estacionamento na frente desses prédios era também pavimentada (*cascalhada* seria a palavra usada por Roland) e havia alguns veículos estacionados por lá, um deles do tamanho de um grande carroção. De trás dos prédios saíram mais de meia dúzia de homens em plena carga. Um vinha mais devagar e Roland o reconheceu: era Jack Andolini, o feio braço-direito de Enrico Balazar. O pistoleiro vira Andolini morrer baleado e depois ser comido vivo pelas carnívoras lagostrosidades que viviam nas águas rasas do mar Ocidental, mas lá estava o homem de novo. Porque infinitos mundos giravam no eixo que era a Torre Negra e ali era outro deles. Apenas um mundo, no entanto, seria verdadeiro; apenas um, onde as coisas, quando terminadas, *continuavam* terminadas. Talvez fosse aquele; talvez não. Fosse como fosse, não era hora de se preocupar com isso.

Ajoelhado, mas de corpo erguido, Roland abriu fogo, apertando o gatilho do revólver com uma dura saliência da mão direita, mirando primeiro nos homens com as metralhadoras. Um deles caiu morto na branca linha central da estrada rural, o sangue jorrando pela garganta. O segundo foi jogado para trás com um buraco entre os olhos; só parou na curva da estradinha.

Logo Eddie estava ao lado de Roland, também de joelhos, apertando o gatilho do outro revólver do pistoleiro. Errou pelo menos dois tiros, o que não era de espantar, dada a sua condição. Três outros homens caíram na estrada, dois mortos, um gritando.

— *Me acertou! Ah, Jack, me ajude, me acertou na barriga!*

Alguém agarrou o ombro de Roland, sem saber como era perigoso fazer isso com um pistoleiro, especialmente durante um tiroteio.

— Senhor, que diabo...

Roland deu uma rápida olhada, viu um homem quarentão usando uma gravata e um avental e teve tempo de pensar: *O dono do mercado, provavelmente o mesmo sujeito que indicou o caminho do correio ao* père. Ele empurrou violentamente o homem para trás. Uma fração de segundo mais tarde, o sangue jorrava do lado esquerdo da cabeça do homem. Com fratura, o pistoleiro estimou, mas não seriamente ferido, pelo menos ainda não. E se eu não o tivesse empurrado, as balas...

Eddie estava recarregando. Roland fez o mesmo, demorando um pouco mais graças aos dedos perdidos da mão direita. Enquanto isso, dois dos capangas sobreviventes buscavam cobertura atrás de um velho carro parado no lado da estrada onde ficava o mercado. Perto demais. Nada bom. E Roland também pôde ouvir o ronco de um motor se aproximando. Olhou para trás, para o freguês que fora suficientemente rápido para se abaixar quando ele gritou, escapando assim da sorte das duas senhoras.

— Você! — disse Roland. — Tem um revólver?

O homem de camisa de flanela fez não com a cabeça. Os olhos eram de um azul brilhante. Assustado, mas não exatamente em pânico, avaliou Ronald. O dono do mercado estava sentado reto no chão, na frente de seu freguês. Com as pernas muito abertas, contemplava com espanto e náusea as gotinhas vermelhas que caíam e se espalhavam pelo avental branco.

— Tem um revólver, comerciante? — Roland perguntou.

Antes que o homem pudesse responder (se fosse capaz de responder), Eddie agarrou o ombro de Roland.

— Carga da Brigada Ligeira — disse ele. As palavras saíram arrastadas (*carrrga da brigggada liiigeiraaa*), mas Roland não teria compreendido a referência de um modo ou de outro. A coisa importante era que Eddie vira outros seis homens correndo pela estrada. Desta vez estavam espalhados e ziguezagueavam de um lado para o outro.

— *Vão, vão, vão!* — Andolini berrava atrás deles, sacudindo as duas mãos no ar.

— Meu Deus, Roland, é Tricks Postino — disse Eddie. Para variar, Tricks comparecia com uma arma extremamente grande, embora Eddie não tivesse certeza se era aquela imensa M-16, chamada por ele de A Maravilhosa Máquina do Rambo. De qualquer modo, Postino teria tanta sorte ali quanto no tiroteio do Torre Inclinada. Eddie disparou e Tricks Postino caiu em cima de um dos sujeitos já estendidos na estrada, sem parar de atirar com sua arma de assalto. Provavelmente aquilo era heróico como um espasmo de dedo ou os últimos sinais enviados por um cérebro agonizante nada mais. Roland e Eddie, no entanto, tiveram de trabalhar com muita atenção, pois os outros cinco capangas logo buscaram cobertura atrás dos carros parados na margem da estrada. Pior ainda. Ajudados pelo escudo dos veículos (os veículos em que tinham vindo, Roland tinha certeza absoluta), logo seriam capazes de transformar, sem grande perigo para si mesmos, o pequeno mercado num estande de tiro.

Tudo aquilo estava muito parecido com o que tinha acontecido na Colina Jericó.

E estava na hora de bater em retirada.

Um som de veículo se aproximando continuou a aumentar — um grande motor, trabalhando sob uma carga pesada, sem dúvida. E ele apareceu na subida à esquerda do mercado. Era um gigantesco caminhão, cheio de enormes toras de madeira. Roland viu os olhos do motorista se arregalarem e a boca se abrir. Bem, por que não? Na frente daquele mercado de cidade pequena, onde sem dúvida já tinha parado várias vezes para tomar uma garrafa de cerveja ou um copo de chope no fim de um dia longo e quente na mata, havia meia dúzia de corpos ensangüentados. Estavam espalhados na estrada como soldados mortos numa batalha (e sem dúvida, Roland sabia, era exatamente isso que eles eram).

O freios dianteiros do grande caminhão cantaram. Da traseira veio o irado sopro de dragão dos freios a ar. Isso foi acompanhado por um guincho de enormes pneus de borracha. Primeiro parando, depois deixando enfumaçados rastros pretos na superfície de cascalho da estrada. As várias toneladas de carga do caminhão começaram a balançar para um lado. Roland viu lascas voando das toras para o céu azul enquanto os capangas continuavam a atirar impunemente da margem da estrada. Havia alguma coisa quase hipnótica naquilo tudo. Era como ver um dos Animais Perdidos do Eld brotar do céu com as asas em fogo.

A frente do caminhão bateu num primeiro corpo, o de Postino. Tripas voaram em fileiras vermelhas, borrifando a terra do acostamento. Pernas e braços foram arrancados. Uma roda esmagou a cabeça de Tricks Postino e o barulho do crânio rebentando foi como o de uma castanha explodindo em fogo quente. A carga do caminhão se inclinou para o lado e começou a oscilar. Rodas tão altas que chegavam aos ombros de Roland derraparam, levantando nuvens de cascalho ensangüentado. O caminhão deslizava pelo mercado com majestosa falta de pressa. O motorista não era mais visível na cabine. Por um momento, o mercado e as pessoas em seu interior ficaram protegidos do enorme poder de fogo que vinha da margem da estrada. O comerciante (Chip) e o freguês sobrevivente (Sr. Camisa de Flanela) contemplavam o caminhão desgovernado com idênticas expressões de impotência e espanto. E foi com este ar ausente que o dono do mercado limpou o sangue ao lado da cabeça e o sacudiu no chão como água. Seu machucado era pior que o de Eddie, Roland avaliou, mas o homem nem parecia ter consciência disso. Talvez fosse a sorte dele.

— Para os fundos — o pistoleiro disse a Eddie. — Agora!

— Boa pedida.

Roland agarrou pelo braço o homem com a camisa de flanela. Os olhos do homem deixaram imediatamente o caminhão e foram para o pistoleiro. Roland fez sinal para ele recuar e o cavalheiro quase idoso abanou a cabeça. Sua inquestionável rapidez foi uma dádiva inesperada.

Do lado de fora, a carga do caminhão finalmente virava, esmagando um dos carros estacionados (e talvez os capangas escondidos atrás dele, era o que Roland mais queria). O caminhão deixava cair primeiro as toras que iam em cima, depois todas elas. E houve um barulho horrível, muito demorado, de metal sendo arranhado. Chegou a fazer o barulho dos tiros parecer insignificante.

2

Eddie agarrou o dono do mercado exatamente como Roland tinha agarrado o outro homem, mas Chip nem chegou perto do discernimento ou do instinto de sobrevivência de seu freguês. Apenas continuou de olhos arregalados vendo tudo através do buraco rombudo onde suas vitrines tinham ficado, olhos cheios de choque e temor enquanto o caminhão de madeira lá fora entrava na fase final de seu balé autodestrutivo, a cabine do motorista desengatada da carreta supercarregada, contorcendo-se, descendo impetuosamente a lombada atrás do mercado e entrando na mata. A carga foi virando pelo lado direito da estrada, criando uma enorme e veloz onda de sujeira e deixando para trás um sulco profundo, um Chevrolet amassado e dois capangas igualmente amassados.

Mas havia muitos outros no lugar de onde aqueles tinham vindo. Ou assim parecia. O tiroteio continuava.

— Vamos, Chip, hora de correr — disse Eddie e, desta vez, quando ele empurrou o comerciante para os fundos da loja, Chip realmente se apressou, embora sempre olhando pelo ombro e limpando o sangue do lado do rosto.

À esquerda, nos fundos do mercado, havia um anexo com uma lanchonete. Tinha um balcão, alguns bancos altos, três ou quatro mesas e uma antiga armadilha para lagostas em cima de uma prateleira que tinha um monte de revistas pornográficas, ultrapassadas. Quando eles alcançaram esta parte do prédio, o tiroteio vindo lá de fora ficou mais intenso. E sua natureza foi novamente alterada, desta vez por uma explosão. Era o tanque de combustível do caminhão de madeira, Eddie presumiu. Nesse momento, sentiu o zumbido de uma bala e viu um buraco redondo e negro aparecer no quadro pendurado na parede, pintado com um farol.

— Quem *são* esses caras? — Chip perguntou num tom perfeitamente descontraído. — Quem é você? Estou ferido? Meu filho esteve no Vietnã, você sabe? Viu aquele caminhão?

Eddie não respondeu a nenhuma das perguntas; apenas sorriu, abanou a cabeça e empurrou Chip na direção de Roland. Não fazia a menor idéia de onde estavam ou como iam sair daquela porra. A única coisa de que tinha certeza absoluta era que Calvin Tower não estava lá. O que provavelmente era bom. Tower podia ou não ter trazido do inferno esta fornada de fogo e enxofre, mas o fogo e enxofre tinham *tudo* a ver com o velho Cal, disso Eddie não tinha a menor dúvida. Se ao menos Cal tivesse...

De repente uma afiada pontada de calor foi rasgando seu braço e Eddie gritou de surpresa e de dor. Um momento depois outra pontada acertou-o na barriga da perna. A parte de baixo de sua perna direita explodiu numa dor *intensa* e ele tornou a gritar.

— Eddie! — Roland arriscou um olhar para trás. — Você está...

— É, bem, vá, vá!

À frente deles agora havia uma divisória barata de compensado com três portas. Uma tinha a inscrição HOMENS, outra MOÇAS e uma terceira USO EXCLUSIVO DOS FUNCIONÁRIOS.

— FUNCIONÁRIOS! — Eddie gritou. Ele baixou os olhos e viu, a uns sete centímetros abaixo do joelho direito, um buraco cercado de sangue na calça jeans. A bala não tinha explodido o joelho, o que era ótimo, mas ó mamãe, aquilo doía como a coisa mais filha-da-puta de toda a criação.

No teto, um globo de luz explodiu. O vidro choveu sobre a cabeça e os ombros de Eddie.

— Tenho seguro, mas só Deus sabe se o seguro cobre algo *assim* — disse Chip naquele tom perfeitamente descontraído. Limpando mais sangue do rosto, sacudiu-o da ponta dos dedos para o chão e as gotas formaram uma mancha de tinta Rorschach. Balas zumbiam em volta deles.

Eddie viu uma delas dar um piparote no colarinho de Chip. Em algum lugar atrás deles, Jack Andolini — o velho Duplo-Feio — gritava em italiano. Por alguma razão Eddie não achou que ele estivesse comandando uma retirada.

Roland e o freguês de camisa de flanela atravessaram a porta de USO EXCLUSIVO DOS FUNCIONÁRIOS. Eddie foi atrás, sustentado pelo vinho da adrenalina e arrastando Chip. Era um depósito de tamanho bastante razoável. Eddie sentiu o cheiro de diferentes tipos de cereal, uma espécie de aroma de hortelã e, principalmente, de café.

Agora o Sr. Camisa de Flanela tinha tomado a frente. Passando por plataformas de estocagem empilhadas de latas de conservas, Roland desceu rapidamente com ele o corredor central do depósito. Eddie capengou corajosamente ao longo do espaço, sempre rebocando o dono do mercado. O velho Chip tinha perdido muito sangue por causa do ferimento na cabeça, e Eddie continuou achando que ele ia desmaiar a qualquer momento, mas Chip realmente parecia conservar... bem, pelo menos um sopro de vida. E naquele momento perguntava a Eddie o que acontecera a Ruth Beemer e sua irmã. Se estava se referindo às duas mulheres que estavam no mercado (Eddie tinha certeza que estava), era melhor que Chip continuasse desmemoriado.

Havia outra porta nos fundos. O Sr. Camisa de Flanela abriu-a e saiu. Roland puxou-o de volta pela camisa, depois ele mesmo saiu, abaixado. Eddie pôs Chip ao lado do Sr. Camisa de Flanela e se colocou na frente dos dois. Atrás deles, balas perfuravam a porta USO EXCLUSIVO DOS FUNCIONÁRIOS, criando sobressaltados olhos brancos de luz do sol.

— Eddie! — Roland resmungou. — Comigo!

Eddie capengou até ele. Ali havia uma rampa de carregamento e, além dela, perto de meio hectare de terreno feio, mexido. Latas de lixo tinham sido empilhadas de forma desordenada à direita da rampa e havia duas caçambas de lixo à esquerda, mas parecia que ninguém se interessara em colocar lixo em nenhuma delas. Havia também várias pilhas de latas de cerveja, pilhas grandes o bastante para despertar a atenção de algum arqueólogo futuro. *Nada como relaxar na varanda de trás após um duro dia no mercado,* Eddie pensou.

Roland estava apontando o revólver para outra bomba de gasolina, uma bomba mais enferrujada e mais velha que as da frente. Nela havia uma única palavra:

— Diesel — disse Roland. — Isso quer dizer combustível... É, não é?

— É — disse Eddie. — Chip, a bomba do diesel funciona?

— Claro, claro — disse Chip num tom de voz desinteressado. — Muita gente abastece aqui.

— Posso botar para funcionar, senhor — disse o Camisa de Flanela. — É melhor que eu o faça, é difícil. Será que você e seu parceiro me dão cobertura?

— Sim — disse Roland. — Derrame aí. — E sacudiu um dedão para o depósito.

— Ei, não! — disse Chip, sobressaltado.

Quanto tempo demoraram essas coisas? Eddie não poderia dizer, não tinha certeza. Só estava consciente de uma clareza que até então só conhecera uma vez: quando jogara adivinhações para o Mono Blaine. Ela dominou tudo com seu brilho, mesmo a dor na parte de baixo de sua perna, onde a tíbia podia ter sido lascada por uma bala. Estava consciente de como a coisa cheirava esquisita ali (carne podre e produto mofado, o aroma de fermentação de mil barris de chope, os odores de nem-aí preguiça) e do perfume divinamente suave de abeto, que vinha da mata além do perímetro daquele mercadinho imundo de beira de estrada. Ouviu o barulho de um avião em algum quadrante distante do céu. Sabia que gostava do Sr. Camisa de Flanela porque o Sr. Camisa de Flanela estava *ali*, estava *com* eles, unido a eles dois, naqueles poucos minutos, pelo mais forte dos laços. Mas tempo? Não, ele não tinha uma verdadeira noção disso. Se bem que não deviam ter se passado muito mais que noventa segundos desde que Roland dera início à retirada deles ou certamente teriam sido vencidos, houvesse ou não aquele caminhão desgovernado.

Roland apontou para a esquerda, mas ele mesmo virou à direita. Ele e Eddie pararam, um de costas para o outro, na rampa de carregamento, a cerca de dois metros um do outro, revólveres erguidos ao lado dos rostos como homens prontos para começar um duelo. O Sr. Camisa de Flanela pulou da ponta da rampa, ágil como um grilo, e agarrou a manopla cromada do lado da velha bomba diesel. Começou a girá-la rapidamente. Nas pequenas janelas os números rodaram para trás, mas em vez de retornar aos zeros, pararam em **0 0 1 9**. O Sr. Camisa de Flanela rodou novamente a manopla. Quando os números se recusaram a descer, ele abanou os ombros e puxou a mangueira de seu suporte enferrujado.

— John, não! — Chip gritou parado no umbral do depósito, levantando as mãos, uma limpa, a outra sangrenta até o alto do braço.

— Saia do caminho, Chip, ou você vai...

Dois homens se arremessaram pelo lado de Eddie vindo da parte da frente do mercado de East Stoneham. Ambos usavam calças jeans e camisas de flanela, mas, ao contrário da camisa de Chip, suas roupas pareciam novas em folha, com as dobras ainda nas mangas. Compradas especialmente para a ocasião, Eddie não tinha dúvida. E Eddie reconheceu muito bem um dos capangas; vira-o pela última vez no Restaurante da Mente de Manhattan, a livraria de Calvin Tower. Eddie também já tinha matado uma vez aquele sujeito. Dez anos no futuro, se dava para acreditar. No Torre Inclinada, o boteco de Balazar, e com o mesmo revólver que ele agora levava na mão. O trecho de uma letra do velho Bob Dylan lhe ocorreu, algo sobre o preço que você tem de pagar para não ser obrigado a passar duas vezes pela mesma coisa.

— Ei, Narigão! — Eddie gritou, como fazia cada vez que encontrava aquela particular peça de escória. — Como vai, parceiro?

Na verdade, George Biondi realmente não parecia estar indo bem. Nem mesmo sua mãe o devia ter considerado muito apresentável, mesmo nos anos dourados (aquele bico pavoroso) e agora seus traços estavam inchados e descoloridos por contusões que começavam a melhorar só agora. A pior delas ficava bem entre os olhos.

Fui eu que fiz essa, Eddie pensou. *Nos fundos da livraria do Tower*. Era verdade, mas parecia algo que tinha acontecido há mil anos.

— *Você!* — disse George Biondi. Ele parecia espantado demais até para erguer o revólver. — *Você. Aqui.*

— Eu aqui — Eddie concordou. — Quanto a você, devia ter ficado em Nova York. — E dito isso, ele explodiu a cara de George Biondi. A cara do amigo dele também.

O Camisa de Flanela apertou a manopla da mangueira da bomba e um diesel escuro esguichou do bico. Molhou Chip, que gritou indignado e cambaleou para a rampa de carregamento.

— *Arde!* — bradou ele. — *Nossa, como arde! Pára, John!*

John não largou. Outros três homens saíram do mercado, se arremessaram pelo lado de Roland e, depois de dar uma olhada no rosto calmo e terrível do pistoleiro, tentaram retroceder. Estavam mortos antes que pudessem fazer mais do que tirar uma vez do chão os calços das botas novas de cano curto. Eddie pensou na meia dúzia de carros e no grande Winnebago estacionados do outro lado da rua e ainda teve tempo de se perguntar exatamente quantos homens Balazar havia enviado naquela pequena expedição. Certamente não apenas seus próprios caras. Como teria pago pelos importados?

Não teve de pagar, Eddie pensou. *Alguém o encheu de grana e o mandou às compras. Quantos capangas de fora da cidade era possível. E o convenceu de que os alvos mereciam esse tipo de gasto.*

Do interior do mercado veio um baque surdo, mas com um certo eco. Fuligem foi soprada pela chaminé, sumindo na nuvem mais escura e oleosa que se erguia da amassada carreta de madeira. Eddie achou que alguém havia jogado uma granada. A porta do depósito saltou das dobradiças, se projetou até o meio do corredor cercada por uma nuvem de fumaça e caiu com estrondo. Logo o sujeito que atirara a granada iria lançar outra e, com o chão do depósito agora coberto por uma camada de um centímetro de óleo diesel...

— Veja se consegue que ele vá mais devagar — disse Roland. — Ainda é preciso molhar mais um pouco lá dentro.

— Andolini ir mais devagar? — Eddie perguntou. — Como eu consigo isso?

— Com sua *boca* incansável! — Roland gritou, e Eddie viu uma coisa maravilhosa, comovente: Roland estava sorrindo. Quase rindo. Eddie também olhou para o Camisa de Flanela (John) e fez um gesto circular com a mão direita: *continue bombeando.*

— Jack! — gritou. Não tinha idéia de onde Andolini poderia estar naquele momento, por isso berrou o mais alto que pôde. E como crescera perambulando pelas ruas menos palatáveis do Brooklyn, o seu alto era bastante alto.

Houve uma pausa. O tiroteio diminuiu, depois parou.

— Ei! — Jack Andolini respondeu. Parecia surpreso, mas de um modo bem-humorado. Eddie duvidou que estivesse realmente surpreso e não teve nenhuma dúvida: o que Jack queria era vingança. Fora ferido na área de estocagem atrás da livraria de Tower, mas isso não era o pior. Fora também humilhado. — Ei, Espertinho! Não foi você o cara que enfiou um cano no meu queixo e quis mandar meus miolos para o outro lado do rio? Cara, fiquei com uma marca!

Eddie podia vê-lo enquanto fazia este comentário mesquinho e deprimente. Não parava de gesticular, pondo em posição os homens que haviam sobrado. Quantos eram? Oito? Dez, talvez? Deus sabia que um bom punhado já estava fora de ação. E onde estariam os sobreviventes? Dois do lado esquerdo do mercado. Mais dois à direita. O resto com *Monsieur* Granadas. E quando Jack estivesse pronto, todos iam disparar. Só que bem na superfície do novo e raso lago de diesel.

Ou pelo menos era o que Eddie esperava que acontecesse.

— Tenho o mesmo revólver comigo hoje! — ele gritou para Jack. — Desta vez vou enfiar no cu, o que acha?

Jack riu. Um som tranqüilo, relaxado. Encenação, mas das boas. Por dentro Jack devia estar a mil; coração batendo a mais de 130, pressão sanguínea superando os 160. Era isso. Não apenas vingança de algum pequeno *punk* que se atrevera a fazer um ataque de surpresa, mas o maior trabalho de sua fedorenta carreira de mau elemento, a Grande Tacada.

Sem a menor dúvida, Balazar dava as ordens, mas Jack Andolini era o elemento presente, o marechal-de-campo e, desta vez, a tarefa não era apenas surrar um dono de bar viciado em jogo e drogas que não pagou a conta ou convencer algum proprietário judeu de uma joalheria da Lenox Avenue de que ele precisava de proteção; aquilo era uma verdadeira guerra. Jack era esperto — pelo menos em comparação com a maioria da fauna de rua que Eddie conhecera enquanto usava drogas e andava com o irmão Henry —, mas Jack era também estúpido de algum modo fundamental, um modo que nada tinha a ver com índices de QI. O punk que estava naquele momento zombando dele já o batera uma vez, e muito vigorosamente, mas Jack Andolini conseguira esquecer aquilo.

O diesel escorria serenamente pela rampa de estocagem e avançava pelas tábuas velhas e empenadas do depósito do mercado. John, isto é, *sai Camisa de Flanela Yankee* dispensou a Roland um olhar indagador. Roland respondeu primeiro balançando a cabeça, depois tornando a girar a mão direita: mais.

— Onde está o cara da livraria, Espertinho? — A voz de Andolini. Agradável como antes, mas agora mais próxima. Então ele tinha cruzado a estrada. Eddie calculava que ele estava logo na entrada do mercado. Realmente uma pena o diesel não ser mais explosivo. — Cadê o Tower? Basta entregar o homem e deixamos você e o outro cara em paz até a próxima vez.

Claro, Eddie pensou, e se lembrou de uma pergunta que Susannah às vezes fazia (em seu melhor rosnado pela boca de Detta Walker) para indicar que não acreditava em nada do que a pessoa dizia: *E não vou gozar na sua boca ou melar seu cabelo.*

Aquela emboscada fora montada especialmente para pistoleiros de passagem, Eddie tinha quase certeza. Os maus elementos podiam saber ou não onde Tower estava (não confiava em absolutamente nada que saía da boca de Jack Andolini), mas alguém soubera exatamente onde e quando a Porta Não-Encontrada daria passagem a Eddie e Roland, e tinha transmitido esta informação a Balazar: *Quer o rapaz que envergonhou* seu *rapaz, Sr. Balazar? O garoto que tirou Jack Andolini e George Biondi do Tower antes que o Tower tivesse tempo de ceder e entregar o que você queria? Ótimo. É aqui que ele vai aparecer. Ele e mais um. E aliás, tô essa grana, dá para comprar um exército de mercenários, todos de sapatos de duas cores. Talvez não seja o bastante, porque o garoto é duro e seu parceiro é pior, mas talvez vocês tenham sorte. Mesmo se não der, mesmo se o sujeito chamado Roland escapar deixando um punhado de caras mortos para atrás... bem, pegar o garoto já é um começo. E sempre tem mais matadores, não é? Com certeza. O mundo está cheio deles. Os* mundos.

E quanto a Jake e Callahan? Também houvera uma festa de recepção à espera deles, e fora 22 anos depois deste quando? O pequeno poema na cerca ao redor do terreno baldio sugeria isso, se referindo à sua esposa como... SUSANNAH-MIO, DIVIDIDA GAROTA MINHA, ESTACIONOU SEU XXXXXX NO DIXIE PIG, NO ANO DE 1999. Mas se *tivesse* havido mesmo uma recepção à espera deles, era possível que ainda estivessem vivos?

Eddie se agarrou a uma idéia: se algum membro do *ka-tet* morresse — Susannah, Jake, Callahan ou mesmo Oi —, ele e Roland saberiam. Se estava se iludindo a esse respeito, sucumbindo a alguma fantasia romântica, azar o seu.

3

Roland olhou o homem de camisa de flanela e passou o lado da mão pela garganta. John abanou a cabeça e puxou ao máximo a manopla da bomba de gasolina. Chip, o dono do mercado, estava agora parado ao lado da rampa de carregamento, e seu rosto, onde não estava ensopado de sangue, tinha um ar decididamente sombrio. Roland achou que logo ele ia perder os sentidos. Melhor assim.

— Jack! — o pistoleiro gritou. — Jack Andolini! — Sua pronúncia do nome italiano foi uma bela coisa de se ouvir, ao mesmo tempo precisa e cantante.

— É o irmão mais velho do Espertinho? — Andolini perguntou. Parecia estar se divertindo. E parecia estar mais perto. Roland o situou na frente do mercado, talvez no ponto exato onde ele e Eddie tinham passado. Jack não esperaria muito tempo para fazer seu próximo movimento; estavam na zona rural, mas mesmo assim havia gente por perto. Alguém já estaria vendo o rolo de fumaça da carreta de madeira tombada se erguendo no ar. Logo as sirenes seriam ouvidas.

— Pode-se dizer que eu sou o capataz de Eddie — disse Roland.

Ele apontou para o revólver na mão de Eddie, depois apontou para o depósito, em seguida apontou para si mesmo: *Espere pelo meu sinal.* Eddie abanou a cabeça.

— Por que não o manda sair da toca, *mi amigo*? — disse Andolini. — Tem nada a ver com você. Eu levo o Espertinho e deixo você livre. É com ele que quero conversar. Será um prazer conseguir as respostas de que preciso.

— Nunca vai nos pegar — disse Roland num tom gentil. — Você esqueceu a face de seu pai. É um saco de merda com pernas. Seu verdadeiro papai é um homem chamado Balazar, de quem você vive lambendo o cu. Os outros sabem disso e riem de você. "Olhem o Jack", eles dizem, "toda aquela puxação de saco só o deixa mais feio".

Houve uma breve pausa. Então:

— Tem uma boca meio suja, cavalheiro. — A voz de Andolini era uniforme, mas todo o falso bom humor sumira dela. E todo o riso. — Mas é só falação não faz mal.

Por fim uma sirene irrompeu na distância. Roland acenou primeiro para John (que o observava com atenção) e depois para Eddie. *Falta pouco,* dizia aquele aceno.

— Balazar continuará construindo suas torres de cartas muito tempo depois de você não passar de um punhado de ossos numa cova rasa, Jack! Alguns sonhos são proféticos, mas não os seus. Os seus são apenas sonhos.

— Cale a boca!

— Ouve as sirenes? Seu tempo está quase...

— *Vão!* — Jack Andolini gritou. — *Vão! Peguem os dois! E quero a cabeça desse velho fodedor, estão me ouvindo? Quero a cabeça dele!*

Um objeto negro e redondo desenhou um arco preguiçoso através do buraco onde existira a porta para USO EXCLUSIVO DOS FUNCIONÁRIOS. Outra granada. Roland estava à espera dela. Atirou uma vez, do quadril, e a granada explodiu em pleno ar, transformando a frágil parede entre o depósito e a cantina numa tempestade de destroços perigosos, cortantes. Houve gritos de surpresa e agonia.

— *Agora, Eddie!* — Roland gritou e começou a atirar no diesel. Eddie juntou-se a ele. A princípio Roland não pensou que ia acontecer alguma coisa, mas então uma fraca ondulação de chama azul apareceu no corredor central e avançou serpenteando para onde estivera a parede dos fundos. Não foi o bastante! Deuses, como queria que o combustível fosse do tipo que chamavam de gasolina!

Roland puxou o cilindro do revólver, deixou os cartuchos vazios caírem ao lado das botas e recarregou.

— À sua direita, senhor — disse John, quase num tom de conversa, e Roland se jogou no chão. Uma bala passou pelo lugar onde ele estivera.

A segunda deu um piparote nas pontas do cabelo comprido. Só tivera tempo de recarregar três das seis câmaras do revólver, mas isso era ter mais uma bala do que precisava. Os dois capangas foram arremessados para trás com idênticos buracos no centro de suas testas, logo abaixo das linhas do cabelo.

Outro desordeiro avançou pelo canto do depósito para surpreender Eddie pelo lado e encontrou Eddie esperando por ele com um sorriso no rosto ensangüentado. O sujeito largou imediatamente o revólver e começou a erguer as mãos. Eddie pôs uma bala em seu peito antes que as mãos atingissem a altura dos ombros. *Ele está aprendendo,* Roland pensou. *Deus o ajude, mas está.*

— Esse tiroteio está um pouco lento para o meu gosto, rapazes — disse John, saltando para a rampa de estocagem. O interior do mercado mal se via atrás dos rolos de fumaça da granada desviada, mas vieram voando balas através dela. John pareceu indiferente e Roland agradeceu ao *ka* por colocar um homem tão bom em seu caminho. Um homem tão duro.

John tirou do bolso da calça um objeto quadrado de prata, mexeu na ponta e produziu uma boa chama com o golpe do polegar sobre a pequena roda. Atirou agilmente o isqueiro chamejante no depósito. Chamas explodiram por todo lado com um ruído de *uummpããã...*

— *O que está havendo com vocês?* — Andolini gritou. — *Peguem-nos!*

— Por que você mesmo não faz isso? — Roland falou, puxando a perna da calça de John para longe do diesel. John pulou para trás na rampa de estocagem e perdeu o equilíbrio. Roland o segurou. Chip, o dono do mercado, escolheu aquele momento para desmaiar, se arremessando para o solo coberto de lixo com um gemido tão baixo que foi quase um suspiro.

— Ei, venha! — Eddie atiçou Andolini. — Venha *Espertinho*, qual é a sua, *Espertinho*, não mande um garoto fazer trabalho de homem, onde já se viu? Quantos caras você tem aí, duas dúzias? E continuamos em pé? Venha! Venha fazer você mesmo! Ou vai passar o resto da vida lambendo o cu de Enrico Balazar?

Mais balas atravessaram a fumaça e as chamas, mas os capangas que estavam no interior do mercado não mostraram interesse em tentar atacar através do fogo, que era cada vez mais forte. E mais ninguém apareceu pelos lados do prédio.

Roland apontou para a parte de baixo da perna direita de Eddie, onde havia um buraco. Eddie ergueu o polegar, mas a perna da calça jeans realmente estava ficando muito cheia abaixo do joelho — algo inchava lá dentro. Quando ele se moveu, a bota fazia um barulho de coisa encharcada. A dor atingira um firme e duro limite que parecia latejar no ritmo da batida do coração. Contudo ele estava começando a acreditar que o osso ficara intacto. *Talvez,* Eddie admitiu, *porque queria acreditar nisso.*

À primeira sirene tinham se juntado mais duas ou três e elas estavam se aproximando.

— *Vão!* — gritou Jack, que agora parecia à beira da histeria. — *Vão, seus fodidos de merda, vão pegá-los!*

Roland achou que os maus elementos restantes podiam ter atacado dois minutos atrás — talvez mesmo trinta segundos atrás —, se Andolini tivesse liderado pessoalmente o ataque. Mas agora a opção de ataque frontal já não existia e Andolini tinha de saber disso se estivesse com homens de ambos os lados do prédio. Roland e Eddie os pegariam como pássaros de barro numa disputa de tiro em Dia de Feira. A única estratégia viável que restava seria o sítio ou um longo movimento de flanco através dos bosques, mas Jack Andolini não tinha tempo para um nem para o outro. Manter posição ali, contudo, podia apresentar seus próprios problemas. Por exemplo lidar com a polícia local, ou com o corpo de bombeiros, se eles chegassem primeiro.

Roland puxou John para perto de si e falou em voz baixa:

— Precisamos sair daqui agora. Pode nos ajudar?

— Ah, é, acho que sim.

O vento mudou de direção. Uma corrente de ar atravessou as vitrines quebradas na frente do mercado, passou pelo lugar onde tinha havido uma parede divisória e saiu pela porta dos fundos. A fumaça do diesel era preta e gordurosa. John tossiu e tentou sacudi-la com a mão.

— Venham comigo. Vamos depressa.

John atravessou correndo a feia extensão de solo devastado atrás do prédio. Passou por cima de um caixote quebrado e abriu caminho entre um incinerador enferrujado e uma pilha de peças de máquinas mais enferrujadas ainda. Na maior dessas peças, havia um nome que Roland já tinha visto em suas andanças: JOHN DEERE.

Roland e Eddie foram atrás, protegendo a retaguarda de John, dando breves olhares sobre os ombros para evitar alguma emboscada. Roland não tinha perdido de todo a esperança que Andolini fizesse um ataque final e ele pudesse matá-lo, como já acontecera uma vez. Na praia do mar Ocidental, no passado, quando ele era dez anos *mais novo.*

Enquanto agora, Roland pensou, *me sinto pelo menos mil anos mais velho.*

Mas no fundo isso não era verdade. Sim, ele estava agora sofrendo (finalmente) os males com que um homem velho podia razoavelmente contar. Mas tinha de novo um *ka-tet* para protegê-lo, e não qualquer *ka-tet*, mas um formado de *pistoleiros*, um *ka-tet* que lhe dera uma nova motivação de viver, com uma força que ele não esperava. Tudo agora significava algo para ele, não apenas a Torre Negra, mas *tudo*. Então ele queria que Andolini viesse. E se matasse Andolini naquele mundo, tinha a impressão de que Andolini permaneceria morto. Porque aquele mundo era *diferente*. Tinha uma ressonância que faltava em todos os outros, mesmo no seu próprio. Sentia isso em cada osso e em cada nervo. Roland ergueu os olhos e viu exatamente o que esperava ver: uma fileira de nuvens. Nos fundos do solo árido, uma trilha entrava na mata, seu início marcado por um par de rochas de granito de bom tamanho. E ali o pistoleiro viu um rendilhado padrão de sombras, sombras que se sobrepunham, mas apontavam todas para o mesmo lugar. Era preciso olhar com atenção, mas uma vez identificado, o padrão se tornava inconfundível. Como na versão de Nova York onde ele encontrara a sacola vazia no terreno baldio e Susannah vira os mortos errantes, este era o verdadeiro mundo, o mundo onde o tempo corria sempre numa mesma direção. Talvez conseguissem pular para o futuro se encontrassem uma porta, como ele tinha certeza que Jake e Callahan haviam feito (pois Roland se lembrava do poema sobre a cerca e agora compreendia pelo menos parte da coisa), mas talvez as pessoas nunca voltassem para o passado. Este era o verdadeiro mundo, onde nenhum rolar de dados poderia jamais ser desfeito, o mundo que estava mais próximo da Torre Negra. E sem dúvida eles continuavam no Caminho do Feixe de Luz.

John levou-os para um caminho na mata que percorreram rapidamente, afastando-se das colunas de densa fumaça negra e do lamento cada vez mais próximo das sirenes.

4

Não tinham avançado sequer 400 metros quando Eddie começou a ver lampejos azuis através das árvores. O caminho estava forrado de galhos de pinheiros e, quando chegaram à última encosta (a que levava a um lago comprido e estreito, de extasiante beleza), Eddie viu que alguém tinha construído um corrimão de bétulas. Atrás dele havia uma pequena doca penetrando na água. Amarrada na doca havia uma lancha.

— É minha — disse John. — Vim pegar algumas mercadorias e fazer um lanche. Não esperava tanta emoção.

— Bem, você a teve — disse Eddie.

— É, isso é verdade. Cuidado aqui nesta última parte, se vocês não querem ir de bunda. — John desceu lepidamente o final da encosta, segurando-se no cercado para manter o equilíbrio e antes deslizando que andando. Nos seus pés havia um par de botas velhas e puídas, que teriam parecido perfeitamente normais no Mundo Médio, Eddie pensou.

Eddie deu um passo à frente, protegendo a perna machucada. Roland se colocou ao lado dele. De trás do grupo veio o barulho repentino de uma explosão, tão intensa e brusca quanto aqueles primeiros tiros de rifles de alta potência, mas muito mais alta.

— Deve ser o propano do Chip — disse John.

— Como disse? — Roland perguntou.

— Gás — Eddie explicou em voz baixa. — Está se referindo a gás.

— É, gás de fogão — John concordou. Entrando na lancha, ele agarrou a corda de *starter* do Evinrude e deu um puxão. O motor, uma pequena mas robusta coisa de vinte cavalos com barulho de máquina de costura, pegou de primeira. — Entrem, rapazes, e vamos sair desta área — disse John num tom de resmungo.

Eddie pulou. Roland parou um instante para bater três vezes na garganta. Eddie já o vira executar aquele ritual no início de outra viagem por água aberta e lembrou a si mesmo que não devia esquecer de lhe perguntar a respeito disso. Nunca teve essa oportunidade; antes que a questão tornasse a lhe ocorrer, a morte se meteu entre os dois.

5

Com o máximo de graça e tranqüilidade que uma coisa movida a motor poderia alcançar, o barco avançava sobre a água. Patinava em seu próprio reflexo, sob um céu do mais cristalino azul de verão. Atrás deles, o rolo de fumaça negra manchava esse azul, subindo cada vez mais alto e se espalhando. Nas margens do pequeno lago, dezenas de pessoas, a maioria de *short* ou outros trajes de banho, voltavam-se na direção da fumaça, mãos erguidas para se protegerem do sol. Nenhuma ou poucas notaram a óbvia (mas nada espalhafatosa) passagem da lancha.

— É o lago Keywadin, se estiverem interessados em saber — disse John. Apontou para a frente, onde a língua cinza de outra doca se projetava sobre a água. Ao lado dela havia uma pequena e bem cuidada casa de barcos, branca com remate verde, a porta aberta para cima. Quando se aproximaram, Roland e Eddie viram uma canoa e um caiaque balançando lá dentro, amarrados. — A casa de barcos é minha — acrescentou o homem de camisa de flanela.

Barcos foi pronunciado de um modo impossível de reproduzir com simples letras (*burcus* seria provavelmente a idéia mais próxima), mas os dois identificaram a palavra. Era o modo como se falava em Calla.

— Parece bem-conservada — disse Eddie. Principalmente para dizer *alguma coisa.*

— Ah, ié — concordou John. — Cuido muito, estou sempre fazendo alguma carpintaria por aqui. Não é uma boa referência ter um abrigo de barcos em ruínas, certo?

Eddie sorriu.

— Acho que não.

— Minha casa fica a uns 800 metros da água. Meu nome é John Cullum. — Ele estendeu a mão direita para Roland, enquanto a esquerda continuava mantendo a lancha em seu curso... um curso retilínio para longe da coluna de fumaça e na direção da casa de barcos.

Roland pegou a mão, que era agradavelmente áspera.

— Sou Roland Deschain, de Gilead. Longos dias e belas noites, John.
Eddie também estendeu a mão.
— Eddie Dean, do Brooklyn. Um prazer conhecê-lo.
John apertou descontraidamente a mão de Roland, mas seus olhos observaram Eddie com atenção. Quando as mãos se separaram, ele disse:
— Meu jovem, alguma coisa acabou de acontecer? É verdade, não é?
— Não sei — disse Eddie. Sem completa honestidade.
— Há muito tempo você não vai ao Brooklyn, não é, filho?
— Não vou para *Morehouse* nem para nenhuma outra *house* — disse Eddie Dean e logo, rapidamente, antes que a informação lhe escapasse: — Mia se apoderou de Susannah. Se apoderou dela no ano de 1999. Suze pode ir para o Dogan, mas de nada vai adiantar. Mia desativou os controles. Não há nada que Suze possa fazer. Ela está seqüestrada. Ela... ela...
Eddie parou. Por um momento tudo estivera tão *claro*. Como um sonho no instante de acordar. Então, como tão freqüentemente acontece com os sonhos, a coisa ficou embaçada. Ele nem mesmo saberia dizer se fora realmente uma mensagem de Susannah ou pura imaginação.
Meu jovem, alguma coisa acabou de acontecer?
Então Cullum também sentira. Não fora imaginação. Parecia mais provável ter sido alguma forma do toque.
John esperou e, quando mais nada partiu de Eddie, ele se virou para Roland.
— Seu parceiro costuma viver assim, com a cabeça no ar?
— Nem sempre, *sai*... quero dizer, *senhor*. Sr. Cullum, agradeço por ter nos ajudado quando precisamos de ajuda. Agradeço muito-muito. Seria terrivelmente deseducado de nossa parte pedir mais alguma coisa, só que...
— Só que vocês precisam sair daqui. Ié, pesquei. — John fez uma repentina correção de curso em direção ao pequeno abrigo de barcos, com sua abertura quadrada. Roland estimou que estariam lá em cinco minutos. Para ele estava ótimo. Não fazia objeções a viajar naquele apertado barquinho a motor (que andava um tanto devagar com o peso de três homens crescidos lá dentro), mas o lago Keywadin era exposto demais para o seu gosto. Se Jack Andolini (ou algum sucessor, se substituíssem Jack) fizesse algumas boas perguntas àqueles paspalhões da região, ia aca-

bar descobrindo alguém que se lembraria da pequena lancha com os três homens. E também falariam do abrigo de barcos com o belo remate verde. *O abrigo de bur-cus de John Cullum, espero que possa ajudar,* diriam essas testemunhas. Melhor estarem mais avançados no Caminho do Feixe antes de isso acontecer, e com John Cullum enfiado num lugar seguro. Neste caso, Roland julgava "seguro" o sujeito estar a umas três miradas da linha do horizonte, ou cerca de cem rodas. Não tinha dúvidas de que Cullum, um completo estranho, tinha salvo as vidas dos dois interferindo de forma decisiva no momento certo. A última coisa que Roland queria era que o homem perdesse a vida dele pela mesma razão.

— Bem, vou fazer o que puder por vocês, já me decidi. Mas quero perguntar uma coisa, enquanto tenho chance.

Eddie e Roland trocaram um breve olhar.

— Vamos responder se pudermos — disse Roland. — O que significa dizer: Vamos responder, John de East Stoneham, se julgarmos que a resposta não lhe causará problemas.

John assentiu. Parecia estar se concentrando.

— Sei que não são fantasmas, porque todo mundo viu os dois lá dentro do mercado e acabei de trocar um aperto de mão com vocês. E também vejo as sombras lançadas pelos dois. — Apontou para o lado do barco onde os dois se achavam. — Parecem reais como as coisas reais. Então minha pergunta é a seguinte: vocês são *aparecidos*?

— Aparecidos... — disse Eddie. Olhou para Roland, mas Roland manteve um ar impassível. Eddie tornou a olhar para John Cullum sentado na popa e rumando para a casa de barcos. — Desculpe, mas não...

— Nos últimos anos têm havido muitos deles por aqui — disse John. — Em Waterford, Stoneham, East Stoneham, Lovell, Sweden... até mesmo em Bridgton e Denmark. — Este último nome de município soou como *Denmaa-aaak*.

John viu que os dois continuavam confusos.

— Aparecidos são pessoas que apenas *aparecem* — disse ele. — Às vezes estão vestidas com roupas fora de moda, como se viessem de... *antes*, se poderia dizer. Um estava nu como um urubu, caminhando bem pelo meio da rota 5. Foi visto por Junior Angstrom. No final de novembro. Às vezes falam outras línguas. Um se aproximou da casa de Don Russert em

Waterford. Ficou sentado na cozinha! Donnie é um aposentado professor de história do Vanderbilt College e gravou o sujeito. O cara tagarelou um pouco, depois entrou na lavanderia. Donnie imaginou que estivesse procurando o banheiro e foi atrás dele para mostrar o caminho, mas o sujeito sumiu-se. Não havia nenhuma porta por onde pudesse ter saído, mas ele sumira.

"Donnie passou a gravação para quase todo mundo no Departamento (*Depaaa-aatamento*) de Línguas do Vandy. Ninguém reconheceu as palavras que o sujeito falou. Um disse que só podia ser uma língua completamente inventada, como o esperanto. Sabem o esperanto, rapazes?"

Roland balançou a cabeça numa negativa.

— Já ouvi falar — Eddie respondeu (com cautela) —, mas não sei o que realmente...

— E às vezes — disse John, baixando a voz enquanto resvalavam para as sombras da casa de barcos —, às vezes estão feridos. Ou desfigurados. Arruinados.

Roland reagiu tão bruscamente que a lancha deu uma balançada. Por um momento estiveram realmente bem próximos de cair na água.

— O quê? O que você disse? Fale de novo, John, pois gostaria de ouvir bem essa palavra.

John deve ter achado que era apenas um problema de compreensão verbal, porque desta vez se esmerou em pronunciar a palavra mais cuidadosamente.

— *Arruinados.* Como pessoas que tivessem estado numa guerra nuclear, numa zona de testes ou coisa parecida.

— Vagos mutantes — disse Roland. — Acho que as pessoas podem estar falando sobre os vagos mutantes. Aqui nesta cidade.

Eddie assentiu, pensando nos grays e pubes de Lud. Pensando também numa colméia disforme e nos monstruosos insetos que nela rastejavam.

John desligou o pequeno Evinrude, mas durante algum tempo os três continuaram sentados, ouvindo a água bater surdamente contra o casco de alumínio da embarcação.

— Vagos mutantes — disse o velho, parecendo quase saborear as palavras. — É, acho que seria um bom nome para eles. Mas não são os únicos. Existem animais, também, e pássaros que ninguém jamais tinha visto por aqui. Mas é principalmente com os aparecidos que as pessoas têm se preocupado e conversado entre si. Donnie Russert chamou alguém que conhecera na Universidade Duke e esse sujeito, por sua vez, chamou alguém do Departamento de Estudos Psíquicos... incrível terem uma coisa dessas numa verdadeira universidade, mas parece que têm mesmo... e a mulher dos Estudos Psíquicos disse que é assim que essa gente têm sido chamada: aparecidos. E depois, quando tornam a desaparecer... o que sempre acontece, com exceção de um sujeito em East Conway Village que morreu... são chamados *saídos*. A senhora disse que alguns cientistas que estudam essas coisas... acho que podem chamá-los cientistas, embora eu conheça muita gente que não concordaria com isso... acreditam que os aparecidos são alienígenas, vindos de outros planetas. Espaçonaves os desembarcariam e depois tornariam a recolhê-los. A maioria, no entanto, acha que são viajantes do tempo, vindos de diferentes Terras que existiriam enfileiradas à nossa.

— Há quanto tempo isto vem acontecendo? — Eddie perguntou. — Há quanto tempo os aparecidos vêm chegando aqui?

— Ah, há dois ou três anos. E a coisa tem piorado dia a dia. Eu mesmo já vi algumas dessas criaturas e um dia foi uma mulher de cabeça careca. Ela parecia ter um olho sangrando no meio da testa. Mas vi tudo isso de longe e vocês, caras, estão bem perto.

John se inclinou para eles sobre os joelhos ossudos, os olhos (azuis como os do próprio Roland) brilhando. A água batia surdamente no barco. Eddie sentiu um forte impulso de pegar novamente a mão de John Cullum para ver se ia acontecer alguma outra coisa. Havia uma outra canção de Dylan chamada "Visões de Johanna". O que Eddie queria não era bem uma visão de Johanna, mas algo pelo menos próximo disso.

— Iá — John estava dizendo —, vocês, rapazes, estão bem perto e falando com intimidade. Então, vou fazer o que puder para ajudá-los a ir em frente, porque não sinto absolutamente nada de negativo em torno de um ou de outro... Mas tenham absoluta certeza de que *jamais* vi um tiroteio como o que fizeram. Eu só quero saber: vocês são aparecidos ou não?

De novo Roland e Eddie trocaram olhares, e então Roland respondeu:

— Sim — disse ele. — Acho que somos.

— Nossa — John murmurou. Em seu temor, nem mesmo o rosto enrugado impediu que parecesse uma criança. — Aparecidos! E de onde é que vocês vêm, podem me dizer? — Olhou para Eddie, riu do modo como fazem as pessoas quando estão admitindo que você enganou bem elas, e disse: — Não do *Brooklyn*.

— Mas eu *sou* do Brooklyn — disse Eddie. A única coisa era que não se tratava do Brooklyn *daquele* mundo e ele agora sabia disso. No mundo de onde viera, um livro infantil chamado *Charlie Chuu-Chuu* fora escrito por uma mulher chamada Beryl Evans; no que estava naquele momento fora escrito por alguém chamado Claudia y Inez Bachman. Beryl Evans parecia real e Claudia y Inez Bachman parecia falsa como uma nota de três dólares, mas Eddie estava passando cada vez mais a acreditar que Bachman era o verdadeiro nome. E por quê? Porque veio como parte deste mundo.

— Eu *sou* do Brooklyn. Só que não... bem... não o mesmo.

John Cullum continuava olhando para eles, os olhos arregalados, a expressão infantil de assombro.

— E o que me diz daqueles outros sujeitos? Os que se emboscaram esperando vocês? Eles são...?

— Não — disse Roland. — Eles não. E não temos mais tempo para conversar, John... não agora. — Ficou cuidadosamente em pé, agarrou uma viga do barco e pulou para a doca com um pequeno estremecimento de dor. John foi depois e Eddie por último, que teve de ser ajudado pelos dois outros homens. O firme latejar na barriga da perna direita cedera um pouco, mas a perna continuava dura e dormente, difícil de controlar.

— Vamos passar na sua casa — disse Roland. — Precisamos encontrar um sujeito. Com a bênção acho que você pode nos ajudar.

Talvez possa nos ajudar em muito mais que isso, Eddie pensou e foi com eles para a luz do sol, capengando com a perna dolorida e trincando os dentes.

Nesse momento, Eddie se achou capaz de matar um santo em troca de uma dúzia de comprimidos de aspirina.

> LINHA: Commala-*pão-fermento!*
> *Vão para o inferno ou sobem ao céu!*
> *Quando atiram armas e o fogo é quente,*
> *Você tem de enfiá-las no forno.*

RESPOSTA: Commala-*venha-sete!*
Gemido e sal pra fermento!
Aquecê-los, batê-los no vento
E enfiá-los no forno.

OITAVA ESTROFE

Passando a Bola

1

No verão de 1984-85, quando o uso que Eddie fazia da heroína avançava silenciosamente pela fronteira da Terra das Drogas de Recreação em direção ao Reino dos Hábitos Realmente Maus, Henry Dean conheceu uma moça e, por algum tempo, ficou apaixonado por ela. Eddie achou que Sylvia Goldover era uma Skank tipo *El Supremo* (axilas cheirando mal e respiração de dragão brotando de um par de lábios tipo Mick Jagger), mas manteve a boca fechada porque *Henry* a achava bonita e Eddie não queria faltar com o respeito aos sentimentos de Henry. Naquele inverno os jovens amantes passaram um bom tempo andando em Coney Island, na praia varrida pelo vento, ou indo ao cinema em Times Square, onde sentavam na última fila e se masturbavam assim que a pipoca e a caixa tamanho gigante de Goobers acabavam.

Eddie mantinha uma atitude filosófica sobre a nova pessoa na vida de Henry; se Henry conseguia superar aquele terrível mau hálito e realmente entrelaçar sua língua com a de Sylvia Goldover, palmas para ele. O próprio Eddie passou boa parte daqueles três meses, quase inteiramente cinzentos, sozinho e dopado no apartamento onde morava com o irmão. Não se importava; até gostava de ficar sozinho. Se Henry estivesse ali, teria insistido em ligar a tevê e teria irritado incessantemente Eddie com suas fitas de histórias sobre o fantástico e o bizarro ("Ah, rapaz! Eddie vai 'scutar suas historinhas de *duendes, ogos* e *anões* engraçadinhos!").

Sempre chamando os ogros de *ogos* e sempre chamando os *Ents* de "amedrontadores árvores ambulantes". Henry achava esquisito qualquer porra inventada. Eddie tinha às vezes tentado dizer ao irmão que não havia nada mais falso que o mundo mostrado à tarde pela tevê, mas Henry não dava a menor importância a isso. Das novelas, sabia tudo sobre as gêmeas más, do *Hospital Geral*, ou a madrasta igualmente má, em *A Luz-Guia*.

Sob muitos aspectos, o grande caso de amor de Henry Dean — que acabou quando Sylvia Goldover roubou noventa dólares de sua carteira, deixou um bilhete dizendo *desculpe, Henry* no lugar do dinheiro e foi para destino ignorado com o *antigo* namorado — foi um alívio para Eddie. Ele se sentava no sofá da sala, punha as fitas de John Gielgud lendo a trilogia dos *Anéis* de Tolkien, se injetava heroína na parte de dentro do braço direito, e viajava para as Florestas de Mirkwood ou as Minas de Moria com Frodo e Sam.

Gostara muito dos *hobbits* e achava que poderia passar o resto da vida em Hobbiton, onde o tabaco era a pior droga que rolava e os irmãos mais velhos não ficavam dias inteiros atormentando os caçulas. O pequeno chalé que John Cullum tinha no bosque o fazia voltar, com surpreendente força, àqueles dias e àquele período sombrio da sua vida. Pois o chalé transmitia de alguma forma uma sensação de convívio *hobbit*. A mobília da sala era pouca mas perfeita: um sofá e duas poltronas com aqueles paninhos brancos nos braços e encosto alto, onde a cabeça podia descansar. A foto na parede, em preto-e-branco com moldura dourada, devia ser da família de Cullum e a foto na parede oposta só podia ser de seus avós. Havia um certificado emoldurado de Agradecimento do Departamento de Bombeiros Voluntários de East Stoneham. Havia uma gaiola com um periquito que piava amigavelmente e uma gata junto à lareira. A gata ergueu a cabeça quando eles entraram, olhando atenta, mas hospitaleiramente para os recém-chegados; logo voltou a dormir. Havia um cinzeiro de pé ao lado do que tinha de ser a poltrona preferida de Cullum e nela havia dois cachimbos, um de espiga de milho e um briar. Havia também uma antiquada radiovitrola Emerson (o rádio com um mostrador de várias bandas e um grande e trabalhado botão para a sintonia), mas nenhuma televisão. A sala tinha um cheiro agradável de tabaco e folhagens. Por mais incrivelmente arrumada que fosse, um simples olhar bastava para revelar que o homem que morava ali não era casado. A sala de estar de John Cullum era uma modesta ode às alegrias da vida de solteiro.

— Como está sua perna? — John perguntou. — Parece que pelo menos parou de sangrar, mas você tá mancando bastante.

Eddie riu.

— E uma filha-da-puta de uma dor — disse —, mas consigo andar, então acho que posso me dar por muito feliz.

— O banheiro é ali, se quiser se lavar — disse Cullum apontando.

— Acho melhor — disse Eddie.

A lavada foi dolorosa, mas também um alívio. A ferida na perna era profunda, mas o osso parecia estar realmente intacto. O machucado no braço não chegava a preocupar; a bala cortara mas saíra, graças a Deus, e havia mertiolato no armário de remédios de Cullum. Eddie derramou-o no buraco, arreganhou os dentes com a dor e depois, antes que perdesse a coragem, aplicou o medicamento na perna e na laceração do couro cabeludo. Tentou se lembrar se Frodo e Sam tiveram de enfrentar algo que se aproximasse dos horrores do mertiolato e não conseguiu se lembrar de nada. Bem, é claro que eles tinham duendes para curá-los, não tinham?

— Tenho uma coisa que pode ajudar — disse Cullum quando Eddie reapareceu. O velho foi para o cômodo ao lado e voltou com um vidro marrom de remédios. Lá dentro havia três comprimidos que ele depositou na palma da mão de Eddie dizendo: — Isto é de quando caí no gelo no inverno passado e quebrei a maldita clavícula. Percodan é o nome do remédio. Não sei se ainda estão na validade, mas...

Os olhos de Eddie brilharam.

— Percodan, hum? — disse ele, logo atirando os comprimidos na boca antes que John Cullum pudesse responder.

— Não quer um pouco d'água para tomar, filho?

— Negativo — disse Eddie, engolindo entusiasticamente. — Vai melhor no seco.

Numa mesa ao lado da lareira, havia um estojo de vidro cheio de bolas de beisebol e Eddie se aproximou para dar uma olhada.

— Ó meu Deus — ele exclamou —, você tem uma bola assinada por Mel Parnell! E outra por Lefty Grove! Porra!

— Isso não é nada — disse Cullum pegando o cachimbo briar. — Dê uma olhada na prateleira de cima. — Tirando uma bolsa de tabaco Prince Albert da gaveta de um console, começou a encher o cachimbo. Roland parecia observá-lo com atenção.

— Você fuma?

Roland abanou afirmativamente a cabeça e tirou um pedacinho de folha do bolso da camisa.

— Talvez eu possa enrolar um.

— Ah, também posso ajudá-lo nisso — disse Cullum, tornando a deixar o quarto. O cômodo que havia atrás era um escritório não muito maior que um armário. Embora a escrivaninha Dickens que havia nele fosse pequena, Cullum teve de contorná-la andando de lado.

— Santo Deus! — disse Eddie, vendo outra bola de beisebol. — Autografada pelo Babe!

— Iá — disse Cullum. — Antes dele se tornar um Yankee. Bolas autografadas pelos Yankees não valem nada. Essa foi assinada quando Ruth ainda usava a meia vermelha... — Ele mudou de assunto. — Aqui estão, eu sabia que tinha. Pode estar velho, mas a coisa fica muito mais velha quando não há nenhum, minha mãe costumava dizer. Pode pegar, senhor. Meu sobrinho os deixou. De qualquer modo, ele ainda não tem idade para fumar.

Cullum passou ao pistoleiro um maço de cigarros, três quartos cheio. Roland virou-os pensativamente na mão, depois apontou para o nome da marca:

— Vejo a figura de um dromedário, mas não é isso que diz aqui, é?

Cullum sorriu para Roland com uma espécie de cauteloso espanto.

— Não — disse ele. — A palavra é *Camel*. Mas quer dizer a mesma coisa.

— Ah — disse Roland, tentando dar a impressão de que estava entendendo. Puxando um dos cigarros, examinou o filtro e pôs o início do cigarro na boca.

— Não, do outro lado — disse Cullum.

— Sério?

— Iá.

— Jesus, Roland! Ele tem um Bobby Doerr... duas bolas do Ted Williams... uma do Johnny Pesky... uma do Frank Malzone...

— Esses nomes não significam nada para você, não é? — John Cullum perguntou a Roland.

— Não — disse Roland. — Meu amigo... obrigado. — Ele riscou o fósforo que *sai* Cullum ofereceu. — Há muito tempo que meu amigo não tem vindo para estas bandas. Acho que sente falta.

— Nossa — disse Cullum. — Aparecidos! Aparecidos em *minha* casa! Nem posso acreditar!

— Onde está Dewey Evans? — Eddie perguntou. — Não tem uma bola do Dewey Evans.

— Perdão? — Cullum perguntou. Isto saiu *paaa-aaadão*.

— Talvez ainda não o chamassem assim — disse Eddie, quase para si mesmo. — Dwight Evans? O ponta-direita?

— Ah. — Cullum abanou a cabeça. — Bem, nesse armário só tenho o melhor, percebe?

— Dewey é muito bom, acredite — disse Eddie. — Talvez ainda não esteja no momento de ir para o Hall da Fama de John Cullum, mas espere alguns anos. Espere até 86. E aliás, John, como fã do mesmo jogo queria lhe dizer duas palavrinhas, está bem?

— Claro — disse Cullum. Saiu exatamente como a palavra era dita em Calla: *clau*-ro.

Roland, enquanto isso, dera uma tragada no *Camel*. Soprou a fumaça e olhou para o cigarro franzindo a testa.

— As palavras são *Roger Clemens* — disse Eddie. — Lembre esse nome.

— Clemens — disse John Cullum, mas num tom de dúvida. Debilmente, da extremidade oposta do lago Keywadin, veio o barulho de mais sirenes. — Roger Clemens, iá, vou me lembrar. Quem é ele?

— Vai querer o nome dele numa bola, tenha certeza — disse Eddie, batendo na estante. — Talvez para colocar na mesma prateleira do Babe.

Os olhos de Cullum brilharam.

— Filho, me diga uma coisa. O Red Sox conseguiu ser campeão? Eles...

— Isto não é fumo — disse Roland. — Não passa de ar sujo. — Concedeu a Cullum um olhar de reprovação que foi tão anti-Roland que fez Eddie sorrir: — Não tem absolutamente gosto nenhum. As pessoas realmente *fumam* isso?

Cullum tirou o cigarro dos dedos de Roland, quebrou o filtro e devolveu-o.

— Tente agora — disse, voltando a dar atenção a Eddie. — Então? Dei a maior força a você do outro lado da água. Acho que está me devendo uma. Eles algum dia vencerão a Série? Pelo menos até sua época?

O sorriso de Eddie desapareceu e ele olhou seriamente para o velho.

— Digo se realmente quiser saber, John. Mas *quer* mesmo?

John refletiu, dando uma baforada no cachimbo.

— Acho que não — disse. — Saber estragaria.

— Só lhe digo uma coisa — Eddie continuou num tom jovial. Os comprimidos que John lhe dera estavam fazendo efeito e ele já se *sentia* jovial. Pelo menos um pouco. — Procure não morrer antes de 1986. Esse ano vai ser fora de série.

— Vai?

— Vai ser absolutamente especial. — Então Eddie se virou para o pistoleiro. — O que vamos fazer com nossa tralha, Roland?

Até aquele momento o assunto ainda nem passara pela cabeça de Roland. As poucas posses mundanas dos dois, das ótimas e novas facas de entalhe de Eddie, compradas no Armazém do Took, à antiga bolsa de Roland, que ele ganhara do pai do outro lado do horizonte do tempo, também tinham sido atiradas quando atravessaram a porta. Quando foram *soprados através* da porta. O pistoleiro achou que suas tralhas tinham ficado jogadas no chão na frente do mercado de East Stoneham, embora não pudesse se lembrar com certeza. Estivera concentrado de modo demasiado febril em chegar com Eddie a um lugar seguro antes que algum sujeito de rifle com mira telescópica estourasse suas cabeças. Doía pensar naquelas mochilas companheiras de longa viagem ardendo no fogo que agora, sem a menor dúvida, teria consumido o mercado. Doía ainda mais imaginá-las nas mãos de Jack Andolini. Roland teve uma breve mas nítida imagem de sua bolsa pendurada no cinto de Andolini como troféu de batalha (o couro cabeludo do inimigo) e estremeceu.

— Roland? E quanto ao nosso...

— Temos nossos revólveres e essa é toda a bagagem de que precisamos — disse Roland, mais rudemente do que pretendia. — Jake tem o livro do *Chuu-Chuu* e posso fazer outra bússola se precisarmos de uma. Quanto ao mais...

— Mas...

— Se está falando de suas posses, filho, posso fazer algumas perguntas sobre elas quando chegar a hora — disse Cullum. — Mas por enquanto, acho que seu amigo tem razão.

Eddie *sabia* que o amigo tinha razão. Seu amigo estava quase *sempre* certo, o que era uma das poucas coisas que Eddie ainda detestava nele. Queria suas tralhas, maldição, e não apenas por causa de uma calça jeans limpa e duas camisas limpas! Nem pela munição extra ou a faca de entalhe, por melhor que ela fosse. Havia um cacho do cabelo de Susannah em sua carteira de couro e os fios ainda carregavam um ligeiro sopro do cheiro dela. Era *isso* que ele lamentava. Mas o que estava feito estava feito.

— John — ele perguntou —, que dia é hoje?

A arrepiada sobrancelha grisalha do homem se elevou.

— Não sabe mesmo? — E quando Eddie abanou negativamente a cabeça: — Nove de julho. Ano de nosso Senhor de 1977.

Eddie soltou um assobio silencioso por entre os lábios franzidos.

Roland, com o último toco do cigarro Dromedário fumegando entre os dedos, fora até a janela para dar uma olhada. Nada atrás da casa além de árvores e alguns sedutores reflexos azuis do que Cullum chamava "o Keywadin". Mas aquela coluna de fumaça negra ainda se elevava no céu, como se quisesse lembrá-lo de que qualquer sensação de paz que pudesse ter sentido naqueles arredores era apenas ilusão. Tinham de sair de lá. E por mais preocupados que estivessem por Susannah Dean, tratava-se agora de encontrar Calvin Tower e resolver o problema com ele. E tinham de fazer isso depressa. Porque...

Como se lesse sua mente e concluindo seu pensamento, Eddie disse:

— Roland? Está se acelerando. O tempo deste lado está se acelerando.

— Eu sei.

— Isto significa que qualquer coisa que façamos, temos de fazer direito logo da primeira vez, porque neste mundo não se pode voltar para o passado. Não há segunda chance.

Roland também sabia disso.

2

— O homem que estamos procurando é da cidade de Nova York — disse Eddie a John Cullum.

— Iá, como muitos daqueles que rondam por aqui no verão.

— Seu nome é Calvin Tower. Está com um amigo chamado Aaron Deepneau.

Cullum abriu a estante de vidro com as bolas de beisebol, tirou uma com *Carl Yastrzemski* escrito no ponto doce com aquela caligrafia estranhamente perfeita de que só atletas profissionais parecem ser capazes (segundo Eddie, era a ortografia que custava a eles) e começou a jogá-la de uma mão para outra.

— Pessoas de fora realmente enchem isso aqui assim que entra junho... sabe disso, não sabe?

— Sei — disse Eddie, já meio sem esperanças. Era possível que o velho Duplo-Feio já tivesse encontrado Calvin Tower. Talvez a emboscada no mercado devesse servir apenas de sobremesa para Jack. — Acho que você não pode...

— Se não posso, então é melhor eu me aposentar — disse Cullum com algum espírito, atirando a bola Yaz para Eddie, que a agarrou com a mão direita e passou as pontas dos dedos da mão esquerda sobre as costuras vermelhas. A sensação fez subir um bolo totalmente inesperado à sua garganta. Se uma bola de beisebol não diz que você está em casa, o que pode dizer? Só que aquele mundo não era mais sua casa. John tinha razão, ele era um aparecido.

— Aonde está querendo chegar? — Roland perguntou, enquanto Eddie lhe atirava a bola. Roland nem precisou desviar os olhos de John Cullum para pegá-la.

— Não me preocupo com nomes — disse John —, mas conheço praticamente todo mundo que vem para esta cidade. Conheço pelo visual.

Acho que não perco um único traço físico de quem passa na minha frente. Vocês querem saber quem está na área, não é? — Roland abanou a cabeça, compreendendo perfeitamente o que ele dizia. — Me digam como é a aparência do cara.

— Tem cerca de um metro e oitenta e pesa... ah, eu diria um pouco mais de cem quilos.

— Peso pesado, então.

— Pode crer. Já está com grandes entradas na testa. — Eddie levou as mãos à própria cabeça e empurrou o cabelo para trás, expondo as têmporas (uma delas ainda vertia sangue graças à sua quase-fatal passagem pela Porta Não-Encontrada). Ele estremeceu um pouco com a dor que isto provocou no alto do braço esquerdo, mas ali o sangramento já havia parado. Eddie estava mais preocupado com a bala que se alojara na perna. Naquele momento, o Percodan de Cullum estava lidando com a dor, mas se a bala continuava lá (e Eddie achava que talvez continuasse) teria de ser retirada de alguma forma.

— Qual é a idade dele? — Cullum perguntou.

Eddie olhou para Roland, que só sacudiu a cabeça. Será que Roland chegara realmente a ver o Tower? Naquele momento particular, Eddie não podia lembrar. Achava que não.

— Acho que está na faixa dos cinqüenta.

— É o colecionador de livros, não é? — Cullum perguntou e riu com a expressão de surpresa de Eddie. — Já disse: mantenho um olho atento em cima do pessoal do verão. Você nunca sabe quando alguém vai mostrar que é mau pagador. Talvez até abertamente ladrão. Oito ou nove anos atrás tivemos uma mulher de New Jersey que acabou se revelando incendiária. — Cullum sacudiu a cabeça. — Parecia uma bibliotecária de cidade pequena, o tipo de senhora que não enxotaria um ganso, e estava tocando fogo em celeiros por toda Stoneham, Lovell e Waterford.

— Como sabe que o homem trabalha com livros? — Roland perguntou e atirou a bola para Cullum, que imediatamente atirou-a para Eddie.

— *Disso* não sei — disse John. — Só sei que os coleciona, porque foi o que ele contou a Jane Sargus. Jane tem uma pequena loja bem no acesso para a Dimity Road, na rota 5. Fica a cerca de um quilômetro e meio ao sul daqui. A Dimity Road é onde o sujeito que vocês procuram está com seu amigo, se é que falamos das mesmas pessoas. Acho que sim.

— O nome do amigo dele é Deepneau — disse Eddie, atirando a bola Yaz para Roland. O pistoleiro pegou-a, atirou-a para Cullum, depois foi até a lareira e jogou a guimba do cigarro na pequena pilha de troncos atrás da grade.

— Não me preocupo com nomes, como já disse, mas o amigo é magricela e parece ter uns setenta anos. Anda como se os quadris doessem um pouco. E usa óculos com armação de metal.

— É esse o cara, tudo bem — disse Eddie.

— Janey tem um pequeno ponto chamado Country Collectibles. Tem alguma mobília em exposição, cômodas, armários e coisas assim, mas a especialização dela são louças, artigos de vidro e livros antigos. Só de olhar você vê que são antigos.

— Então Cal Tower... O quê? Entrou e começou a olhar as coisas? — Eddie não podia acreditar naquilo, mas ao mesmo tempo, podia. Tower relutara em deixar Nova York mesmo após Jack e George Biondi terem ameaçado queimar seus livros mais valiosos bem diante de seus olhos. E assim que chegara ali com Deepneau, o tolo se identificou nos correios, para poder receber correspondência... ou pelo menos o amigo Aaron se identificara, e no tocante aos maus, um era tão bom quanto o outro. Callahan deixara um bilhete para Calvin Tower mandando que parasse de divulgar sua presença em East Stoneham. *Como pode ser tão idiota???*, dizia a última nota do *père* a *sai* Tower e parece que a resposta foi ainda mais burra que um saco de martelos.

— Bem — disse Cullum —, ele fez muito mais do que apenas dar uma olhada na loja. — Seus olhos, azuis como os de Roland, estavam brilhando. — Comprou 200 dólares em coisas para ler. Pagos com cheques de viagem. Depois pediu a Jane uma relação dos sebos na área. Os poucos que existem são o Notions em Norway, e o tal de Seu Lixo, Meu Tesouro, em Fryeburg. Depois ele a fez anotar os nomes de alguns habitantes locais que têm coleções de livros e às vezes os vendem em casa. Jane estava tremendamente entusiasmada. Contou a conversa dele pela cidade toda, foi o que fez.

Eddie pôs a mão na testa e gemeu. Era o homem que tinha conhecido, sem dúvida. Era Calvin Tower de volta à vida. O que estaria pensando? Que bastava se safar para o norte de Boston para ficar seguro?

— Sabe como podemos encontrá-lo? — Roland perguntou.

— Ah, posso fazer melhor que isso. Posso levá-los ao lugar onde eles estão.

Roland estivera atirando a bola de uma mão para outra. Agora parava e balançava a cabeça.

— Não. Você vai para outro lugar.

— Que lugar?

— Qualquer lugar onde fique seguro — disse Roland. — Mais que isso, *sai*, não preciso saber. Nem eu nem ele.

— Bem, não estou entendendo muito bem o que se passa, mas essa história não está me agradando.

— Não importa. O tempo é curto. — Roland pensou, depois disse: — Tem um cartomóbile?

Cullum pareceu momentaneamente confuso, depois riu.

— Positivo, tenho um cartomóbile e um caminhão-móbile. Estou bem aparelhado. — A última palavra saiu como *aparlhado*.

— Então pode nos mostrar o lugar onde encontraremos Tower na Dimity Road... E quanto a Eddie... — Roland hesitou um instante. — Eddie, você ainda sabe dirigir?

— Roland, você está me magoando.

Roland, nunca um sujeito muito bem-humorado mesmo nos melhores dias, não sorriu. Voltou sua atenção para o *dan-tete* (pequeno salvador) que o *ka* pusera no caminho deles.

— Assim que encontrarmos Tower, você seguirá seu curso, John. Seu caminho é diferente do nosso. Na realidade, você só vai tirar uma pequena folga, se prefere que eu diga assim. Dois dias devem bastar; depois poderá voltar a seus negócios.

Roland esperava que o assunto com Tower ali em East Stoneham estivesse resolvido até o pôr-do-sol, mas não quis se amaldiçoar, dizendo isso.

— Acho que ainda não percebeu que estou numa fase de muito trabalho — disse Cullum estendendo as mãos para Roland lhe atirar a bola.

— Tenho de pintar a casa de barcos... Tenho um celeiro que precisa de uma mexida no telh...

— Se ficar conosco — disse Roland — provavelmente jamais consertará outro celeiro.

Cullum olhou-o com uma sobrancelha levantada, sem dúvida tentando avaliar a seriedade de Roland e não gostando muito do resultado.

Enquanto isto se passava, Eddie retornava à questão: Roland tinha ou não visto Tower com seus próprios olhos. E agora percebia que sua primeira resposta a essa questão fora errada: Roland tinha *sim* visto Tower.

Claro que tinha. Fora Roland quem puxou aquela estante cheia das primeiras edições de Tower para dentro da Gruta da Porta. Roland olhava diretamente para ele. O que viu foi provavelmente distorcido, mas...

Essa linha de pensamento avançou e, pelo aparentemente inevitável processo de associação, a mente de Eddie voltou aos preciosos livros de Tower, raridades como *O Dogan*, de Benjamin Slightman, Jr., e *'Salem*, de Stephen King.

— Vou só pegar minhas chaves e saímos logo — disse Cullum, mas antes que ele pudesse se virar, Eddie chamou:

— Espere.

Cullum olhou-o com um ar meio cômico.

— Temos de conversar um pouco mais, eu acho. — E estendeu as mãos para a bola de beisebol.

— Eddie, nosso tempo é curto — disse Roland.

— Sei disso. — *Provavelmente melhor do que você, já que é em cima de minha mulher que o relógio corre mais.* Se eu pudesse deixaria esse bosta do Tower para Jack e me concentrava em voltar para Susannah. Mas o *ka* não me deixará fazer isso. Seu maldito e velho *ka*.

— Precisamos...

— Cale a boca. — Eddie nunca falara assim com Roland, mas naquele momento as palavras saíram por conta própria e ele não sentiu nenhum impulso para retirá-las. Em sua mente, ouvia um fantasmagórico canto da Calla: Commala-*vem-vem, a palestra não está feita.*

— O que você tem na cabeça? — Cullum perguntou a Eddie.

— Um homem chamado Stephen King. Conhece esse nome?

E viu, pelos olhos de Cullum, que ele conhecia.

3

— Eddie — disse Roland num modo estranhamente hesitante que o homem mais novo jamais ouvira. *Está tão perdido quanto eu.* Não era uma idéia confortadora. — Andolini ainda pode estar nos procurando. Pior, pode estar procurando Tower, agora que escapamos por entre seus dedos... E como *sai* Cullum deixou perfeitamente claro, Tower se colocou numa posição de presa fácil.

— Escute — Eddie respondeu. — Estou dando um palpite aqui, mas desconfio que seja bem *mais* que um palpite. Encontramos um homem, Ben Slightman, que escreveu um livro em outro mundo. O mundo de *Tower. Este* mundo. E conhecemos outro, Donald Callahan, que era um *personagem* num livro de um segundo mundo. De novo, *este* mundo. — Cullum tinha atirado a bola e Eddie agora a rebatia com a mão por baixo, com força, a Roland. O pistoleiro pegou-a facilmente.

— Pode não parecer uma grande coisa, mas afinal temos sido *atormentados* por livros, não é? *O Dogan. O Mágico de Oz. Charlie Chuu-Chuu.* Até mesmo a redação final de Jake. E agora *'Salem.* Acho que se esse Stephen King é real...

— Ah, ele é real, ele é — disse Cullum, olhando de relance pela janela e vendo o lago Keywadin, prestando atenção no som das sirenes na outra margem. E vendo a coluna de fumaça que se espalhava pelo céu azul com seu feio borrão. Ele estendeu as mãos para a bola de beisebol e Roland atirou-a num pequeno arco cujo apogeu quase arranhou o teto. — E li esse livro que vocês tanto comentam. Comprei-o na cidade, na Bookland. Também achei excelente.

— Uma história de vampiros.

— Iá, ouvi o autor falando disso no rádio. Disse que tirou a idéia do *Drácula.*

— Você ouviu o escritor no rádio... — disse Eddie. Estava com uma sensação tipo através-dos-olhos-do-espelho, junto-ao-buraco-do-coelho, ao-largo-de-um-cometa... Procurou atribuí-la ao Percodan, mas não deu certo. De repente sentiu-se estranhamente irreal, uma espécie de sombra através da qual se podia quase enxergar, sombra fina como... bem, fina como uma página de livro. Percebia que aquele mundo, com o feixe do tempo no verão de 1977, parecia real de um modo como os demais ondes e quandos (incluindo aquele de onde vinha) não pareciam. E essa percepção era totalmente subjetiva, não era? Na verdade, qualquer um podia ser um personagem na história de algum escritor, ou um pensamento efêmero ou um cisco momentâneo no olho de Deus? Pensar naquilo era absurdo e uma certa soma de tais pensamentos poderia *induzir* realmente à loucura.

E no entanto...

Dad-a-chum, dad-a-chee, não se preocupe, você tem a chave.

Chaves, minha especialidade, Eddie pensou. E então: *King é uma chave, não é? Calla, Callahan. O Rei Rubro, Stephen King, Rei. Será Stephen King o Rei Rubro deste mundo?*

Roland tinha se acalmado. Eddie tinha certeza de que não fora fácil para ele, mas o difícil fora sempre na cabeça de algum babaca andando de ônibus, a especialidade de Roland.

— Se tem perguntas a fazer, pode fazer. — E o pistoleiro fez o gesto circular com a mão direita.

— Mal sei por onde começar, Roland. As idéias que tenho são tão grandes... tão... não sei, tão fundamental e fodidamente *assustadoras*...

— Melhor ficar na simplicidade, então. — Roland pegou a bola quando Eddie a atirou, mas já parecia consideravelmente impaciente com aquele passar de bola. — Nós realmente *temos* de nos pôr a caminho.

Como Eddie sabia muito bem. Faria suas perguntas enquanto estivessem rodando, se todos pudessem viajar no mesmo veículo. Mas não podiam e Roland jamais guiara um veículo a motor, o que tornava impossível que Eddie e Cullum fossem no mesmo carro.

— Tudo bem — disse Eddie. — Quem é ele? Vamos começar com isso. Quem é Stephen King?

— Um escritor — disse Cullum, dispensando a Eddie um olhar que dizia: *O que você tem na cabeça, filho?* — Mora em Bridgton com a família. Pelo que tenho ouvido, é um sujeito bastante simpático.

— A que distância está Bridgton?

— Ah... A 30, 40 quilômetros.

— Que idade ele tem? — Eddie estava tateando, tremendamente consciente de que as perguntas certas podiam estar ali, só que não tinha idéia clara de que perguntas poderiam ser essas.

John Cullum fechou um olho e pareceu calcular.

— Não é muito velho, eu diria. Se entrou nos trinta, acabou de chegar lá.

— Este livro... 'Salem... foi um *bestseller*?

— Não sei — disse Cullum. — Muita gente por aqui leu, isso eu posso dizer. Porque se passa no Maine. E por causa dos anúncios que teve na tevê, vocês sabem. Fizeram também um filme deste primeiro livro, mas nunca fui ver. Parece que é muito sangrento.

— Como se chamava?

Cullum pensou, depois balançou a cabeça.

— Não sei se consigo me lembrar — disse. — Era apenas uma palavra e estou bem certo que era um nome de moça, mas é o máximo que posso dizer. Talvez ainda me ocorra.

— Ele não é um aparecido, é?

Cullum riu.

— Nascido e criado bem aqui no estado do Maine. Acho que isso o torna muito *vívido*.

Roland estava olhando para Eddie com impaciência crescente e Eddie achou melhor desistir. Aquilo estava pior que um programa de perguntas e respostas. Mas, maldição, *père* Callahan era *real* e também estava num livro de ficção escrito por aquele tal de King, e King morava numa área que era um ímã para o que Cullum chamava de aparecidos. A descrição de um desses aparecidos lembrara muito a Eddie uma serva do Rei Rubro. Uma mulher de cabeça calva que parecia ter um olho sangrando no centro da testa, John havia dito.

Hora de deixar aquilo de lado e se preocupar com Tower. Por mais irritante que pudesse ser, Calvin Tower possuía um certo terreno vazio onde a mais preciosa das rosas do universo florescia em estado selvagem. Além disso, ele conhecia todo tipo de coisa sobre livros raros e as pessoas que os tinham escrito. Muito provavelmente sabia mais sobre o autor de 'Salem que *sai* Cullum. O tempo ia dizer. Mas...

— Tudo bem — disse Eddie, atirando a bola de volta para o *Cullum*. — Tranque essa coisa e vamos para a Dimity Road. Se não se importa, só mais duas perguntas.

Cullum encolheu os ombros e devolveu a bola Yaz à estante.

— Você que está convidando.

— Eu sei — disse Eddie... e, de repente, pela segunda vez desde que cruzara aquela porta, Susannah pareceu estranhamente próxima. Ele a viu sentada numa sala cheia de equipamentos de pesquisa e vigilância, todos de aparência antiquada. Era o Dogan de Jake, sem dúvida... mas imaginado por Susannah. Ele a viu falando a um microfone e, embora não pudesse ouvi-la, reparou na barriga inchada, no rosto assustado. Agora Susannah parecia *muito* grávida. Grávida e pronta para entrar em trabalho de parto. Eddie sabia muito bem o que ela estava dizendo: *Venha, Eddie, me salve, Eddie, salve a nós dois, faça isso antes que seja tarde demais.*

— Eddie? — Roland chamou. — Você ficou cinza. Algum problema com a perna?

— É — disse Eddie, embora naquele momento a perna não estivesse absolutamente doendo. Pensou de novo em entalhar uma chave. A terrível responsabilidade de poder fazer aquilo tinha de ser enfrentada. Porque lá estava ele de novo, exatamente na mesma situação. Tinha domínio de alguma coisa, sabia que sim... mas do quê? — É, minha perna.

Passou o braço na testa para limpar o suor.

— John, com relação ao nome do livro, *'Salem*. Na verdade é sobre Jerusalem, certo?

— Iá.

— É o nome da cidade do livro.

— Iá.

— O segundo livro de Stephen King.

— Iá.

— Seu segundo *romance*.

— Eddie — disse Roland —, acho mesmo que já chega.

Eddie enxotou-o com a mão e fez uma careta por causa da dor no braço. Sua atenção estava fixada em John Cullum.

— *Não há* nenhuma Jerusalem por aqui, certo?

Cullum olhou para Eddie como se ele estivesse louco.

— Claro que não. É uma história inventada, sobre pessoas inventadas, numa cidade inventada. É sobre *vampiros*.

Sim, Eddie pensou, *e se eu dissesse a você que tenho razões para acreditar que vampiros são coisas reais (para não mencionar demônios invisíveis, bolas de cristal e bruxas), você ficaria absolutamente certo de que eu era maluco, não é?*

— Por acaso sabe se Stephen King morou a vida inteira nesta tal de Bridgton?

— Não, não morou. Mudou-se com a família para cá há uns dois, talvez três anos atrás. Acho que morou primeiro em Windham quando veio da parte norte do estado. Ou talvez em Raymond. Seja como for, numa das cidades sobre Big Sebago.

— Seria correto dizer que esses aparecidos que você mencionou têm chegado desde que o sujeito se mudou para a região?

As espessas sobrancelhas de Cullum se elevaram, depois se juntaram. Um apito alto e ritmado começou a chegar até eles vindo da água. Parecia uma buzina de cerração.

— Bem — disse Cullum —, pode haver alguma coisa aí, filho. Pode ser apenas coincidência, mas talvez não.

Eddie abanou a cabeça. Sentia-se emocionalmente exausto, como um advogado no fim de um longo e difícil interrogatório.

— Vamos embora — ele disse a Roland.

— Pode ser uma boa idéia — disse Cullum inclinando a cabeça na direção dos toques ritmados da buzina. — É o barco de Teddy Wilson. Ele é o chefe de polícia do condado. É também o guarda-florestal. — Desta vez John atirou para Eddie um molho de chaves de carro em vez de uma bola de beisebol. — Estou dando a você o hidramático. Para o caso de estar mesmo um pouco enferrujado. O caminhão tem câmbio manual. Venha atrás de mim e, se tiver algum problema, toque a buzina.

— Vou sim, acredite — disse Eddie.

Quando saíam com John Cullum, Roland perguntou:

— De novo Susannah? Foi por isso que a cor sumiu do seu rosto?

Eddie abanou afirmativamente a cabeça.

— Vamos tentar ajudá-la — disse Roland —, mas este pode ser nosso único caminho para ela.

Eddie sabia disso. Também sabia que, quando conseguissem alcançá-la, talvez fosse tarde demais.

LINHA: Commala-ka-*tino*
Estás nas mãos do destino.
Não importa se és ou não realidade,
Já é cada vez mais tarde.

RESPOSTA: Commala-*venha-oito!*
Já é cada vez mais tarde!
Não importa a sombra que jogues
Estás nas mãos do destino.

NONA ESTROFE

Eddie Morde a Língua

1

Père Callahan tinha feito uma breve visita ao correio de East Stoneham quase duas semanas antes da batalha no mercado de Chip McAvoy. No correio, o antigo padre da paróquia de Jerusalem's Lot escrevera uma nota apressada. Embora endereçado tanto a Aaron Deepneau quanto a Calvin Tower, o bilhete no interior do envelope fora dirigido ao segundo, e seu tom não era particularmente amigável:

27/6/77

Tower
 Sou amigo do cara que o ajudou naquela história do Andolini. Não importa onde esteja, precisa sair daí. Procure um celeiro, um acampamento abandonado, até mesmo um velho galpão se for preciso chegar a tanto. Provavelmente não terá conforto, mas não esqueça que a alternativa é ser morto. <u>E cada palavra que estou dizendo é séria!</u> Deixe algumas luzes acesas onde está agora e deixe o carro na garagem ou diante da casa. Esconda um bilhete com indicações do lugar para onde for debaixo do tapete do banco do motorista ou embaixo de um degrau da varanda dos fundos. Entraremos em contato. Não esqueça que somos os únicos que podem aliviá-lo do fardo que você carrega. Mas se vamos ajudá-lo, você também tem de nos ajudar.
 Callahan, do Eld

E que esta ida à agência do correio seja sua ÚLTIMA! Como pode ser tão idiota???

Callahan tinha arriscado a vida para deixar este bilhete e Eddie, sob o encanto do Treze Preto, quase perdera a dele. E o resultado efetivo desses riscos e bilhetes urgentes? Ora, Calvin Tower tinha iniciado uma alegre excursão pela área rural do oeste do Maine, visitando sebos atrás de livros raros e esgotados.

Seguindo John Cullum pela rota 5, com Roland sentado silenciosamente do seu lado, depois virando atrás de Cullum na Dimity Road, Eddie sentia seu humor se aproximar perigosamente da zona vermelha.

Vou ter de pôr as mãos nos bolsos e morder a língua, pensou, mas neste caso não sabia sequer se esses velhos expedientes iam funcionar.

2

A cerca de três quilômetros da rota 5, o Ford F-150 de Cullum dobrou à direita, saindo da Dimity Road. A entrada tinha duas placas num poste enferrujado. A de cima dizia ROCKET ROAD. Embaixo havia outra (mais enferrujada ainda) que prometia CHALÉS NA BEIRA DO LAGO PARA FINAIS DE SEMANA OU TEMPORADA. A Rocket Road era pouco mais que uma trilha serpenteando por entre as árvores e Eddie seguia a boa distância de Cullum para se esquivar do forte rastro de poeira que o velho caminhão do novo amigo deles ia atirando para trás. O "cartomóbile" era outro Ford, algum modelo anônimo de duas portas que Eddie não teria sabido identificar sem dar uma olhada no cromo da traseira ou no manual do proprietário. Mas ele sentia uma espécie de vibração religiosa por estar avançando por uma estrada não com um cavalo solitário no meio das pernas mas com várias centenas deles prontos para disparar ao menor movimento de seu pé direito. Também era bom ouvir o som das sirenes ficando para trás, cada vez mais longe.

As sombras das árvores debruçadas sobre a estrada os engoliam. O cheiro dos pinheiros e abetos era simultaneamente doce e ácido.

— Belo lugar — disse o pistoleiro. — Um homem podia passar o resto da vida aqui. — Foi seu único comentário.

O caminhão de Cullum começou a cruzar entradas numeradas de casas. Embaixo de cada número, uma pequena inscrição dizia JAFFORDS — LOCAÇÕES. Eddie pensou em lembrar a Roland que tinham conhecido um Jaffords na Calla, que o tinham conhecido muito bem, mas resolveu ficar calado. Teria sido bater na tecla do óbvio.

Passaram o 15, o 16 e o 17. Cullum parou brevemente para observar o número 18, depois estendeu o braço pela janela e fez sinal para seguirem. Eddie estava pronto para seguir antes mesmo do gesto, sabendo perfeitamente bem que o chalé 18 não era o que eles queriam.

Cullum virou no próximo acesso de garagem. Eddie foi atrás, os pneus do sedã agora sussurrando numa grossa camada de folhas caídas de pinheiro. Pedacinhos de céu azul começaram mais uma vez a aparecer entre as árvores, mas quando finalmente atingiram o chalé 19 e tiveram uma vista da água, Eddie percebeu que aquele, ao contrário do Keywadin, era um verdadeiro lago. Ainda assim, provavelmente não muito mais largo que um campo de futebol. O chalé parecia ter dois quartos. Havia uma varanda fechada com tela de frente para a água e duas cadeiras de balanço meio gastas, mas que pareciam confortáveis. Uma chaminé de metal saía do teto. Não havia garagem nem carro estacionado na frente, embora Eddie achasse que dava para perceber o lugar onde um carro tinha estado. Só que, com a cobertura de folhada, era difícil dizer com certeza.

Cullum desligou o motor do caminhão. Eddie fez o mesmo com o carro. Agora havia apenas o marulhar da água contra as pedras, o sopro da brisa através dos pinheiros e o suave som do canto dos passarinhos. Quando Eddie olhou para a direita, viu o pistoleiro sentado com as mãos habilidosas, de longos dedos, dobradas pacificamente no colo.

— O que está achando da coisa? — Eddie perguntou.

— Tranqüila. — A palavra foi dita à maneira de Calla: *Tranquii-lá*.

— Alguém aqui?

— Acho que sim, tem.

— Perigo?

— Tem. Do meu lado.

Eddie olhou para ele, franzindo a testa.

— Você, Eddie... Você quer matá-lo, não é?

Após um momento, Eddie admitiu que sim. Esta parte descoberta de sua natureza, simples e selvagem, às vezes o deixava pouco à vontade, mas ele não podia negar que ela estivesse ali. Mas quem, afinal, a fizera aflorar e a afiara até o máximo possível?

Roland abanou a cabeça.

— Entrou na minha vida, depois de anos vagando no deserto, tão solitário quanto qualquer eremita, um jovem melancólico e introspectivo cuja única ambição era continuar tomando uma droga que fez pouco mais do que fazê-lo fungar e ter vontade de dormir. Este era um irresponsável egoísta, um falsário com pouca coisa boa...

— Mas que boa aparência eu tinha — disse Eddie. — Não se esqueça disso. Um gato que era uma verdadeira máquina do amor.

Roland olhou-o sem sorrir.

— Se eu consegui naquela época resistir à tentação de matá-lo, Eddie de Nova York, você pode conseguir resistir à tentação de matar Calvin Tower agora. — E com isso Roland abriu a porta de seu lado do carro e saltou.

— Bem, *você* está dizendo — Eddie falou para o interior do carro de Cullum e depois também saltou.

3

Cullum ainda estava atrás do volante do caminhão quando primeiro Roland e depois Eddie se aproximaram.

— O lugar me parece vazio — disse —, mas estou vendo uma luz na cozinha.

— Hum-hum — disse Eddie. — John, eu tenho...

— Não me diga, você tem outra pergunta. A única pessoa que conheço que tem mais perguntas é meu sobrinho-neto Aidan. Ele só tem três anos. Vamos lá, pergunte.

— Você pode apontar com precisão o centro da atividade dos aparecidos nesta área nos últimos anos? — Eddie não tinha idéia do motivo que o levava a fazer tal pergunta, mas de repente ela lhe parecera vitalmente importante. Cullum pensou e respondeu:

— A Via do Casco da Tartaruga, em Lovell.

— Você parece ter certeza.

— Iá. Se lembra quando mencionei meu amigo Donnie Russert, o professor de história de Vandy?

Eddie abanou a cabeça.

— Bem, após encontrar uma dessas criaturas em pessoa, ele se interessou pelo fenômeno. Escreveu vários artigos sobre o assunto, embora nenhuma revista respeitável o publicasse, por mais bem documentados que estivessem os fatos que abordava. Ele disse que escrever sobre os aparecidos no oeste do Maine ensinou-lhe algo que jamais esperara aprender numa idade tão avançada: que há coisas em que as pessoas simplesmente não acreditam, mesmo quando você consegue provar que existem. Donnie costumava citar o verso de um poeta grego. "A coluna da verdade tem um buraco no meio."

"De qualquer modo — Cullum continuou —, ele tinha um mapa da área das sete cidades pendurado numa parede do estúdio: Stoneham, East Stoneham, Waterford, Lovell, Sweden, Fryeburg e East Fryeburg. Com tachinhas espetadas para cada aparecido reportado, você entende?

— Entendo muito bem, com certeza — disse Eddie.

— E vou acrescentar... iá, a Via do Casco da Tartaruga é o coração da área. Ora, há seis ou oito tachinhas espetadas ali e a maldita estrada não pode ter mais de três quilômetros de uma ponta à outra; é apenas um anel que sai da rota 7, corre pela costa do lago Kezar e volta à 7.

Roland estava olhando para a casa. Agora se virou para a esquerda, parou e estendeu a mão esquerda para o cabo de madeira de sândalo de seu revólver.

— John — disse ele —, foi bom nos encontrarmos, mas está na hora de você se safar daqui.

— Iá? Tem certeza?

Roland abanou a cabeça.

— Os homens que vieram para cá são loucos — disse. — A casa ainda tem o cheiro dos tolos, que é em parte como eu sei que eles não saíram daqui. Você não é da espécie deles.

John Cullum sorriu debilmente.

— Espero que não — disse ele —, mas eu gostaria de agradecer pelo elogio. — Então ele fez uma pausa e coçou a cabeça grisalha. — Se é um elogio.

— Não comece a achar que não estava falando sério quando você chegar à rodovia. Ou pior, não comece a achar que não estivemos absolutamente aqui, que você sonhou tudo isso. Não volte para sua casa, nem mesmo para apanhar uma camisa. Já não é mais segura. Vá para outro lugar. A pelo menos três miradas na direção do horizonte.

Cullum fechou um olho e pareceu calcular.

— Nos anos 50, passei dez anos miseráveis como guarda na Prisão Federal do Maine — disse ele —, mas conheci um homem incrivelmente gentil chamado...

Roland balançou a cabeça e levou aos lábios os dois dedos restantes da mão direita. Cullum assentiu.

— Bem, esqueci o nome dele, mas ele mora lá em Vermont e tenho certeza de que vou me lembrar... talvez até do endereço... quando estiver atravessando a divisa de New Hampshire.

Algo do que ele disse pareceu a Eddie um tanto falso, mas Eddie não conseguiu acertar na coisa e acabou achando que era apenas paranóia. John Cullum não escondia nada nas mangas... certo?

— Espero que fique bem — disse, agarrando a mão do velho. — Longos dias e belas noites.

— O mesmo para vocês, rapazes — respondeu Cullum, trocando um aperto de mão com Roland. Ficou um momento segurando os três dedos da mão direita do pistoleiro. — Acho que foi Deus que salvou minha vida lá atrás, não acha? Quando as balas começaram a voar?

— Sim — disse o pistoleiro. — Se preferir assim. E que agora ele vá com você.

— E quanto àquele meu velho Ford...

— Vamos deixar aqui ou em algum lugar perto daqui — disse Eddie. — Você vai encontrá-lo ou alguém vai. Não se preocupe.

Cullum sorriu.

— Era exatamente o que eu ia pedir que fizessem.

— *Vaya con Dios* — disse Eddie.

Cullum sorriu.

— Desejo o mesmo para você, filho. E tome cuidado com esses aparecidos. — Ele fez uma pausa. — Alguns não são lá muito bonitos. É o que dizem.

Cullum engrenou o caminhão e partiu. Roland ficou a observá-lo se afastar e disse:

— *Dan-tete*.

Eddie concordou. *Dan-tete*. O pequeno salvador. Era tão útil para descrever John Cullum — agora que ele saíra de suas vidas como os velhos habitantes de River Crossing — quanto qualquer outro rótulo. E ele se *fora*, certo? Embora houvesse algo estranho no modo como falara do amigo em Vermont...

Paranóia.

Simples paranóia.

Eddie tirou-a da cabeça.

4

Como não havia qualquer carro à vista, e portanto nenhum tapete do lado do banco do motorista sob o qual olhar, Eddie ia examinar o que havia embaixo do degrau da varanda. Mas antes que pudesse dar mais que um simples passo naquela direção, Roland agarrou seu ombro com uma das mãos e apontou com a outra. O que Eddie viu foi uma encosta coberta de mato descendo até a água e o telhado do que provavelmente seria outra casa de barcos, os beirais verdes cobertos por uma camada de folhas secas de pinheiros.

— Tem alguém ali — disse Roland, os lábios mal se movendo. — Provavelmente o menor dos dois tolos, e está nos observando. Levante suas mãos.

— Roland, você acha que é seguro?

— Sim. — Roland ergueu as mãos. Eddie pensou em perguntar a base de sua coclusão, e soube a resposta sem perguntar: intuição. Era a especialidade de Roland. Com um suspiro, Eddie ergueu as mãos até os ombros.

— Deepneau! — Roland gritou na direção do abrigo de barcos. — Aaron Deepneau! Somos amigos e nosso tempo é curto! Se está aí, saia! Precisamos palestrar!

Houve uma pausa, e então uma voz de velho gritou:

— Qual é o nome do senhor?

— Roland Deschain, de Gilead e da linhagem do Eld. Acho que sabe disso.

— E qual é sua ocupação?

— Trabalho com chumbo! — Roland respondeu e Eddie sentiu um arrepio retesar seus braços.

Uma longa pausa. Então:

— Mataram Calvin?

— Não que *nós* tenhamos conhecimento — Eddie retornou. — Se sabe de alguma coisa, por que não vem até aqui e nos conta?

— Você não é o cara que apareceu enquanto Cal estava negociando com aquele puto do Andolini?

Eddie sentiu outro pulsar de raiva com a palavra *negociando*. Ela punha de forma muito distorcida o que de fato estava acontecendo na sala dos fundos de Tower.

— Uma negociação? Foi o que ele disse que era aquilo? — E então, sem esperar pela resposta de Aaron Deepneau: — É, sou o cara. Venha até aqui fora e vamos conversar.

Nenhuma resposta. Vinte segundos se passaram. Eddie respirou fundo antes de chamar novamente Deepneau. Roland pôs a mão no braço de Eddie e balançou a cabeça. Outros vinte segundos transcorreram e houve então o guincho enferrujado de uma mola quando a porta de tela foi empurrada. Um homem alto e magro saiu da casa de barcos, piscando como coruja. Com uma das mãos segurava pelo cano uma grande pistola automática preta. Deepneau ergueu-a sobre a cabeça.

— É uma Beretta e está descarregada — disse. — Meu único pente de balas está no quarto, embaixo das minhas meias. Armas carregadas me deixam nervoso, O.k.?

Eddie virou os olhos. Aqueles *folken* eram bobalhões, como Henry poderia ter dito.

— Ótimo — falou Roland. — Continue se aproximando.

E — milagres, ao que parecia, sempre aconteciam — Deepneau obedeceu.

5

O café que ele fez era muito melhor que qualquer café que tivessem tomado em Calla Bryn Sturgis, e melhor que qualquer café que Roland tivesse tomado desde seus dias em Mejis, o café espumoso que bebia quando cavalgava pela Baixa. Havia também morangos. Cultivados em estufa e comprados em loja, disse Deepneau, mas Eddie foi arrebatado pela doçura da fruta. Estavam os três sentados na cozinha da Jaffords Locações, Chalé 19, tomando o café e mergulhando os grandes morangos no açucareiro. Quando a palestra chegou ao fim, os três pareciam assassinos que tinham mergulhado as pontas dos dedos no sangue derramado da última vítima. O revólver descarregado de Deepneau ficara jogado no peitoril da janela.

Deepneau estivera na rua, fazendo uma caminhada na Rocket Road, quando ouviu os tiros, altos, nítidos, e depois explosões. Entrara correndo no chalé (não que fosse capaz de correr muito depressa na sua atual forma física, explicou) e quando viu a fumaça começar a subir no sul achou que voltar para o abrigo de barcos poderia, sem dúvida, ser uma atitude sensata. Já então estava quase convencido de que, por trás do tiroteio, havia aquele meliante italiano, Andolini...

— O que está querendo dizer por *voltar* ao abrigo de barcos? — Eddie perguntou.

Deepneau mexeu os pés debaixo da mesa. Parecia extremamente pálido, com manchas roxas sob os olhos e poucos tufos de cabelo, finos como felpa de dente-de-leão, na cabeça. Eddie se lembrava de Tower dizendo que, dois anos atrás, Deepneau recebera um diagnóstico de câncer. Hoje a cara não estava muito boa, mas Eddie havia visto gente — especialmente na cidade de Lud — com aparência muito pior. O velho Gasher, amigo de Jake, fora um deles.

— Aaron? — Eddie chamou. — O que você quis dizer por...

— Ouvi a pergunta — disse ele, num certo tom de irritação. — Tínhamos recebido um bilhete via posta-restante, ou melhor, Cal recebera, sugerindo que nos mudássemos do chalé para algum lugar próximo e mantivéssemos uma conduta muito discreta. O bilhete era de um homem chamado Callahan. Vocês o conhecem?

Roland e Eddie abanaram a cabeça.

— Esse Callahan... se pode dizer que ele deu uma boa bronca no Cal. *Cal, Calla, Callahan,* Eddie pensou e suspirou.

— Cal é, de um modo geral, um homem decente, não admite levar bronca, mas o fato é que acabou se mudando comigo por alguns dias para a casa de barcos... — Deepneau fez uma pausa, possivelmente envolvido numa breve luta com sua consciência. Depois continuou: — Na realidade dois dias. Só dois. E então Cal disse que éramos malucos, que ficar num lugar úmido só servia para piorar sua artrite e que podia ouvir como minha respiração ficara difícil. "Se continuar assim vai acabar naquela merdinha de hospital em Norway", disse ele, "com pneumonia além de câncer." Disse que não havia a menor chance de Andolini nos encontrar ali, enquanto o rapaz... isto é, você — ele apontou o dedo torto e manchado de morango para Eddie — ... ficasse de boca fechada. "Aqueles meliantes de Nova York não conseguem ir além de Westport sem uma bússola", disse Cal.

Eddie gemeu. Pela primeira vez na vida estava realmente *detestando* ter acertado em suas deduções.

— Cal achava que tínhamos sido muito cuidadosos. Mas quando eu disse: "Bem, *alguém* nos encontrou, este Callahan nos encontrou", Cal só respondeu: "É, é claro." — De novo o dedo apontado para Eddie. — *Você* deve ter dito ao Sr. Callahan para que posta-restante encaminhar o bilhete. E Cal acrescentou: "Só conseguiu acertar a posta-restante. Acredite em mim, Aaron, estamos seguros aqui. Ninguém sabe exatamente onde estamos, exceto a corretora de imóveis, e ela mora em Nova York."

Deepneau espreitou-os sob as sobrancelhas revoltas, depois mergulhou um morango no açúcar e comeu metade dele.

— Foi *assim* que você soube exatamente onde nos encontrar, Eddie? Através da corretora?

— Não — disse Eddie. — Foi um habitante local. Ele nos trouxe direto a você, Aaron.

Deepneau se recostou.

— Ai!

— É *ai* mesmo — disse Eddie. — Vocês se mudaram de volta para este chalé e Cal continuou a procurar livros em vez de ficar escondido aqui lendo um. Correto?

Deepneau baixou os olhos para a toalha de mesa.

— Vocês têm de compreender que Cal é muito dedicado ao que faz. Os livros são a vida dele.

— Não — disse Eddie secamente —, Cal não é dedicado. Cal é *obcecado*, é isso que ele é.

— Pelo que sei você é um libéu — disse Roland, falando pela primeira vez desde que Deepneau levara-os para o chalé. Acendera outro dos cigarros de Cullum (após tirar o filtro, como o homem tinha mostrado) e agora fumava com uma expressão que não parecia a Eddie minimamente satisfeita.

— Um libéu? Não sei o...

— Um advogado.

— Ah. Bem, sim. Mas me aposentei desde que...

— Precisamos que interrompa seu retiro pelo tempo suficiente de preparar um certo papel — disse Roland, e logo explicou que tipo de papel queria. Deepneau estava abanando a cabeça antes que o pistoleiro dissesse mais que meia dúzia de palavras e Eddie presumiu que Tower já colocara o amigo a par de uma parte do assunto. Nenhum problema. Mas Eddie não gostava da expressão no rosto de Deepneau. Ele, no entanto, deixou Roland terminar. Ao que parecia, aposentado ou não, Deepneau não esquecera o básico na relação com clientes potenciais.

Quando teve certeza de que Roland *tinha* acabado, Deepneau disse:

— Acho que devo lhe dizer que Calvin decidiu conservar um pouco mais esse bem específico.

Eddie bateu no lado não machucado de sua cabeça, tendo o cuidado de usar a mão direita para este pequeno teatrinho. O braço direito estava se enrijecendo e a perna começava mais uma vez a latejar entre o joelho e o tornozelo. Achava possível que o velho e bom Aaron estivesse viajando com alguns analgésicos pesados e anotou mentalmente que devia lhe pedir alguns.

— Desculpe — disse Eddie —, mas levei uma pancada na cabeça ao chegar a esta encantadora cidadezinha e acho que isso comprometeu minha capacidade de audição. Pensei ter ouvido você dizer que *sai*... que o Sr. Tower decidiu não nos vender o terreno.

Deepneau sorriu, um tanto debilmente.

— O senhor sabe perfeitamente bem o que eu disse.

— Mas *devia* vendê-lo para nós! Era exatamente o que dizia o testamento de seu tataravô Stefan Toren!

— Cal diz que não foi bem assim — Aaron respondeu num tom suave. — Pegue outro morango, Sr. Dean.

— Não, obrigado!

— Pegue outro morango, Eddie — disse Roland, passando-lhe a fruta.

Eddie pegou. Depois de pensar em esmagá-lo contra seu Comprido-Alto-e-Feio nariz só para causar impacto, mergulhou-o primeiro num pires de creme de leite, depois no açucareiro. Começou a comer. E, droga, era difícil continuar amargo com tamanha doçura inundando a boca. Um fato do qual Roland (Deepneau também, é claro) estava sem dúvida consciente.

— Segundo Cal — disse Deepneau —, não havia nada no envelope que veio de Stefan Toren, salvo o nome deste homem. — Inclinou a cabeça quase inteiramente calva para Roland. — O testamento de Toren... coisa que nos tempos antigos era às vezes chamada de "carta-morta"... está há muito desaparecido.

— Eu sabia o que havia no envelope — disse Eddie. — Ele me perguntou e *eu sabia*!

— Foi o que ele me contou. — Deepneau olhou-o com ar impassível. — Ele disse que foi um truque que qualquer mágico de rua pode fazer.

— Ele também disse a você que *prometeu* nos vender o lote se eu lhe dissesse o nome? Que, porra! Ele *prometeu*.

— Ele alega ter estado sob considerável pressão ao fazer essa promessa. Tenho certeza que estava.

— Será que o filho-da-puta acha que não vamos pagar? — Eddie perguntou, as têmporas latejando de raiva. Alguma vez na vida ficara tão furioso? Possivelmente uma vez. Quando Roland se recusara a deixá-lo voltar para Nova York para que pudesse comprar heroína. — Será que acha? Porque vamos pagar. Podemos conseguir cada centavo que ele quer, e até mais. Juro pela face de meu pai! E pelo coração de meu *dinh*!

— Me escute com atenção, rapaz, porque isto é importante.

Eddie olhou para Roland. Roland balançou ligeiramente a cabeça, depois esmagou o cigarro com o salto da bota. Eddie tornou a olhar para Deepneau, em silêncio, mas com um olhar carregado.

— Ele *diz* que este é exatamente o problema. Diz que vocês lhe pagariam uma soma ridiculamente baixa como sinal... um dólar é a soma usual nesses casos... e depois não vão pagar o resto. Alega que você tentou hipnotizá-lo e levá-lo a crer que você fosse um ser sobrenatural ou alguém com *acesso* a seres sobrenaturais... Para não mencionar um acesso a milhões da Holmes Dental Corporation... mas ele não se deixou enganar.

Eddie abriu a boca de espanto.

— Estas são as coisas que Calvin *diz* — continuou Deepneau no mesmo tom calmo de voz —, mas não são necessariamente as coisas em que Calvin *acredita*.

— Que diabo está querendo dizer?

— Calvin tem dificuldade em se desfazer das coisas — disse Deepneau. — Ele é muito bom para descobrir livros raros e esgotados, você sabe... um verdadeiro Sherlock Holmes literário... e tem compulsão para adquiri-los. Eu o tenho visto *caçar* o proprietário de um livro que ele quer... acho que não há outra palavra que possa dar conta da coisa... até o sujeito ceder e concordar em vender. Às vezes, tenho certeza, só para que Cal pare de telefonar.

"Graças a seus talentos, à localização de sua loja e à considerável soma de dinheiro que ganhou quando fez 26 anos, Cal deveria ter se tornado um dos mais bem-sucedidos negociantes de livros raros de Nova York, ou mesmo de todo o país. Seu problema não é comprar, mas vender. Depois que consegue um item que realmente trabalhou para adquirir, detesta desfazer-se dele. Me lembro quando um colecionador de livros de São Francisco, um sujeito quase tão compulsivo quanto o próprio Cal, finalmente venceu Cal pela persistência, fazendo-o vender uma primeira edição autografada de *Moby-Dick*. Cal fez mais de 70 mil dólares nessa única transação, mas passou uma semana sem dormir.

"Ele se sente mais ou menos da mesma maneira com relação ao terreno na esquina da Segunda Avenida com a rua Quarenta e Seis. É o único bem real, além dos livros, que ainda tem. E está convencido que você quer roubá-la dele."

Houve um breve período de silêncio.

— Mas, no fundo — disse Roland por fim —, ele sabe que não é bem assim, não é?

— Sr. Deschain, não entendo o que...

— Ié, você entende — disse Roland. — Não falei a verdade?

— Sim — disse Deepneau. — Creio que conhece Cal.

— No fundo, ele sabe perfeitamente que somos homens de honra, gente que pagará por sua propriedade, a não ser que morra antes de fechar o negócio, não é?

— Sim, provavelmente, mas...

— Será que ele entende que, se ele transferir para nós a propriedade do terreno, e se deixarmos esta transferência perfeitamente documentada ante o *dinh* de Andolini... o chefe dele, um homem chamado Balazar...

— Já ouvi falar — disse secamente Deepneau. — Aparece de tempos em tempos nos jornais.

— Que se fizermos isso, Balazar o deixará em paz? Isto é, se Balazar puder ser levado a compreender que o terreno não está mais em poder de seu amigo e que qualquer esforço para se vingar em *sai* Tower vai lhe custar caro?

Deepneau cruzou os braços sobre o peito estreito e esperou. Olhava para Roland com uma espécie de fascinação inquieta.

— Em suma, se seu amigo Calvin Tower nos vender aquele terreno, os seus problemas acabarão. Não acha que, no fundo, ele sabe *disso*?

— Sim — disse Deepneau. — Só que ele tem esta... esta excentricidade com relação à posse das coisas.

— Faça uma minuta — disse Roland. — Objeto: a quadra de terreno baldio na esquina daquelas duas ruas. Tower o vendedor. Nós como compradores.

— A Tet Corporation como compradora — Eddie interveio.

Deepneau estava balançando a cabeça.

— Posso fazer isto, mas não o convencerão a vender. A menos que disponham de uma semana e não sejam avessos a usar ferros quentes nos pés dele. Ou talvez nos testículos.

Eddie murmurou alguma coisa a meia-voz. Deepneau perguntou o que ele havia dito. Eddie não respondeu. O que ele dissera fora: *Parece boa idéia.*

— Vamos convencê-lo — disse Roland.

— Não ficaria tão certo disso, meu amigo.

— Vamos convencê-lo — Roland repetiu. Falava em seu tom mais seco.

Do lado de fora, um carrinho anônimo (um típico Hertz de aluguel na opinião de Eddie) avançou para a frente do chalé e parou.

Morda a língua, morda a língua, Eddie disse a si mesmo, mas quando Calvin Tower saltou vigorosamente do carro (não dispensando ao veículo desconhecido parado em sua porta mais que um olhar extremamente rápido), Eddie sentiu as têmporas começando a esquentar. Fechou as mãos em punhos e, quando as unhas se cravaram na pele das palmas das mãos, sorriu numa amarga apreciação da dor.

Tower abriu a mala do Chevy alugado e tirou de lá uma grande bolsa. *Sua leva mais recente,* Eddie pensou. Tower olhou brevemente para trás, viu o céu enfumaçado, deu de ombros e continuou a caminhar para o chalé.

Tem razão, Eddie pensou, *tem razão, seu puto, só alguma coisa pegando fogo, o que isso interessa a você?* A despeito do latejar de dor que aquilo causava a seu braço febril, Eddie apertou os punhos com mais força, enfiando as unhas mais fundo.

Não pode matá-lo, Eddie, disse Susannah. *Sabe disso, não sabe?*

Sabia mesmo? E mesmo que soubesse, daria ouvidos à voz de Suze? Ou a qualquer outra voz sensata? Eddie não sabia. O que sabia era que a verdadeira Susannah se fora; Susannah tinha um macaco chamado Mia nas costas e desaparecera na goela do futuro. Tower, por outro lado, estava ali. O que, de certa forma, fazia sentido. Eddie lera em alguma lugar que os sobreviventes mais prováveis de uma guerra nuclear seriam as baratas.

Não importa, docinho, morda a língua e deixe Roland tratar disso. Não pode matá-lo!

Não, Eddie supunha que não.

Não, pelo menos até *sai* Tower ter assinado na linha pontilhada. Depois disso, é claro... depois disso...

6

— Aaron! — Tower chamou ao subir os degraus da varanda.

Roland olhou para Deepneau e pôs um dedo nos lábios.

— Aaron, ei *Aaron*! — Tower parecia forte e feliz por estar vivo... Não alguém fugindo, mas um homem num ótimo descanso de feriadão. — Aaron, fui até a casa daquela viúva em East Fryeburg e, olha só!, ela tem todos os livros que Herman Wouk escreveu! Não as edições do clube do livro, que é o que eu esperava encontrar, mas...

O *croink!* da mola enferrujada da porta de tela sendo esticada foi seguido pela batida dos sapatos na varanda.

— ... as primeiras edições da Doubleday! *Marjorie Morningstar! The Caine Mutiny!* Torço para alguém do outro lado do lago ter o seguro de incêndio em dia, porque...

Entrou. Viu Aaron. Viu Roland sentado na frente de Deepneau, olhando-o firmemente com aqueles assustadores olhos azuis de profundas rugas nos cantos. E, no final de tudo, viu Eddie. Mas Eddie não o viu. No último momento Eddie Dean colocara as mãos apertadas entre os joelhos e baixara a cabeça, de modo que seu olhar estava fixado nelas e nas tábuas do chão abaixo delas. Ele estava bem literalmente mordendo a língua. Havia duas gotas de sangue do lado de seu polegar direito. Fixou os olhos nelas. Fixou cada grama de sua atenção nelas. Porque se olhasse para o dono daquela voz jovial, Eddie certamente o mataria.

Viu nosso carro. Viu-o mas não se deteve para dar uma olhada melhor. Não gritou nem perguntou ao amigo quem estava lá ou se estava tudo bem. Se Aaron estava bem. Porque ele tinha um cara chamado Herman Wouk na cabeça, não edições do clube do livro, mas a coisa real. Sem preocupação, amigo. Porque você, Tower, não tem mais imaginação de curto prazo que Jack Andolini. Você e Jack, só uma dupla de baratas maltrapilhas correndo pelo piso do universo. Olho no troféu, certo? Olho na porra do troféu.

— *Você* — disse Tower. A felicidade e o entusiasmo tinham desaparecido de sua voz. — O cara de...

— O cara de lugar nenhum — disse Eddie sem erguer a cabeça. — Aquele que livrou você de Jack Andolini quando você estava a dois minutos de dar uma cagada na calça. E é assim que você agradece. Você é mesmo esquisito, não é? — Assim que parou de falar, Eddie tornou a morder a língua. Suas mãos apertadas estavam tremendo. Esperava que Roland interviesse (certamente ele o faria, Eddie não esperava ter de lidar sozinho com aquele monstro egoísta, não seria capaz de fazê-lo), mas Roland não disse nada.

Tower riu. O som foi tão nervoso e frágil quanto fora sua voz quando ele percebeu quem estava sentado na cozinha de seu chalé alugado.

— Ah, senhor... Sr. Dean... Realmente acho que exagerou a seriedade daquela situação...

— Do que eu me lembro — disse Eddie, ainda sem erguer a cabeça — é do cheiro da gasolina. Disparei o revólver do meu *dinh*, está lembrado? Acho que tivemos sorte de não haver vapores e de eu ter atirado para o lado certo. Tinham derramado gasolina por todo o canto onde fica sua escrivaninha. Iam queimar seus livros favoritos... ou eu deveria dizer seus melhores amigos, sua família? Porque é isso que eles são para você, não é? E Deepneau, que porra ele é? Só um cara velho cheio de câncer que fugiu para o norte com você quando você precisou de um companheiro de fuga. Você o deixaria morrer numa sarjeta se alguém lhe oferecesse uma primeira edição de Shakespeare ou alguma coisa especial de Ernest Hemingway.

— Não gostei nada do que disse! — Tower gritou. — Fiquei sabendo que minha livraria se incendiou por completo e que por um descuido não estava segurada! Estou arruinado e tudo é culpa sua! Quero você fora daqui!

— Você relaxou no seguro quando precisou de dinheiro vivo para comprar aquela coleção de Hopalong Cassidy do espólio de Clarence Mulford no ano passado — disse suavemente Aaron Deepneau. — Você me disse que a falta de pagamento do seguro era apenas temporária mas...

— Era! — disse Tower, que parecia simultaneamente insultado e surpreso, como se nunca tivesse esperado ser contrariado pelo amigo. Provavelmente nunca tinha. — *Era* apenas temporária, maldição!

— ... mas culpar este rapaz — continuou Deepneau no mesmo tom equilibrado e pesaroso — parece extremamente injusto.

— Quero você fora daqui! — Tower rosnou para Eddie. — Você e também seu amigo! Não quero fazer negócios com você! Se algum dia pensou que eu queria, foi uma... *incompreensão*! — Pronunciou a última palavra como se anunciasse a entrega de um troféu; ela foi quase gritada.

Eddie apertou as mãos ainda com mais força. Nunca estivera mais consciente do revólver que estava carregando; ele adquirira uma espécie de peso que se fazia malignamente sentir. Seu corpo exalava um cheiro de suor; podia senti-lo. E agora gotas de sangue começavam a surgir entre suas palmas e a cair no chão. Podia sentir os dentes começando a afundar na língua. Bem, era certamente um meio de esquecer a dor na perna. Eddie decidiu dar à língua em questão um indulto breve e condicional.

— O que eu me lembro mais claramente de minha visita a você...

— Você tem alguns livros que me pertencem — disse Tower. — Eu os quero de volta. *Insisto* nisso...

— Cale a boca, Cal — disse Deepneau.

— *O quê?* — Agora Tower não parecia apenas levemente ofendido; parecia chocado. Quase sem fôlego.

— Pare de falar bobagens. Você ganhou o sabão e sabe disso. Se tiver sorte, a coisa não passará de um sabão. Cale a boca e, pelo menos uma vez na vida, aceite a carapuça como um homem.

— Escute bem o que ele está dizendo — disse Roland num tom de seca aprovação.

— O que eu lembro mais claramente — Eddie continuou — é como você ficou horrorizado com o que eu disse a Jack... sobre como eu e meus amigos encheríamos a praça Grand Army de cadáveres se ele não desistisse. Alguns deles mulheres e crianças. Você não gostou disso, mas sabe de uma coisa, Cal? Jack Andolini está aqui, neste exato momento, aqui em East Stoneham.

— Você *mente!* — disse Tower. Ficou quase sem fôlego dizendo isso, transformando as palavras num grito inalado.

— Deus — Eddie respondeu —, que bom se fosse mesmo mentira. Vi duas mulheres inocentes morrerem, Cal. Aconteceu no mercado. Andolini montou uma emboscada e se você fosse um homem devoto... suponho que não reze, a não ser que exista alguma primeira edição em risco de se perder... se você fosse devoto, cairia de joelhos e rezaria ao deus dos egoístas, obcecados, gananciosos, indiferentes e desonestos donos de livrarias para que tenha sido uma mulher chamada *Mia* quem contou ao *dinh* de Balazar onde nós poderíamos ser encontrados, *ela*, não você. Porque se eles tiverem seguido *você,* Calvin, o sangue daquelas duas mulheres está em *suas mãos!*

A voz de Eddie ia aos poucos se elevando e embora ele continuasse olhando firmemente para baixo, todo o seu corpo começara a tremer. Podia sentir os olhos saltando nas órbitas e as veias de tensão inchando no pescoço. Podia sentir os testículos se contraindo, ficando tão pequenos e duros quanto caroços de pêssego. Mais que tudo podia sentir o desejo de saltar pela sala, com a naturalidade de um bailarino, e enterrar as mãos no pescoço gordo e branco de Calvin Tower. Estava esperando que Roland interviesse (*torcendo* para Roland intervir), mas o pistoleiro não se mexia e a voz de Eddie continuava a subir para o inevitável grito de fúria.

— Uma dessas mulheres morreu de imediato, mas a outra... continuou em pé por alguns segundos. Uma bala arrancou o topo de sua cabeça. Acho que foi uma bala de metralhadora e, pelos segundos que permaneceu de pé, ela parecia um vulcão. Só que estava lançando sangue em vez de lava. Bem, mas provavelmente foi Mia quem abriu o bico. Tenho a impressão de que foi ela. Não é uma sensação inteiramente lógica, mas felizmente para você é *forte*. Mia usando o que Susannah sabia e querendo proteger o chapinha.

— Mia? Rapaz... Sr. Dean... não conheço...

— Cale a boca! — Eddie gritou. — Cale a boca, seu rato! Seu mentiroso, seu renegado! Projeto ganancioso, avarento e porco de homem! Por que não espalhou alguns cartazes pela rua? EI, SOU CAL TOWER! ESTOU VIVENDO NA ROCKET ROAD EM EAST STONEHAM! VENHAM ME FAZER UMA VISITA, A MIM E A MEU AMIGO, AARON! TRAGAM OS REVÓLVERES!

Aos poucos Eddie foi erguendo os olhos. Lágrimas de raiva rolavam pelo rosto. Tower recuara para a parede de um dos lados da porta, os olhos úmidos e arregalados na face redonda. O suor brotava na testa. Ele segurava a sacola com os livros recentemente adquiridos contra o peito como um escudo.

Eddie o encarava. O sangue gotejou entre as mãos fortemente apertadas; a mancha de sangue no braço da camisa tinha começado de novo a se espalhar; agora um filete de sangue corria também pelo lado esquerdo de sua boca. E Eddie Dean achava que agora entendia o silêncio de Roland. Aquele trabalho era seu. Porque ele conhecia Tower por dentro e por fora, certo? Conhecia muito bem. Afinal, em certa época, não muito tempo atrás, o próprio Eddie achava que, além da heroína, tudo no mundo era sem cor e sem importância. Teria conseguido ver alguma coisa que não fosse heroína para trocar ou vender? Não chegara a um ponto onde teria literalmente prostituído a própria mãe para conseguir mais uma dose? Não era por isso que estava tão furioso?

— Aquele terreno na esquina da Segunda Avenida com a rua Quarenta e Seis nunca foi seu — disse Eddie. — Nem de seu pai. Nem de nenhum de seus avós até chegar a Stefan Toren. Vocês eram apenas curadores, da mesma forma como tenho a custódia do revólver que uso.

— Nego isso!

— Sério? — Aaron perguntou. — Que coisa estranha. Ouvi você falar daquele pedaço de terra usando quase exatamente essas palavras...

— *Aaron, cale a boca!*

— ... ouvi muitas vezes — concluiu calmamente Deepneau.

Houve um estalido. Eddie deu um pulo, fazendo irradiar outra pontada de dor pela perna a partir do buraco na canela. Era um fósforo. Roland estava acendendo outro cigarro. O filtro já estava ao lado de dois outros sobre a toalha que cobria a mesa. Pareciam pequenas pílulas.

— Não esqueci o que conversamos — falou Eddie ficando repentinamente calmo. A raiva saíra dele, como veneno tirado de uma presa de cobra. Roland o deixara cuidar da coisa sozinho e, apesar da língua e das palmas das mãos estarem sangrando, ele estava agradecido por isso.

— Seja o que for que eu tenha dito... eu estava sob pressão... estava com medo que você mesmo quisesse me matar!

— Você disse que tinha um envelope de março de 1846. Disse que havia uma folha de papel no envelope e um nome escrito na folha. Você disse...

— *Nego isso...*

— Você disse que se eu pudesse dizer o nome escrito naquele pedaço de papel, você me venderia o lote. Por um dólar de sinal. E com a promessa de que lhe pagaríamos bem mais, milhões a mais, entre aquele momento e... digamos, 1985.

Tower explodiu numa risada.

— Por que não me oferecer a ponte do Brooklyn também?

— Você me fez uma promessa. E agora seu pai está vendo você tentar quebrá-la.

— *NEGO CADA PALAVRA QUE VOCÊ DIZ!* — Calvin Tower gritou.

— Continue negando até o inferno — disse Eddie. — E agora vou lhe dizer uma coisa, Cal, uma coisa que me ensinou meu coração machucado, mas ainda vivo. Você está comendo um prato amargo. Você não dá conta porque alguém lhe disse que era doce e seu paladar está entorpecido.

— Não tenho a menor idéia do que está falando! Você está louco!

— Não — disse Aaron. — Não está. O louco é você, se não lhe der ouvidos. Acho... Acho que ele está lhe dando uma chance de redimir a razão de sua vida.

— Desista, Cal — disse Eddie. — Pelo menos uma vez na vida dê ouvidos ao anjo melhor e não ao outro. Esse outro o detesta, Cal. Ele só quer matá-lo. Acredite em mim, eu sei.

Silêncio no chalé. Do lago veio o pio de um mergulhão. Do outro lado vinha o barulho menos agradável de sirenes.

Calvin Tower lambeu os lábios e disse:

— Está dizendo a verdade sobre Andolini? Ele está realmente nesta cidade?

— Sim — disse Eddie, que agora podia ouvir o *vup-vup-vup-vup* de um helicóptero se aproximando. Um aparelho de alguma rede de tevê? Não seria cinco anos cedo demais para essas coisas, especialmente ali, no meio do mato?

Os olhos do livreiro se deslocaram para Roland. Tower fora surpreendido — e fora o objeto de um monte de culpa — mas o homem já estava recuperando alguma compostura. Eddie podia ver isso e ponderou (não pela primeira vez) como a vida seria mais simples se as pessoas ficassem nos pombais para onde tinham sido destinadas no começo. Ele não queria perder tempo pensando em Calvin Tower como um homem corajoso ou até primo em segundo grau das pessoas de caráter, mas talvez fosse ambas as coisas. Bem, que se danasse!

— Você é realmente Roland de Gilead?

Roland olhou através das espirais de fumaça de cigarro subindo no ar.
— Você diz a verdade, eu digo obrigado.
— Roland do Eld?
— Sim.
— Filho de Steven?
— Sim.
— Neto de Alarico?

Os olhos de Roland piscaram com o que provavelmente era surpresa. O próprio Eddie ficou espantado, mas o que ele mais sentiu foi uma espécie de alívio cansado. As perguntas que Tower estava fazendo só podiam significar duas coisas. Primeiro, ele tinha observado mais que apenas o nome ou profissão de Roland. Segundo, estava cedendo.

— De Alarico, sim — disse Roland —, aquele do cabelo ruivo.
— Não sei nada acerca do cabelo, mas sei por que ele foi para Garlan. Você não?
— Foi matar um dragão.
— E conseguiu?
— Não, chegou tarde demais. O último dragão que havia naquela parte do mundo havia sido morto por outro rei, um que depois foi assassinado.

Agora, para surpresa ainda maior de Eddie, Tower se dirigiu hesitantemente a Roland numa linguagem que era, na melhor das hipóteses, prima de segundo grau do inglês. O que Eddie ouviu foi alguma coisa tipo: *Tom tinhas linhague, Rol-uh, ganste arma, uste falcon, permaste arma?*

Roland assentiu e respondeu na mesma língua, falando devagar e esmeradamente. Quando acabou, Tower se encostou na parede e, distraidamente, deixou cair a saca de livros no chão.

— Fui um tolo — disse.

Ninguém o contradisse.

— Roland, se importaria de ir até lá fora comigo? Eu preciso... eu... preciso... — Tower começou a chorar. Disse mais alguma coisa naquela linguagem desconhecida, mais uma vez terminando numa inflexão crescente, como se estivesse fazendo alguma pergunta.

Roland se levantou sem responder. Eddie também se levantou, fazendo uma careta por causa da dor na perna. Ali havia uma bala, sem dúvida, ele podia senti-la. Agarrou o braço de Roland, puxou-o para baixo e sussurrou no ouvido do pistoleiro:

— Não esqueça que Tower e Deepneau têm um encontro na Lavanderia da baía da Tartaruga daqui a quatro anos. Diga a ele que é na rua Quarenta e Sete, entre a Segunda e a Primeira. Provavelmente ele conhece o lugar. Tower e Deepneau eram... são... *serão* aqueles que vão salvar a vida de Don Callahan. Tenho quase certeza disso.

Roland abanou a cabeça e caminhou para Tower, que inicialmente se encolheu e depois se endireitou com um esforço consciente. Roland pegou sua mão à maneira da Calla e levou-o para fora.

Depois que os dois saíram, Eddie disse a Deepneau:

— Faça o documento. Ele vai vender.

Deepneau olhou-o ceticamente.

— Acha realmente que vai?

— Sim — disse Eddie. — Realmente acho.

7

Redigir o documento de compra e venda não demorou muito tempo. Deepneau encontrou um bloco na cozinha (no alto de cada folha, havia o desenho de um castor correndo e a legenda MINHAS COISAS IMPORTANTES A FAZER) e começou a escrever, parando de vez em quando para fazer alguma pergunta a Eddie.

Quando acabaram, Deepneau olhou para o rosto brilhante de suor de Eddie.

— Tenho alguns comprimidos de Percocet — disse. — Quer alguns?

— Claro — disse Eddie. Se os tomasse naquele momento, achava, esperava que estaria pronto para o que queria que Roland fizesse quando voltasse. A bala ainda estava lá dentro, com certeza lá dentro, e tinha de sair. — O que me diz de quatro?

Os olhos de Deepneau o avaliaram.

— Sei o que estou fazendo — disse Eddie. E então acrescentou: — Infelizmente.

8

Aaron encontrou alguns band-aids infantis no armário de remédios do chalé (Branca de Neve numa caixinha, Bambi na outra) e colocou-os no buraco do braço de Eddie após passar mais um pouco de antisséptico na entrada e nos pontos de saída da ferida. Então, enquanto pegava um copo d'água para os comprimidos descerem, perguntou de onde Eddie vinha.

— Porque embora você use o revólver com autoridade — disse —, é muito mais parecido comigo e com Cal do que com ele.

Eddie sorriu.

— Há uma razão muito boa para isso. Cresci no Brooklyn. Co-Op City. — E pensou: *E se eu dissesse a você que na realidade ainda estou lá, neste exato momento? Eddie Dean, o garoto de 15 anos mais tarado do mundo, correndo solto nas ruas? Para aquele Eddie Dean, a coisa mais importante do mundo é continuar vivo. Coisas como a queda da Torre Negra ou algum sujeitinho tremendamente mau chamado Rei Rubro vão continuar a não preocupá-lo por...*

Então ele observou o modo como Aaron Deepneau o estava olhando e abandonou depressa o interior de sua própria mente.

— Que foi? Tem alguma meleca pingando do meu nariz ou coisa parecida?

— Co-Op City não fica no Brooklyn — disse Deepneau. Era como se falasse para uma criança pequena. — Co-Op City fica no Bronx. Sempre ficou.

— Isso é... — Eddie começou, pretendendo acrescentar *ridículo*, mas antes que pudesse pronunciá-la, a palavra pareceu oscilar em seu eixo. De novo ele foi dominado por aquela sensação de fragilidade, aquela sensação de todo um universo (ou todo um *continuum* de universos) feitos de cristal em vez de aço. Não havia meio de falar racionalmente do que estava sentindo, porque nada havia de racional no que estava acontecendo.

— Existem mais mundos que este — disse ele. — Era o que Jake dissera a Roland antes de morrer. "Vá, então... Há outros mundos além desses." E sem dúvida ele estava certo, porque voltou.

— Sr. Dean? — Deepneau parecia preocupado. — Não sei do que está falando, mas ficou muito pálido. Acho que devia se sentar.

Eddie se deixou levar para a cozinha-sala do chalé. Será que ele próprio sabia do que estava falando? Como Aaron Deepneau, certamente um velho morador de Nova York, podia afirmar com tanta segurança e descontração que a Co-Op City ficava no Bronx, quando Eddie sabia que ficava no Brooklyn?

Não compreendia de todo, mas compreendia o suficiente para ficar tremendamente assustado. Outros mundos. Talvez um número infinito de mundos, todos girando no eixo que era a Torre. Todos eram semelhantes, mas *havia* diferenças. Diferentes políticos retratados nas notas de dinheiro. Diferentes marcas de automóveis — Takuro Spirits em vez de Datsuns, por exemplo — e diferentes primeiras divisões de times de beisebol. Nesses mundos, um dos quais fora dizimado por uma praga chamada de supergripe, você podia saltar no tempo de um lado para o outro, passado e futuro. Porque...

Porque de algum modo vital, eles não são o verdadeiro mundo. Ou se são reais, não são o mundo essencial.

Sim, deve ser algo assim. Seu mundo original era um dos outros, estava convencido disso. Assim como Susannah. E Jake Um e Jake Dois, o Jake que havia caído e o Jake que havia sido literalmente puxado da boca do monstro e salvo.

Mas o mundo onde estava era o mundo-chave. E ele sabia disso porque era, por profissão, chaveiro: *Dad-a-chum, dad-a-chee, não se preocupe, você tem a chave.*

Beryl Evans? Não de todo real. Claudia y Inez Bachman? Real.

Mundo com a Co-Op City no Brooklyn? Não de todo real. Mundo com a Co-Op City no Bronx? Real, por mais difícil que fosse para engolir.

E ele tinha idéia de que Callahan havia cruzado do mundo real para um dos outros muito tempo antes de ter embarcado em suas estradas de esconderijo; tinha cruzado sem mesmo saber. Contara algo sobre encomendar o corpo de um menino num funeral e como, depois disso...

— Ele achava que depois disso tudo tinha mudado — Eddie comentou ao se sentar. — *Tudo mudou.*

— Sim, sim — disse Aaron Deepneau, dando palmadinhas no ombro dele. — Procure ficar calmo.

— O *père* foi de um seminário em Boston para Lowell, isso foi real. Mas a cidade de 'Salem's Lot não é real. Foi inventada por um escritor chamado...

— Vou pegar uma compressa fria para sua testa.

— Boa idéia — disse Eddie, fechando os olhos. Sua mente rodopiava. Real, não real. Ao vivo, ou gravado? O professor aposentado, amigo de John Cullum, tinha razão: a coluna da verdade tinha *mesmo* um buraco no meio.

Eddie se perguntava se alguém conhecia a profundidade desse buraco.

9

Foi um Calvin Tower diferente que voltou ao chalé com Roland 15 minutos depois, um Calvin Tower tranqüilo e disciplinado. Perguntou a Deepneau se ele tinha feito um recibo de compra e venda e, quando este assentiu, Tower não disse nada, só abanou afirmativamente a cabeça. Foi até a geladeira e voltou com várias latas de cerveja Blue Ribbon, que distribuiu. Eddie recusou, não querendo misturar álcool com os Percs.

Tower não fez um brinde, mas tomou metade de sua cerveja de uma única vez.

— Não é todo dia que sou comparado à escória da terra por um homem que promete me transformar num milionário e também me aliviar do mais pesado fardo que oprime meu coração. Aaron, este papel teria valor em juízo?

Aaron Deepneau concordou com a cabeça. Com um certo pesar, Eddie observou.

— Então, tudo bem — disse Tower. E, após uma pausa: — Tudo bem, vamos fazer. — Mas não tomou a iniciativa de assinar.

Roland falou com ele naquela outra linguagem. Tower se contraiu e logo assinou seu nome num rápido rabisco, os lábios apertados numa linha tão estreita que a boca parecia quase não estar ali. Eddie assinou pela Tet Corporation, maravilhando-se em como a caneta parecia estranha em sua mão — não conseguia se lembrar de quando segurara uma caneta pela última vez.

Assim que a coisa ficou pronta, houve uma reversão no humor de *sai* Tower. Ele olhou para Eddie e lamentou num tom esganiçado que foi quase um grito:

— Aí está! Sou agora um indigente! Me dê o meu dólar! Me prometeu um dólar! Tem uma cagada a caminho e preciso de alguma coisa para limpar a bunda!

Então ele pôs as mãos sobre o rosto. Ficou assim por vários segundos, enquanto Roland dobrava o papel assinado (Deepneau servira de testemunha para as duas assinaturas) e o colocava no bolso.

Quando Tower tornou a baixar as mãos, seus olhos estavam secos e o rosto recomposto. Parecia até mesmo haver um toque de cor nas faces anteriormente pálidas.

— Acho que realmente estou me sentindo um pouco melhor — disse ele e, virando-se para Aaron: — Acredita que esses dois *merdões* possam estar certos?

— Acho que é uma possibilidade real — disse Aaron, sorrindo.

Eddie, enquanto isso, tinha pensado num meio de descobrir com certeza (ou quase com certeza) se aqueles dois homens eram os que tinham salvo Callahan dos Irmãos Hitler... Um deles tinha dito que...

— Escutem — disse Eddie. — Há uma certa frase, em iídiche, eu acho. *Gai cocknif en yom.* Sabem o que significa? Algum de vocês?

Deepneau atirou a cabeça para trás e riu.

— Sim, é iídiche, claro. É o que dizia minha mãe quando ficava furiosa conosco. Quer dizer: vá cagar no mar.

Eddie abanou a cabeça para Roland. Nos próximos dois anos, um daqueles homens — provavelmente Tower — compraria um anel com as palavras *Ex Libris* gravadas. Talvez — que maluquice era *aquilo* — porque o próprio Eddie Dean teria posto a idéia na cabeça de Cal Tower. E Tower — o Calvin Tower egoísta, ganancioso, mesquinho e ávido por livros — salvaria a vida do padre Callahan com aquele anel no dedo. Ficaria tremendamente assustado (Deepneau também), mas faria a coisa. E...

A essa altura, Eddie olhou por acaso para a caneta com a qual Tower assinara o recibo de compra e venda, uma Bic Clic perfeitamente ordinária e a enorme verdade do que acabara de acontecer o atingiu. Agora era deles o terreno. Era deles o terreno baldio. Deles, não da Sombra Corporation. *A rosa era deles!*

Eddie se sentiu como se tivesse levado um tiro forte na cabeça. A rosa pertencia à Tet Corporation, que era a firma de Deschain, Dean, Dean,

Chambers & Oi. A rosa era agora responsabilidade deles, para o melhor ou para o pior. Tinham vencido aquele *round*. O que não alterava o fato de que Eddie tinha uma bala na perna.

— Roland — disse ele —, queria que você fizesse uma coisa por mim.

10

Dez minutos mais tarde, Eddie deitava no chão de linóleo do chalé na ridícula ceroula de Calla Bryn Sturgis, comprida até o joelho. Numa das mãos segurava um cinto de couro que passara toda uma vida anterior impedindo que as calças de Aaron Deepneau caíssem. A seu lado havia uma bacia com um líquido marrom-escuro.

O buraco na perna, com cerca de sete centímetros e meio, ficava abaixo do joelho e um pouco à direita da tíbia. A carne em volta dele tinha inchado, se transformando num cone pequeno e duro. Esta cratera de vulcão em miniatura estava naquele momento coroada com um brilhante coágulo roxo e vermelho de sangue. Tinham sido colocadas duas toalhas dobradas sob a barriga da perna de Eddie.

— Você vai me hipnotizar? — ele perguntou a Roland. Então olhou para o cinto que estava segurando e soube a resposta. — Ah, merda, não vai, não é?

— Não há tempo. — Roland estivera remexendo no gavetão à esquerda da pia. Agora se aproximava de Eddie com um alicate numa das mãos e uma faca de descascar frutas e legumes na outra. Eddie achou que formavam uma combinação extremamente feia.

O pistoleiro se pôs de joelhos ao lado dele. Tower e Deepneau ficaram na sala, lado a lado, observando aquilo de olhos arregalados.

— Havia uma coisa que Cort nos dizia quando éramos garotos — disse Roland. — Quer ouvi-la, Eddie?

— Se acha que vai ajudar, claro.

— A dor sobe. Do coração à cabeça, a dor sobe. Dobre o cinto de Aaron e coloque-o na boca.

Eddie fez o que Roland dizia, sentindo-se muito ridículo e muito assustado. Em quantos faroestes tinha visto uma versão daquela cena? Às vezes John Wayne mordia um pedaço de pau e às vezes Clint Eastwood mordia uma bala. Ele acreditava que, num ou noutro seriado de tevê, Robert Culp tinha realmente mordido um cinto.

Mas é claro que temos de remover a bala, Eddie pensou. *Nenhuma história deste tipo ficaria completa sem pelo menos uma cena onde...*

Uma memória repentina, chocante em sua nitidez, o atingiu e o cinto caiu de sua boca. Ele realmente gritou.

Roland estava prestes a mergulhar seus rudes instrumentos cirúrgicos numa bacia onde havia o resto da solução antisséptica. Olhou preocupado para Eddie:

— O que foi?

Por um momento, Eddie não pôde responder. Parecia ter ficado decididamente sem ar, os pulmões achatados como duas velhas câmaras de ar. Estava se lembrando de um filme que vira com seu irmão quando eram garotos. Fora de tarde, na tevê, no apartamento onde moravam, aquele que ficava

(no Brooklyn)

(no Bronx)

na Co-Op City. Era quase sempre Henry quem escolhia o que viam, pois era maior e mais velho. Eddie não reclamava muito e, quando o fazia, não exagerava; idolatrava o irmão mais velho (quando *de fato* reclamava acabava fazendo o irmão agarrá-lo pela nuca com o Dutch Rub ou o velho índio Corda Queimada, no braço). Henry gostava era dos faroestes. O tipo de filme onde, mais cedo ou mais tarde, algum personagem tinha de morder um pedaço de pau, um cinto ou uma bala.

— Roland — disse ele. A voz já era apenas um débil chiado. — Roland, escute.

— Estou ouvindo muito bem.

— Havia um filme. Já falei sobre os filmes, não foi?

— Histórias contadas com imagens em movimento.

— Às vezes eu e Henry ficávamos em casa e assistíamos na tevê. A televisão é basicamente uma máquina de cinema doméstica.

— Uma máquina de merda, diriam alguns — Tower acrescentou.

Eddie o ignorou.

— Um dos filmes que vimos foi sobre aqueles camponeses mexicanos... *folken,* se podem ser chamados assim... que alugavam uns pistoleiros para protegê-los dos *bandidos*. Os bandidos assaltavam todo ano a aldeia deles e roubavam as colheitas. Isso não faz você se lembrar de alguma coisa?

Roland o olhou com ar sério e uma espécie de tristeza.

— Sim. Na verdade faz.

— E o nome da aldeia de Tian. Sempre me pareceu familiar, mas eu não sabia por quê. Agora sei. O filme se chamava *Sete homens e um destino*, por falar nisso, Roland, quantos éramos nós, naquele dia no fosso, à espera dos Lobos?

— Se incomodariam de nos dizer do que estão falando? — Deepneau perguntou. Mas embora o tom tenha sido gentil, tanto Roland quanto Eddie o ignoraram.

— Você, eu — disse Roland depois de uma rápida checada na memória —, Susannah, Jake, Margaret, Zalia e Rosa. Havia mais gente... os gêmeos Tavery, o filho de Ben Slightman... mas os lutadores eram sete.

— Sim. E o que me vem à cabeça é a existência de um diretor para o filme. Quando se está filmando, tem de haver um diretor para pôr as coisas em ordem. Ele é o *dinh*.

Roland assentiu.

— O *dinh* de *Sete homens e um destino* era um homem chamado John Sturges.

Roland pensou mais um pouco.

— *Ka* — disse ele.

Eddie explodiu numa risada. Simplesmente não conseguiu evitá-la. Roland tinha sempre a resposta.

11

— Para suportar a dor — disse Roland — você tem de morder o cinto no instante em que senti-la. Está entendendo? *No instante exato*. Segure o cinto com os dentes.

— Percebi. Mas faça rápido.

— Vou fazer o melhor que puder.

Roland mergulhou o alicate e depois a faca no antisséptico. Eddie esperou com o cinto na boca, esticado entre os dentes. Uma vez percebido o padrão básico, era impossível deixar de vê-lo, não é? Roland era o herói do espetáculo, o guerreiro de cabelos grisalhos que seria encarnado por algum astro de cabelos grisalhos mas de vital importância, como Paul Newman ou Eastwood na versão de Hollywood. Ele, Eddie, era o cara jovem, cujo papel caberia ao mais quente astro jovem do momento. Tom Cruise, Emilio Estevez, Rob Lowe, alguém nessa linha. E ali estava um cenário que todos conhecíamos, o chalé na floresta e uma situação que tínhamos visto muitas vezes, mas ainda apreciávamos: Puxando a Bala. Só o que faltava era o sinistro som de tambores a distância. E, Eddie percebeu, provavelmente não havia os tambores porque já havia passado a parte dos Tambores Sinistros na história: os deuses-tambores. E que acabaram se revelando versão amplificada de uma música de Z.Z. Top sendo irradiada por alto-falantes nas esquinas das ruas na Cidade de Lud. A situação deles estava se tornando cada vez mais difícil de negar: *eram personagens na história de alguém.* Todo este mundo...

Eu me recuso a acreditar nisso. Me recuso a acreditar que fui criado no Brooklyn pelo simples erro de algum escritor, algo que acabará sendo corrigido numa nova versão. Ei, père, *estou com você... me recuso a acreditar que sou* um *personagem. Esta é a porra da minha vida!*

— Continue, Roland — disse ele. — Tire essa coisa de dentro de mim.

O pistoleiro derramou um pouco do antisséptico da bacia sobre a tíbia de Eddie, depois usou a ponta da faca para tirar o sangue coagulado da ferida. Com isso feito, ele baixou o alicate.

— Prepare-se para morder a dor, Eddie — ele murmurou e, um instante mais tarde, foi o que Eddie fez.

12

Roland sabia o que estava fazendo, já tinha feito aquilo antes e a bala não entrara demais na carne. A coisa toda durou cerca de noventa segundos, mas foi o minuto e meio mais longo da vida de Eddie. Por fim Roland bateu de leve com o alicate numa das mãos fechadas de Eddie. Quando Eddie conseguiu desenrolar os dedos, o pistoleiro deixou cair uma bala achatada nela.

— Suvenir — disse ele. — Parou bem no osso. Foi a raspada que você ouviu.

Eddie olhou para o pedaço de chumbo amassado, depois atirou-o no chão de linóleo, como se fosse uma bola de gude.

— Não quero ficar com isso — disse enxugando a testa.

Tower, sempre colecionador, pegou a bala jogada no chão. Deepneau, enquanto isso, examinava com silenciosa fascinação as marcas de dentes no cinto.

— Cal — disse Eddie, se apoiando nos cotovelos. — Você tinha um livro em sua mala...

— Quero aqueles livros de volta — disse Tower de imediato. — E é melhor ir cuidando bem deles, rapaz!

— Tenho certeza que estão em ótimo estado — Eddie respondeu, dizendo a si mesmo que talvez tivesse de morder a língua de novo. *Ou agarre o cinto de Aaron e torne a mordê-lo, se a língua não servir.*

— É melhor estarem, meu jovem; agora eles são tudo que me resta.

— Sim, juntamente com cerca de quarenta outros em diversos cofres de banco — disse Aaron Deepneau, ignorando completamente o olhar brabo que o amigo lhe atirava. — O *Ulysses* assinado é provavelmente o melhor, mas há fólios esplêndidos de Shakespeare, uma série completa de Faulkner assinados...

— Aaron, não quer, por favor, calar a boca?

— ... e um *Huckleberry Finn* que você pode converter num sedã Mercedes-Benz em qualquer dia da semana — Deepneau concluiu.

— De qualquer modo, um deles era um livro chamado *'Salem* — disse Eddie. — Escrito por um homem chamado...

— Stephen King — Tower concluiu. Ele deu uma última olhada na bala, depois a pousou na mesa da cozinha, perto do açucareiro. — Me disseram que ele mora perto daqui. Peguei dois exemplares do *'Salem* e três do primeiro romance, *Carrie, a Estranha*. Estava pensando em dar uma chegada em Bridgton e voltar com os exemplares assinados. Agora acho que isso não vai acontecer.

— Não entendo o que os torna tão valiosos — disse Eddie, e então: — Ei, Roland, isso dói!

Roland estava checando a bandagem improvisada em volta da ferida na perna de Eddie.

— Fique quieto — disse ele.

Tower não deu atenção à interrupção. Eddie o voltara mais uma vez para seu assunto favorito, sua obsessão, sua querida. O que Gollum, nos livros de Tolkien, teria chamado "sua preciosidade".

— O senhor se lembra do que eu lhe disse quando estávamos discutindo *The Hogan*, Sr. Dean? Ou o *Dogan*, se o senhor prefere? Eu disse que o valor de um livro raro... como o de uma moeda rara ou um selo raro... é criado de diferentes modos. Às vezes é apenas um autógrafo...

— Seu exemplar de *'Salem* não está assinado.

— Não, porque este autor especificamente é muito jovem e ainda não é muito conhecido. Talvez um dia passe a significar alguma coisa, ou talvez não. — Tower levantou os ombros, quase como se dissesse que estava submisso ao *ka*. — Mas este livro em particular... bem, a primeira edição teve uma tiragem de apenas 7.500 exemplares, e quase todos foram vendidos na Nova Inglaterra.

— Por quê? Porque o sujeito que escreveu é da Nova Inglaterra?

— Sim. Como tão freqüentemente acontece, o valor do livro é criado inteiramente por acaso. Uma cadeia local de tevê decidiu promovê-lo intensamente. Chegaram a produzir um comercial, o que foi uma coisa quase sem precedentes no nível da publicidade regional. E deu certo. A Bookland do Maine pediu cinco mil exemplares da primeira edição... quase 70% da tiragem... e vendeu praticamente tudo. Assim como aconteceu com *The Hogan*, havia erros de impressão na apresentação. Não no título, neste caso, mas na orelha. Você pode identificar uma cópia autêntica de *'Salem* pelo preço cortado na orelha... no último minuto, a Doubleday decidiu subir o preço de 7,95 para 8,95... e pelo nome do padre na orelha.

Roland ergueu os olhos.

— O que houve com o nome do padre?

— No livro, é padre Callahan. Mas na orelha alguém escreveu padre *Cody*, que na realidade é o nome do médico da cidade.

— E foi o que bastou para lançar o preço de um exemplar de nove dólares para 950 — disse Eddie num tom maravilhado.

Tower assentiu.

— Foi o que bastou: tiragem pequena, orelha cortada, erro de impressão. Mas há também um elemento de especulação nas edições raras que os colecionadores acham... realmente excitante.

— É uma maneira de descrever o fenômeno — Deepneau comentou secamente.

— Por exemplo, suponha que este tal de King se torne famoso ou aclamado pela crítica... Admito que as chances são pequenas, mas suponha que aconteça. As primeiras edições disponíveis de seu segundo livro são tão raras que, em vez de 750 dólares, meu exemplar pode acabar valendo dez vezes mais. — Fez cara feia para Eddie. — Então é melhor que você esteja cuidando bem dele.

— Tenho certeza que continuará em bom estado — disse Eddie, se perguntando o que Calvin Tower ia pensar se soubesse que um dos personagens do livro tinha o exemplar numa prateleira de sua reitoria, uma reitoria também possivelmente ficcional. A dita reitoria ficava numa cidade que era gêmea fraterna da cidade de um velho filme estrelado por Yul Brynner, como gêmeo de Roland, e apresentando Horst Buchholz como o duplo de Eddie.

Ele ia pensar que você estava maluco, era isso que ia pensar.

Eddie ficou de pé, oscilou um pouco e agarrou-se à mesa da cozinha. Após alguns momentos, o mundo se firmou.

— Consegue andar? — Roland perguntou.

— Conseguia antes, não é?

— Mas ninguém tinha cavado aí.

Eddie deu alguns passos a título de experiência e fez sim com a cabeça. A canela acendia com uma pontada de dor cada vez que ele deslocava o peso para a perna direita, mas sim... conseguia andar.

— Vou lhe dar o resto do meu Percocet — disse Aaron. — Posso conseguir mais.

Eddie abriu a boca para dizer que sim, com certeza, me dá mais e então viu como Roland o olhava. Se Eddie aceitasse a oferta de Deepneau, o pistoleiro não ia falar nada para não lhe causar constrangimentos... mas sim, seu *dinh* estava observando.

Eddie pensou na fala que dirigira a Tower, toda aquela coisa poética sobre como Calvin estava comendo uma refeição amarga. Era verdade, poesia ou não. Mas aparentemente isso não impediria que Eddie se sentasse na mesma mesa de jantar. Primeiro alguns Percodan, depois alguns Percocet. Ambos medicamentos parecidos demais com a heroína. Então quanto tempo Eddie levaria para se cansar das drogas leves e começar a procurar algum *verdadeiro* alívio para a dor?

— Acho que vou abrir mão do Percs — disse Eddie. — Nós vamos para Bridgton...

Roland olhou espantado.

— Vamos?

— Vamos. Podemos conseguir algumas aspirinas no caminho.

— *Asmina* — disse Roland, com inequívoca simpatia.

— Tem certeza? — Deepneau perguntou.

— Tenho — disse Eddie. — Sim... — Fez uma pausa, depois acrescentou: — Eu lamento.

13

Cinco minutos depois estavam os quatro parados no estreito tapete de folhas de pinheiro junto à porta, ouvindo sirenes e contemplando a fumaça, que agora começava a ficar menos espessa. Impaciente, Eddie sacudia numa das mãos as chaves do Ford de John Cullum. Roland tinha lhe perguntado duas vezes se aquela viagem para Bridgton era necessária e Eddie respondera duas vezes que tinha quase certeza que sim. Da segunda vez acrescentara (quase esperançoso) que Roland, como *dinh*, podia, se assim desejasse, mandar que não fossem.

— Não. Se você acha que devemos visitar este contador de lorotas, vamos lá. Eu só gostaria que você soubesse *por quê*.

— Acho que quando chegarmos lá, nós dois vamos compreender.

Roland abanou a cabeça, mas ainda não parecia satisfeito.

— Sei que está tão ansioso quanto eu para deixar este mundo... este nível da Torre. Para você querer ir contra isso, sua intuição tem de ser forte.

Era, mas havia mais alguma coisa: ouvira novamente Susannah, a mensagem vindo mais uma vez da versão que ela fizera do Dogan. Era prisioneira em seu próprio corpo — pelo menos Eddie *achava* que era o que estava tentando lhe dizer —, mas ela estava no ano de 1999 e estava bem.

Recebera a mensagem enquanto Roland agradecia a Tower e Deepneau pela ajuda. Eddie estava no banheiro. Entrara no banheiro para urinar, mas se esquecera completamente disso e se limitara a ficar sentado na tampa do vaso, cabeça baixa, olhos fechados. Tentando enviar uma mensagem a Susannah. Tentando pedir que retardasse o máximo possível o nascimento. Captara dela a sensação de luz do dia (Nova York num início de tarde) e isso era mau. Jake e Callahan tinham atravessado a Porta Não-Encontrada para Nova York à noite; Eddie vira isso com seus próprios olhos. Talvez conseguissem ajudá-la, mas só se ela pudesse fazer Mia ir mais devagar.

Enrole, foi a mensagem que enviou... ou tentou enviar a Susannah. *Tem de escurecer antes que ela consiga levá-la para onde pretende ter o bebê. Está me ouvindo? Suze, você está me ouvindo? Responda se estiver! Jake e* père *Callahan estão chegando e você tem de agüentar firme!*

Junho, respondeu uma voz ansiosa. *Junho de 1999. As moças andam na rua com as barrigas aparecendo e...*

Então veio a batida na porta do banheiro e a voz de Roland perguntando se Eddie não estava pronto. Antes que o dia terminasse, pretendiam chegar à Via do Casco da Tartaruga na cidadezinha de Lovell — um lugar onde os aparecidos eram comuns, segundo John Cullum, e onde a própria realidade talvez fosse igualmente frágil. Antes, no entanto, iam passar em Bridgton e, se tudo desse certo, encontrar o homem que parecia ter criado Donald Callahan e a cidade de 'Salem's Lot.

Seria o máximo se King estivesse na Califórnia, trabalhando numa versão para o cinema ou algo do gênero, Eddie pensou, mas não acreditava que isso fosse acontecer. Continuavam no Caminho do Feixe, no caminho do *ka.* Era bem possível que *sai* King também andasse por lá.

— Tenham muito cuidado, rapazes — disse Deepneau. — Vão encontrar policiais por todo lado. Para não mencionar Jack Andolini e o que tiver sobrado de seu alegre bando.

— Falando de Andolini — disse Roland —, acho que chegou a hora de vocês dois irem para algum lugar onde ele não esteja.

Tower se encolerizou. O que correspondeu à expectativa de Eddie.

— Ir *agora*? Você deve estar brincando! Tenho uma lista de quase uma dúzia de pessoas na área que colecionam livros... Compram, vendem, trocam. Alguns sabem o que estão fazendo, mas outros... — Ele fez um gesto de corte com tesoura, como se tosquiasse uma ovelha invisível.

— Em Vermont também há gente tirando livros velhos dos celeiros e querendo vender — disse Eddie. — Não esqueça como o encontramos com facilidade. Foi você que tornou a coisa fácil, Cal.

— Ele tem razão — disse Aaron e, quando Calvin Tower, em vez de responder, limitou-se a baixar a cara irritada para olhar os sapatos, Deepneau olhou de novo para Eddie. — Mas pelo menos eu e Cal temos carteiras de motorista para mostrar, se formos parados pela polícia local ou federal. Coisa que, aposto, nenhum de vocês dois tem.

— Aposta ganha — disse Eddie.

— E aposto que não poderão mostrar nenhuma autorização para portar esses revólveres de tamanho descomunal.

Eddie baixou de relance os olhos para o imenso revólver — incrivelmente antigo — preso logo abaixo de seu quadril. Depois, com ar divertido, voltou a olhar para Deepneau.

— Outra aposta ganha — disse.

— Então tenham cuidado. Depois que saírem de East Stoneham, estejam muito atentos para saber onde estão se metendo.

— Obrigado — disse Eddie, estendendo a mão. — Longos dias e belas noites.

Deepneau a apertou.

— Uma bela coisa para dizer, filho, mas acho que ultimamente minhas noites não têm sido lá muito agradáveis e, se as coisas no departamento médico não derem rapidamente uma guinada para melhor, meus dias certamente também não serão particularmente longos.

— Serão mais longos do que pode imaginar — disse Eddie. — Tenho um bom motivo para crer que você tem pelo menos outros quatro anos pela frente.

Deepneau encostou o dedo num lábio e apontou para o céu.

— Que a boca do homem consiga alcançar o ouvido de Deus.

Eddie se virou para Calvin Tower enquanto Roland trocava um aperto de mão com Deepneau. Por um momento, Eddie achou que o livreiro não ia aceitar o aperto de mão, mas por fim ele o fez. Com um certo mau humor.

— Longos dias e belas noites, *sai* Tower. Você fez a coisa certa.

— Fui coagido e você sabe — disse Tower. — A loja perdida... o terreno perdido... E prestes a ter de interromper as primeiras verdadeiras férias que tive nos últimos dez anos...

— Microsoft — Eddie disse abruptamente. E depois: — Limões.

Tower piscou.

— Como disse?

— *Limões* — Eddie repetiu e riu alto.

14

Perto do fim de uma vida quase inteiramente inútil, Henry Dean, o grande sábio e eminente viciado, tinha desfrutado duas coisas mais que todas as outras: ficar dopado e ficar dopado explicando como ia fazer sua grande jogada no mercado de ações. Em matéria de investimentos, ele se considerava um verdadeiro E.F. Hutton.

— Mas numa coisa eu definitivamente *jamais* investiria, bróder — Henry disse um dia, quando estavam em cima do teto. A conversa acontecera pouco antes da viagem de Eddie para as Bahamas como mula de cocaína. — Uma coisa em que eu *apple-solutamente jamais* enfiaria meu dinheiro era em toda essa merda de computador: Microsoft, Macintosh, Sanyo, Sankyo, Pentium, tudo isso.

— Parecem muito populares — Eddie arriscara. Não que se importasse muito, mas que diabo, era uma conversa. — Especialmente a Microsoft. A coisa quente.

Henry rira num tom indulgente e fizera gestos masturbatórios.

— Minha pica, essa é a coisa quente.

— Mas...

— É, é, as pessoas estão *indo em massa* para essa porra. Jogando todos os preços para cima. E quando observo isto acontecendo, sabe o que vejo?

— Não, o quê?

— Limões.

— Limões? — Eddie perguntara. Achava que estava seguindo o raciocínio de Henry, mas de repente se sentira perdido. Claro que o pôr-do-sol estava lindo naquela tarde e, em certos momentos, Eddie estivera colossalmente dopado.

— Você ouviu o que eu disse! — Henry dissera, empolgado com o tema. — Porra de limões! Será que não lhe ensinaram nada na escola, bróder? Limões são esses animaizinhos que vivem lá na Suíça ou em lugares parecidos. E de vez em quando... acho que a cada dez anos, não tenho certeza... eles se tornam suicidas e se atiram dos rochedos.

— Ah — disse Eddie, mordendo com força o interior das faces para não explodir numa risada maluca. — *Esses* limões. Achei que você pretendia se referir aos que usamos para fazer limonada.

— Foda-se — Henry dissera, continuando a falar no tom indulgente que os grandes e eminentes às vezes reservam para os pequenos e mal informados. — De qualquer modo, meu *ponto* é que toda essa gente que está correndo para investir na Microsoft, na Macintosh e, não sei o que mais, no Nervoso Nexo Veloz do Grande Chips, tudo que vão fazer é deixar a porra do Bill Gates e do Steve Fode Empregos ainda mais ricos. Esta merda de computador vai estar morta e enterrada por volta de 1995, todos os peritos dizem isso, e as pessoas continuam investindo... Limões de merda, atirando-se dos rochedos na porra do mar.

— Só limões de merda — Eddie concordou, prendendo a língua no céu da boca para que Henry não pudesse ver como ele estava perto de perder o controle. Via bilhões de limões-galegos trotando para a ponta dos penhascos, todos usando shorts vermelhos de *cooper* e pequenos tênis brancos, como os M&Ms num comercial de tevê.

— Sim, a época boa de se entrar na porra da Microsoft foi em 1982 — disse Henry. — Dá para imaginar que ações vendidas por 15 dólares naquele tempo estão sendo vendidas agora por 35? Ah, cara!

— Limões — disse Eddie num tom de devaneio, contemplando as cores do crepúsculo começando a desbotar. A essa altura, tinha menos de um mês de vida em seu mundo (aquele onde a Co-Op City ficava, e sempre tinha estado, no Brooklyn) e Henry tinha menos de um mês para viver, ponto.

— Pois é — Henry dissera, estendendo-se ao lado dele. — Cara, eu queria ter investido em 1982.

15

Agora, ainda segurando a mão de Tower, Eddie dizia:

— Sou do futuro. Sabe disso, não sabe?

— Sei que *ele* diz que você é, sim. — Tower sacudiu a cabeça para Roland, depois tentou libertar sua mão. Eddie continuou segurando.

— Me escute, Cal. Se ouvir e depois agir conforme eu lhe disser, vai poder ganhar cinco, talvez dez vezes mais do que aquele seu terreno baldio poderia valer no mercado de imóveis.

— Conselhos de um homem que não tem sequer um par de meias — disse Tower, tentando mais uma vez libertar a mão. E Eddie continuou segurando. Há pouco achava que suas mãos não conseguiriam apertar mais nada, mas agora elas já estavam mais fortes. Assim como sua determinação.

— Conselhos de um homem que viu o futuro — Eddie corrigiu. — E o futuro são os computadores, Cal. O futuro é a Microsoft. Vai conseguir se lembrar disso?

— *Eu* vou — disse Aaron. — Microsoft.

— Nunca ouvi falar — disse Tower.

— Não — Eddie concordou. — Acho que ainda nem existe. Mas logo vai surgir e será enorme. Computadores, OK? Computadores para todos, ou pelo menos era esse o plano. *Será* o plano. O cara de plantão é Bill Gates. Sempre Bill, nunca William.

Por um instante ocorreu-lhe que, como aquele mundo era diferente do mundo em que ele e Jake tinham sido criados (o mundo de Claudia y Inez Bachman em vez de Beryl Evans), talvez o grande gênio dos computadores *não fosse* Gates; podia ser, por exemplo, alguém chamado Chin Ke Fod. Mas Eddie sabia que isso não era provável. Aquele mundo estava muito próximo do seu: os mesmos carros, as mesmas marcas de refrigerantes (Coca e Pepsi em vez de Nozz-A-La), as mesmas caras no dinheiro. Achava que podia apostar que Bill Gates (para não mencionar Steve Jobs-a-rino) fosse aparecer na hora certa.

Se bem que, sob certo ponto de vista, ele pouco se importasse com isso. Calvin Tower era, sob muitos aspectos, um merda completo. Por outro lado, Tower, assim como ele, tinha resistido ao máximo a Andolini e Balazar. Fizera pé firme com relação ao terreno baldio. E agora Roland tinha o recibo de compra e venda no bolso. Deviam a Tower um razoável retorno pelo que o homem lhes vendera. Isso não tinha relação com o fato de gostarem muito ou pouco do sujeito, o que era provavelmente a sorte do velho Cal.

— Você vai poder comprar uma ação dessa Microsoft — disse Eddie — por 15 dólares em 1982. Por volta de 1987... que foi quando entrei numa espécie de férias permanentes... essas ações vão valer 35 dólares cada. Um ganho de cem por cento. Um pouco mais.

— É o que você diz — comentou Tower, conseguindo, por fim, livrar sua mão.

— Se ele diz isso — Roland falou — é porque é verdade.

— Diga obrigado — Eddie acrescentou. Ocorreu-lhe que ele estava sugerindo que Tower desse um salto consideravelmente grande baseado nas observações de um tremendo ex-viciado, mas achou que naquele caso Tower podia fazer isso.

— Vamos — disse Roland, fazendo aquele gesto circular com os dedos. — Se temos de falar com o escritor, vamos logo.

Eddie entrou para trás do volante do carro de Cullum, tendo a súbita certeza de que jamais voltaria a se encontrar com Tower ou Aaron Deepneau. Com exceção de *père* Callahan, nenhum deles voltaria a falar com os dois. As separações tinham começado.

— Passem bem — disse. — Que os dois fiquem bem.

— E você também — disse Deepneau.

— Sim — disse Tower, pela primeira vez sem um único traço de mau humor. — Boa sorte para vocês. Longos dias e belas noites, ou seja lá como se diga.

O espaço dava para dar volta sem entrar em marcha a ré, o que agradou a Eddie — ele ainda não estava muito treinado na marcha a ré.

Enquanto Eddie seguia para a Rocket Road, Roland olhou pelo ombro e acenou. Um comportamento que lhe era extremamente inabitual, e algum espanto deve ter transparecido na expressão de Eddie.

— É a parte final do jogo — disse Roland. — Tudo pelo qual trabalhei e tudo que esperei por todos esses longos anos. O fim está chegando. Sinto isso. Você não?

Eddie balançou afirmativamente a cabeça. Era como aquele momento numa obra musical em que todos os instrumentos começam a avançar rapidamente para algum inevitável clímax cheio de acordes.

— Susannah? — Roland perguntou.
— Ainda viva.
— Mia?
— Ainda no controle.
— O bebê?
— Ainda chegando.
— E Jake? Padre Callahan?

Eddie parou na estrada, olhou para os dois lados e fez o contorno.
— Não — disse. — Deles não tenho ouvido nada. E você?

Roland sacudiu a cabeça. De Jake, em algum lugar no futuro, protegido apenas por um ex-padre católico e um trapalhão, havia apenas silêncio. Roland esperava que estivesse tudo bem com o garoto.

Por ora, não havia mais nada que ele pudesse fazer.

>   LINHA: Commala-*vem também*
>   *Tens de cruzar a linha.*
>   *Quando finalmente a coisa conseguires*
>   *Te sentirás muito bem.*
>
>   RESPOSTA: Commala-*vem nove!*
>   *Te sentirás muito bem!*
>   *Mas para conseguires a coisa*
>   *Terás de cruzar também.*

DÉCIMA ESTROFE

Susannah-Mio, Dividida Menina Minha

1

"John Fitzgerald Kennedy morreu hoje à tarde no Hospital Memorial de Parkland."
    Esta voz, esta voz pesarosa: a voz de Walter Cronkite, num sonho.
    "O último pistoleiro da América está morto. Ah, Discórdia!"

2

Enquanto Mia deixava o quarto 1919 do New York Plaza-Park (que logo seria o Regal U.N. Plaza, um empreendimento Sombra/North Central, Ah, Discórdia), Susannah caiu num desmaio. Do desmaio ela passou para um sonho selvagem cheio de notícias selvagens.

3

A voz seguinte é de Chet Huntley, co-âncora do *The Huntley-Brinkley Report*. É também — de um modo que lhe parece incompreensível — a voz de Andrew, seu motorista.
    "Diem e Nhu estão mortos", diz essa voz. "Agora se mexem os cães de guerra, a era das desgraças começa; a partir daqui o caminho para a Colina Jericó está pavimentado com sangue e pecado. Ah, Discórdia! *Árvore de Charyou!* Venha, colheita!"

Onde estou?

Olha ao redor e vê uma parede de concreto repleta de um cerrado amontoado de nomes, slogans e desenhos obscenos. No meio, onde alguém sentado no beliche deve vê-lo, há esta saudação: ALÔ NEGRA BEM-VINDA A OXFORD NÃO DEIXE O SOL DESCER EM VOCÊ AQUI!

Em sua calça, o meio das pernas está úmido. A roupa de baixo está realmente ensopada e ela se lembra por quê: embora o reitor tivesse sido notificado com bastante antecedência, os tiras se demoraram o máximo que puderam, esportivamente ignorando o coro crescente de súplicas para uma visita ao banheiro. Nada de vasos nas celas, nada de pias, sequer um balde de lata. Ninguém precisava ser um gênio para avaliar corretamente a situação; as pessoas *deviam* urinar nas roupas, deviam entrar em contato com suas naturezas essencialmente animais e finalmente ela o fizesse, *ela*, Odetta Holmes...

Não, ela pensa, *sou Susannah. Susannah Dean. Fui feita de novo prisioneira, de novo encarcerada, mas continuo sendo eu.*

Ouve vozes vindo do fundo de sua ala de celas de prisão, vozes que retomam o presente. Devia pensar que vem de uma televisão lá fora, ela supõe, mas tem de ser um truque. Alguma brincadeira de muito mau gosto. Por que mais Frank McGee estaria dizendo que o irmão do presidente Kennedy, Bobby, está morto? Por que Dave Garroway, do programa *Today*, estaria dizendo que o *filho* pequeno está morto, que John-John morreu numa queda de avião? Que tipo de terrível mentira fazem você ouvir quando está na cela fedorenta de uma cadeia sulista com a roupa de baixo grudada no meio das pernas? Por que está "Buffalo" Bob Smith, do *Howdy Doody Show*, gritando "*Cousabunga*, garotos, Martin Luther King está morto"? E todos os garotos gritando de volta: "*Commala*-venha-*ei*! Amamos as coisas que dizeis! Negro bom é negro morto. Mate *hoje* um crioulão!"

O homem que vem pagar a fiança logo estará aqui. Isso é o que ela precisa para continuar firme, *isso*.

Ela vai até as grades e as agarra. Sim, aquela é a cidade de Oxford, tudo bem. Oxford de novo, dois homens mortos à luz do luar, alguém tem que investigar logo. Mas ela vai sair e vai voar, voar, voar para casa, e não muito tempo depois haverá um mundo inteiramente novo para explorar, com uma nova pessoa para amar e uma nova pessoa para *ser*. *Commala*-venha-venha, a jornada está só começando.

Ah, mas isso é mentira. A jornada está quase terminada. O coração dela sabe.

Uma porta se abre no corredor e passos vêm estalando em sua direção. Ela observa — ávida, esperando o homem que vem pagar a fiança ou um guarda com um molho de chaves. Mas em vez disso é uma negra com um par de sapatos roubados. É seu próprio antigo eu. É Odetta Holmes. Não foi para Morehouse; foi para a Universidade de Colúmbia. E freqüentou todos aqueles barzinhos do Village. E chegou ao Castelo do Abismo, aquela casa também.

— Preste atenção — diz Odetta. — Só quem pode tirá-la disso é você mesma, garota.

— Aproveite essas pernas enquanto você as tem, querida! — A voz que ouve saindo de sua boca é rude, com um certo tom agressivo na superfície e medo por baixo. A voz de Detta Walker.

— Tu num vai demorá pra perdê elas! Elas vão sê cortadas fora pelo trem A! Aquele famoso trem A! Um cara chamado Jack Mort vai te empurrá da plataforma na estação de Christopher Street!

Odetta olha calmamente para ela e diz:

— O trem A não pára lá. *Nunca* parou lá.

— Que merda tu tá *dizendo*, puta?

Odetta não se deixa enganar pela voz irada ou os palavrões. Sabe com quem está falando. E sabe do que ela está falando. A coluna da verdade tem um buraco no meio. Essas não são as vozes do gramofone, mas as de nossos amigos mortos. Eles são fantasmas nas salas da ruína.

— Volte para o Dogan, Susannah. E não esqueça o que estou dizendo; você é que tem de salvar a si mesma. Você é que tem de resgatar a si mesma da Discórdia.

4

Agora é a voz de David Brinkley, dizendo que alguém chamado Stephen King foi atropelado e morto por uma minivan quando caminhava perto de sua casa em Lovell, uma pequena cidade no oeste do Maine. King tinha 52 anos, diz ele, e era autor de muitos romances, entre os quais se destacavam *A Sentinela, O Iluminado* e *'Salem*. Ah, Discórdia, diz Brinkley, o mundo fica mais escuro.

5

Odetta Holmes, a mulher que Susannah um dia foi, aponta por entre as grades da cela para trás dela. Odetta torna a dizer:

— Só você pode salvar a si mesma. Mas o caminho da arma é o caminho da danação assim como da salvação; no fim não há diferença.

Susannah se vira para onde o dedo está apontando e fica horrorizada com o que vê: O sangue! Bom Deus, o *sangue*! Há uma bacia cheia de sangue e nela uma monstruosa coisa morta, um bebê morto que não é humano, e será que foi ela mesma que o matou?

— Não! — grita ela. — Eu jamais faria isso! *JAMAIS faria!*

— Então o pistoleiro morrerá e cairá a Torre Negra — diz a terrível mulher parada no corredor, a terrível mulher que está usando os sapatos de Trudy Damascus. — Discórdia, sem dúvida.

Susannah fecha os olhos. Será que ela pode se *obrigar* a desmaiar? Será que pode desmaiar e escapar daquela cela, daquele mundo terrível?

Pode. Cai para a frente no escuro, entre os bips suaves das máquinas. A última voz que ouve é a de Walter Cronkite, dizendo que Diem e Nhu estão mortos, que o astronauta Alan Shepard está morto, que Lyndon Johnson está morto, que Richard Nixon está morto, que Elvis Presley está morto, que Rock Hudson está morto, que Roland de Gilead está morto, que Eddie de Nova York está morto, que Jake de Nova York está morto, que o mundo está morto — os *mundos*, a Torre está caindo, um trilhão de universos estão se fundindo e tudo é Discórdia, tudo é ruína, tudo está acabado.

6

Susannah abriu os olhos e olhou febrilmente ao redor, lutando para respirar. Quase caiu da cadeira em que estava sentada. Era uma daquelas capa-

zes de rolar de um lado para o outro defronte aos painéis de instrumentos cheios de botões giratórios, interruptores e luzes piscando. No alto, as telas dos monitores em preto-e-branco. Ela estava de volta ao Dogan. Oxford
(Diem e Nhu estão mortos)
fora apenas um sonho. Um sonho dentro de um sonho, se você quiser. Este era outro, mas um pouco melhor.

A maioria dos monitores de tevê, que tinham mostrado imagens de Calla Bryn Sturgis da última vez que ela lá estivera, exibiam agora uma tela branca ou testes de padrões de imagens. Num deles, contudo, havia o corredor do 19º andar do Plaza-Park Hotel. A câmera avançava para os elevadores e Susannah percebeu que era através dos olhos de Mia que ela estava observando aquilo.

Meus olhos, pensou. Sua raiva não era muita, mas ela sentiu que poderia ser alimentada. *Teria* de ser alimentada se ia de fato pensar na coisa inominável que vira em seu sonho. A coisa no canto de sua cela de xadrez em Oxford. A coisa na tigela do sangue.

São meus olhos. Ela os seqüestrou, só isso.

Outro monitor de tevê mostrava Mia chegando ao saguão do elevador, examinando os botões e pressionando aquele marcado com a seta DESCE. *Estamos prontas para ver a parteira,* Susannah pensou, olhando severamente para o monitor e logo deixando escapar um riso breve, sem humor. *Estamos prontas para ver a parteira, a maravilhosa parteira de Oz. Por causa por causa por causa por causa por-CAUSSS... Por causa das coisas maravilhosas que ela faz!*

Ali estavam os controles que ela reprogramou para uma considerável inconveniência — diabo, *dor*. TEMP EMOCIONAL ainda em 72. O interruptor de encaixe com a inscrição CHAPINHA continuava virado para ADORMECIDO e, no monitor acima dele, o chapinha permanecia quieto em preto-e-branco: nenhum sinal daqueles inquietantes olhos azuis. O absurdo botão de fogão com a marca TRABALHO DE PARTO continuava em 2, mas ela viu que a maioria das luzes que tinham uma coloração âmbar da última vez que estivera ali estavam agora ficando vermelhas. Havia mais rachaduras no chão e o antigo soldado morto no canto da sala tinha perdido a cabeça: a vibração cada vez mais forte das máquinas derrubara o crânio do alto da espinha. O crânio caíra virado para o teto e ria para as luzes fluorescentes.

O ponteiro do mostrador Susannah-Mio chegara ao fim da faixa amarela; quando Susannah deu conta, ele já passava ao vermelho. Perigo, perigo, Diem e Nhu estão mortos. Papa Doc Duvalier está morto. Jackie Kennedy está morta.

Tentou mexer nos controles, um após outro, confirmando o que já sabia: estavam emperrados nas marcações. Talvez Mia não tivesse sido capaz de mudar os botões, mas prender as marcações do jeito que estavam? Aquilo ela conseguira fazer.

Veio um guincho e um estalido dos alto-falantes acima dela, altos o bastante para lhe dar um susto. Depois, chegando através de fortes explosões de estática, a voz de Eddie.

— *Suze!... ei!... Está me ouvindo? Enr... le! Faça isso antes... para onde... ter... beb? Está me ouvindo?*

Na imagem do monitor, que ela imaginava como a visão de Mia, as portas do elevador do centro se abriram. A mama-puta seqüestradora entrou. Susannah mal reparou. Ela agarrou o microfone e empurrou o interruptor para o lado.

— Eddie! — gritou. — Estou em junho. Junho de 1999! As moças andam na rua com as barrigas e as alças dos sutiãs aparecendo... — Cristo, o que estava tagarelando? Fez um poderoso esforço para limpar a mente.

— Eddie, não estou ouvindo você bem! Diga de novo, docinho!

Por um momento só houve mais estática, somada a um ocasional e fantasmagórico gemido de *feedback*. Estava prestes a tentar de novo o microfone quando a voz de Eddie retornou, desta vez um pouco mais clara.

— *Enrole! Jake...* père *Cal... firme! Enrol... antes ela... para onde... ter o bebê! Se você... confirme!*

— Estou ouvindo você, sobre isso não há dúvida! — gritou ela. Agarrava o microfone prateado com tanta força que ele tremia em suas mãos. — Estou em 1999! Mas não escuto você tão bem quanto eu queria, docinho! Diga de novo e diga se está tudo bem com você!

Mas Eddie fora embora.

Depois de chamar meia dúzia de vezes por ele e não conseguir mais que aquele borrão de estática, tornou a pousar o microfone e tentou imaginar o que ele estivera tentando lhe dizer. Procurava pôr de lado a alegria de simplesmente saber que Eddie ainda podia estar tentando lhe dizer *alguma coisa.*

— Enrole — disse ela. Essa parte, pelo menos, chegara alta e clara. *Enrole.* Como em mate o tempo. Achou que sobre isso praticamente não havia dúvida. Eddie queria que retardasse Mia. Talvez porque Jake e *père* Callahan estivessem chegando. Sobre isso não tinha tanta certeza e sem dúvida não gostava muito da idéia. Jake era um pistoleiro, tudo bem, mas era também apenas uma criança. E Susannah desconfiava que o Dixie Pig estava cheio de gente muito perigosa.

Enquanto isso, na visão de Mia, as portas do elevador estavam de novo se abrindo. A mama-puta seqüestradora tinha chegado ao saguão. Por ora Susannah tiraria Eddie, Jake e *père* Callahan da cabeça. Recordava-se de como Mia se recusara a *tomar a frente,* mesmo quando suas pernas de Susannah-Mia ameaçaram desaparecer sob o corpo que compartilhava com Mia. Porque ela estava, parafraseando o trecho de algum velho poema, sozinha e assustada num mundo que jamais criara.

Porque estava *acanhada.*

E meu Deus, as coisas no saguão do Plaza-Park tinham mudado enquanto a mama-puta seqüestradora esperava o telefonema no andar de cima. Tinham mudado *bastante.*

Susannah se inclinou para a frente apoiando os cotovelos na beirada do principal painel de instrumentos do Dogan e o queixo nas palmas das mãos.

Isto podia ser interessante.

7

Mia saiu do elevador. De repente tentou voltar atrás, chocando-se contra as portas com força suficiente para fazer seus dentes baterem com um pequeno estalido. Olhou em volta, desnorteada, a princípio sem entender muito bem como a pequena saleta que subia e descia tinha desaparecido.

Susannah! O que houve com ela?

Nenhuma resposta da mulher de pele escura cujo rosto ela agora usava, mas Mia descobriu que realmente não precisava de uma. Podia ver o lugar onde a porta se abria e fechava. Se empurrasse o botão, provavelmente a porta se abriria de novo, mas ela teve de conter o repentino e forte desejo de voltar ao quarto 1919. Seu assunto ali estava concluído. Agora, seu *verdadeiro* assunto era em algum lugar além das portas do saguão.

Olhou para a porta do elevador com aquele tipo de desânimo que pode fazer a pessoa morder os lábios e descambar para o pânico após uma única palavra dura ou olhar irritado.

Ficara lá em cima por pouco mais de uma hora e, durante esse tempo, a calmaria do saguão do hotel após o almoço chegara ao fim. Meia dúzia de táxis vindos do La Guardia e do Kennedy haviam encostado na frente do hotel mais ou menos ao mesmo tempo; o mesmo acontecera com um ônibus japonês de excursão vindo do aeroporto de Newark. A excursão começara em Sapporo e consistia em cinqüenta casais com reservas no Plaza-Park. Agora o saguão estava rapidamente se enchendo de gente conversando. A maioria tinha olhos escuros, amendoados e cabelos pretos e brilhantes. Em volta dos pescoços, presos em correias, exibiam objetos oblongos. De vez em quando alguém suspendia um desses objetos e o apontava para outra pessoa. Havia um clarão brilhante, risos e gritos de *Domo! Domo!*

Três filas estavam se formando no balcão. À bela mulher que tinha feito o registro de Mia numa hora mais calma se juntavam agora dois outros funcionários, todos trabalhando como loucos. O saguão de teto alto ecoava com uma mistura de risos e conversas numa estranha língua que, aos ouvidos de Mia, soava como um chilreio de pássaros. O conjunto de espelhos aumentava a confusão geral, fazendo o saguão parecer duas vezes mais cheio do que realmente estava.

Mia se encolheu, sem saber o que fazer.

— Frente! — gritou um funcionário da recepção, tocando um sino. O som pareceu atravessar os confusos pensamentos de Mia como uma flecha de prata. — Frente, por favor!

Um homem sorridente — cabelo preto grudado no crânio, pele amarela, olhos amendoados atrás de óculos redondos — se aproximou afobado de Mia, segurando uma das coisas oblongas que disparavam clarões. Mia se concentrou, disposta a matá-lo se ele atacasse.

— Tira foto meu e esposa?

Oferecia-lhe a coisa do clarão. Querendo que ela o tomasse da mão dele. Mia recuou um pouco, com medo que a coisa funcionava a base de radiação, com medo que os clarões pudessem causar dano ao bebê.

Susannah? O que eu faço?

Nenhuma resposta. Claro que não, ela realmente não podia esperar a ajuda de Susannah depois do que tinha acabado de acontecer, mas...

O homem sorridente continuava lhe empurrando a máquina do clarão. Parecia um pouco confuso, mas principalmente destemido.

— Tira foto, né?

E pôs a coisa oblonga na mão dela. Dando um passo atrás, o homem colocou o braço em volta de uma senhora que parecia exatamente igual a ele, exceto pelo cabelo muito preto, cortado ao longo da testa no que Mia achou parecido com o corte de cabelo de uma menininha. Até os óculos redondos eram iguais.

— Não — disse Mia. — Não, me desculpem... não. — O pânico agora estava muito próximo e era muito intenso, girando, rodopiando bem na frente dela

(tira a foto, né?, matamos o bebê, né?)

e o primeiro impulso de Mia foi deixar a coisa oblonga cair no chão. Só que ela podia quebrar e liberar a malignidade que alimentava os clarões.

Pousou-a, então, cuidadosamente no chão, sorrindo com ar de desculpas para o assombrado casal japonês (o homem continuava com o braço em volta da esposa). Depois correu pelo saguão na direção da lojinha. Até a música do piano tinha se alterado; em vez das antigas melodias tranqüilas, agora ele martelava alguma coisa sincopada e dissonante, uma espécie de dor de cabeça musical.

Preciso de uma blusa porque há sangue nesta. Vou pegar a blusa e depois vou para o Dixie Pig, na rua Sessenta e Um com a Lexingworth... quero dizer, Lexington, Lexington... e vou ter meu bebê. Vou ter meu bebê e toda esta confusão vai acabar. Vou dar risada quando me lembrar do medo por que passei.

Mas a loja também estava cheia. Mulheres japonesas, enquanto esperavam que os maridos completassem os registros no hotel, examinavam os suvenires e trocavam palavras entre si naquela língua de passarinho. Mia viu blusas empilhadas num balcão, mas havia mulheres por toda volta, examinando-as. E havia uma fila junto ao balcão.

Susannah, o que devo fazer? Você tem de me ajudar!

Nenhuma resposta. Susannah estava ali, Mia podia senti-la, mas não ia ajudar. *E realmente,* Mia pensou, *eu ajudaria se estivesse no lugar dela?*

Bem, talvez ajudasse. Alguém teria que lhe oferecer algo em troca, é claro, mas...

E o que eu quero de você é a verdade, Susannah disse friamente.

Alguém esbarrou em Mia quando ela parou na porta da loja. Mia se virou, erguendo as mãos. Se fosse um inimigo, ou algum inimigo de seu chapinha, arrancaria os olhos dele.

— Pledão — disse uma sorridente mulher de cabelo preto. Como o homem, estava segurando uma das coisas oblongas de clarão. No meio da coisa havia um olho circular de vidro que contemplava Mia. Podia ver seu próprio rosto nele, pequeno, escuro e desnorteado. — Tila foto, né? Tila foto meu e de meu amiga?

Mia não fazia idéia do que a mulher estava dizendo, o que ela queria ou o que devia fazer com a caixa que produzia clarões. Só sabia que havia gente demais ali, gente por toda parte, aquilo era um hospício. Através da vitrine da loja, viu que a frente do hotel estava igualmente apinhada de gente. Havia carros amarelos e compridos carros pretos com janelas atrás das quais não se via ninguém (embora as pessoas lá dentro sem dúvida enxergassem o lado de fora). Um enorme transporte prateado parou barulhento no meio-fio. Havia dois homens de uniformes verdes no meio da rua, soprando apitos também prateados. Em algum lugar por perto alguma coisa começou a trepidar muito alto. Para Mia, que nunca tinha ouvido uma britadeira, a coisa soava como metralhadora, mas ninguém do lado de fora estava correndo para as calçadas; ninguém sequer parecia assustado.

Como ia conseguir chegar sozinha ao Dixie Pig? Richard P. Sayre tinha dito que com certeza Susannah poderia ajudá-la a encontrar o caminho, mas Susannah permanecia teimosamente silenciosa e Mia estava à beira de perder inteiramente o controle.

Então Susannah falou de novo.

Se eu der uma pequena ajuda — levá-la a um lugar tranqüilo onde possa recuperar o fôlego e, pelo menos, tomar alguma providência com relação à blusa — me dará respostas diretas?

Sobre o quê?

Sobre o bebê, Mia. E sobre a mãe. Sobre você.

Já dei!

Acho que não. Acho que foi tão reservada quanto... bem, quanto eu. Quero a verdade.

Por quê?

Quero a verdade, Susannah repetiu e logo caiu em silêncio, recusando-se a responder a qualquer outra pergunta de Mia. E quando mais um homenzinho sorridente se aproximou com outra coisa-clarão, os nervos de Mia cederam. Naquele momento a simples travessia do saguão do hotel parecia uma tarefa maior do que suas forças; como conseguiria continuar avançando até o local daquele Dixie Pig? Depois de tantos anos em

(Fedic)

(Discórdia)

(Castelo do Abismo),

estar entre tanta gente a deixava com vontade de gritar. E afinal, por que não dizer à mulher de pele escura o pouco que sabia? Ela — Mia, filha de ninguém, mãe de um — estava firmemente com a rédea. Que mal haveria em contar um pouco da verdade?

Tudo bem, disse. *Vou fazer o que me pede, Susannah, Odetta ou quem quer que você seja. Mas me ajude. Me tire daqui.*

Susannah Dean *tomou a frente.*

8

Havia um banheiro feminino adjacente ao bar do hotel, depois do piano, contornando o balcão. Duas das senhoras de pele amarela, cabelo preto e olhos meio fechados estavam nas pias, uma lavando as mãos, a outra arrumando o cabelo, ambas conversando no jargão de passarinho. Nenhuma delas prestou atenção à senhora *kokujin* que passou por elas e foi para um compartimento. Pouco depois a deixaram em abençoado silêncio, só interrompido pela música fraca que fluía dos alto-falantes no alto do banheiro.

Mia observou como o trinco funcionava e entrou. Estava prestes a sentar no vaso sanitário quando Susannah disse: *Vire pelo avesso.*

O quê?

A blusa, mulher. Vire a blusa pelo avesso, pelo amor de seu pai!

Por um momento Mia não reagiu. Estava atordoada demais.

A blusa era um rude *callum-ka* de malha, o tipo de pulôver simples usado por ambos os sexos no tempo mais fresco, no país dos campos de arroz. Tinha o que Odetta Holmes teria chamado de gola canoa. Não havia botões e, sim claro, poderia ser facilmente virada pelo avesso, mas...

Susannah, visivelmente impaciente: *Vai ficar parada, como lua de commala, o dia inteiro? Vire pelo avesso! E desta vez enfie por dentro do jeans.*

P... Por quê?

Vai lhe dar um visual diferente, Susannah respondeu prontamente, mas essa não era a razão. O que ela queria era dar uma boa olhada em si mesma abaixo da cintura. Se suas pernas fossem as de Mia, seriam com toda a probabilidade pernas brancas. Estava fascinada (e um tanto nauseada) com a idéia de ter se tornado uma espécie de mestiça com todos os tons.

Mia ficou parada mais um instante, as pontas dos dedos esfregando o rude volume da blusa sobre a pior das manchas de sangue, que ficava sobre o seio esquerdo. Sobre o coração. Vire do avesso! No saguão, uma dúzia de idéias semiconcretas tinham lhe atravessado a cabeça (usar a tartaruga de marfim para encantar as pessoas na loja fora provavelmente a única que se aproximara do viável), mas simplesmente virar a maldita coisa pelo avesso não fora uma delas. O que apenas revelava, ela supunha, como estivera perto do pânico mais completo. Mas agora...

Precisava de Susannah para o breve tempo que ia permanecer naquela superpovoada e desorientadora cidade, tão diferente dos tranqüilos aposentos do castelo e das tranqüilas ruas de Fedic? Precisava de Susannah para ir de lá até a esquina da rua Sessenta e Um com a avenida Lexingworth?

*Lexing*ton, disse a mulher capturada dentro dela. *Lexing*ton. *Continua se esquecendo disso, não é?*

Sim. Sim, disse ela. E não havia razão para se esquecer de uma coisa tão simples. Talvez nunca tivesse estado em Morehouse ou *no-house*, mas não era assim tão estúpida. Então por que...

Por quê?, ela perguntou de repente. *Por que você está sorrindo?*

Por nada, disse a mulher dentro dela... mas que continuava sorrindo. Quase rindo. Mia pôde sentir a coisa e não gostou. Lá em cima, no quarto 1919, Susannah chegara a gritar com ela num misto de terror e fúria, acusando-a de trair o homem que ela, Susannah, amava, o homem atrás de quem seguia. O que fora suficientemente verdadeiro para deixar Mia envergonhada. Ela não gostava de se sentir desse jeito, gostava mais da mulher que trazia por dentro quando a via gemendo, chorando, totalmente desconcertada. O sorriso a deixava nervosa. Esta versão da mulher de pele marrom estava tentando virar a mesa; talvez achasse que já *virara* a mesa. O que era impossível, é claro, pois Mia estava sob a proteção do Rei, mas...

Me diga por que está sorrindo!

Ah, que importância tem isso, disse Susannah, só que agora já parecia ser aquela outra, a outra cujo nome era Detta. Mia não se limitava a antipatizar com Detta. Chegava a ter um certo medo dela. *É só que havia o tal sujeito chamado Sigmund Freud, pimentinha... um branco safado, mas não estúpido. E ele disse que quando alguém tá sempre esquecendo alguma coisa, pode sê porque essa pessoa* quer *esquecê.*

Isso é idiotice, disse Mia friamente. Além do compartimento onde estava tendo esta conversa mental, a porta se abriu e mais duas senhoras entraram — ou melhor, pelo menos três ou quatro. Tagarelavam na linguagem de passarinho e davam risadinhas de um modo que fez Mia apertar os dentes. *Por que eu iria esquecer o lugar onde estão me esperando para me ajudar a ter meu bebê?*

Bem, este Freud... um elegante branco vienense safado, fumador de charuto... ele alegava que temos outra mente pru baixo *da nossa mente. Ele a chamou de subconsciente ou inconsciente ou* alguma *porra consciente. Eu não tô, claro, dizendo que exista essa coisa, só que ele* dizia *que havia.*

(*Enrole, Eddie lhe dissera, até aí tinha certeza, faria o melhor que pudesse, só esperando que não estivesse contribuindo, ao fazer isso, para a morte de Jake e Callahan.*)

E aí Freud Safado, Detta continuou, *diz que, sob muitos aspectos, a mente subconsciente ou inconsciente é mais esperta que aquela que está em cima. É capaz de reconhecer verdades mais depressa que aquela que está em cima. E talvez essa sua mente entenda o que venho há muito tempo lhe dizendo. Que seu amigo Sayre não passa de um mentiroso e safado cu de rato que vai roubar teu bebê e, não sei, talvez retalhá-lo naquela bacia e depois dá-lo como comida aos vampiros, como se eles fossem cães e teu bebê nada mais que uma tigelona de ração Bonzo ou Pedigree Ch...*

Cale a boca! Vira essa boca pra lá!

Do outro lado, junto às pias, as mulheres-passarinhos riram de um modo tão estridente que Mia sentiu os olhos estremecerem, ameaçando se liquefazer nas órbitas. Teve vontade de se atirar para fora do compartimento, agarrar as cabeças delas e atirá-las contra os espelhos. Teve vontade de fazer isso várias vezes até que o sangue esguichasse até o teto e seus *cérebros...*

Calma, calma, disse a mulher dentro dela, que agora já soava de novo como Susannah.

Ela está mentindo! Essa puta está MENTINDO!

Não, Susannah respondeu, e a convicção nessa única e tão curta palavra bastou para disparar uma flecha de medo contra o coração de Mia. *Ela diz o que lhe vem na cabeça, isso não se discute, mas ela não mente. Vamos lá, Mia, vire essa blusa pelo avesso.*

Com uma última explosão de riso de encher os olhos de lágrimas, as mulheres-passarinhos saíram do banheiro. Mia puxou a blusa pela cabeça, expondo os seios de Susannah, que eram da cor de café com um borrifo muito pequeno de leite. Os mamilos, sempre pequenos como mudas de amora, estavam agora bem maiores. Mamilos ansiando por uma boca.

As marcas avermelhadas pelo lado de dentro da blusa eram mínimas. Mia tornou a vesti-la, desabotoando a frente da calça jeans para colocá-la por dentro. Susannah contemplou, fascinada, o ponto logo acima da região pubiana. Ali sua pele adquirira um tom que lembrava leite com um mínimo borrifo de café. Abaixo, estavam as pernas brancas da mulher que encontrara no torreão do castelo. Susannah sabia que se Mia continuasse a baixar o jeans, veria as canelas arranhadas e com cascas de feridas que já observara quando Mia — a *verdadeira* Mia — olhara pela Discórdia para o clarão vermelho indicando o castelo do Rei.

Algo naquilo assustou terrivelmente Susannah e, após um momento de consideração (não mais que isso), a razão voltou a ela. Se Mia tivesse apenas substituído as partes das pernas que Odetta Holmes perdera para o trem do metrô quando Jack Mort a empurrou para os trilhos, a pele só seria branca dos joelhos para baixo. Mas suas *coxas* eram brancas, também, e a área da virilha estava ficando. Que estranha licantropia era aquela?

Da espécie corpo roubado, Detta respondeu num tom jovial. *Logo estará com uma barriga branca... seios brancos... pescoço branco... bochechas brancas...*

Pare com isso, Susannah advertiu, mas quando Detta Walker deu ouvidos às advertências dela? Dela ou de qualquer outra pessoa?

E então, como se não bastasse, tu terá um cérebro *branco, garota! Um cérebro de Mia! E não será engraçado? Claro que sim! Então tu vai ser inteiramente Mia! Todos estarão cagando quando tu resolvê viajá bem na frente do ônibus!*

Então a blusa ficou esticada sobre os quadris; a calça jeans foi de novo abotoada. Mia sentou-se desse jeito na tampa do vaso. Na frente dela, rabiscado na porta, estava uma pichação: BANGO SKANK ESPERA O REI!

Quem é Bango Skank?, Mia perguntou.

Não faço idéia.

Acho... Era difícil, mas Mia se obrigou. *Acho que devo a você uma palavra de agradecimento.*

A resposta de Susannah foi fria e imediata. *Agradeça-me com a verdade.*

Primeiro me diga por quê, no final das contas, você me ajudaria, após eu...

Desta vez Mia não pôde terminar. Gostava de se imaginar como corajosa — pelo menos corajosa como tinha de ser por estar a serviço do seu chapinha —, mas desta vez não pôde terminar.

Após você entregar quem eu amo a homens que, quando se vai ao fundo da coisa, não passam de recrutas da infantaria do Rei Rubro? Após você ter decidido que não fazia mal que matassem o meu homem desde que você pudesse conservar o seu? É isso que quer saber?

Mia detestava ouvir alguém dizer a coisa daquela maneira, mas suportou. *Teve* de suportar.

Sim, minha senhora, se preferir assim.

Desta vez quem respondeu foi a outra, com aquela voz — grosseira, esganiçada, debochada, triunfante e odiosa — que era ainda pior que o riso estridente das mulheres-passarinhos. Muito pior.

Mas meus rapazes escaparam, tá aí! Foderam completamente aqueles brancos safados! E os que não balearam, estourados em pedacinhos!

Mia experimentou uma profunda sensação de mal-estar. Fosse aquilo verdade ou não, aquela mulher de riso perverso sem a menor dúvida *acreditava* que era verdade. E se Roland e Eddie Dean ainda estavam vivos, não era possível que o Rei Rubro não fosse assim tão forte, tão onipotente, como a tinham informado? Não seria mesmo possível que *tivesse* sido induzida a erro sobre...

Pare, pare, você não pode pensar assim!

Há outra razão para que eu tenha ajudado. A mulher áspera se fora e a outra estava de volta. Ao menos por ora.

Qual é?

É meu bebê, também, disse Susannah. *Não quero que seja morto.*

Não acredito em você.

Mas acreditava. Porque a mulher por dentro tinha razão: Mordred Deschain de Gilead e Discórdia pertencia a ambas. A má podia não se importar, mas a outra, Susannah, sentia claramente a força da maré do chapinha. E se ela estivesse certa sobre Sayre e quem quer que estivesse à sua espera no Dixie Pig... se eles fossem mentirosos e vigaristas...

Pare com isso. Pare. Não tenho mais nenhum lugar para onde ir a não ser para eles.

Tem, Susannah disse rapidamente. *Com o Treze Preto você pode ir para qualquer lugar.*

Você não entende. Ele me seguiria. Ele O seguiria.

Você tem razão, eu não entendo. Ela na realidade entendia ou *achava* que entendia, mas... *Enrole*, ele dissera.

Tudo bem, vou tentar explicar. Eu mesma não entendo tudo — há coisas que não sei —, mas vou lhe dizer o que puder.

Obrigad...
Antes que pudesse concluir, Susannah estava caindo de novo, como Alice no buraco do coelho. Pelo vaso sanitário, pelo piso, pelos canos sob o chão, em direção a outro mundo.

9

Nenhum castelo no final da queda, não desta vez. Roland tinha contado algumas histórias de seus anos de perambulação (as enfermeiras vampiras e os doutorzinhos da Elúria, as águas caminhantes do East Downe e, é claro, a história de seu primeiro amor arruinado) e isto foi um pouco como cair numa daquelas histórias. Ou, talvez, num dos seriados ("faroestes adultos", como eram chamados) na ainda relativamente nova rede ABC de televisão: *Sugarfoot*, com Ty Hardin, *Maverick*, com James Garner, ou (a preferida de Odetta Holmes) *Cheyenne*, estrelada por Clint Walker. (Um dia Odetta escrevera uma carta para o diretor de programação da ABC sugerindo que eles poderiam simultaneamente desbravar novos terrenos e conquistar toda uma nova audiência se fizessem uma série sobre um caubói negro andarilho, nos anos após a Guerra Civil; nunca obteve resposta; achava que o próprio envio da carta fora ridículo, uma perda de tempo.)

Havia uma cocheira para cavalos de aluguel com uma placa na frente dizendo **CONSERTO DE ARREIOS BARATO**. A placa sobre o hotel prometia **QUARTOS TRANQÜILOS, BOAS CAMAS**. Havia pelo menos cinco *saloons*. Na frente de um deles, um robô enferrujado andava com passos rangentes e virava a cabeça volumosa de um lado para o outro. Pelo alto-falante em forma de buzina no centro da cara rudimentar, transmitia uma chamada para a cidade vazia:

— Moças, moças, *moças*! Algumas humanas, algumas *cyber*, mas quem se importa, você não vai notar a diferença, fazem o que você quiser sem se queixarem, não existe o não no vo-ca-bu-lário delas, proporcionam satisfação a cada gesto! Moças, moças, moças! Algumas são *cyber*, outras são reais, você não pode dizer a diferença quando tem uma sensação! Fazem o que você quiser! Fazem o que *você* quiser!

Ao lado de Susannah seguia a bonita e jovem mulher branca de barriga inchada, pernas arranhadas e cabelo preto caindo nos ombros. Agora, quando as duas cruzavam a fachada vistosa e falsa do **MAIS DIVERTIDO** *SALOON* **DE FEDIC — BAR E PISTA DE BAILE**, ela estava usando um desbotado vestido de pano xadrez que anunciava o avançado estado de gravidez de um modo que o fazia parecer anormal, quase um sinal do apocalipse. As sandálias usadas no torreão do castelo tinham sido substituídas por botas lascadas e gastas de couro cru. Ambas usavam aquelas botas e os calços batiam surdamente na calçada de tábuas.

De uma das mais afastadas e desertas salas de baile veio o ritmo áspero, sincopado de uma peça de jazz tocada no piano e o trecho de um velho poema ocorreu a Susannah: *Um punhado de rapazes estava fazendo algazarra no Malamute Saloon!*

Susannah olhou sobre a meia-porta de vaivém e não ficou minimamente surpresa ao ver as palavras **MALAMUTE SALOON ÀS SUAS ORDENS**.

Diminuiu suficientemente o passo para poder espreitar sobre a porta de vaivém e viu um piano cromado tocando sozinho, teclas empoeiradas subindo e descendo, somente uma caixa de música construída, sem dúvida, pela sempre popular North Central Positronics, divertindo uma sala vazia, fora um robô morto e, bem no canto, dois esqueletos atravessando a fase final do processo de decomposição, aquela que os transformaria definitivamente de osso para pó.

Mais longe, no final da única rua da cidade, erguia-se a parede do castelo. Era tão alta e tão larga que tapava a maior parte do céu.

Susannah bateu abruptamente com o punho no lado da cabeça. Depois estendeu as mãos na frente do corpo e estalou os dedos.

— O que você está fazendo? — Mia perguntou. — Por favor, me diga.

— Me certificando de que estou aqui. Fisicamente aqui.

— Está.

— Assim parece. Mas como pode ser?

Mia balançou a cabeça, indicando que não sabia. Pelo menos com relação a isso, Susannah estava inclinada a acreditar nela. Também não houve qualquer palavra de discordância por parte de Detta.

— Não era o que eu esperava — disse Susannah, olhando em volta. — Realmente não era o que eu esperava.

— Naum? — perguntou sua companheira (e sem muito interesse). Mia estava se movendo com aquele desajeitado mas estranhamente simpático andar gingado de pata, que parece ser o mais adequado às mulheres nos últimos estágios da gestação. — E o que você estava esperando, Susannah?

— Alguma coisa mais medieval, eu acho. Mais parecida com aquilo. — Apontou para o castelo.

Mia deu de ombros, como para dizer ame-o ou deixe-o, e depois perguntou:

— Aquela outra está com você? A nojenta?

Estava se referindo a Detta. É claro.

— Está sempre comigo. É parte de mim exatamente como seu chapinha é parte de você. — Mas ainda morria de vontade de saber como Mia podia estar grávida se fora ela, Susannah, quem ganhara a foda.

— Logo a minha parte vai sair de mim — disse Mia. — Será que você nunca vai se livrar da sua?

— Achei que já tivesse me livrado — disse Susannah, e falava a verdade. — Mas ela voltou. Principalmente, eu acho, para lidar com você.

— Eu a detesto.

— Sei disso. — E Susannah sabia mais. Mia também sentia medo de Detta. Temia-a muito-muito.

— Se ela se intrometer, nossa palestra termina.

Susannah deu de ombros.

— Ela vem quando quer e fala quando quer. Ela não me pede autorização.

À frente delas, naquele mesmo lado da rua, havia um arco com uma placa em cima:

ESTAÇÃO FEDIC
MONO PATRÍCIA INTERROMPIDO
LEITOR DOS POLEGARES INOPERANTE
MOSTRE SEU BILHETE
A NORTH CENTRAL POSITRONICS AGRADECE PELA SUA COMPREENSÃO

A placa não interessou a Susannah tanto quanto as duas coisas que jaziam na imunda plataforma da estação além dela: uma boneca de criança, reduzida a pouco mais que uma cabeça e um braço desengonçado, e, mais atrás, uma máscara sorridente. Embora a máscara parecesse feita de aço, boa parte dela parecia ter apodrecido como carne. Os dentes despontando do sorriso eram grandes caninos. Os olhos eram de vidro. Lentes, Susannah teve certeza, sem dúvida também manufaturadas pela North Central Positronics. Em volta da máscara havia alguns farrapos e tiras de pano verde, que sem a menor dúvida fora o capuz daquela coisa. Susannah não teve dificuldade em relacionar os restos da boneca com os restos do Lobo; sua mamãe, como Detta às vezes gostava de dizer às pessoas (especialmente aos rapazes tarados no estacionamento dos motéis de beira de estrada), não criara nenhum tolo.

— Era para cá que os traziam — disse ela. — Para onde os Lobos traziam os gêmeos que roubavam de Calla Bryn Sturgis. Onde eles... o quê?... os operavam.

— Não vinham apenas de Calla Bryn Sturgis — disse Mia num tom de indiferença —, mas ié, vinham para cá. E assim que os bebês chegavam, eram levados para aquilo ali. Um lugar que você também vai reconhecer, tenho certeza.

Ela apontou para o outro lado da única rua de Fedic, mais adiante. A última construção antes que a muralha do castelo encerrasse abruptamente a cidade era um comprido galpão Quonset com paredes imundas de metal corrugado, e um enferrujado telhado curvo. Pelo lado que Susannah podia ver, as janelas tinham sido vedadas com tábuas. Também ao longo desse lado havia um poste de ferro. Nele estavam amarrados talvez uns setenta cavalos, todos cinza. Alguns tinham caído e jaziam com as pernas esticadas e rígidas. Um ou dois tinham virado a cabeça na direção das vozes das mulheres, mas de repente pareceram congelados naquela posição. Era sem dúvida um comportamento que nada combinava com cavalos, mas sem dúvida aqueles cavalos não eram de verdade. Eram robôs, *ciborgs* ou qualquer um daqueles termos muito especiais que Roland usava. Muitos pareciam ter sido atropelados ou estar completamente esgotados.

Na frente do galpão havia uma placa de ferro que a ferrugem já comia. Nela, uma inscrição:

NORTH CENTRAL POSITRONICS, LTDA.
Sede de Fedic
Arco 16 Estação Experimental

Segurança Máxima
ENTRADA PROIBIDA SEM CÓDIGO DE ACESSO VERBAL
E IMPRESSÃO VISUAL

— É outro Dogan, não é? — Susannah perguntou.
— Bem, sim e não — disse Mia. — Na realidade, é o Dogan de todos os Dogans.
— Para onde os Lobos traziam as crianças.
— Ié, e tornarão a trazê-las — disse Mia. — Pois a obra do Rei continuará assim que este distúrbio provocado por seu amigo pistoleiro passar. Não tenho a menor dúvida disso.

Susannah a olhou com verdadeira curiosidade.

— Como pode falar de modo tão cruel e parecer tão serena? — perguntou. — Trazem as crianças para cá e limpam suas cabeças como... como se limpassem cuias. Crianças! Que não tinham feito mal a ninguém! O que eles devolvem são grandes e desajeitados idiotas que atingem seu tamanho máximo agoniados de dor e freqüentemente morrem da mesma maneira terrível. O que você ia fazer, Mia, se o *seu* filho fosse jogado na sela de um daqueles cavalos, gritando o seu nome e estendendo os braços?

Mia ficou vermelha, mas foi capaz de enfrentar os olhos de Susannah.

— Cada um tem de seguir a estrada onde o *ka* plantou seus pés, Susannah de Nova York. Minha missão é gerar meu chapinha, criá-lo e assim dar fim a missão de seu *dinh*. E à vida dele.

— É maravilhoso como todo mundo parece julgar que sabe exatamente para que foi destinado pelo *ka* — disse Susannah. — Não acha que é maravilhoso?

— Acho que está tentando zombar de mim porque está com medo — disse Mia secamente. — Se isto a faz se sentir melhor, então ié, continue. — Ela abriu os braços com ar sarcástico e se curvou brevemente por cima da sua grande barriga.

Tinham parado na calçada junto a uma loja com uma placa que dizia **CHAPELARIA E ARTIGOS PARA SENHORAS**, defronte ao Dogan de Fedic. Susannah pensou: *Enrole, não esqueça que essa é a outra parte de sua tarefa aqui. Ganhar tempo. Manter naquele banheiro feminino pelo maior tempo possível este corpo esquisito que nós aparentemente compartilhamos.*

— Não estou brincando — disse Susannah. — Só estou pedindo que se ponha no lugar de todas aquelas outras mães.

Mia balançou a cabeça com raiva, o cabelo muito preto esvoaçando em volta das orelhas e batendo nos ombros.

— Não fiz o destino delas, minha senhora, nem elas fizeram o meu. Vou poupar minhas lágrimas, obrigada. Quer ouvir minha história ou não?

— Sim, por favor.

— Então vamos sentar, pois minhas pernas estão doloridas e cansadas.

10

No Gin-Puppie Saloon, passando algumas pobres fachadas de lojas na direção da qual elas tinham vindo, encontraram cadeiras que ainda agüentavam o peso delas, mas nenhuma das duas experimentou qualquer simpatia pelo *saloon* propriamente dito, que cheirava a poeira e morte. Arrastaram as cadeiras para a calçada de tábuas, onde Mia se sentou com um nítido suspiro de alívio.

— Logo — disse ela. — Logo você dará à luz, Susannah de Nova York, e eu também.

— Talvez, mas não estou entendendo nada disto. Principalmente não entendo por que está correndo ao encontro desse tal de Sayre, quando sem dúvida você sabe que ele serve ao Rei Rubro.

— Calada! — disse Mia sentada com as pernas abertas, contemplando a rua deserta, a enorme barriga diante de Susannah. — Foi um homem do Rei quem me deu a chance de cumprir o único destino que o *ka* me reservou. Não Sayre, mas alguém muito maior que ele. Alguém a quem Sayre tem de prestar contas. Um homem chamado Walter.

Susannah estremeceu ao ouvir o nome do antigo oponente de Roland. Mia se virou para ela com um sorriso frio.

— Estou vendo que reconheceu o nome. Bem, talvez isso nos poupe alguma conversa. Deus sabe que já houve conversa demais para o meu gosto; não foi para isso que fui feita. Fui feita para gerar meu chapinha e criá-lo, não mais que isso. E não menos.

Susannah não deu resposta. Matar seria seu ofício, matar tempo era sua tarefa atual, mas na verdade ela começava a achar a idéia fixa de Mia um tanto cansativa. Para não dizer assustadora.

— Sou o que sou e estou feliz com isso — disse Mia, como se tivesse captado o pensamento. — E daí se os outros não gostam? Cuspo neles!

Falado como Detta Walker no seu estado mais briguento, Susannah pensou, mas não deu resposta. Parecia mais seguro se manter em silêncio.

Após uma pausa, Mia continuou:

— Mas eu estaria mentindo se não admitisse que estar aqui me traz de volta... certas lembranças. Ié! — E, inesperadamente, ela deu uma risada. Da mesma forma inesperada, o som foi bonito e melódico.

— Conte sua história — disse Susannah. — Desta vez me conte tudo. Temos tempo antes que o trabalho de parto comece de novo.

— Acha que sim?

— Acho. Me conte.

Por alguns momentos Mia se limitou a contemplar a rua com sua poeirenta cobertura de *oggan* e seu ar de triste e antigo abandono. Esperando que a história começasse a ser contada, Susannah reparou pela primeira vez na natureza parada e sem sombra de Fedic. Podia se ver tudo muito bem e não havia lua no céu, como na noite em que estavam no torreão do castelo. Ela, no entanto, ainda hesitava em chamar aquilo de luz do dia.

Não há tempo, uma voz suspirava dentro de Susannah... ela não sabia de quem. *Isto é um lugar entre, Susannah; um lugar onde as sombras são canceladas e o tempo prende a respiração.*

Então Mia contou sua história. Era menor do que Susannah imaginava (mais curta do que ela queria, dada a recomendação de Eddie para ganhar tempo), mas explicava muita coisa. Até mais do que Susannah tinha esperado. Ela ouviu com raiva crescente, e por que não? Ao que parecia, havia sido mais do que estuprada naquele dia no círculo de pedras e ossos. Fora também roubada... o mais estranho roubo a que uma mulher jamais foi submetida.

E aquilo ainda estava se passando.

11

— Olhe ali, possa isso lhe fazer bem — disse a mulher de barriga grande sentada ao lado de Susannah na calçada de tábuas. — Olhe e veja Mia antes que ela ganhasse seu nome.

Susannah olhou para a rua. A princípio não viu nada, a não ser uma roda de carroça jogada num canto, um bebedouro lascado (e há muito tempo seco) e uma estrelada coisa prateada, que parecia a roseta perdida da espora de algum caubói.

Então, lentamente, uma figura imprecisa se formou. Uma mulher nua. A beleza era ofuscante — mesmo antes de ela ficar totalmente visível, Susannah reconheceu-a. Sua idade era qualquer uma. O cabelo negro batia nos ombros. Seu ventre era plano, o umbigo uma taça graciosa em que qualquer homem que já tivesse amado as mulheres gostaria de mergulhar a língua. Susannah (ou talvez Detta) pensou: *Diabo, até eu podia mergulhar a minha.* Escondida entre as coxas da mulher-fantasma havia uma graciosa fenda. Ali havia uma diferente maré de atração.

— Essa sou eu quando cheguei aqui — disse a versão grávida sentada ao lado de Susannah. Falou quase como alguém que estivesse mostrando os *slides* das férias. *Essa sou eu no Grand Canyon, essa sou eu em Seattle, essa sou eu na Grande Represa do Vale, essa sou eu na rua principal de Fedic, vamos ao próximo.* A mulher grávida era também bonita, mas não tão feericamente quanto o espectro na rua. A mulher grávida aparentava por exemplo uma certa idade (vinte e tantos anos, por exemplo) e tinha o rosto marcado pela experiência. Boa parte dela dolorosa.

— Eu disse que era um elemental... aquele que fez sexo com seu *dinh*... mas era mentira. Como acho que você suspeitou. Menti não por querer tirar alguma vantagem, mas só... não sei... por uma espécie de avidez, eu acho. Queria que o bebê fosse meu de todas as formas...

— Seu desde o início.

— Ié, desde o início... você está certa. — Observavam a mulher nua subindo a rua, braços balançando, os músculos das costas compridas sendo flexionados, os quadris se sacudindo de um lado para o outro naquele eterno, incansável pêndulo de movimento. Ela não deixava pegadas no *oggan*.

— Eu lhe disse que as criaturas do mundo invisível foram deixadas para trás quando o *Primal* recuou. A maioria morreu, como acontece aos peixes e demais animais marinhos atirados numa praia e deixados à mercê do ar que vai estrangulá-los. Mas há sempre quem se adapta e eu fui um desses desventurados. Vaguei de um lado para o outro e, quando encontrava gente nas terras devastadas, assumia a forma que você vê.

Como um modelo numa passarela (um modelo que tivesse esquecido de vestir a última criação parisiense que devia estar mostrando), a mulher na rua girou no rastro de seus pés, as nádegas tensionando com uma suave e fascinante descontração que, momentaneamente, criou cavadas em forma de lua crescente. Ela começou a caminhar de volta. O cabelo balançava ao lado de orelhas que não tinham qualquer outro ornamento e os olhos, logo abaixo do corte reto das franjas, estavam fixos num horizonte distante.

— Quando encontrava alguém com um pau, o fodia — disse Mia. — Isso eu tinha em comum com o demônio elemental que primeiro tentou ter intercurso com seu *soh* e depois conseguiu ter intercurso com seu *dinh*, e isso também contribuiu para minha mentira, eu acho. Julguei seu *dinh* razoavelmente bonito. — Um leve traço de desejo engrossou a voz de Mia. A Detta em Susannah achou a coisa sexy. A Detta em Susannah entreabriu os lábios num terrível sorriso de compreensão.

— Eu os fodia e se eles não conseguiam se libertar eu os fodia até a morte. — Como se fosse nada. *Depois do Grande Vale, fomos ao Parque Yosemite.* — Se importaria de dar a seu *dinh* um recado meu, Susannah? Se tornar a vê-lo?

— Ié, se quiser.

— Certa vez ele conheceu um homem... um mau sujeito... chamado Amos Depape, irmão do Roy Depape que andava com Eldred Jonas em Mejis. Seu *dinh* acredita que Amos Depape morreu por uma picada de cobra, e em certo sentido foi isso que aconteceu... mas a cobra fui eu.

Susannah não disse nada.

— Não fodi com eles por sexo. Não fodi com eles para matá-los, embora pouco tenha me importado quando senti que morriam e que seus paus finalmente brochavam dentro de mim como pingentes de gelo derretendo. Na verdade eu não sabia *por que* estava fodendo com eles, até que cheguei aqui, a Fedic. Naqueles primeiros dias ainda havia homens e mulheres neste lugar; a Morte Rubra não chegara, percebe? A rachadura na terra atrás da cidade estava lá, mas a ponte sobre ela permanecia forte, segura. Aquelas pessoas eram obstinadas, tentando resistir, mesmo quando começaram os rumores de que o Castelo Discórdia estava assombrado. Os trens ainda vinham, embora não em horários regulares...

— As crianças? — Susannah perguntou. — Os gêmeos? — Ela fez uma pausa. — Os Lobos?

— Naum, tudo isso foi duas dúzias de séculos mais tarde. Ou mais. Mas agora me escute: houve um casal em Fedic que teve um *bebê*. Você não faz idéia, Susannah de Nova York, como isso era raro e como era maravilhoso naqueles dias, quando a maioria das pessoas eram tão estéreis quanto os próprios elementais, e quem não era geralmente só produzia vagos mutantes ou monstros tão terríveis que eram mortos pelos pais se respiravam mais de uma vez. A maioria deles morria logo. Ah, *aquele* bebê!

Bateu as mãos. Os olhos brilharam.

— Era gordinho, rosado e não era maculado por uma só marca de nascença... Era perfeito e, após um simples olhar, descobri para que eu fora feita. Eu não estava fodendo por sexo ou porque no coito me sentisse quase mortal ou porque isso levasse à morte a maioria dos meus parceiros, mas para ter um bebê como o daquele casal. Como o Michael deles.

Ela baixou ligeiramente a cabeça e continuou:

— Pensei em tomá-lo, você entende. Quis ir até o homem, fodê-lo até deixá-lo louco e depois suspirar em seu ouvido que ele devia matar a garota. E quando ela tivesse chegado à clareira no fim do caminho, eu já o teria fodido até a morte e o bebê... aquele belo bebezinho rosado... ficaria comigo. Você entende?

— Sim — disse Susannah. Ela se sentia um pouco nauseada. Na frente delas, no meio da rua, a mulher fantasmagórica dava mais uma volta e começava tudo de novo. Mais abaixo, o robô propagandista buzinava sua fala aparentemente eterna: *Moças, moças, moças! Algumas humanas, algumas* cyber, *mas quem se importa, você não vai notar a diferença!*

— Mas descobri que não podia me aproximar — disse Mia. — Era como se um círculo mágico tivesse sido traçado ao redor deles. Era o bebê, eu acho.

"Então veio a praga. A Morte Rubra. Algumas pessoas disseram que alguma coisa fora aberta no castelo, alguma jarra de coisa demoníaca, que devia ter ficado trancada para sempre. Outros disseram que a praga saíra da fenda... do que chamavam Bunda do Demônio. De um modo ou de outro, era o fim da vida em Fedic, da vida na beira do castelo da Discórdia. Muitos partiram a pé ou em carroças. O bebê Michael e seus pais ficaram, à espera de um trem. A cada dia eu ficava na expectativa que adoecessem... que as manchas vermelhas aparecessem nas bonitas bochechas e nos bracinhos gordos do bebê... mas nunca apareceram; nenhum dos três adoeceu. Talvez estivessem *mesmo* num círculo mágico. Acho que só podem ter estado. E um dia chegou um trem. Era Patrícia. O mono. Você sabe..."

— Sim — disse Susannah. Sabia tudo que queria sobre a companheira mono do Blaine. Um dia sua rota a deve ter levado para cá, assim como para Lud.

— Ié. Tomaram o trem. Fiquei observando da plataforma da estação, enxugando minhas lágrimas invisíveis e soltando meus gritos que ninguém ouvia. Tomaram o trem com seu doce bebezinho... só que ele já estava com três ou quatro anos, andava e falava. E partiram. Tentei segui-los, mas não consegui, Susannah. Estava aprisionada aqui. Conhecer meu propósito foi o que me levara a essa condição.

Susannah duvidava disso, mas decidiu não fazer comentários.

— Passaram-se anos, décadas e séculos. Em Fedic sobravam apenas os robôs e os corpos sem sepultura deixados pela Morte Rubra, corpos que viraram esqueletos e em seguida pó.

"Então alguns homens vieram de novo para cá, mas não me atrevi a chegar perto deles porque eram *seus* homens. — Ela fez uma pausa. — Homens *dele*."

— Do Rei Rubro.

— Ié, aqueles com os buracos na testa sangrando sem fim. E foram para lá. — Ela apontou para o Dogan de Fedic, a Estação Experimental Arco 16. — E logo suas amaldiçoadas máquinas estavam de novo funcionando, como se eles ainda acreditassem que máquinas pudessem sustentar o mundo. Não, é claro, que sustentar o mundo seja o que eles querem fazer! Não, não, não eles! Trouxeram camas...

— Camas! — Susannah exclamou, sobressaltada. Na rua diante delas, a mulher fantasmagórica caminhava mais uma vez em seu próprio rastro e dava a volta, fazendo uma graciosa pirueta.

— Ié, para as crianças, embora ainda faltassem longos anos para que os Lobos começassem a trazê-las e para que você entrasse na história de seu *dinh*. Mas aquele tempo chegou sim e, um dia, Walter veio me ver.

— Não pode fazer essa mulher na rua desaparecer? — Susannah perguntou abruptamente (e um tanto irritada). — Sei que é uma versão sua, percebo a idéia, mas ela me deixa... não sei... nervosa. Não pode fazer com que vá embora?

— Ié, se quiser. — Mia franziu os lábios e soprou. A mulher tão perturbadoramente bela... espírito sem nome... desapareceu como fumaça.

Por vários momentos, Mia ficou em silêncio, de novo reunindo os fios de sua história.

— Walter... me enxergou — ela continuou. — Não como os outros homens. Mesmo aqueles que fodi até a morte só viam o que queriam ver. Ou o que *eu* quis que eles vissem. — Ela sorriu numa desagradável recordação. — Fiz alguns morrerem achando que estavam fodendo as próprias mães! Devia ter visto a cara deles! — O sorriso desbotou. — Mas Walter me *viu*.

— Como era a aparência dele?

— Difícil dizer, Susannah. Usava um capuz e, dentro dele, sorria... era um homem muito sorridente... e palestrou comigo. Ali. — Apontou para o MAIS DIVERTIDO *SALOON* DE FEDIC com um dedo que estremeceu um pouco.

— Nenhuma marca na testa, certo?

— Naum, tenho certeza que não, pois ele não é um daqueles que *père* Callahan chama de homens baixos. Aqueles que trabalham como Sapadores. Que são Sapadores e nada mais.

Então Susannah começou a sentir a raiva, embora tentasse não deixá-la transparecer. Mia tinha acesso a todas as suas memórias, o que significava a todos os feitos e segredos mais íntimos do *ka-tet*. Era como alguém descobrir que estivera um ladrão em casa que havia experimentado suas calcinhas, além de roubar o dinheiro e remexer nos papéis mais pessoais.

Era terrível.

— Walter é, eu suponho, o que você chamaria de primeiro-ministro do Rei Rubro — disse Mia. — Costuma viajar disfarçado e é conhecido em outros mundos sob outros nomes, mas é um homem que está sempre sorrindo, rindo...

— Vi-o rapidamente — disse Susannah —, usando o nome de Flagg. Espero encontrá-lo de novo.

— Se realmente o tivesse conhecido, não desejaria uma coisa dessas.

— Os Sapadores de que você falou... onde eles estão?

— Ora... Em Trovoada, você não sabe? Nas terras da sombra. Por que está perguntando?

— Só por curiosidade — disse Susannah, parecendo ouvir a voz de Eddie: *Pergunte qualquer coisa para ela responder. Enrole. Nos dê uma chance para alcançar vocês.* Esperava que Mia não pudesse ler seus pensamentos quando estavam assim separadas. Porque se pudesse, ela, Susannah, estaria de vez sem canoa num rio de merda. — Vamos voltar ao Walter. Podemos falar um pouco dele?

Mia assinalava uma fatigada submissão em que Susannah não conseguiu acreditar de todo. Quanto tempo se passara desde a última vez em que Mia tivera um ouvinte para algum assunto que tivesse vontade de contar? A resposta, Susannah supôs, era que provavelmente isso nunca acontecera. E as perguntas que Susannah estava fazendo, as dúvidas que estava expondo... certamente algumas delas tiveram de passar pela cabeça de Mia. Seriam banidas rapidamente como blasfêmias, vamos lá, esta não era uma mulher burra. A não ser que a obsessão a *tornasse* burra. Susannah supunha que valia a pena dar mais atenção a essa idéia.

— Susannah? O trapalhão comeu sua língua?

— Não, eu só estava pensando que alívio deve ter sido quando Walter a procurou.

Mia pensou um instante e sorriu. O sorriso a alterou, fazendo-a parecer menina, ingênua e tímida. Susannah teve de se lembrar que aquela não era uma expressão em que pudesse confiar.

— Sim! Foi! Claro que foi!

— Depois de descobrir seu objetivo na vida e ser presa aqui por isto... Depois de ver os Lobos se aprontando para estocar as crianças e operá-las... Depois de tudo isso, Walter chega. O próprio demônio, mas que pelo menos pode vê-la. Pelo menos pode ouvir sua triste história. E ele te faz uma oferta.

— Disse que o Rei Rubro me daria um filho — falou Mia, encostando suavemente as mãos no grande globo da barriga. — Meu Mordred, cujo tempo finalmente chega.

12

Mia apontou de novo para a Estação Experimental Arco 16. O que chamara Dogan dos Dogans. O último vestígio de seu sorriso se prolongou nos lábios, mas agora não havia neles felicidade ou satisfação real. Os olhos brilhavam de medo e — talvez — de reverência.

— Foi onde me modificaram, me tornando mortal. Antigamente houve muitos lugares assim... deve ter havido... mas dou o pescoço ao cutelo se aquele não for o único que sobrou em todo o Mundo Interior, em todo o Mundo Médio ou no Fim do Mundo. É um lugar ao mesmo tempo maravilhoso e terrível. Foi para lá que me levaram.

— Não entendo o que está querendo dizer — Susannah estava pensando em seu próprio Dogan. Que era, é claro, baseado no Dogan de *Jake*. Certamente um lugar estranho, com luzes piscando e inúmeros monitores de televisão, mas não assustador.

— Embaixo dele há galerias que passam sob o castelo — disse Mia. — No fim de uma delas há uma porta que se abre no lado de Trovoada que dá para Calla, logo embaixo da última orla de escuridão. É essa porta que os Lobos usam quando partem em suas excursões de pilhagem.

Susannah abanou a cabeça. Isso explicava muita coisa.

— Traziam as crianças de volta pelo mesmo caminho?

— Naum, minha dama, posso lhe garantir; como acontece com muitas portas, a que leva os Lobos de Fedic ao lado de Trovoada que dá na Calla só serve numa direção. Quando se está do outro lado, a porta não existe mais.

— Porque não é uma porta *mágica*, certo?

Mia sorriu, abanou a cabeça e deu palmadinhas no joelho da outra. Susannah olhou-a com crescente interesse.

— É outra coisa de gêmeos.

— Acha que sim?

— Acho. E desta vez o Cara-de-Um-Focinho-do-Outro são ciência e magia. Racional e irracional. São e insano. Não importa o jeito de chamá-los, sempre se forma, em qualquer situação, um par duplamente amaldiçoado.

— Ié? Acha que sim?

— Sim! Portas *mágicas*... como a que Eddie encontrou e pela qual você me levou para Nova York... vão em ambas direções. As portas que a North Central Positronics fabricou para substituí-las quando o *Primal* recuou e a magia enfraqueceu... essas portas levam apenas a uma direção. Não estou certa?

— Acho que está, sim. Talvez não tenham tido tempo de descobrir como transformar o teletransporte numa via de mão dupla antes de o mundo seguir adiante. Assim, os Lobos vão de Trovoada para o lado da Calla por uma porta e voltam a Fedic de trem. Certo?

Mia assentiu.

Susannah já não achava que só estivesse tentando matar o tempo. Talvez aquelas informações fossem úteis mais tarde.

— E depois que os homens do Rei, os homens baixos do *père*, escavam os cérebros das crianças, o que acontece? Levam-nas por galerias sob o castelo até uma estação dos Lobos. Depois um trem as conduz pelo resto da viagem para casa.

— É.

— Mas afinal por que se preocupar em mandá-las de volta?

— Não sei, minha dama. — E então a voz de Mia ficou mais baixa: — Há uma segunda porta embaixo do Castelo da Discórdia. Uma porta nas salas em ruína. Uma porta que leva... — Ela umedeceu os lábios. — Que leva para o *todash*.

— *Todash?*... Conheço a palavra, mas não entendo o que há de tão mau...

— Há um número infinito de mundos, seu *dinh* tem razão a esse respeito, e mesmo quando esses mundos estão muito próximos... como alguns dos múltiplos de Nova York... há infinitos espaços entre eles. Pense nos espaços entre as paredes internas e as paredes externas de uma casa. Espaços onde é sempre escuro. Mas o fato de um lugar estar sempre escuro não quer dizer que esteja vazio. Percebe isso, Susannah?

Há monstros na escuridão todash.

Quem havia dito aquilo? Roland? Ela não tinha certeza, e que importância tinha? Achava que entendia o que Mia estava dizendo e, se assim fosse, era horrível.

— Há ratos nas paredes, Susannah. *Morcegos* nas paredes. Todo tipo de inseto sugador, mordedor nas paredes.

— Pare com isso, já consegui fazer uma idéia.

— A porta que fica embaixo do castelo... um dos erros deles, não tenho dúvida... não vai absolutamente para *lugar nenhum*. Leva à escuridão entre mundos. Ao espaço-*todash*. Mas não espaço vazio. — Sua voz ficou ainda mais baixa. — Aquela porta está reservada para os piores inimigos do Rei Rubro. Por ela são atirados numa escuridão onde poderão sobreviver... cegos, vagando, insanos... durante anos. Mas, no fim, algo sempre os encontra e os devora. Monstros cuja imagem nossas mentes não seriam capazes de suportar.

Susannah se viu tentando imaginar uma tal porta e o que esperava atrás dela. Não queria, mas não pôde evitar. Sua boca secou.

No mesmo tom baixo, como num terrível tom de confidência, Mia continuou:

— Há muitos lugares onde o povo antigo tentou reunir magia e ciência, mas talvez só tenha sobrado um ali — disse ela apontando a cabeça para o Dogan. — Foi para lá que Walter me levou. Para me fazer mortal e me tirar para sempre do caminho do *Primal*.

"Para me fazer como você."

13

Mia não sabia tudo, mas pelo que Susannah podia entender, Walter/Flagg tinha oferecido uma barganha faustiana *par excellence,* à entidade que mais tarde seria conhecida como Mia. Se estivesse disposta a abrir mão de sua condição quase eterna, mas incorpórea, e tornar-se uma mulher mortal, Mia poderia engravidar e gerar uma criança. Walter foi honesto ao lhe mostrar o pouco que estaria obtendo pelo muito que estava cedendo. O bebê não se desenvolveria como uma criança normal (como se desenvolvera o bebê chamado Michael diante dos olhos invisíveis, mas reverentes, de Mia) e ela só ficaria sete anos com ele, mas ah que anos maravilhosos seriam!

Além disto, Walter fora cuidadosamente reticente, deixando Mia formar suas próprias imagens: como amamentaria e daria banho no bebê, sem esquecer de lavar as tenras dobras atrás dos joelhos e orelhas; como o beijaria na fenda cheirosa entre as placas pouco articuladas dos ombros; como passearia com ele, segurando as duas mãos do bebê quando ele estivesse aprendendo a andar; como leria histórias para ele, mostrando o Velho Astro e a Velha Mãe no céu, contando a história de como Rustie Sam roubou o melhor pedaço de pão da viúva; como o abraçaria e encheria suas faces com lágrimas de gratidão quando ele pronunciasse a primeira palavra, que seria, é claro, *mamãe.*

Susannah ouvia aquele arrebatado relatório com um misto de piedade e cinismo. Certamente Walter fizera um trabalho muito bom ao lhe vender a idéia e, como sempre, o melhor modo de fazer isso fora deixar a vítima fazer o trabalho da venda. Chegara a propor um período adequadamente satânico de posse da criança: sete anos. *Assine por favor na linha pontilhada, madame, e por favor não ligue para esse bafo de enxofre; é um cheiro que eu simplesmente não estou conseguindo tirar das minhas roupas.*

Susannah entendeu o pacto, mas teve dificuldade de engoli-lo. Aquela criatura desistira da imortalidade em troca de enjôo matinal, inchaço, seios doloridos e, nas últimas seis semanas de gravidez, a necessidade de urinar aproximadamente a cada 15 minutos. Mas espere, pessoal, há mais! Dois anos e meio trocando fraldas ensopadas de mijo e carregadas de merda! Levantando no meio da noite quando a criança grita com a dor do primeiro dente de leite que cai (coragem, mãe, só há 31 para cair). Aquele primeiro vômito mágico! Aquele primeiro jato comovente de urina pela ponte de seu nariz que o guri deixa escapar quando você está trocando a fralda!

E sim, haveria magia. Embora nunca tenha tido um filho, Susannah sabia que, se a criança fosse o resultado de uma união amorosa, haveria magia mesmo nas fraldas sujas e nas cólicas. Mas ter a criança e depois vê-la tirada de você justamente quando a coisa está melhorando, justo quando a criança se aproxima do que a maioria das pessoas acredita ser a idade da razão, da responsabilidade e da confiabilidade? E depois ser carregada para o horizonte vermelho do Rei Rubro? Era uma idéia terrível. E será que Mia ficara tão estupidificada pela iminente maternidade a ponto de não perceber que mesmo o *pouco* que lhe fora prometido estava agora sendo reduzido? Walter/Flagg fora ao encontro dela em Fedic, o Lindo Local do Day After da Morte Rubra, e lhe prometera sete anos com o filho. Mas no telefone do Plaza-Park, Richard Sayre já falava de apenas cinco.

Seja como for, Mia tinha concordado com os termos do homem sombrio. E será que ele enfrentara mesmo alguma dificuldade para conseguir que Mia fizesse aquilo? Ela fora talhada para a maternidade, saíra do *Primal* com esse imperativo, tomara plena consciência da coisa desde que vira o primeiro bebê humano perfeito, o menino Michael. Como poderia ter dito que não? Mesmo que a oferta tivesse sido de apenas três anos, ou mesmo de um só ano com o bebê! Seria como achar que um velho viciado fosse recusar a oferta de uma seringa cheia.

Mia tinha sido levada para a Estação Experimental Arco 16. Fizera um *tour* na estação, guiada pelo sorridente, sarcástico (e sem a menor dúvida assustador) Walter que, às vezes, se autodenominava Walter do Fim do Mundo e, às vezes, Walter do Mundo Total. Ela vira a grande sala cheia de camas, esperando as crianças que viriam ocupá-las; na cabeceira de cada uma havia um capuz de aço inox ligado a um segmentado tubo de ferro. Mia não queria pensar a que objetivo aquele equipamento poderia servir. Ela também ficara conhecendo algumas das passagens sob o Castelo do Abismo e conhecera locais onde o cheiro de morte era forte, sufocante. Mia... houve uma escuridão vermelha e ela...

— Você já era mortal nesse momento? — Susannah perguntou. — Passa a impressão de que talvez já fosse.

— Estava a caminho de ser — disse ela. — Era um processo que Walter chamava de *devenir.*

— Tudo bem. Continue.

Mas então as recordações de Mia se perderam numa sombria fuga — não *todash*, mas longe de agradável. Uma espécie de amnésia, e era *vermelha*. Uma cor da qual Susannah passara a desconfiar. Será que a transição da mulher grávida do mundo do espírito para o mundo da carne — sua viagem para Mia — fora cumprida por meio de algum outro tipo de portal? A própria Mia parecia não saber. Só sabia que tinha havido um tempo de escuridão... de inconsciência, ela supunha... e de repente ela havia acordado.

— Acordei como você me vê. Só que ainda não grávida, é claro.

De acordo com Walter, Mia não poderia realmente conceber um bebê, mesmo como mulher mortal. Carregá-lo sim. Concebê-lo não. O que se passou, então, foi que um dos demônios elementais prestou um grande serviço ao Rei Rubro, pegando o sêmen de Roland como fêmea e transmitindo-o a Susannah como macho. E tinha havido outra razão, também, por trás da oferta de maternidade. Walter não a mencionara, mas Mia sabia qual era.

— É a profecia — disse, olhando para a rua deserta e sem sombras de Fedic. Do outro lado, um robô que parecia o Andy, da Calla, permanecia silencioso e enferrujado na frente do Fedic Café, cuja placa prometia **BOAS REFEIÇÃO A PREÇU BAICHU.**

— Que profecia? — Susannah perguntou.

— "Aquele que completa a descendência do Eld conceberá um filho de incesto com sua irmã ou sua filha, e o filho será marcado com um calcanhar vermelho para que seja conhecido. É ele quem vai deter a respiração do último guerreiro."

— Mulher, eu *não sou* a irmã de Roland nem sua filha! Você talvez não tenha reparado numa pequena, mas básica diferença, na cor de nossas peles, ou seja o fato de a dele ser *branca* e a minha ser *preta*. — Susannah, no entanto, não deixava de ter uma noção do que a profecia poderia significar. Laços de família, afinal, se formavam de muitos modos. O sangue era apenas um deles.

— Ele não lhe disse o que é um *dinh*? — Mia perguntou.

— Claro que disse. O *dinh* é um líder. Se tivesse sob sua responsabilidade um país inteiro, em vez de apenas duas ou três merdinhas de revólveres, o *dinh* seria um rei.

— Líder, rei, você diz a verdade. Agora, Susannah, seria capaz de me garantir que essas palavras não são apenas pobres substitutas para uma outra?

Susannah não deu resposta.

Mia abanou a cabeça como se tivesse ouvido alguma e estremeceu quando uma nova contração a atingiu. A contração passou e ela continuou:

— O esperma era de Roland. Acredito que possa ter sido de alguma forma preservado pela ciência do povo antigo enquanto o demônio elemental virou-se pelo avesso e fez homem de mulher, mas essa não é a parte importante. A parte importante é que o esperma viveu e encontrou a outra parte de si mesmo, como ordenado pelo *ka*.

— Meu óvulo.

— Seu óvulo.

— Quando fui estuprada no círculo de pedras.

— É a verdade.

Susannah hesitou, refletindo. Finalmente ergueu os olhos.

— Acho que é como eu já disse. Você não gostou lá atrás e não deve gostar agora mas — menina, você é apenas a babá.

Desta vez não houve raiva. Mia apenas sorriu.

— Quem continuou tendo suas regras, mesmo quando acordava enjoada de manhã? Você. E quem está hoje de barriga? *Eu* estou. Se houver alguma babá aqui, Susannah de Nova York, a babá é você.

— Mas como pode ser? Você sabe?

Mia sabia.

14

O bebê, Walter tinha lhe dito, seria *transmitido* a Mia; mandado para ela célula por célula exatamente como um fax é mandado linha a linha. Susannah abriu a boca para dizer que não sabia o que era um fax, mas logo a fechou. Compreendia o *espírito* do que Mia dizia, o que bastava para enchê-la de uma terrível combinação de temor e raiva. *Estava* grávida. Num sentido real, estava grávida naquele exato instante. Mas o bebê estava sendo

(enviado por fax)

para Mia. Era um processo que tinha começado rápido e diminuído a marcha ou começado devagar e se acelerado? A segunda hipótese, ela pensou, porque à medida que o tempo passava, sentia-se menos grávida em vez de mais. O pequeno volume em sua barriga voltara em grande parte a se reduzir. E agora entendia como tanto ela quanto Mia podiam estar sentindo uma forte ligação ao chapinha: o bebê, de fato, pertencia às duas. Passara de uma para a outra como uma... uma transfusão de sangue.

Só que quando querem tirar seu sangue e passá-lo para outra pessoa, pedem sua permissão. Isto é, se são médicos e não um dos vampiros de père Callahan. *Você está muito mais próxima de um desses, Mia, não está?*

— Ciência ou magia? — Susannah perguntou. — Qual delas permitiu que roubasse meu bebê?

Mia ficou um pouco vermelha mas, ao se virar, conseguiu enfrentar diretamente os olhos de Susannah.

— Não sei — disse ela. — Provavelmente uma mistura de ambas. E não seja tão arrogante! Ele está em *mim*, não em você. Se alimenta dos meus ossos e do meu sangue, não do seu!

— E daí? Pensa que isso muda alguma coisa? Você o roubou, com a ajuda de um mágico sujo.

Mia sacudiu a cabeça numa negativa veemente, o cabelo se agitando tempestuoso em volta do rosto.

— Não era meu? — Susannah perguntou. — Então por que não foi *você* quem teve de comer as rãs no pântano, os leitões no chiqueiro e só Deus sabe que outras coisas nojentas? Por que precisou de todo aquele absurdo faz-de-conta em torno das mesas de banquete no castelo, onde você fingia ser aquela que comia? Em suma, docinho, por que o alimento de seu chapinha tinha de descer pela *minha* garganta?

— Porque... porque... — Susannah viu que os olhos de Mia estavam se enchendo de lágrimas. — Porque isto é terra pilhada! Terra devastada! O lugar da Morte Rubra, as torres da Discórdia! Eu não alimentaria meu chapinha aqui!

Foi uma boa resposta, Susannah reconheceu, mas não a resposta *completa*. E Mia também sabia disso. Porque o bebê Michael, o perfeito bebê Michael, fora concebido ali, se desenvolvera ali, continuava se desenvolvendo quando Mia o viu pela última vez. E se estava tão certa do que dizia, por que as lágrimas tinham brotado em seus olhos?

— Mia, estão mentindo para você sobre o chapinha.

— Você não sabe de nada, não seja tão detestável!

— Eu *sei*. — E sabia. Mas não havia prova, maldição! E como se provava uma sensação, mesmo uma sensação tão forte quanto aquela?

— Flagg... Walter, se você preferir... lhe prometeu sete anos — ela continuou. — Sayre disse que talvez tenha cinco. De repente vão lhe passar um cartão quando você chegar a este Dixie Pig: VÁLIDO POR TRÊS ANOS DE CRIAÇÃO DE CRIANÇA, VER O CARIMBO. Vai aceitar isso também?

— Isso não vai acontecer! Você é tão nojenta quanto a outra! Cale essa boca!

— É preciso ter coragem para chamar *a mim* de nojenta! Você que não vê a hora de dar à luz uma criança predestinada a matar o pai!

— Pouco me importa!

— Está muito confusa, moça. Encurralada entre o que quer que aconteça e o que *vai* acontecer. Como sabe que não vão matá-lo antes que ele possa completar seu primeiro choro? Triturá-lo e dá-lo como alimento para aqueles Sapadores de merda?

— Cale... a boca!

— Uma espécie de superalimento? Tudo resolvido num piscar de olhos?

— Cale *a boca*, eu já disse, *cale* A BOCA!

— A verdade é: você não sabe o que vai acontecer. Não sabe de nada! É apenas a babá, só a *babysitter*. Sabe que estão mentindo, sabe que nunca cumprem o que prometem e no entanto continua avançando. E você quer que *eu* cale a boca!

— Sim! *Sim!*

— Não calo — disse Susannah num tom severo, pegando Mia pelos ombros. Eles pareceram extremamente ossudos sob o vestido, mas quentes, como se Mia estivesse com alguma febre. — Não calo porque o bebê é realmente meu e você sabe disso! Gatos podem ter filhotes no forno, mocinha, mas isto jamais os transformará em pães-de-minuto.

Bem, voltaram mesmo à fúria total. O rosto de Mia se contorceu em algo ao mesmo tempo horrível e infeliz. Nos olhos de Mia, Susannah achou que podia ver a criatura angustiada, ansiosa, sofredora que aquela mulher fora um dia. E mais alguma coisa. Uma faísca que podia ser transformada em crença. Se houvesse tempo.

— Vou fazer com que se *cale* — disse Mia e, de repente, o horizonte da rua principal de Fedic se abriu, exatamente como no torreão do castelo. Atrás dele havia uma espécie de escuridão pesada. Não vazia. Ah, não, não vazia, Susannah sentiu muito claramente isso.

As duas começaram a cair naquela direção. Mia *as impeliu* para o escuro. Susannah tentou impedir, mas sem qualquer êxito. E enquanto elas rolavam para a escuridão, Susannah ouviu um pensamento monótono girar em sua cabeça, fluir num interminável círculo vicioso: *Ah, Susannah-Mio, dividida moça minha, jogando a CARGA*

15

no DIXIE PIG, no ano de...

Antes que este irritante (mas tão imperioso) *jingle* pudesse completar uma última volta pela cabeça de Susannah-Mio, a cabeça em questão bateu em alguma coisa, algo duro o bastante para fazer uma galáxia de estrelas brilhantes explodir no campo de visão. Quando a coisa ficou mais limpa, Susannah viu, em letras muito grandes, na frente dos olhos:

NK ESP

Ela recuou e viu BANGO SKANK ESPERA O REI! Era a pichação que havia do lado de dentro da porta do compartimento do banheiro. Sua vida era assombrada por portas — fora assim, ao que parece, desde que a porta da cela fora batida com força nas suas costas em Oxford, Mississippi —, mas aquela estava trancada. Bom. Estava começando a acreditar que portas trancadas apresentavam menos problemas. Logo, no entanto, a porta se abriria e os problemas começariam de novo.

Mia: *Eu disse a você tudo que sabia. Agora vai me ajudar a chegar ao Dixie Pig ou terei de fazer isso sozinha? Se for preciso eu faço, principalmente com a tartaruga para me ajudar.*

Susannah: *Eu vou ajudar.*

Mas a quantidade de ajuda que Mia ia receber de Susannah dependia da hora. Quanto tempo tinham estado ali? As pernas de Mia pareciam completamente dormentes dos joelhos para baixo... suas nádegas também... e Susannah achava que isso era um bom sinal, mas sob aquelas lâmpadas fluorescentes, podia ser qualquer hora.

Que importância isso tem para você?, Mia perguntou, desconfiada. *Que importa saber que horas são?*

Susannah se empenhou em buscar uma explicação.

O bebê. Você sabe que o que eu fiz só vai impedi-lo de nascer por um certo tempo, não sabe?

Claro que sei. É por isso que quero me mexer.

Tudo bem. Vamos ver o dinheiro que nosso companheiro Mats nos deixou.

Mia pegou o pequeno maço de notas e olhou-as sem compreender.

Pegue a que diz Jackson.

Eu... Vergonha. *Não consigo ler.*

Deixe que eu tome a frente. Posso *ler.*

Não!

Tudo bem, tudo bem, calma. É o sujeito com o cabelo branco comprido penteado para trás, como o de Elvis.

Não conheço esse tal de Elvis...

Não importa, o sujeito está bem no alto da nota. Bom. Agora ponha o resto do dinheiro no bolso, bem arrumado, com cuidado. Segure a nota de vinte na palma da mão. OK, vamos ralar.

Ralar o quê?

Mia, cale a boca.

16

Quando tornaram a entrar no saguão — andando devagar, sobre pernas que formigavam como se estivessem sendo espetadas por alfinetes e agulhas —, Susannah sentiu-se marginalmente encorajada, ao ver que lá fora estava escurecendo. Não conseguira enrolar a outra até tarde da noite, sem dúvida, mas pelo menos já se livrara do dia claro.

O saguão estava movimentado, mas a coisa já não era febril. A bela moça eurasiana que fizera o registro das duas se fora, completara seu turno. Sob o toldo de entrada, dois novos porteiros, com grandes uniformes verdes, apitavam chamando os táxis para os hóspedes, muitos usando *smokings* ou cintilantes vestidos longos.

Vão a festas, disse Susannah. *Ou talvez ao teatro.*

Isto não me interessa, Susannah. Precisamos pegar um dos homens de uniforme verde para conseguir um veículo amarelo?

Não. Vamos pegar um táxi na esquina.

Acha mesmo melhor?

Ah, pare com essa desconfiança! Está se pondo a caminho da morte, sua ou do bebê, tenho certeza, mas reconheço sua intenção de fazer a coisa certa e vou manter minha promessa. Sim, acho melhor.

Tudo bem.

Sem dizer mais nada — muito menos sem se desculpar — Mia saiu do hotel, virou à direita e começou a caminhar para o Hammarskjöld Plaza 2, na Segunda Avenida, na direção da bela canção da rosa.

17

Na esquina da Segunda com a rua Quarenta e Seis, uma carruagem de metal pintada de vermelho desbotado estava parada no meio-fio. O meio-fio era amarelo naquele ponto e um homem de uniforme azul (um Guarda da Vigília, a julgar pela arma na cintura) parecia estar discutindo o fato com um homem alto, de barba branca.

Mia sentiu dentro dela um movimento de sobressalto.

Susannah? O que é?

Esse homem!

O guarda da Vigília? Ele?

Não, o que usa barba! É extremamente parecido com Henchick! Henchick dos mannis! Não está reparando?

Mia não reparava nem se importava. Deduziu que estacionar carruagens num meio-fio amarelo era proibido e o homem de barba, embora parecesse saber disso, não queria tirar o veículo. Continuou montando um cavalete, onde logo colocaria uma figura. Mia percebeu que era uma velha discussão entre os dois homens.

— Vou ter de aplicar uma multa, reverendo.

— Faça o que tem de fazer, agente Benzyck. Deus o ama.

— Bom. Gosto muito de ouvir isso. Quanto à multa, o senhor vai rasgá-la. Certo?

— Dai a César o que é de César e a Deus o que é de Deus. Assim diz a bíblia e abençoado seja o Livro Sagrado do Senhor.

— Posso concordar com isso — disse Benzyck da Vigília, tirando um bloco de papel grosso do bolso de trás da calça e começando a rabiscar alguma coisa, o que também tinha a aparência de um velho ritual. — Mas deixe eu lhe dizer uma coisa, Harrigan... Mais dia menos dia a prefeitura vai responsabilizá-lo por suas ações e vão enfiar coisas brabas em seu debochado *ânus* sagrado. Só espero estar aqui quando isso acontecer!

O guarda rasgou uma folha do bloco, aproximou-se da carruagem de metal e pôs o papel sob um negro deslizador de vidro, na frente.

Susannah, se divertindo: *Está levando uma multa. Sem dúvida, ao que tudo indica, não a primeira.*

Mia, momentaneamente interessada apesar do mau humor: *O que está escrito do lado desta carruagem, Susannah?*

Houve um ligeiro tranco quando Susanna *tomou* parcialmente *a frente* e a sensação de um apertar de olhos. Para Mia foi uma sensação estranha, como ter cócegas profundas dentro da cabeça.

Susannah, ainda num tom divertido: *Diz IGREJA DO SAGRADO DEUS-BOMBA, reverendo Earl Harrigan. E também diz: SUA CONTRIBUIÇÃO SERÁ RECOMPENSADA NO CÉU.*

O que é céu?

É outro nome para a clareira no final do caminho.
Ah.

Benzyck, da Vigilância, estava se afastando com as mãos entrelaçadas atrás das costas, seu considerável traseiro fazendo volume sob a calça do uniforme azul, o dever cumprido. Enquanto isso, o reverendo Harrigan arrumava duas gravuras no *display*. A primeira mostrava um homem sendo retirado do xadrez por alguém num manto branco. A cabeça do sujeito do manto brilhava. A outra gravura mostrava o cara do manto branco virando as costas para um monstro com pele vermelha e chifres na cabeça. O monstro com chifres parecia irritado com *sai* Mantobranco, irritado como um urso.

Susannah, o pessoal deste mundo vê o Rei Rubro como essa coisa vermelha?
Susannah: *Acho que sim. É Satã, se quer saber... senhor do submundo. Peça que o reverendo nos consiga um táxi, o que acha? Com a ajuda da tartaruga.*

De novo desconfiada (ao que parece Mia não conseguia controlar essa reação): *Acha melhor?*

Estou sendo sincera! Ai! Por Jesus Cristo, mulher!

Tudo bem, tudo bem. Mia parecia um tanto sem jeito. Caminhou para o reverendo Harrigan tirando do bolso a tartaruga de marfim.

18

O que precisava ser feito ocorreu num lampejo a Susannah. Ela se retirou de Mia (se a mulher não conseguisse um táxi com a ajuda daquela tartaruga mágica, não haveria qualquer esperança) e, fechando com força os olhos, visualizou o Dogan. Quando os abriu, estava lá. Agarrou o microfone que usara para falar com Eddie e apertou o interruptor.

— Harrigan! — disse no micro. — Reverendo Earl Harrigan! Está aí? Está me ouvindo, docinho? *Está me ouvindo?*

19

O reverendo Earl Harrigan fez uma pausa em seu trabalho pelo tempo suficiente para ver uma negra — uma negra realmente muito vistosa, Deus fosse louvado — entrar num táxi. O táxi partiu. Tinha muito que fazer antes de dar início a seu sermão noturno (a pequena escaramuça com o agente Benzyck fora apenas o aquecimento), mas mesmo assim continuou parado, vendo as lanternas traseiras do táxi cintilarem, piscarem.

Será que alguma coisa acabara de acontecer com ele?

Será que...? Era possível que...?

O reverendo Harrigan caiu de joelhos na calçada, inteiramente indiferente aos pedestres que por ali passavam (assim como a maioria dos pedestres ficaram indiferentes a ele). Juntou suas grandes e velhas mãos, levando-as à altura do queixo. Sabia que a bíblia afirmava que rezar era uma coisa particular, melhor praticada dentro do armário de cada um e ele passara muito tempo de joelhos curvados no seu, sim Senhor, mas ele também acreditava que Deus queria que as pessoas vissem, de vez em quando, como era a imagem de um homem rezando, porque a maioria delas — *Deus* seja louvado! — tinha esquecido da coisa. E não havia lugar melhor, mais *simpático* para falar com Deus que aquela esquina da Segunda Avenida com a rua Quarenta e Seis. Havia ali uma atmosfera cantante, clara e doce. Ela elevava o espírito, clareava a mente... e, só para mencionar, clareava a pele, também. Não era a voz de Deus que se manifestava ali, e o reverendo Harrigan não era tão blasfematoriamente burro para achar que fosse, mas desconfiava que fosse a voz de anjos. Sim, *Deus* fosse louvado, *Deus-bomba*, a voz do ser-afim!

— Deus, será que você deixou cair um pequeno Deus-bomba em mim? Quero saber se a voz que acabei de ouvir era sua ou minha?

Nenhuma resposta. Como em tantas vezes, não houve resposta. Ia pensar no assunto mais tarde. Por ora, tinha um sermão para preparar. Um *show* a fazer, se a pessoa quisesse ser perfeitamente vulgar.

O reverendo Harrigan foi até sua van, estacionada como sempre na faixa amarela do meio-fio, e abriu as portas de trás. Pegou os folhetos, o prato de coleta forrado de seda que pusera a seu lado na calçada e um sólido cubo de madeira. O cubo em cima do qual ia subir... Não vão erguer as mãos para o céu e gritar aleluia?

E sim, irmãos, vocês parados aí, não vamos dar amém?

LINHA: Commala-*venha-veja*
É a outra de novo.
Talvez você conheça seu nome e seu rosto
Mas isso não a faz sua amiga.

RESPOSTA: Commala-*venha-dez!*
Ela não é sua amiga!
Se você a deixa se aproximar demais
Ela vai destruí-la de novo.

Décima Primeira Estrofe

O Escritor

1

Quando alcançaram o pequeno shopping center na cidade de Bridgton (um supermercado, uma lavanderia e uma drogaria surpreendentemente grande), tanto Roland quanto Eddie sentiram a coisa: não apenas o canto, mas uma força que se juntava. A força os elevou como algum louco e maravilhoso elevador. Eddie se viu pensando no pó mágico da fada Sininho e na pena mágica do Dumbo. Era como andar perto da rosa, mas não era bem isso. Não havia um sentido de sagrado ou santidade naquela pequena cidade da Nova Inglaterra, mas *alguma coisa* se passava ali, e era poderosa.

Dirigindo desde East Stoneham, seguindo as placas para Bridgton de uma estradinha a outra, Eddie sentira ainda outra coisa: o inacreditável frescor daquele mundo. As profundezas verdes das florestas de pinheiros sob aquele verão tinham uma vitalidade que ele jamais encontrara, da qual sequer suspeitava existir. Os pássaros que voavam pelo céu, mesmo o mais comum dos pardais, suspendiam a respiração para admirá-los. As próprias sombras no solo pareciam ter uma consistência aveludada, como se fosse possível encostar a mão nelas, suspendê-las e, se a pessoa quisesse, levá-las embora debaixo do braço, como tapetes.

A certa altura, Eddie perguntou a Roland se ele não estava sentindo aquilo.

— Estou — disse Roland. — Sinto, vejo, ouço... Eddie, eu *toco* a coisa.

Eddie abanou a cabeça. Ele também tocava. Aquele mundo estava de fato além da realidade. Era... *antitodash*, isso era a maneira mais próxima que se podia dizer. Estavam bem no coração do Feixe. Eddie podia sentir o Feixe carregando-os como um rio que desce uma garganta em direção à queda d'água.

— Mas tenho medo — disse Roland. — É como se estivéssemos nos aproximando do centro de tudo... da própria Torre, talvez. Como se a própria busca, após todos esses anos, tivesse se tornado uma finalidade em si mesma, e o que está no fim é assustador.

Eddie assentiu. Ele concordava. Certamente tinha medo. Se não fosse a Torre que emitia aquela estupenda força, então era alguma coisa potente, terrível e aparentada com a rosa. Mas não inteiramente igual. Uma *gêmea* da rosa? Podia ser que sim.

Roland olhou para o estacionamento e as pessoas que chegavam e partiam sob um céu de verão cheio de lentas nuvens gordas, aparentemente inconscientes de que o mundo inteiro cantava de pujança em volta delas, e que todas as nuvens fluíam ao longo de uma mesma e antiga trilha nos céus. As pessoas eram inconscientes de sua própria beleza.

— Eu costumava pensar — disse o pistoleiro — que a coisa mais terrível seria alcançar a Torre Negra e encontrar vazia a sala do topo. O Deus de todos os universos morto ou mesmo não-existente. Mas agora... suponha que *haja* alguém ali, Eddie? Alguém responsável que se revela...
— Não pôde terminar.

Eddie conseguiu:

— Alguém que se revela apenas como outro *imbustor*? É isso? Não Deus morto, mas um Deus de cabeça fraca, malicioso?

Roland abanou afirmativamente a cabeça. Aquilo não era, de fato, exatamente do que tinha medo, mas achava que Eddie tinha realmente chegado perto.

— Como pode ser, Roland? Levando em conta o que estamos sentindo?

Roland encolheu os ombros, como se quisesse dizer que qualquer coisa podia ser.

— Seja como for, que opção nós temos?

— Nenhuma — disse Roland sombriamente. — Todas as coisas servem ao Feixe.

Fosse lá o que fosse a grande força cantante, ela parecia estar vindo da estrada que ia do shopping center para oeste, entrando de novo na mata. A estrada do Kansas, segundo a placa, o que fazia Eddie pensar em Dorothy, em Totó e no Mono Blaine.

Ele engrenou a primeira no Ford emprestado e começou a avançar. O coração batia em seu peito com uma força lenta, espantada. Talvez Moisés tivesse se sentido assim ao se aproximar da sarça ardente que continha Deus. Talvez Jacó tivesse se sentido assim quando, ao despertar, encontrou um desconhecido radiante e louro no acampamento... o anjo com quem ia lutar. Eddie achou que provavelmente tinham sentido coisa parecida. Experimentava a certeza de que outra parte da jornada estava chegando ao fim... Outra resposta devia ser encontrada logo adiante.

Deus morando na estrada do Kansas, na cidade de Bridgton, no Maine?

Devia parecer loucura, mas não parecia.

Só não me faça morrer, Eddie pensou, virando para oeste. *Preciso voltar à minha querida, por isso, por favor não me faça morrer, seja você quem for ou o que for.*

— Cara, estou tão assustado — disse ele.

Roland estendeu o braço e deu um aperto em sua mão.

2

A cinco quilômetros do shopping center, atingiram uma estrada de terra que avançava pelos pinheiros à esquerda. Tinham visto outros caminhos ermos, mas Eddie passara por eles sem recuar um instante dos firmes 50 quilômetros por hora que vinha mantendo. Naquela estrada, porém, ele parou.

As duas janelas da frente estavam abaixadas. Puderam ouvir o vento nas árvores, o mal-humorado grito de um corvo, o não tão distante zumbido de um barco a motor e o ronco do motor do Ford. Excluindo umas cem mil vozes cantando em tosca harmonia, aqueles eram os únicos sons. A placa indicando o desvio dizia apenas ESTRADA PARTICULAR. Mesmo assim, Eddie balançava afirmativamente a cabeça.

— É esta.

— Sim, eu sei. Como está sua perna?

— Doendo. Não se preocupe com ela. Vamos em frente?

— *Temos* de ir — disse Roland. — Teve razão em pedir que viéssemos. O que está aqui é a outra metade *disto.* — Bateu no papel em seu bolso, o papel onde a propriedade do terreno baldio era transmitida à Tet Corporation.

— Acha que este tal de King é um gêmeo da rosa.

— Você diz a verdade. — Roland sorriu ante sua própria escolha de palavras. Eddie achou que raramente vira alguém tão triste. — Pegamos o modo de falar da Calla, não foi? Jake primeiro, depois todos nós. Mas vai passar.

— Vamos avançar — disse Eddie. Não era uma pergunta.

— Ié, o que será perigoso. Só que... talvez nada seja tão perigoso quanto o que estamos experimentando aqui. Vamos rodar?

— Só um minuto. Roland, você não se lembra de ter ouvido Susannah mencionar um homem chamado Moses Carver?

— Um *talo*... o que quer dizer um homem de negócios. Ficou com o negócio do pai dela quando *sai* Holmes morreu, estou certo?

— Ié. Foi também padrinho de Suze. Ela disse que era inteiramente confiável. Está lembrado de como ficou furiosa quando eu e Jake sugerimos que Moses podia ter roubado o dinheiro da companhia?

Roland assentiu.

— Confio no julgamento dela — disse Eddie. — E você?

— Eu também.

— Se Carver *for* honesto, podemos deixá-lo encarregado das coisas que precisamos cumprir neste mundo.

À primeira vista, nada daquilo parecia muito importante comparado com a força que Eddie sentia brotar a seu redor, mas ele achou que era. Talvez não tivessem mais que uma chance de proteger a rosa agora e assegurar sua sobrevivência mais tarde. Tinham de fazer a coisa certa e Eddie sabia que isso significava não opor resistência à vontade do destino.

Numa palavra, ao *ka.*

— Suze diz que, quando você a puxou de Nova York, a Holmes Dental valia 8 ou 10 milhões. Se Carver for tão bom quanto eu espero que seja, a companhia pode já estar valendo de 12 a 14 milhões.

— Isso é muito?

— Delah — disse Eddie atirando a mão aberta para o horizonte e vendo Roland abanar a cabeça. — Parece engraçado falar em usar os lucros de um processo de tratamento dentário para salvar o universo, mas é justamente disso que *estou* falando. E o dinheiro que a fada dos dentes deixou a Susannah pode ser apenas o começo. Veja a Microsoft, por exemplo. Lembra quando mencionei esse nome a Tower?

— Devagar, Eddie — disse Roland sacudindo a cabeça. — Vá com *calma,* por favor!

— Sinto muito — disse Eddie respirando fundo. — É este lugar. O cântico. Os *rostos...* Não vê os rostos nas árvores? Nas sombras?

— Vejo muito bem.

— Me deixam um pouco louco. Desculpa. O que está passando na minha cabeça é a possibilidade de unir a Holmes Dental com a Tet Corporation e usar nosso conhecimento do futuro para transformá-la num dos mais ricos conglomerados da história do mundo. Com recursos comparáveis aos da Sombra Corporation... ou talvez da própria North Central Positronics.

Roland deu de ombros e ergueu a mão sem entender como Eddie podia estar falando de dinheiro na presença da imensa força que fluía pelo leito do Feixe e passava através deles, arrepiando os pêlos em suas nucas, fazendo os poros formigarem, transformando cada sombra da mata num rosto atento... como se uma multidão tivesse se juntado ali para assistir ao desempenho dos dois na cena crucial de um drama.

— Sei como está se sentindo, mas o que estou dizendo *é importante* — Eddie insistiu. — Acredite que é. Vamos supor, por exemplo, que cresçamos rápido o bastante para comprar a North Central Positronics antes que ela possa surgir como força neste mundo... Roland, podemos inverter os processos! Como você pode desviar o rio possível com nada mais que uma pá, lá nas cabeceiras, onde é somente um filete de água!

Neste momento os olhos de Roland brilharam.

— Tomar conta — disse ele. — Desviar os objetivos do Rei Rubro, transformando-os nos nossos. Sim, talvez fosse possível.

— Sem dúvida não íamos agir pensando unicamente no que acontecia em 1977 ou 1987, o ano em que eu vim, ou mesmo em 1999, o ano para onde Suze foi. — No mundo de 1999, Eddie percebia, Calvin Tower poderia estar morto e Aaron Deepneau com certeza. A última ação dos dois no drama da Torre Negra (salvar Donald Callahan dos Irmãos Hitler) poderia estar há muito concluída. Ambos já teriam sido varridos do palco e levados para a clareira no final do caminho. Ao encontro de Gasher e Hoots, Benny Slightman, Susan Delgado

(Calla, Callahan, Susan, Susannah)

e o Homem do Tiquetaque. Até mesmo ao encontro de Blaine e Patricia. Roland e seu *ka-tet* também chegariam, cedo ou tarde, àquela clareira. No final — se dessem uma sorte fantástica ou fossem suicidamente corajosos — só a Torre Negra ficaria de pé. Se pudessem extirpar pela raiz a North Central Positronics, talvez conseguissem salvar todos os Feixes que tinham sido quebrados. Mesmo, no entanto, que fracassassem, dois Feixes poderiam ser suficientes para manter a Torre no lugar, a rosa em Nova York e um homem chamado Stephen King no Maine. A cabeça de Eddie não tinha provas de que houvesse mesmo essa possibilidade... mas seu coração acreditava que sim.

— O que está em jogo, Roland, são os séculos futuros.

Roland fechou um punho, bateu levemente com ele no painel empoeirado do velho Ford de John Cullum e abanou a cabeça.

— Qualquer coisa pode ser construída naquele terreno, percebe? — continuou Eddie. — *Qualquer coisa*. Um prédio, um parque, um monumento, o National Gramophone Institute. Desde que a rosa permaneça lá. Esse tal de Carver pode legalizar a Tet Corporation, talvez trabalhando em conjunto com Aaron Deepneau...

— É — disse Roland. — Gostei do Deepneau. Tinha um ar confiável.

Eddie também pensava assim.

— Sem dúvida — disse —, podem cuidar da documentação de que precisamos para que ninguém conteste nossa posse da rosa... A rosa tem sempre de permanecer, não importa o que façam do terreno. E tenho a impressão de que ela vai permanecer, de que sempre vai estar lá: 2007, 2057, 2525, 3700... diabo, ano de 19000! Pois ela pode ser frágil, mas acho que é imortal. Só que temos de aproveitar a nossa chance e fazer a coisa certa. Porque estamos no mundo-chave. Onde você nunca tem oportunidade de continuar a fazer o entalhe quando a chave não gira.

Acho que neste mundo não existe nenhuma possibilidade de fazer de novo.

Roland refletiu um pouco sobre isto e apontou para a estradinha de terra que avançava entre as árvores. Que entrava numa floresta de rostos atentos e vozes que cantavam. Era uma harmonia de todas as coisas enchendo a vida de valor, de significado, algo capaz de conduzir à verdade, ao reconhecimento da Claridade.

— E quanto ao homem que mora no final desta estrada, Eddie? Se *for* um homem.

— Acho que é, e não só devido ao que disse John Cullum. É o que eu sinto aqui. — Eddie bateu no peito, um pouco acima do coração.

— Eu também.

— Você acha, Roland?

— Ié, eu acho. *Ele* é imortal, você acha? Já ouvi muita coisa na vida e já ouvi rumores de muito mais, mas nunca conheci um homem ou uma mulher que vivessem para sempre.

— Não acho que ele precise ser imortal. Acho que tudo que precisa fazer é escrever a história certa. Porque algumas histórias *realmente* vivem para sempre.

A compreensão iluminou os olhos de Roland. *Enfim,* Eddie pensou. *Enfim ele enxerga.*

Mas quanto tempo o próprio Eddie levara para enxergar e depois engolir a coisa? Deus sabia que ele já devia ser capaz de tal proeza, depois de ter visto tantos prodígios, mas este último passo lhe fugira. Até descobrir que *père* Callahan tinha aparentemente saído vivo e respirando de um livro de ficção chamado *'Salem* não o levara a tomar aquele último passo. A gota d'água fora descobrir que a Co-Op City ficava no Bronx, não no Brooklyn. Pelo menos neste mundo. Que era o único mundo que importava.

— Talvez não esteja em casa — disse Roland enquanto, ao redor deles, o mundo inteiro esperava. — Talvez este homem que nos fez não esteja em casa.

— Você sabe que está.

Roland assentiu. E a velha luz tinha brotado em seus olhos, luz de uma chama que jamais se extinguira, a chama que, desde Gilead, vinha iluminando seu caminho ao longo do Feixe.

— Então, vamos! — gritou num tom rouco. — Vamos, pelo amor de seu pai! Se King for Deus... nosso Deus... vou encará-Lo no olho e perguntar a Ele qual é o caminho para a Torre!

— Por que não perguntar primeiro qual é o caminho para Susannah? Assim que a pergunta lhe saiu da boca, Eddie lamentou que a tivesse feito e torceu para o pistoleiro não responder.

Roland não respondeu. Limitou-se a agitar os dedos restantes da mão direita: *Vá, vá.*

Eddie pôs em primeira o câmbio do Ford de Cullum e pegou a estradinha de terra. Ela os conduziu sob uma grande força cantante, que pareceu atravessá-los como um vento, transformando-os em algo tão insubstancial quanto o pensamento, ou um sonho, na cabeça de algum deus adormecido.

3

Quatrocentos metros à frente, havia uma bifurcação na estrada. Eddie entrou à esquerda, embora a placa apontando para lá dissesse ROWDEN, não KING. A poeira levantada pela passagem deles era vista no retrovisor. O cântico era um doce ruído, derramando-se nele como uma bebida. As raízes dos cabelos de Eddie continuavam se arrepiando e os músculos estavam trêmulos. Se tivesse necessidade de sacar o revólver, Eddie achava que provavelmente deixaria a maldita coisa cair. Mesmo que conseguisse segurar a arma, seria impossível apontar. Não entendia como o homem que estavam procurando, vivendo tão próximo do som daquele cântico, conseguia comer ou dormir, para não falar em escrever histórias. Mas obviamente King não estava apenas *próximo* do som; se Eddie estivesse certo, King era a *fonte* do som.

Mas se tem uma família, como eles convivem com isso? E mesmo que não tenha, o que dizer dos vizinhos?

Ali havia uma entrada de garagem à direita e...

— Eddie, pare. — Era Roland, mas inteiramente diferente do que costumava ser. O bronzeado ganho em Calla era agora uma tintura fina sobre uma palidez imensa.

Eddie parou. Roland mexeu na maçaneta a seu lado e, não conseguindo fazê-la funcionar, ergueu-se e se debruçou até a cintura na janela

(Eddie ouviu o retinir da fivela do cinto contra a faixa de cromo na borda da fenda do vidro) e vomitou na relva. Quando se recostou no banco, parecia ao mesmo tempo exausto e exaltado. Os olhos que se viraram para encontrar os de Eddie eram azuis, antigos, brilhantes.

— Continue seguindo.

— Roland, você tem certeza...

Roland se limitou a retorcer os dedos, olhando bem à frente através do empoeirado pára-brisas do Ford. *Ande, ande. Pelo amor de seu pai!*

Eddie seguiu adiante.

4

Era o tipo de casa que os corretores de imóveis chamam de casa térrea. Eddie não ficou surpreso. O que *de fato* o surpreendeu um pouco foi como o lugar era modesto. Então ele se lembrou que nem todo escritor era um escritor *rico*, o que provavelmente era duplamente verdade para os escritores *jovens*. Ao que parece algum erro tipográfico transformara o segundo livro de King numa peça estimada entre bibliomaníacos, mas Eddie duvidada que algum dia ele recebera alguma comissão sobre esse tipo de coisa. Ou *royalties*, se preferissem chamar assim.

Contudo, o carro parado no acesso circular diante da casa era um Jeep Cherokee, com aparência de carro novo. Tinha uma bela faixa com motivos indígenas dos lados e sugeria que Stephen King também não estava exatamente passando fome pelo amor à arte. No jardim da frente, havia um trepa-trepa com um monte de brinquedos de plástico espalhados ao seu redor. O coração de Eddie se comprimiu com a visão daquilo. Uma lição que a Calla se esmerava em ensinar era que as crianças complicam as coisas. Ali viviam crianças *pequenas*, a julgar pelo aspecto dos brinquedos. E agora elas recebiam a visita de uma dupla de homens usando armas de grosso calibre. Homens que não estavam, pelo menos naquele momento, estritamente em seu juízo perfeito.

Eddie desligou o motor do Ford. Um corvo grasnou. Um barco a motor (a julgar pelo som, maior que aquele que tinham ouvido antes) passou zumbindo. Atrás da casa, um sol brilhante cintilou na água azul. E as vozes cantavam: *Venha, venha, venha-venha-*commala.

Ouviu-se um barulho quando Roland abriu a porta e saiu um pouco trôpego: quadril dolorido, virada seca. Eddie saltou sobre pernas que pareciam duras como pedaços de pau.

— Tabby? É você?

Isto veio do lado direito da casa. E agora, correndo à frente da voz e do homem dono da voz, veio uma sombra. Nunca Eddie vira uma que o deixasse tão cheio de terror e fascinação. Ele pensou, e com absoluta certeza: *Mais atrás vem quem me fez. Mais atrás é ele, ié, sei que é.* E as vozes cantavam: Commala-*venha-três, o homem que me fez.*

— Esqueceu alguma coisa, querida? — Só a última palavra saiu no tom arrastado do baixo leste, *queriii-da*, o modo como John Cullum teria falado. E então apareceu o homem da casa, então apareceu ele. Viu-os e parou. Viu *Roland* e parou. As vozes cantantes pararam com ele e mesmo o ronco do barco a motor pareceu parar. Por um momento, o mundo inteiro ficou numa espécie de limbo. Então o homem se virou e correu. Não, contudo, antes de Eddie ver o tremendo espanto no olhar de reconhecimento daquele rosto.

Roland foi de imediato atrás dele, como gato atrás de um pássaro.

5

Mas *sai* King era um homem, não um pássaro. Não sabia voar e realmente não havia lugar algum para onde correr. O gramado lateral se estendia por um suave declive só interrompido por uma área cimentada que podia ter sido um poço ou algum tipo de sumidouro. Além do gramado havia uma faixa mínima de areia, também repleta de brinquedos. Na frente o lago. O homem atingiu a beira do lago, deu uma pisada forte na água e se virou tão desajeitadamente que quase caiu.

Roland parou derrapando na areia. Ele e Stephen King se entreolharam. Eddie se achava talvez uns 10 metros atrás de Roland, observando os dois. O canto recomeçara, assim como o forte zumbido do barco a motor. Talvez aqueles barulhos jamais tivessem cessado, mas Eddie continuava achando que tinham.

O homem dentro d'água pôs a mão nos olhos como uma criança.

— Vocês não estão aí — disse.

— Estou, *sai*. — A voz de Roland foi ao mesmo tempo gentil e cheia de respeitoso temor. — Tire as mãos de seus olhos, Stephen de Bridgton. Fique com as mãos baixas e me veja o melhor que puder.

— Talvez eu esteja tendo um colapso nervoso — disse o homem na água, que, aos poucos, foi baixando as mãos. Usava óculos grossos com uma severa armação escura. Uma haste fora emendada com um pedaço de fita isolante. Seu cabelo era preto ou castanho muito escuro. A barba era definitivamente preta, os primeiros fios brancos chamando atenção pelo brilho. Usava uma calça jeans sob uma camiseta comprida que dizia: THE RAMONES, ROCKET TO RUSSIA e GABBA-GABBA-HEY. Era como se estivesse começando a ganhar a gordura da meia-idade, mas ainda não era gordo. Era alto e tão pálido quanto Roland. Eddie não chegou a se espantar quando reparou como Stephen King era *parecido* com Roland. Dada a diferença de idade ninguém jamais os consideraria gêmeos, mas talvez pai e filho. Sim. Facilmente.

Roland bateu três vezes na base da garganta e balançou a cabeça. Não foi o bastante. Não dava. Eddie viu com fascínio e horror o pistoleiro cair de joelhos entre o amontoado de coloridos brinquedos de plástico e pôr a mão torta na testa.

— Salve, contador de histórias — disse ele. — Venho eu, Roland Deschain, que era de Gilead, e Eddie Dean, de Nova York. Você se abre conosco, se abrimos convosco?

King riu. Dada a força das palavras de Roland, Eddie achou o riso chocante.

— Eu... cara — disse King —, isto não pode estar acontecendo. — E então, para si mesmo: — Pode?

Roland, ainda de joelhos, continuou como se o homem parado na água não tivesse rido nem falado.

— Você nos reconhece pelo que somos, e o que fazemos?

— Seriam pistoleiros, se fossem reais. — King observava Roland através das lentes grossas dos óculos. — Pistoleiros em busca da Torre Negra.

É isso, Eddie pensou enquanto as vozes se elevavam e o sol brilhava na água azul. *Nota dez.*

— Você diz a verdade, *sai* — disse Roland. — Procuramos apoio e socorro, Stephen de Bridgton. Vai nos prestar?

— Senhor, não sei quem é seu amigo, mas quanto a você... cara, eu o *criei*! Não pode estar *aí* porque o único lugar onde você realmente existe é *aqui*! — Ele bateu com a mão fechada no centro da testa, como se parodiasse Roland. Depois apontou para a casa. A casa térrea. — E ali. Você também está ali, eu acho. Na gaveta de uma escrivaninha ou talvez numa caixa na garagem. Você é um assunto inacabado. Já não penso em você há... há...

A voz tinha ficado rala. Agora King começava a balançar como alguém que estivesse ouvindo alguma música baixa, mas deliciosa, e os joelhos vergaram. Ele caiu.

— Roland! — Eddie gritou, por fim se atirando para a frente. — O homem teve um puta enfarte! — Já sabendo ou talvez esperando que não fosse bem assim. Porque o cântico estava forte como nunca. As faces nas árvores e sombras igualmente nítidas.

O pistoleiro estava se curvando e agarrando King — que já tinha começado a se sacudir um pouco — sob os braços.

— Ele só desmaiou. E quem poderia censurá-lo? Me ajude a levá-lo para dentro de casa.

6

A suíte principal tinha uma esplêndida vista do lago e um horrível tapete roxo no chão. Eddie sentou-se na cama e viu, através da porta do banheiro, King tirando os tênis molhados, a camiseta, a calça e parando um momento entre a porta e a parede azulejada para trocar a cueca sambacanção molhada por uma cueca seca. Não fizera objeções a que Eddie o seguisse até o quarto. Desde que voltara a si — e não ficara mais de trinta segundos desacordado — exibia uma calma quase assustadora.

Ele saiu do banheiro e foi até a cômoda.

— Isto é algum trote? — perguntou, remexendo a gaveta em busca de uma calça jeans seca e uma nova camiseta. Para Eddie, a casa de King sugeria dinheiro... pelo menos algum. As roupas, no entanto, Deus sabia o que sugeriam. — Alguma coisa que Mac McCutcheon e Floyd Calderwood poderiam ter inventado?

— Não conheço esses homens e isto não é trote.

— Talvez não, mas aquele sujeito não pode ser real. — King vestiu a calça jeans. Falava com Eddie num tom de voz razoável. — Entenda, fui eu quem *escreveu* sobre ele!

Eddie balançou a cabeça.

— Eu já tinha imaginado isso. Mas mesmo assim ele é real. Tenho andado com ele por... — Quanto tempo? Eddie não sabia. —... por algum tempo. Você escreveu sobre ele, mas não sobre mim?

— Está se sentindo rejeitado?

Eddie riu, mas estava *mesmo* se sentindo rejeitado. Pelo menos um pouco. Talvez King ainda não tivesse chegado ao seu personagem. Se fosse o caso, ele não estava exatamente seguro, ou não?

— Não me parece um colapso nervoso — disse King —, mas isso deve sempre ser o caso.

— Não está tendo um colapso nervoso, *sai*, mas sinto certa simpatia pelo modo como se sente. Esse homem...

— Roland. Roland de... Gilead?

— Você diz a verdade.

— Não sei se escrevi ou não a parte de Gilead — disse King. — Tenho de checar as laudas, evidentemente se conseguir achá-las. Mas tudo bem. Seria como em "Não existem bálsamos em Gilead".

— Não estou entendendo.

— Não faz mal, eu também não. — King encontrou cigarros, Pall Malls, sobre a cômoda e acendeu um. — Termine o que ia dizer.

— Roland me arrastou através de uma porta entre este mundo e o mundo dele. Também me senti como se estivesse tendo um colapso nervoso. — Não tinha sido do mundo desta época que Eddie havia sido arrastado, mas tinha sido de perto; naquele tempo ele vivia correndo atrás de heroína... de manhã à noite... mas a situação já era bastante complicada sem precisar acrescentar essa informação. E havia uma pergunta que tinha de fazer antes que se juntassem novamente a Roland e a verdadeira palestra começasse.

— Me diga uma coisa, *sai* King... Sabe onde fica a Co-Op City?

King estivera transferindo suas moedas e chaves da roupa molhada para a seca, o olho direito torto e muito contraído ante a fumaça do cigarro enfiado no canto da boca. Agora ele parava e olhava para Eddie com as sobrancelhas erguidas.

— É uma pergunta capciosa?

— Não.

— E não vai atirar em mim com o revólver que está usando se eu errar a resposta?

Eddie sorriu um pouco. Para um deus, King até que era um sujeito bastante cordial. Então ele se lembrou que Deus havia matado sua irmãzinha, usando como ferramenta um motorista embriagado, e também seu irmão Henry. Deus criara Enrico Balazar e queimara Susan Delgado na fogueira. Seu sorriso morreu.

— Ninguém vai dar tiros aqui, *sai* — disse.

— Nesse caso, respondo que a Co-Op City fica no Brooklyn. De onde você veio, a julgar pelo seu sotaque. Será que ganhei o Ganso do Dia da Feira?

Eddie estremeceu como alguém que tivesse sido espetado por um alfinete.

— O quê?

— Só uma coisa que minha mãe costumava dizer. Quando meu irmão Dave e eu acabávamos todas as nossas tarefas domésticas e todas tinham ficado bem-feitas, ela dizia: "É, rapazes, vocês ganharam o Ganso do Dia da Feira." Era uma piada. Mas será que ganhei o prêmio?

— Ganhou — disse Eddie. — Com certeza.

King abanou a cabeça e amassou a ponta do cigarro.

— Você é um sujeito legal. Seu parceiro é que não me inspira muita confiança. E nunca inspirou. Acho que é parte da razão pela qual abandonei a história.

Isto tornou a sobressaltar Eddie e ele se levantou da cama para disfarçar isto.

— *Desistiu* da história?

— Ié. Chamava-se *A Torre Negra*. Ia ser meu *O Senhor dos Anéis*, minha *Gormenghast*, minha não-sei-o-quê. Uma das características dos 22 anos é que nunca se tem falta de ambição. Não demorei muito a perceber que a coisa era grande demais para o meu pequeno cérebro. E também... eu não sei... seria ultrapassada? Se bem que ultrapassada é um rótulo tão bom quanto qualquer outro, eu acho. Mas o fato — acrescentou num tom mais seco — é que perdi o esboço.

— Fez *o quê?*

— Parece loucura, não é? Mas escrever pode ser uma tarefa louca. Sabia que um dia Ernest Hemingway perdeu um livro inteiro de contos num trem?

— Verdade?

— Verdade. Não tinha feito nenhuma cópia em carbono. Foi assim, *puf*, a coisa se foi! É mais ou menos o que aconteceu comigo. Numa boa noite de bebedeira... ou talvez eu tivesse me dopado na mescalina, não consigo mais lembrar... fiz o esboço completo para este épico fantástico de cinco mil ou dez mil páginas. Era um bom esboço, eu acho. Dava à coisa alguma forma. Algum estilo. E então perdi. Provavelmente voou da traseira de minha moto quando eu estava voltando da porra de algum bar. Nunca tinha me acontecido uma coisa dessas. Sem dúvida, pelo menos com o meu trabalho costumo ter um certo cuidado.

— Hã-hã — disse Eddie, pensando em perguntar: *Será que por acaso você não viu uns caras em roupas espalhafatosas, tipo os caras que dirigem carros maneiros, na época em que o perdeu? Homens baixos, para falar certo? Alguém com uma marca vermelha na testa? O tipo de coisa que lembrasse um pouco um círculo de sangue? Nenhuma indicação, em suma, de que alguém tivesse roubado seu esboço? Alguém que pudesse ter interesse em garantir que* A Torre Negra *jamais fosse concluída?*

— Vamos até a cozinha. Precisamos palestrar. — Eddie torceu para descobrir rapidamente *sobre o quê* deviam palestrar. Fosse lá o que fosse, era melhor conversar com atenção, porque aquele era o mundo real, o mundo onde não dava para refazer.

7

Roland não fazia idéia de como encher de pó e depois ligar a estranha cafeteira no balcão da cozinha, mas achou um velho bule de café numa das prateleiras que não era muito diferente do que, há muito tempo, Alain Johns carregara em sua mochila, quando três garotos chegaram a Mejis para contar o gado. O fogão de *sai* King funcionava a eletricidade mas uma criança poderia facilmente descobrir como ligar as bocas. Quando Eddie e King entraram na cozinha, o bule estava começando a esquentar.

— Não uso café — disse King e foi para a geladeira (passando bem longe de Roland). — E não costumo tomar cerveja antes das cinco, mas acho que hoje vou abrir uma exceção. Sr. Dean?

— Um café vai me fazer muito bem.

— Sr. Gilead?

— É Deschain, *sai* King. Também aceito o café e digo obrigado.

O escritor abriu uma lata puxando o anel na tampa (um dispositivo que Roland julgou superficialmente esperto e quase estupidamente supérfluo). Houve um assobio, seguido pelo cheiro agradável

(commala-venha-venha)

de fermento e lúpulo. King tomou pelo menos metade da lata de uma só vez, tirou a espuma do bigode e pôs a lata no balcão. Ainda estava pálido, mas aparentemente controlado e na posse de seu discernimento. O pistoleiro achou que tudo estava indo muito bem, pelo menos até aquele momento. Seria possível que, em alguns dos recessos mais profundos de seu coração e mente, King estivesse contando com a visita deles? Que estivesse esperando por eles?

— Você tem esposa e filhos — disse Roland. — Onde estão?

— A família de Tabby mora no norte, perto de Bangor. Minha filha foi passar uma semana com a avó e o avô. Tabby pegou nosso filho mais novo... Owen, que é apenas um bebê... e seguiu pelo mesmo caminho cerca de uma hora atrás. Devo buscar meu outro filho... Joe... em... — Consultou o relógio. — ... mais ou menos uma hora. Quis terminar o que estava escrevendo, então desta vez vamos em dois carros.

Roland ponderou. Podia ser verdade. Era quase certamente um meio de King dizer que, se lhe fizessem alguma coisa, dariam rapidamente pela sua falta.

— Não posso crer no que estou vendo. Acho que já repeti isto demais, não é? É exatamente como se uma de minhas histórias estivesse acontecendo.

— Como *'Salem*, por exemplo — Eddie sugeriu.

King ergueu as sobrancelhas.

— Então conhece o livro! Será que há um clube literário no lugar de onde vocês vieram? — Ele bebeu o resto da cerveja. Bebia, Roland pensou, como alguém que tivesse uma tendência para o álcool. — Duas horas atrás havia sirenes na outra margem do lago, além de uma grande coluna de fumaça. Pude ver do escritório. De início achei que, provavelmente, era apenas uma queimada, talvez em Harrison ou em Stoneham, mas agora já não sei. Será que não teve alguma coisa a ver com vocês, rapazes? Teve, não foi?

— Ele está escrevendo a coisa, Roland — disse Eddie. — Ou estava. Diz que parou. Mas chamou a história *A Torre Negra*. Portanto ele sabe.

King sorriu, mas Roland achou que, pela primeira vez, estava de fato profundamente assustado. Sem levar em conta aquele momento inicial em que dobrara um canto da casa e vira os dois, é claro. O momento em que vira sua criação.

É o que sou? Uma criação dele?

Tudo parecia errado e certo em igual medida. Pensar naquilo fez a cabeça de Roland doer e um novo bolo tomou conta de seu estômago.

— Ele sabe... — disse King. — Isto não me soou bem, rapazes. Numa história, quando alguém diz "ele sabe", a próxima linha geralmente é "vamos ter de matá-lo".

— Acredite no que vou lhe dizer — interveio Roland, falando com grande ênfase. — Matá-lo é a última coisa que íamos querer fazer, *sai* King. Seus inimigos são nossos inimigos e aqueles capazes de ajudá-lo ao longo do caminho são nossos amigos.

— Amém — disse Eddie.

King abriu a geladeira e pegou outra cerveja. Roland viu muitas delas lá dentro, alinhadas em congelada reticência. Havia mais latas de cerveja que qualquer outra coisa.

— Nesse caso — disse ele —, podem me chamar de Steve.

8

— Conte a história comigo nela — Roland convidou.

King se debruçou no balcão da cozinha e o alto de sua cabeça pegou um raio de sol. Ele tomou um gole da cerveja e refletiu sobre a pergunta de

Roland. Eddie viu então a coisa pela primeira vez, muito vaga — apenas um contraste no sol, talvez. Uma poeirenta sombra negra, algo que rondava em volta do homem. Vaga. Quase nem ali. Mas ali. Como a escuridão que se vê escondida atrás das coisas quando se viaja em *todash*. Era a mesma coisa? Eddie não pensava que fosse.

Quase nem ali.

Mas ali.

— Você sabe — disse King —, não sou muito bom para contar histórias. Parece um paradoxo, mas não é; é por essa razão que as escrevo.

É como Roland que ele fala ou como eu?, Eddie se perguntou. Não podia dizer. Muito mais tarde ia perceber que King falava como *todos* eles, sem excluir Rosa Munoz, a mulher que servia ao *père* Callahan na Calla.

Então o escritor se animou.

— Sabem de uma coisa, quem sabe não consigo encontrar o manuscrito? No andar de baixo, tenho quatro ou cinco caixas de histórias meio quebradas. *A Torre Negra* tem de estar numa delas. — *Meio quebradas. Histórias meio quebradas.* Eddie não gostava absolutamente de como aquilo soava. — Poderão ler alguma coisa enquanto vou pegar meu garotinho. — Ele sorriu, exibindo dentes grandes, tortos. — E quem sabe já não tenham ido embora quando eu voltar? Aí vou poder começar a achar que jamais estiveram aqui.

Eddie olhou de relance para Roland, que balançou de leve a cabeça. Em cima do fogão, a primeira bolha de café cintilou no visor de vidro do bule.

— *Sai* King... — Eddie começou.

— Steve.

— Steve, então. Devíamos discutir nosso assunto agora. Colocando de lado problemas de confiança mútua, estamos numa tremenda pressa.

— Claro, claro, certo, correndo contra o tempo — disse King, e riu. O som foi gostosamente simplório. Eddie desconfiou que a cerveja estivesse começando a ter um efeito e se perguntou se o homem não viveria sempre tocado. Impossível dizer com certeza com alguns minutos de conhecimento, mas Eddie achava que alguns dos sinais estavam lá. Não lembrava muita coisa das aulas de inglês, mas recordava um ou outro professor dizendo que os escritores gostavam *realmente* de beber. Hemingway, Faulkner, Fitzgerald, o sujeito de "O Corvo". Escritores gostavam de beber.

— Não estou rindo de vocês, rapazes — disse King. — Realmente é contra minha religião rir de homens que estão com armas na cintura. É só que, no tipo de livros que escrevo, as pessoas estão quase sempre correndo contra o tempo. Gostariam de ouvir a primeira linha de *A Torre Negra*?

— Claro, se você se lembrar — disse Eddie.

Roland não disse nada, mas seus olhos brilharam muito sob sobrancelhas que estavam agora cheias de fios brancos.

— Ah, eu me lembro. Pode ser a melhor linha de abertura que jamais escrevi. — King pôs a cerveja de lado e ergueu as mãos com os primeiros dois dedos de cada uma estendidos e curvados, como se formando aspas. "O homem de preto fugia pelo deserto e o pistoleiro ia atrás." O resto pode ter sido tolo e batido, mas cara, essa foi ótima! — Ele baixou as mãos e pegou a cerveja. — Pela 43ª vez, isto está realmente acontecendo?

— Era Walter o nome do homem de preto? — Roland perguntou.

Um pouco da cerveja de King escapou de sua boca e escorreu pelo peito, molhando a camisa que ele trocara. Roland abanou a cabeça, como se aquela fosse toda a resposta de que precisava.

— Não desmaie de novo em cima da gente — disse Eddie, um tanto agudamente. — Uma vez já deu para impressionar.

King abanou a cabeça, tomou outro gole de cerveja, parecendo ao mesmo tempo se controlar. Olhou para o relógio.

— Será, cavalheiros, que vão realmente deixar que eu pegue meu filho?

— Sim — disse Roland.

— Acha... — King parou para pensar e sorriu. — Acha que posso confiar na palavra de vocês?

— Acho que sim — disse Roland sem devolver o sorriso.

— OK, então, *A Torre Negra*, versão condensada das Seleções do Reader's Digest. Tenham sempre em mente que história oral não é minha especialidade, vou fazer o melhor que puder.

9

Roland ouviu como se mundos dependessem daquilo, como estava inteiramente certo, aliás, que dependiam. King começara sua versão da vida de Roland com as fogueiras, o que tinha agradado ao pistoleiro porque confirmavam a humanidade essencial de Walter. Dali, disse King, a história voltava ao encontro de Roland com uma espécie de colono-peão na orla do deserto. Brown, fora o nome dele.

Vida para sua colheita, Roland ouvia por entre um eco de anos, e *Vida para você também*. Tinha esquecido de Brown, e de Zoltan, o corvo de estimação de Brown, mas este estranho não havia esquecido.

— O que eu gostava — disse King — era como a história parecia estar indo para trás. De um ponto de vista puramente técnico, era muito interessante. Começo com você no deserto, depois volto um ponto para você encontrando Brown e Zoltan. Aliás, Zoltan era o nome de um guitarrista e cantor de música *folk* que conheci na Universidade do Maine. De qualquer modo, da cabana do colono a história volta mais um ponto para você entrando na cidade de Tull... nome tirado de um grupo de *rock*...

— Jethro Tull — disse Eddie. — Porra, é claro! Eu *sabia* que esse nome era familiar! E sobre Z.Z. Top, Steve? Você os conhece? — Eddie olhou para King, viu a incompreensão e sorriu. — Acho que realmente ainda não é o quando deles. Ou se é, você não tá sabendo deles ainda.

Roland torceu os dedos: *Vamos, vamos.* E deu a Eddie um olhar sugerindo que ele parasse de interromper.

— Bem, depois da chegada de Roland a Tull, a história volta outro ponto para contar como Nort, o comedor de erva, morreu e foi ressuscitado por Walter. Vocês entendem como a coisa me ligou, não é? A primeira parte foi toda contada em marcha a ré. Tudo visto pelo retrovisor.

Roland não tinha interesse pelos aspectos técnicos que pareciam fascinar King; era, afinal, de sua vida que estavam falando, a *vida* dele e, para ele, tudo sempre andara para a frente. Pelo menos até ele ter alcançado o mar Ocidental e as portas por onde puxara seus companheiros de viagem.

Mas Stephen King, ao que parecia, não sabia nada das portas. Tinha escrito sobre o posto de parada e sobre o encontro de Roland com Jake

Chambers; tinha descrito a jornada dos dois, primeiro em direção às montanhas, depois através delas; tinha escrito da traição de Jake pelo homem que viera a amar e em quem viera a confiar.

King observou o modo como Roland baixou a cabeça durante essa parte da narrativa e falou com singular ternura.

— Não precisa ficar tão envergonhado, Sr. Deschain. Afinal, fui eu quem o obrigou a fazer aquilo.

Mas Roland estava de novo cismado com o tema.

King descrevera a palestra de Roland com Walter no poeirento gólgota de ossos, a leitura do tarô e a terrível visão que Roland tivera de ir avançando pelas cumeeiras do universo. Tinha escrito sobre como Roland acordara depois daquela longa noite de leitura da sorte para se descobrir anos mais velho, enquanto Walter estava reduzido a ossos. Finalmente King disse como escrevera de Roland se aproximando da beira da água e sentando lá.

— Você disse: "Eu gostava muito de você, Jake."

Roland abanou afirmativamente a cabeça.

— Ainda gosto muito dele.

— Você fala como se ele realmente existisse.

Roland olhou-o firmemente.

— E eu existo? Você existe?

King ficou em silêncio.

— O que aconteceu então? — Eddie perguntou.

— Então, *señor*, me desliguei da história... fiquei intimidado, se preferir... e parei.

Eddie também quis parar. Podia ver as sombras começando a se alongar na cozinha e quis ir atrás de Susannah antes que fosse tarde demais. Achou que tanto ele quanto Roland faziam uma idéia muito boa de como sair deste mundo; suspeitava que Stephen King poderia dirigi-los diretamente para a Via do Casco da Tartaruga, em Lovell, onde a realidade era fina e — pelo menos de acordo com John Cullum — ultimamente os aparecidos haviam sido abundantes. E King ficaria feliz em orientá-los. Feliz em se livrar deles. Mas ainda não podiam ir e, a despeito de sua impaciência, Eddie sabia disso.

— Você parou porque perdeu seu *esmoço* — disse Roland.

— Esboço. E não, não realmente. — King fora pegar a terceira cerveja e Eddie achou que não era de admirar que o homem estivesse ganhando uma certa barriga; já consumira as calorias equivalentes a uma bisnaga e estava entrando na bisnaga nº 2. — Dificilmente trabalho a partir de um esboço. De fato... Bem, não me censurem, mas essa podia ter sido a única vez em que eu tivesse um esboço. Porque a coisa ficou grande demais para mim. Estranha demais. Além disso, *você* se tornou um problema, senhor, *sai* ou como quer que o chame. — King fez uma careta. — Não importa a forma de tratamento, não fui eu que inventei.

— Pelo menos ainda não — Roland observou.

— Você começou como uma versão do Homem Sem Nome, de Sérgio Leone.

— Nos faroestes *spaghetti* — disse Eddie. — Jesus, é claro! Vi uma centena deles no Majestic com meu irmão Henry, quando Henry ainda estava em casa. Quando Henry foi para o Vietnã, eu ia sozinho ou com um amigo meu, Chuggy Coter. Aqueles sim, eram filmes para *homens*.

King estava sorrindo.

— Ié — disse ele —, mas minha mulher era louca por eles, explica isso?

— Legal! — Eddie exclamou.

— Sim, Tab é uma gata legal. — King se virou para Roland. — Como Homem Sem Nome... uma versão fantástica de Clint Eastwood... você esteve bem. Divertido como sócio.

— Foi assim que viu?

— Foi. Mas depois você mudou. Bem diante dos meus olhos. A tal ponto que não pude mais dizer se era o herói, o anti-herói ou nada de herói. Deixar o garoto cair foi a gota d'água.

— Você disse que me obrigou a fazer isso.

King olhou diretamente nos olhos de Roland (azul encontrando azul entre o interminável coro de vozes) e respondeu:

— Eu menti, irmão.

10

Houve uma pequena pausa e todos pareceram refletir. King, então, falou:

— Você começou a me assustar, por isso parei de escrever sobre você. Coloquei-o numa caixa, depois numa gaveta e dei andamento a uma série de contos que vendi para diversas revistas masculinas. — Ele pensou e prosseguiu: — As coisas mudaram para mim depois que o despachei, meu amigo, e mudaram para melhor. Comecei a vender minhas histórias. Pedi a Tabby em casamento. Não muito tempo depois comecei um livro chamado *Carrie, a Estranha*. Não foi meu primeiro romance, mas foi o primeiro que vendi e botou para andar. Tudo isso após dizer adeus Roland, até à vista, boas trilhas para você. Então o que acontece? Um dia, seis ou sete anos mais tarde, viro a quina de minha casa e vejo você parado na porra da minha entrada, alto como um poste, como minha mãe costumava dizer. E agora pensar que você é uma alucinação trazida pelo excesso de trabalho é a conclusão mais otimista a que posso chegar. Só que não acredito nela. Como poderia? — A voz de King ia se elevando e ficando trêmula. Eddie percebeu que não se tratava de medo; era ultraje. — Como posso acreditar quando vejo a sombra lançada por você, o sangue na perna dele... — Apontando para Eddie... e, então, de novo para Roland: — E a poeira em seu rosto? Você acabou com minhas malditas opções e sinto minha mente... eu não sei... em queda? É essa a palavra? Acho que é. Em queda.

— Você não parou — disse Roland, ignorando por completo as últimas observações de King devido ao absurdo que, sem dúvida, representavam.

— Não?

— Acho que contar histórias é como empurrar alguma coisa. Empurrar contra a própria ausência de criação, talvez. E um dia, quando você estava fazendo isso, sentiu algo empurrando de volta.

King refletiu pelo que Eddie considerou um tempo muito longo. Depois abanou a cabeça.

— Talvez você tenha razão. Mas acho que foi mais que a habitual sensação de a fonte secar, a que estou acostumado, embora ela já não aconteça com a mesma freqüência de antes. Foi... não sei... um dia simplesmente você começa a achar menos graça de estar sentado ali, batendo a sua história nas teclas. Começa a ver tudo menos claramente. Curtir menos o fato de estar contando *a você mesmo* a história. E aí, para piorar as coisas, começa *nova* idéia, uma idéia realmente notável, brilhante, novinha em folha na frente do *showroom*, sem um único arranhão. Completamente não-fodida por você, pelo menos ainda não. E... bem...

— E você sentiu a coisa empurrando de volta — Roland falou no mesmo tom extremamente seco.

— Ié. — A voz de King tinha caído tão baixo que Eddie mal podia ouvi-lo. — ENTRADA PROIBIDA. NÃO ENTRE. ALTA VOLTAGEM. — Fez uma pausa. — Quem sabe... PERIGO DE MORTE.

Você não ia gostar daquela sombra tênue que vejo girando à sua volta, Eddie pensou. *Aquele nimbo-cúmulo escuro. Não, sai, acho que não ia gostar absolutamente nada. E o que estou vendo? Os cigarros? A cerveja? Algum outro vício que atrai você? Um acidente de carro numa noite de bebedeira? Quanto tempo à frente? Quantos anos?*

Olhou para o relógio que estava na mesa da cozinha de King e ficou desanimado ao ver que eram 3h45 da tarde.

— Roland, está ficando tarde. O homem tem de buscar o filho. — *E precisamos encontrar minha esposa antes que Mia tenha aquele bebê que as duas parecem estar compartilhando e antes que a parte Susannah da dupla não tenha mais utilidade para o Rei Rubro.*

— Só mais um pouco — disse Roland, baixando a cabeça sem dizer nada. Pensando. Tentando decidir que perguntas seriam as perguntas certas. Talvez só houvesse uma pergunta certa. E era importante, Eddie sabia que era, porque nunca iriam conseguir voltar para o dia 9 de julho do ano de 1977. Talvez conseguissem revisitar esse dia em algum outro mundo, mas não neste. E será que Stephen King existiria em algum desses outros mundos? Eddie achava que talvez não. *Provavelmente* não.

Enquanto Roland pensava, Eddie perguntou a King se o nome Blaine tinha algum significado especial para ele.

— Não. Não particularmente.

— E quanto a Lud?

— Como em luddistas? Era uma espécie de seita religiosa que odiava as máquinas, não é? Do século XIX, eu acho, ou talvez tenham se formado mais cedo. Se não estou enganado, no século XIX os membros da seita irrompiam nas fábricas e despedaçavam as máquinas. — Sorriu, exibindo aqueles dentes tortos. — Acho que eram o Greenpeace da época.

— Beryl Evans? Esse nome tem alguma ressonância?

— Não.

— Henchick? Henchick dos *mannis*?

— Não. O que são os *mannis*?

— Complicado demais para resumir. O que me diz de Claudia y Inez Bachman? Esse nome significa algu...

King explodiu numa risada, sobressaltando Eddie. Sobressaltando a si próprio, a julgar pela expressão do rosto.

— A esposa de Dicky? — exclamou. — Que diabo, como sabe o nome dela?

— Não sei. Quem é Dicky?

— É Richard Bachman. Comecei a publicar alguns de meus primeiros livros em brochura, com um pseudônimo. Bachman é o pseudônimo. Uma noite, quando eu estava bastante embriagado, inventei toda uma biografia para ele, inclusive como teria se curado de uma leucemia no início da vida adulta, viva Dickie. Seja como for, Claudia é sua esposa. Claudia Inez Bachman. Só a parte do *y*... é que eu não sei de onde veio.

Eddie sentiu como se uma enorme pedra invisível tivesse de repente saído de seu peito e rolado para longe de sua vida. *Claudia Inez Bachman* só tinha 18 letras. Então alguém acrescentara o *y*, e por quê? Para completar 19 letras, é claro. Claudia Bachman era apenas um nome. Claudia y Inez Bachman, porém... essa era *ka-tet*.

Eddie achou que acabara de obter uma das coisas que o tinham levado até ali. Sim, Stephen King os criara. Pelo menos criara Roland, Jake e o padre Callahan. O resto ainda não fora criado. E King tinha movido Roland como uma pedra num tabuleiro de xadrez: vá para Tull, Roland; durma com Allie, Roland; persiga Walter através do deserto, Roland! Mas enquanto movia seu principal personagem pelo tabuleiro, o *próprio King* fora movido. Aquela letra acrescentada ao nome da mulher de seu pseudônimo deixava isso claro. Alguma coisa quisera transformar Claudia Bachman num *19*. Portanto...

— Steve.

— Sim, Eddie de Nova York. — King sorriu meio sem graça.

Eddie pôde sentir o coração batendo com força no peito.

— O que o número 19 significa para você?

King pensou. Lá fora o vento sussurrava nas árvores, os barcos a motor zuniam e um corvo (ou outra coisa) grasnava. Em breve chegaria a hora das churrascadas nas margens do lago e, depois, talvez uma ida à cidade para um concerto de banda na praça, tudo naquele melhor de todos os mundos possíveis. Ou somente mais real.

Por fim, King balançou a cabeça e Eddie soltou um suspiro frustrado.

— Lamento. É um número primo, mas isso é tudo com que posso atinar. Os primos me fascinam um pouco, desde as aulas de Álgebra I do professor Soychak, na Lisbon High School. E acho que eu tinha essa idade quando conheci minha esposa, embora ela talvez conteste isso. Tem um temperamento contestador.

— E quanto a 99?

King refletiu um pouco, depois começou a bater cada item na ponta de um dedo:

— Uma idade infernal para se ter. "Noventa e nove anos quebrando pedras, é uma letra de música." Tem outra música chamada... eu acho... "The Wreck of Old Ninety-nine", o naufrágio do velho 99... só que, pensando bem, podia ser "The Wreck of the *Hesperus*", o naufrágio do *Vésper*, que me vem à cabeça. "Noventa e nove garrafas de cerveja no muro, pegamos uma, passamos em volta e agora são 98 garrafas de cerveja", outra música. Além disso, *nada*.

Desta vez foi King quem se virou para o relógio.

— Se eu não sair logo, Betty Jones vai ligar para saber se esqueci que *tenho* um filho. E depois de pegar Joe devo dirigir mais de 200 quilômetros para o norte, ainda mais essa. O que pode ficar mais fácil se eu parar com a cerveja. E isso, por sua vez, pode ser mais fácil se eu não tiver uma dupla de espectros armados sentados na minha cozinha.

Abanando a cabeça, Roland estendeu a mão para o cinturão, pegou uma bala e começou a fazê-la rolar distraidamente entre o polegar e o indicador da mão esquerda.

— Só mais uma pergunta, se não se importar. Então seguiremos nosso caminho e deixaremos que siga o seu.

King assentiu.

— Então pergunte. — Olhou para a terceira lata de cerveja e derramou-a na pia com uma expressão de pesar.

— Foi você que escreveu *A Torre Negra*?

Para Eddie a pergunta não fazia sentido, mas os olhos de King se iluminaram e ele abriu um largo sorriso.

— *Não!* — disse. — Se algum dia eu fizer um livro sobre o ofício de escrever (e provavelmente seria capaz, dava aula disso antes de parar para escrever) vou dizer que não escrevo. Não escrevi este, nenhum deles, realmente. Sei que existem escritores que escrevem, mas não sou um deles. De fato, quando perco a inspiração e começo a depender do enredo, a história em que estou trabalhando geralmente vira uma merda.

— Não faço a menor idéia do que está falando — disse Eddie.

— É como... Ah, que legal!

A bala rolando de um lado para o outro entre o polegar e o indicador do pistoleiro tinha saltado com naturalidade para as costas da mão, onde parecia avançar pelos nós ondulantes dos dedos de Roland.

— É — Roland concordou —, legal, não é?

— Foi assim que você hipnotizou Jake no posto de parada. Foi assim que o fez se lembrar de ter sido morto.

E Susan também, Eddie pensou. *Ele hipnotizou Susan do mesmo modo, só que você ainda não sabe disso*, sai *King. Ou talvez saiba. Talvez em algum lugar por dentro, você saiba disso tudo.*

— Um dia tentaram me hipnotizar — disse King. — Quando eu era garoto, na Feira de Topsham. Um sujeito me fez subir no palco e me mandou cacarejar como uma galinha. Não deu certo. Foi mais ou menos na época em que Buddy Holly morreu. E o Big Bopper. E Ritchie Valens. Todana! Ah, Discórdia!

De repente King balançou a cabeça como se precisasse clarear as idéias e seus olhos passaram da bala nos dedos de Roland para o rosto dele.

— Eu disse alguma coisa agorinha?

— Não, *sai*. — Roland baixou os olhos para a bala dançante... de um lado para o outro, de um lado para o outro... Muito naturalmente, a bala também não deixava de atrair os olhos de King.

— O que acontece quando cria uma história? — Roland indagou. — *Minha* história, por exemplo?

— Ela apenas vem — disse King. A voz tinha ficado muito débil. Apalermada. — Entra como um vento... essa é a parte boa... e daí sai quando mexo os dedos. A história nunca vem da cabeça. Sai do umbigo ou de algum outro lugar. Um dia um editor... acho que Maxwell Perkins... chamou Thomas Wolfe e...

Eddie percebeu o que Roland estava fazendo e sabia que provavelmente não seria uma boa idéia se intrometer, mas não pôde se segurar.

— Uma rosa — disse. — Uma rosa, uma pedra, uma porta não-encontrada.

O rosto de King se iluminou de prazer, mas os olhos não se desviaram da bala que dançava entre as cavidades dos nós dos dedos do pistoleiro.

— Na realidade a coisa é uma pedra, uma *folha*, uma porta — disse ele. — Mas gosto mais da rosa.

Fora inteiramente capturado. Eddie achou que quase podia ouvir o som de sorver enquanto a mente consciente do homem se drenava. Ocorreu-lhe que, algo tão simples quanto um toque de telefone naquele momento crítico, poderia alterar todo o curso da existência. Ele se levantou (movendo-se serenamente, a despeito da rigidez e da dor na perna), se aproximou do telefone pendurado na parede, torceu o fio nos dedos e fez pressão até o fio romper.

— Uma rosa, uma pedra, uma porta não-encontrada — King concordou. — Podia ter sido Wolfe, sem dúvida. Maxwell Perkins chamou-o de "divino carrilhão de vento". Ah, perdido, e pelo vento chorado! Todas as faces esquecidas! Ó Discórdia!

— Como a história vem até você, *sai*? — Roland perguntou em voz baixa.

— Não gosto dos aficcionados de Nova Era... nem dos metidos com cristais... nem dos isso-não-importa, virem a página... Chamam a coisa de canalizar e... fica mesmo parecendo... alguma coisa em um canal...

— Ou por um feixe? — Roland perguntou.

— Todas as coisas servem ao Feixe — disse o escritor, e suspirou. A tristeza do som foi terrível. Eddie sentiu as costas se eriçarem nas implacáveis ondas de um arrepio.

11

Stephen King estava em pé num raio empoeirado do sol da tarde. O sol iluminava seu rosto, a curva do olho esquerdo, a covinha no canto da boca, convertendo cada fio branco do lado esquerdo da barba numa linha de luz.

Ele *estava* na luz, o que tornava mais nítida a ligeira escuridão à sua volta. Sua respiração tinha se reduzido para umas três ou quatro por minuto.

— Stephen King — disse Roland. — Está me vendo?

— Ei, pistoleiro, estou vendo você muito bem!

— Quando me viu pela primeira vez?

— Hoje foi a primeira.

Roland pareceu surpreso com a resposta e um pouco frustrado. Sem dúvida não era a resposta que estava esperando. Aí King continuou:

— Vi Cuthbert, não você. — Uma pausa. — Você e Cuthbert, cortando pão e espalhando os miolos sob a forca. Está na parte que já escrevi.

— Ié, foi assim. Quando Hax, o cozinheiro, foi enforcado. Éramos apenas garotos. Bert lhe contou a história?

Mas King não respondeu.

— Vi Eddie. Vi-o muito bem. — Uma pausa. — Cuthbert e Eddie são gêmeos.

— Roland... — Eddie começou em voz baixa. Roland o silenciou sacudindo bruscamente a cabeça e pôs na mesa a bala que usara para hipnotizar King. King continuou olhando para o lugar onde a bala estivera, como se ainda a estivesse vendo lá. Provavelmente estava. Grãos de poeira dançavam em volta daquela escura e desgrenhada cabeça cheia de cabelo.

— Onde você estava quando viu Cuthbert e Eddie?

— No celeiro. — A voz de King caiu. Os lábios tinham começado a tremer. — Titia me mandou para lá porque tentamos fugir de casa.

— Quem?

— Eu e meu irmão Dave. Eles nos pegaram e nos trouxeram de volta. Disseram que éramos maus, maus meninos.

— E você teve de entrar no celeiro.

— Tive, e tive de serrar lenha.

— Foi seu castigo.

— Foi. — Uma lágrima brotou no canto do olho direito de King. Deslizou pelo rosto até a ponta da barba. — As galinhas estão mortas.

— As galinhas no celeiro?

— Sim, elas. — Novas lágrimas se seguiram às primeiras.

— O que as matou?

— Tio Oren diz que foi uma gripe avícola. Os olhos delas estão abertos. É... um pouco assustador.

Ou talvez mais que apenas um pouco, Eddie pensou, julgando pelas lágrimas e a palidez no rosto do homem.

— Você não podia sair do celeiro?

— Não até eu serrar minha parte da lenha. David serrou a dele. É minha vez. Tem aranhas nas galinhas. Aranhas nas tripas, pequenas aranhas vermelhas. Como manchas de pimenta vermelha. Se subirem em mim, vou pegar a gripe e morrer. Só que aí vou voltar.

— Por quê?

— Porque vou ser um vampiro. Um escravo *para ele*. Seu escriba, quem sabe. Seu escritor de estimação.

— Ele quem?

— O Senhor das Aranhas. O Rei Rubro, encerrado na Torre.

— Cristo, Roland... — Eddie murmurou. E estava tremendo. O que tinham encontrado ali? Que ninho haviam exposto? — *Sai* King, *Steve*, quantos anos você tinha... você *tem*?

— Tenho sete. — Uma pausa. — Mijei nas calças. Não quero que as aranhas me mordam. As aranhas vermelhas. Mas então *você*, Eddie, me socorreu e fiquei livre. — Ele deu um sorriso radiante, as faces brilhando de lágrimas.

— Está dormindo, Stephen? — Roland perguntou.

— Ié.

— Vá mais fundo.

— Tudo bem.

— Vou contar até três. Em três você vai estar o mais fundo que puder.

— Tudo bem.

— Um... dois... três. — Em *três*, a cabeça de King se inclinou para a frente. O queixo descansou no peito. Um filete prateado de baba correu da boca e balançou como um pêndulo.

— Agora então sabemos de alguma coisa — Roland disse a Eddie. — Alguma coisa crucial, talvez. Ele foi tocado pelo Rei Rubro quando era apenas uma criança, mas parece que o ganhamos para o nosso lado. Ou *você* ganhou, Eddie. Você e meu velho amigo, Bert. Seja como for, isso o torna um tanto especial.

— Eu me sentiria mais à vontade com o meu heroísmo se me lembrasse dele — disse Eddie. E então: — Já percebeu que, quando este cara tinha sete anos, eu ainda nem era nascido?

Roland sorriu.

— O *ka* é uma roda. Há longo tempo você roda nela sob diferentes nomes. Cuthbert, por exemplo.

— E o que me diz dessa história do Rei Rubro como "encerrado na Torre"?

— Não faço idéia.

Roland se virou para Stephen King.

— Quantas vezes você acha que o Senhor da Discórdia tentou matá-lo, Stephen? Matá-lo e deter sua caneta? Calar sua boca criadora de caso? Desde aquela primeira vez no celeiro de sua tia e seu tio?

King pareceu estar tentando contar, depois balançou a cabeça.

— Delah — disse. *Muitas.*

Eddie e Roland trocaram um olhar.

— E alguém sempre intervém? — Roland perguntou.

— Naum, *sai*, nem pense nisso. Eu não sou indefeso. Às vezes eu dou passagem.

Roland riu... o som seco de um graveto quebrando num joelho.

— Você sabe o que é?

King balançou a cabeça. O lábio inferior se projetou como o beiço de uma criança amuada.

— Você sabe o que é?

— O pai primeiro. O marido em segundo lugar. O escritor em terceiro. Depois o irmão. Depois da fraternidade fico em silêncio. Tudo OK?

— Não. Não Oh-K! Você sabe o que é?

Uma longa pausa.

— Não. Já disse tudo que sei. Pare de me fazer perguntas.

— Vou parar quando falar a verdade. Você sabe...

— Sim, tudo bem, sei aonde está querendo chegar. Satisfeito?

— Ainda não. Me diga o que...

— Eu sou Gan ou estou *possuído* pelo Gan, não sei qual, talvez não haja diferença. — King começou a chorar. As lágrimas eram silenciosas e horríveis. — Mas não é Dis, eu me afastei de Dis, eu *repudio* Dis e isso devia ser o bastante, mas não é, o *ka* nunca está satisfeito, o insaciável e velho *ka*, isso foi o que *ela* disse, não foi? O que Susan Delgado disse antes que você a matasse, ou que eu a matasse, ou que Gan a matasse. "Insaciável o velho *ka*, como eu o detesto." Independentemente de quem a matou, *eu* a fiz dizer isso, pois eu também o detesto. Invisto contra o tormento do *ka* e farei isso até o dia de minha entrada na clareira do final do caminho.

Sentado à mesa, Roland ficara branco ao ouvir o nome de Susan.

— E no entanto o *ka* vem a mim, vem *de* mim, eu o traduzo e o *faço* traduzir; o *ka* flui do meu umbigo como uma fita. Não sou *ka*, não sou a fita, trata-se apenas do que flui através de mim e eu o odeio, eu o odeio! As galinhas estavam cheias de *aranhas*, você entende isso, cheias de *aranhas*!

— Pare com essa choradeira — disse Roland (com uma nítida falta de simpatia, segundo a avaliação de Eddie). King se acalmou.

O pistoleiro continuou pensativo, depois ergueu a cabeça.

— Por que parou de escrever a história quando eu cheguei ao mar Ocidental?

— Você é idiota? Porque *eu não quero ser Gan*! Eu me afastei de Dis e devia ser também capaz de me afastar de Gan. Amo minha esposa. Amo meus filhos. Gosto de escrever histórias, mas não quero escrever a *sua* história. Estou sempre com medo. Ele me procura. O Olho do Rei.

— Mas não desde que parou — disse Roland.

— Não, desde então ele não me procura, ele não me vê.

— Não obstante, você tem de continuar.

O rosto de King se contorceu, como se estivesse sentindo alguma dor; depois se suavizou, recuperando o ar de sono.

Roland ergueu a mão direita mutilada.

— Quando recomeçar, vai contar como perdi meus dedos. Está lembrado?

— Lagostrosidades — disse King. — Mordida delas.

— E como sabe disso?

King sorriu um pouco e deixou escapar um leve som de *assssobbbio...*

— O vento sopra — disse.

— Gan criou o mundo e seguiu adiante — Roland respondeu. — É o que pretende dizer?

— Ié, e o mundo teria caído no abismo se não fosse a grande tartaruga. Em vez de cair, ele pousou em seu casco.

— Foi o que nos contaram e todos nós agradecemos. Mas comece com as lagostrosidades mordendo meus dedos.

— Dad-a-dum, dad-a-chum e as malditas lagostas comeram seus dedos — King disse, e acabou rindo.

— Sim.

— Teria me poupado muitos problemas se morresse, Roland, filho de Steven.

— Eu sei. Eddie e meus outros amigos, também. — Um traço de sorriso tocou os cantos da boca do pistoleiro. — Então, depois das lagostrosidades...

— Vem Eddie. Vem Eddie. — King interrompeu e fez um pequeno e distraído gesto com a mão direita, como para dizer que sabia daquilo tudo e que Roland não devia perder seu tempo. — O Prisioneiro o Empurrador a Dama das Sombras. O açougueiro o padeiro o mau iluminador. — Ele sorriu. — É como diz meu filho Joe. Quando?

Roland piscou, apanhado de surpresa.

— Quando, quando, *quando*? — King ergueu a mão e Eddie observou espantado como a torradeira, o aparelho de *waffles* e o escorredor cheio de pratos limpos levantaram e flutuavam no sol.

— Está me perguntando quando devia começar de novo?

— Sim, sim, *sim*! — Uma faca subiu do flutuante escorredor de pratos e voou por toda a extensão da cozinha até entrar, trêmula, na parede. Então tudo voltou de novo ao normal.

— Preste atenção à canção da Tartaruga — disse Roland —, ao grito do Urso.

— Canção da Tartaruga, grito do Urso. Maturin, dos livros de Patrick O'Brian. Shardik, do livro de Richard Adams.

— Sim. Se prefere assim.

— Guardiães do Feixe.

— Sim.

— Do *meu* Feixe.

Roland olhou-o fixamente.

— É o que acha?

— Sim.

— Então que seja. Quando ouvir a canção da Tartaruga ou o grito do Urso terá de começar de novo.

— Quando abro meu olho para seu mundo, ele me vê. — Uma pausa. — *A coisa.*

— Eu sei. Tentaremos protegê-lo nessas ocasiões, assim como pretendemos proteger a rosa.

King sorriu.

— Amo a rosa.

— Você a viu? — Eddie perguntou.

— Sim, já vi, em Nova York. Subindo a rua, vindo do U.N. Plaza Hotel. Costumava ficar na déli. Tom e Jerry. Nos fundos. Agora está no terreno baldio onde ficava a déli.

— Você vai contar nossa história até se cansar — disse Roland. — Quando não puder mais contar, quando a canção da Tartaruga e o grito do Urso soarem mais fracos aos seus ouvidos, você vai descansar. Mas quando puder começar de novo, *começará* de novo. Você...

— Roland?

— *Sai* King?

— Vou fazer como está dizendo. Vou estar atento à canção da Tartaruga e, cada vez que ouvi-la, continuarei com a história. Se eu viver. Mas você também deve ficar atento. À canção *dela*.

— De quem?

— De Susannah. O bebê vai matá-la se você não agir rápido. E tem de ficar com os ouvidos vigilantes.

Eddie olhou para Roland, assustado. Roland abanou a cabeça. Estava na hora de ir.

— Preste atenção, *sai* King... Fomos bem recebidos em Bridgton, mas agora temos de deixá-lo.

— Bom — disse King, e falou com um alívio tão sincero que Eddie quase riu.

— Você vai ficar aí, exatamente onde está, por dez minutos. Está entendendo?

— Sim.

— Depois vai acordar. Sentindo-se muito bem. Não vai se lembrar de que estivemos aqui, exceto nos rincões mais fundos de sua mente.

— Na lama do fundo.

— Na lama do fundo, exato. Na superfície, vai achar que teve um cochilo. Um cochilo maravilhoso, revigorante. Vai pegar seu filho e ir para onde tem de ir. Se sentirá muito bem. Continuará com sua vida. Vai escrever muitas histórias, mas cada uma delas terá, em maior ou menor grau, algo a ver com esta nossa história. Está entendendo?

— Estou — disse King, e ficou tão parecido com Roland, quando Roland estava nervoso e cansado, que as costas de Eddie voltaram a formigar num arrepio. — Porque o que é visto não pode ser invisível. O que é conhecido não pode ser desconhecido. — Fez uma pausa. — Salvo talvez na morte.

— Sim, talvez. Cada vez que ouvir a canção da Tartaruga... uma canção que soar como ela... começará de novo nossa história. De fato a única história que tem de contar. E tentaremos protegê-lo.

— Estou com medo.

— Sei, mas tentaremos...

— Não é *isso*. Tenho medo de não ser capaz de terminar. — Baixou a voz. — Tenho medo que a Torre caia e que eu seja responsabilizado por isso.

— É assunto do *ka*, não seu — disse Roland. — Nem meu. Com relação a isso estou satisfeito. E agora... — Ele abanou a cabeça para Eddie e se levantou.

— Espere — disse King.

Roland olhou para ele, sobrancelhas erguidas.

— Tenho privilégios de correio, mas para usar só uma vez.

Parece um cara num acampamento de prisioneiros de guerra, Eddie ponderou. E em voz alta:

— Quem lhe concede privilégios de correio, grande Steve?

A testa de King se enrugou.

— Gan? — ele próprio se perguntou. — É Gan? — Então, como o sol rompendo pela névoa da manhã, a testa se suavizou e ele sorriu. — Acho que sou *eu*! — ele disse. — Posso mandar uma carta para mim mesmo... talvez até uma pequena encomenda... mas só uma vez. — Seu sorriso se ampliou, transformando-se num riso. — Tudo isto... é mais ou menos como um conto de fadas, não é?

— Sim, de fato — disse Eddie, pensando no palácio de vidro que encontraram no meio da Interestadual do Kansas.

— O que você faria? — Roland perguntou. — Para quem mandaria uma mensagem?

— Para Jake — disse prontamente King.

— E o que ia dizer a ele?

A voz de King se transformou na voz de Eddie Dean. Não era uma aproximação; era a voz *exata*. O som deixou Eddie congelado.

— Dad-a-chum, dad-a-chá — King entoou —, não se preocupe, você tem a chave!

Esperaram, mas aparentemente não havia mais. Eddie olhou para Roland e, agora, foi a vez de o homem mais jovem mexer os dedos no gesto de vamos-já. Roland balançou afirmativamente a cabeça, e os dois se encaminharam para a porta.

— Essa porra foi tremendamente sinistra — disse Eddie.

Roland não respondeu.

Eddie deteve-o com um toque no braço.

— Está me ocorrendo outra coisa, Roland. Aproveitando que ele está hipnotizado, por que não manda que pare de beber e fumar? Principalmente de fumar. É fanático pelos cigarros. Olhou em volta? As porras dos cinzeiros estão por todo lado.

Roland parecia estar se divertindo.

— Eddie, se a pessoa esperar até os pulmões estarem plenamente formados, o tabaco prolonga a vida, não a encurta. É por essa razão que em Gilead todo mundo fumava, menos os mais pobres, e até eles tinham seu papel de palha, mais provavelmente. O tabaco afasta, por exemplo, vapores nocivos. E muitos insetos perigosos. Todo mundo sabe disto.

— O Cirurgião Geral dos Estados Unidos acharia delicioso ouvir o que todo mundo sabia em Gilead — disse Eddie secamente. — Que tal, então, a birita? Suponha que ele capote de jipe numa noite em que esteja embriagado ou entre na Interestadual na contramão e bata de frente em alguém?

Depois de pensar um pouco, Roland balançou a cabeça.

— Já interferi o suficiente com sua mente... e com o próprio *ka*. Fiz o máximo que me *atrevi* a fazer. Teremos de continuar a vigiá-lo pelos anos de qual... Por que está sacudindo a cabeça para mim? A história parte *dele*!

— Talvez, mas não vamos ser capazes de vigiá-lo, por exemplo, por 22 anos a não ser que abandonemos Susannah... e eu nunca vou fazer isso. Assim que pularmos para 1999 não haverá mais volta. Não neste mundo.

Por um momento Roland não deu resposta, apenas fitou o homem apoiando o traseiro na bancada da cozinha, adormecido de olhos abertos, o cabelo caído na testa. Daí a sete ou oito minutos King despertaria sem se lembrar de Roland e Eddie... sempre presumindo, é claro, que os dois tivessem mesmo ido embora. Eddie realmente não podia acreditar que o pistoleiro deixaria Suze pendurada na corda bamba... Bem, mas ele deixara Jake cair, não é? Certa vez deixara Jake cair no abismo.

— Então ele terá de seguir sozinho — disse Roland, e Eddie deu um suspiro de alívio. — *Sai* King?

— Sim, Roland.

— Não esqueça... Quando ouvir a canção da Tartaruga, tem de pôr de lado todas as coisas e contar a história.

— Farei isso. Pelo menos vou tentar.

— Bom.

Então o escritor disse:

— A bola deve ser tirada do tabuleiro e quebrada.

Roland franziu a testa.

— Que bola? O Treze Preto?

— Se ela despertar, será a coisa mais perigosa do universo. E está despertando agora. Em algum outro lugar. Em algum outro onde e quando.

— Obrigado pela profecia, *sai* King.

— Dim-dom-dom, dim-dom, dorre. Leve a bola para a dupla Torre.

Neste ponto Roland balançou a cabeça em silenciosa perplexidade. Eddie pôs um punho na testa e se curvou ligeiramente.

— Salve, palavreiro.

King sorriu debilmente, como se aquilo fosse ridículo, mas não disse nada.

— Longos dias e belas noites — disse Roland. — Não vai mais precisar pensar nas galinhas.

Uma expressão quase dolorosa de esperança se espalhou pelo rosto barbudo de Stephen King.

— Acha realmente que não?

— Acho mesmo. E possamos nos ver de novo no caminho antes de nos encontrarmos todos na clareira. — O pistoleiro girou nos calços de suas botas e deixou a casa do escritor.

Eddie deu uma olhada final no homem alto, um tanto curvado, imóvel, o traseiro estreito apoiado na bancada. Pensou: *Da próxima vez que eu o vir, Stevie... se o vir... sua barba estará quase toda branca e haverá rugas em seu rosto... mas eu ainda serei jovem. Como está sua pressão sanguínea, sai? Boa para os próximos 22 anos? Espero que sim. E que me diz do coração? O câncer é comum em sua família, e se for, até que ponto?*

Não havia tempo para nenhuma dessas perguntas, é claro. Ou quaisquer outras. Muito breve o escritor estaria acordando e continuando a vida. Eddie seguiu seu *dinh* pela tarde que entrava para a noite e fechou a porta atrás dele. Estava começando a pensar que, quando o *ka* os mandou para cá, e não para Nova York, soubera, sem dúvida, o que estava fazendo.

12

Eddie parou junto à porta do motorista do carro de John Cullum e olhou através da capota para o pistoleiro.

— Viu aquela coisa em volta dele? Aquela névoa escura?

— A *todana*, sim. Agradeça a seu pai por ela ainda ser fraca.

— O que é uma *todana*? Lembra um pouco *todash*.

Roland assentiu.

— É uma variação da palavra. Significa bolsa da morte. Ele é marcado.

— Jesus! — disse Eddie.

— É fraca, estou lhe dizendo.

— Mas está lá.

Roland abriu sua porta.

— Nada podemos fazer a esse respeito. O *ka* marca o tempo de cada homem e mulher. Vamos, Eddie.

Mas agora que estavam realmente prontos para seguir viagem, Eddie parecia estranhamente relutante em partir. Tinha uma sensação de que as coisas tinham ficado inacabadas com *sai* King. E detestava a idéia daquela aura negra.

— O que me diz da Via da Tartaruga e dos aparecidos? Eu tinha vontade de perguntar a ele...

— Podemos achar a estrada.

— Tem certeza? Porque acho que precisamos ir até lá.

— Também acho. Vamos. Temos muito trabalho pela frente.

13

As luzes das lanternas traseiras do velho Ford mal tinham deixado o acesso à garagem quando Stephen King abriu os olhos. A primeira coisa que ele fez foi olhar para o relógio. Quase quatro. Já devia ter saído para pegar Joe há dez minutos, mas o cochilo que dera lhe fizera bem. Sentia-se ótimo. Revigorado. De alguma estranha maneira, purificado. Pensou: *Se todo cochilo fizesse assim tão bem, tirá-los seria lei federal.*

Talvez sim, mas Betty Jones ia ficar seriamente preocupada se não visse o Cherokee entrando em seu pátio até as quatro e meia. Quando King ia pegar o telefone para avisá-la, seus olhos caíram no bloco sobre a mesinha. A inscrição CHAMANDO TODOS OS NAVEGANTES no alto das folhas devia ser obra de uma de suas cunhadas.

Com o rosto ficando novamente sem expressão, King estendeu a mão para o bloco e a caneta ao lado dele. Curvou-se e escreveu:

Dad-a-chum, dad-a-chá, não se preocupe, você tem a chave.

Fez uma pausa, olhando fixamente para aquilo, depois escreveu:

Dad-a-chá, dad-a-relha, olhe, Jake! A chave é vermelha!

Fez de novo uma pausa, em seguida escreveu:

Dad-a-chum, dad-a-ático, dê a este garoto uma chave de plástico.

Olhou para o que tinha escrito com profundo afeto. Quase amor. Deus Todo-Poderoso, mas como se sentia bem! Aquelas linhas não significavam absolutamente nada, mas escrevê-las lhe trouxera uma emoção muito profunda, quase um estado de êxtase.

King tirou a folha do bloco.

Fez uma bola com ela.

Comeu-a.

Por um momento ela grudou em sua garganta e então... ulp!... desceu. Coisa boa! Ele tirou a

(*dad-a-chá*)

chave do jipe do chaveiro de madeira na parede (que tinha também a forma de uma chave) e correu para fora. Pegaria Joe, voltaria com ele para cá, faria as malas e jantariam os dois no Mickey Kee's, em South Paris. Correção, Mickey-*Dee's*. Sentia que poderia comer dois Quarter Pounders inteiros. Fritas, também. *Droga*, mas como se sentia bem!

Quando chegou à rua Kansas e virou em direção à cidade, ligou o rádio e ouviu os McCoys cantando "Hang On, Sloopy" — sempre uma coisa excelente. Sua mente se dispersou, como tão freqüentemente acontecia quando ele ouvia o rádio. Quando se deu conta, estava pensando nos personagens daquela velha história, *A Torre Negra*. Não que tivessem sobrado muitos; lembrava-se de ter matado a maior parte deles, até o garoto. Provavelmente por não saber o que mais fazer com ele. Geralmente era por isso que a pessoa se livrava de personagens, por não saber mais o que fazer com eles. Qual fora o nome do garoto, Jack? Não, Jack fora o papai assombrado de *O Iluminado*. O garoto da *Torre Negra* se chamava *Jake*. Excelente escolha de nome para uma história com um tema de faroeste, alguma coisa tirada de Wayne D. Overholser ou Ray Hogan. Era possível que Jake pudesse voltar para essa história, talvez como fantasma? É claro que sim. A coisa boa das histórias do sobrenatural, King refletiu, era que ninguém tinha de *realmente* morrer. Podiam sempre voltar, como aquele tal de Barnabas em *Na Escuridão das Sombras*. Barnabas Collins fora um vampiro.

— Talvez o *garoto* volte como vampiro — disse King, e riu. — Cuidado, Roland! O jantar está servido e o jantar é você! — Bem, isso não parecia lógico. Então como fazer? Nada lhe ocorria, mas não havia problema. No tempo certo, algo ia surgir. Provavelmente quando ele menos esperasse; enquanto estivesse dando comida ao gato, trocando a fralda do bebê ou simplesmente caminhando distraído, como dizia Auden num poema sobre o sofrimento.

Nada de sofrimento hoje. Hoje ele se sentia *ótimo*.

É, pode me chamar de Tony, o Tigre.

No rádio, os McCoys cediam lugar a Troy Shondell cantando "This Time".

Na realidade aquela tal de *Torre Negra* fora interessante. E King pensou: *Talvez quando voltarmos do norte eu vá ver se posso desenterrar aquilo. Dar uma olhada.*

Não era uma má idéia.

LINHA: Commala-*venha-chame*
Saudamos aquele que nos fez a todos,
Que fez os homens e fez as moças,
Que fez o grande e o pequeno.

RESPOSTA: Commala-*venha-chame!*
Ele fez o grande e o pequeno!
E como é grande a mão do destino
Que governa um e governa todos.

DÉCIMA SEGUNDA ESTROFE

Jake e Callahan

1

Don Callahan tivera muitos sonhos de voltar à América. Geralmente eles começavam com Callahan acordando sob um céu de deserto, alto e claro, cheio das nuvens gordas que os jogadores de beisebol chamam de "anjos". Às vezes acordava em sua própria cama na reitoria, na cidade de Jerusalem's Lot, no Maine. Independentemente do local, ele ficava quase soterrado de alívio ao ver que era um sonho e seu primeiro instinto era rezar. *Ah, graças a Deus. Graças a Deus foi apenas um sonho e finalmente estou acordado.*

Estava acordado agora, sem a menor dúvida.

Fez um círculo completo no ar e viu Jake fazer exatamente o mesmo na frente dele. Perdeu uma sandália. Ouviu Oi latindo e Eddie protestando aos brados. Ouviu buzinas de táxi, esta sublime música das ruas de Nova York, e mais alguma coisa: um pastor. A julgar pelo modo como o ouvia, o homem parecia estar passando por ele de carro, rápido. Um carro pelo menos em terceira. Talvez na última marcha.

Um dos tornozelos de Callahan bateu na beirada da Porta Não-Encontrada quando ele atravessou e houve uma terrível explosão de dor naquele lugar. Então o tornozelo (e a área em volta) ficou dormente. Houve uma breve seqüência de carrilhões *todash*, como um disco de 33 rotações tocado a 45 rotações por minuto. Então um bafo de conflitantes correntes de ar o atingiu e, de repente, estava sentindo o cheiro de gasolina e descarga de automóvel, em vez do ar úmido da Gruta da Porta. Primeiro música de rua; agora perfume de rua.

Por um momento havia *dois* pregadores. Henchick lá atrás, berrando: *Olhe, a porta se abre!*, e outro à frente gritando: *Diga JESUS, irmão, diga o nome de JESUS na Segunda Avenida!*

Mais gêmeos, Callahan pensou... houve tempo para isso... e então a porta atrás dele bateu com força e só quem ficou gritando o nome do Senhor foi o homem que estava na Segunda Avenida. Callahan também teve tempo de pensar: *Bem-vindo ao lar, seu filho-da-puta, bem-vindo à América*, e então pousou.

2

Foi de fato uma tremenda batida, mas aterrissou com firmeza sobre as mãos e os joelhos. A calça jeans protegeu até certo ponto os joelhos (embora tenha rasgado), mas a calçada esfolou uma enorme extensão de pele na palma das mãos. Ele ouviu a rosa cantando, poderosa e impassível.

Callahan rolou de costas e olhou para o céu, gemendo de dor, segurando as mãos ensangüentadas, trêmulas, na frente do rosto. Uma gota de sangue da mão esquerda salpicou sua face como uma lágrima.

— De que porra de lugar *você* veio, meu amigo? — perguntou um homem negro, com macacão de faxina e ar muito espantado. Parecia ter sido o único a presenciar a dramática reentrada de Don Callahan na América. Parado na calçada, arregalava os olhos para Callahan.

— De Oz — disse Callahan se sentando.

Suas mãos ardiam terrivelmente e agora o tornozelo voltava a se manifestar, se queixando em altos *ai-ai-ai*, tacadas de dor que estavam em perfeita sincronia com as batidas aceleradas de seu coração.

— Vá em frente, amigo. Saia daqui. Estou bem, então cai fora.

— Como quiser, irmão. Té mais.

O homem com macacão de faxina (algum porteiro saindo de seu turno, era a suposição de Callahan) começou a andar. Concedeu a Callahan um último olhar (ainda assombrado, mas já começando a duvidar do que vira) e contornou a pequena multidão que ouvia o pregador na rua. Um momento mais tarde já se fora.

Callahan ficou de pé e parou num dos degraus que subiam para o Hammarskjöld Plaza, procurando Jake. Não o via. Olhou para o outro lado, procurando a Porta Não-Encontrada, mas a porta também sumira.

— *Agora escutem, meus amigos! Escutem, eu digo Deus, eu digo* amor *de Deus, eu digo entoem aleluia!*

— Aleluia — disse um membro da multidão do pregador de rua, mas sem empolgação.

— *Eu digo amém, obrigado, irmão! Agora escutem porque este é o tempo de TESTE da América e a América está FRACASSANDO em seu TESTE! Este país precisa de uma BOMBA, não uma nova bomba nu-cle-ar, mas uma BOMBA-DEUS, podem dizer aleluia?*

— Jake! — Callahan gritou. — Jake, onde você está? Jake!

— Oi! — Era Jake, a voz erguida num grito. — *Oi, CUIDADO!*

Houve um latido nervoso, agudo, que Callahan teria reconhecido em qualquer parte. Então o guincho de pneus freando.

O barulho de uma buzina.

E a pancada.

3

Callahan esqueceu do tornozelo contundido e das palmas arranhadas. Correu para a pequena multidão do pregador (eles tinham se virado como uma pessoa só para a rua e o pregador deixara sua palavra pelo meio) e viu Jake parado na Segunda Avenida, na frente de um táxi amarelo que tinha freado e parado torto no meio da rua a não mais que uns três centímetros de suas pernas. Fumaça azul ainda saía dos pneus traseiros. O rosto do motorista era um pálido e muito aberto O de choque. Oi estava agachado entre os pés de Jake. Para Callahan, o trapalhão parecia assustado, mas fora isso estava bem.

A pancada veio de novo e de novo. Era Jake, batendo com o punho fechado no capô do táxi.

— *Seu puto!* — Jake gritava para o pálido O do outro lado do pára-brisas. *Pam!* — *Por que você não...* — *Pam!* — *... olha para...* — *PAM!* — *... a porra que está FAZENDO!* — *PAM-PAM!*

— É o que ele merece, garotão! — gritou alguém do outro lado da rua, onde talvez três dúzias de pessoas tinham parado para ver a cena.

A porta do táxi se abriu. O gigante que saltou do carro estava usando o que Callahan identificou como um *dashiki* sobre jeans e um enorme tênis de mutante, com bumerangues dos lados. Havia um barrete árabe em sua cabeça, que provavelmente não deixava de contribuir para a impressão de extrema altura, mas não era de todo responsável por ela. Callahan achou que o sujeito teria pelo menos uns dois metros. Com uma barba revolta, olhava com ar mal-encarado para Jake. Callahan avançou para a cena com um aperto no coração, quase sem consciência de que um de seus pés estava descalço, batendo no asfalto com cada passo que dava. O pregador de rua também continuava se deslocando para a confrontação à vista. Atrás do táxi parado no cruzamento, outro motorista, preocupado unicamente com seus planos da noite, pressionava a buzina com ambas as mãos — *UUIIIOOOONNNNNNK!!!* — e se inclinava pela janela gritando:

— Tire o carro, Abdul, está bloqueando a quadra!

Jake não dava atenção àquilo. Estava em fúria total. Desta vez bateu com os dois punhos no capô do táxi, como Ratso Rizzo em *Perdidos na Noite* — *PAM!*

— *Quase atropelou meu amigo, seu puto, será que não pode OLHAR...* — *PAM!* — *... por onde ANDA?*

Antes que Jake pudesse fazer os punhos atingirem de novo o capô do táxi (o que obviamente pretendia fazer até se dar por satisfeito), o motorista agarrou seu pulso direito.

— Pare de fazer isso, seu projeto de punk! — gritou num tom ofendido e estranhamente alto. — Estou avisando...

Jake recuou um passo, conseguindo se livrar do aperto do motorista altão. Então, num movimento ágil e rápido demais para que Callahan pudesse acompanhar, o garoto tirou a Ruger do pequeno coldre sob o braço e apontou para o nariz do homem.

— Avisando *o quê?* — Jake vociferou para ele. — Avisando *o quê?* Que estava dirigindo depressa demais e quase atropelou meu amigo? Que não quer morrer aqui na rua com um buraco na cabeça? Avisando *o quê?*

Na outra calçada da Segunda Avenida, uma mulher viu o revólver ou captou um sopro da fúria homicida de Jake. Ela gritou e começou a correr. Várias outras pessoas seguiram seu exemplo. Outros se juntaram no meio-fio, cheirando sangue. Incrivelmente, um deles (um homem jovem usando o boné virado para trás) gritou:

— Vamos, garoto! Faz um furo nesse jóquei de camelo!

O motorista recuou dois passos, arregalando os olhos. Ergueu as mãos até os ombros.

— Não atire, garoto! Por favor!

— Então peça desculpas! — Jake berrou. — Se quer viver, peça o meu perdão! E o dele! O *dele!* — A pele de Jake estava mortalmente pálida exceto por diminutos pontos coloridos de vermelho no alto das bochechas. Os olhos estavam enormes e úmidos. O que Don Callahan viu mais claramente e menos gostou foi o modo como o cano da Ruger estava tremendo. — Diga que lamenta o modo como estava dirigindo, seu imprudente filho-da-puta! Faça agora! *Faça agora!*

Oi ganiu ansioso.

— Ake! — disse ele.

Jake baixou os olhos para ele. Quando fez isso, o taxista saltou para o revólver. Então Callahan o atingiu com um cruzado de direita razoavelmente respeitável e o motorista se estatelou contra a frente do carro, o barrete caindo da cabeça. O motorista atrás dele tinha caminho livre pelos dois lados e podia ter partido de imediato, mas preferiu continuar tocando a buzina e gritando:

— *Tire esse carro daí, camarada, tire esse carro!*

Do outro lado da Segunda, alguns chegavam realmente a aplaudir como espectadores de uma luta no Madison Square Garden. Callahan pensou: *Ora, este lugar é uma casa de loucos. Será que eu sabia disso antes e esqueci, ou é uma coisa que acabei de descobrir?*

O pastor de rua, um homem de barba e longo cabelo branco que caía até os ombros, estava agora parado ao lado de Jake. Quando Jake começou a levantar novamente a Ruger, o pregador pousou a mão gentil e calma no pulso do garoto.

— Ponha no coldre, menino — disse ele. — Guarde e louve a Jesus.

Jake olhou-o e viu o que Susannah tinha visto não há muito tempo: um homem extremamente parecido com Henchick dos *mannis*. Jake tornou a pôr o revólver no coldre que levava debaixo do braço, se curvou e pegou Oi. O trapalhão ganiu, esticou para o rosto de Jake o focinho na ponta do pescoço comprido e começou a lamber a bochecha do garoto.

Callahan, enquanto isso, tinha pegado o motorista pelo braço e o estava levando de volta a seu táxi. Pondo a mão no bolso, puxou uma nota de dez dólares, mais ou menos a metade do dinheiro que tinham conseguido juntar para aquele pequeno safári.

— Já passou — disse ele ao motorista, falando no que esperava ser um tom tranqüilizador. — Nenhum dano, nenhuma infração, você segue o seu caminho, ele segue o dele... — E então, acima do táxi, gritou para o incansável tocador de buzina: — A buzina funciona, bobão, por que não dá um refresco nela e testa as luzes?

— Aquele pequeno puto estava me apontando o revólver — disse o motorista. Passou a mão na cabeça à procura do barrete e não o encontrou.

— É só uma arma de brinquedo — disse Callahan num tom apaziguador. — O tipo de coisa que você monta com um kit, não atira sequer bolinhas. Garanto que...

— Ei, parceiro! — gritou o pastor de rua e, quando o taxista se virou, o pregador lhe jogou o desbotado barrete vermelho. Com ele de novo na cabeça, o motorista pareceu mais disposto a ser razoável. Mais disposto ainda quando Callahan colocou a nota de dez em sua mão.

O sujeito atrás do táxi estava dirigindo um Lincoln, que mais parecia uma baleia idosa. De repente tornou a pousar a mão na buzina.

— Sr. Monkeymeat, o senhor está mordendo meu pau! — o taxista gritou para ele, e Callahan quase deu uma risada. Quando Callahan começou a se encaminhar para o sujeito no Lincoln, o taxista quis juntar-se a ele, mas o padre pôs as mãos nos ombros do homem e o deteve.

— Deixe que eu cuido disso. Sou um religioso. Fazer o leão se deitar com o cordeiro é trabalho meu.

O pastor de rua aproximou-se a tempo de ouvir isto. Jake tinha se retirado para segundo plano. Estava parado ao lado da van do pastor e examinava as patas de Oi para ter certeza de que ele nada sofrera.

— Irmão! — dirigiu-se o pregador a Callahan. — Posso perguntar qual é sua denominação? Sua, aleluia!, sua *visão* do *Todo-Poderoso*?

— Sou católico — disse Callahan. — Portanto vejo o Todo-Poderoso como homem.

O pastor estendeu a mão grande, calejada. Ela produziu exatamente o aperto fervoroso, quase esmagador, com que Callahan havia contado. As cadências da fala do homem, combinadas com o leve sotaque sulista, fizeram Callahan se lembrar de Frangolino, dos desenhos animados da Warner Bros.

— Eu me chamo Earl Harrigan — disse o pastor, continuando a apertar firmemente os dedos de Callahan. — Igreja do Sagrado Deus-Bomba. Do Brooklyn e da América. Um prazer conhecê-lo, padre.

— Estou semi-aposentado — disse Callahan. — Se quiser me chamar de alguma coisa me chame de *père*. Ou apenas Don. Don Callahan.

— Jesus seja louvado, padre Don!

Callahan suspirou e achou que teria de se conformar com o padre Don. Foi até o Lincoln. O taxista, enquanto isso, disparava com sua plaquinha *OFF DUTY*, em descanso, iluminada.

Antes que Callahan pudesse falar com o motorista do Lincoln, ele saiu do carro por conta própria. Era a noite de Callahan enfrentar gente alta. Aquele teria em torno de um metro e noventa e carregava uma grande barriga.

— Está tudo resolvido — Callahan disse a ele. — Sugiro que volte para o carro e se afaste daqui.

— A coisa só está resolvida quando eu disser que está — o Sr. Lincoln objetou. — Peguei o número da placa de Abdul; o que eu quero de você, gente boa, é o nome e endereço daquele garoto que tem o cachorro. Também quero dar uma olhada mais de perto no revólver que ele acaba... *ouh, ouh! OUH! OUHHHH! Pare com isso!*

O reverendo Earl Harrigan pegara uma das mãos do Sr. Lincoln e a torcera para trás de suas costas. Agora parecia estar fazendo alguma coisa criativa com o polegar do homem. Callahan não podia ver exatamente o quê. O ângulo era ruim.

— Deus o ama demais — disse Harrigan, falando calmamente no ouvido do Sr. Lincoln. — E o que Ele quer em retorno, seu boca e cabeça de merda, é que você me diga aleluia e depois siga seu caminho. Vai me dizer aleluia?

— *OUH, OUHHH, solte! Polícia! POLÍCIAA!*

— Agora o único policial que pode estar fazendo ronda nesta quadra seria o agente Benzyck e ele já entregou minha multa da noite e foi embora. A essas horas deve estar no Dennis's, comendo um *waffle* com nozes e um prato de *bacon* duplo, louvado seja Deus. Quero que pense no que eu disse. — O som de rachar por trás do Sr. Lincoln fez os dentes de Callahan rangerem. Ele não gostava de pensar que o polegar do sr. Lincoln tivesse feito aquele som, mas não sabia o que mais podia ter sido. Sobre o pescoço grosso, a cabeça do Sr. Lincoln se inclinou para o alto e ele deixou escapar uma longa exalação de pura dor... *Iaaaahhhhhhh!*

— Vai me dizer aleluia, irmão — advertiu-o o reverendo Harrigan —, ou vai, louvado seja Deus, carregar o polegar para casa no bolso da camisa.

— Aleluia — sussurrou o Sr. Lincoln. Sua pele tinha assumido uma tonalidade ocre. Callahan achou que parte daquilo podia ser atribuído às luzes alaranjadas que, em algum momento, tinham substituído as lâmpadas fluorescentes de seu próprio tempo. Mas provavelmente só mesmo parte daquilo.

— Bom! Agora diga amém. Você se sentirá melhor quando o fizer.

— A-Amém.

— Deus seja louvado! Jee-eee-eee-*esus* seja louvado!

— Me solte... solte o meu *polegar*...!

— Se eu soltar, vai sair daqui e parar de bloquear este cruzamento?

— Sim!

— E louvaria Jesus sem mais brincadeiras ou dissimulação?

— *Sim!*

Harrigan se inclinou ainda mais para o Sr. Lincoln, os lábios parando a um centímetro de uma grande tampa de cera amarela e laranja no contorno da orelha do Sr. Lincoln. Callahan observava aquilo com fascinação, completamente absorto, esquecendo, pelo menos durante algum tempo, todos os problemas a resolver e metas a atingir. O *père* estava a mais que a meio caminho de acreditar que, se Jesus tivesse Earl Harrigan em Seu time, provavelmente o velho Pôncio é que teria acabado na cruz.

— Meu amigo, bombas logo começarão a cair: bombas-Deus. E você tem de escolher se quer ficar entre os que estão, louvado Jesus!, lá em cima no céu *soltando* essas bombas ou os que estão nas aldeias aqui de baixo, sendo explodidos e reduzidos a cacos. Agora sinto que não é nem o momento nem o lugar para você fazer uma escolha por Cristo, mas não quer pelo menos pensar um pouco sobre essas coisas, senhor?

A resposta do Sr. Lincoln deve ter sido um tanto lenta para o reverendo Harrigan, porque aquele valioso fez alguma outra coisa à mão que segurava presa atrás das costas do Sr. Lincoln. O Sr. Lincoln deu outro grito alto, sem fôlego.

— Eu disse, não vai *pensar* sobre essas coisas?

— Sim! Sim! Sim!

— Então entre no carro e vá embora. Que Deus o abençoe e guarde!

Harrigan soltou o Sr. Lincoln. O Sr. Lincoln foi recuando para longe dele, olhos arregalados e voltou para o carro. Um momento depois estava rodando pela Segunda Avenida — veloz.

Harrigan se virou para Callahan e disse:

— Os católicos vão para o Inferno, padre Don. Idólatras, todos e cada um deles; curvados ao Culto de Maria. E o papa! Bastaria começarmos por *ele!* Contudo, tenho conhecido algumas ótimas pessoas católicas e não tenho dúvida de que o senhor é uma delas. Quem sabe não consigo rezar e fazê-lo mudar de fé? Se não der certo, posso pelo menos ficar rezando enquanto o vejo a caminho das chamas. — Olhou para a calçada na frente da qual aparecia agora o Hammarskjöld Plaza. — Acho que minha congregação se dispersou.

— Lamento — disse Callahan.

Harrigan encolheu os ombros.

— Bem, seja como for as pessoas não procuram Jesus no verão — ele se limitou a dizer. — Saem para dar uma olhada nas vitrines e voltam para seus pecados. A época da cruzada séria é o inverno... Tem que ter uma lojinha onde possa servir sopa quente e palavras sagradas quentes numa noite fria. — Baixou os olhos para os pés de Callahan e disse: — Parece que você perdeu uma de suas sandálias, meu amigo. — Uma nova buzina soou e um táxi perfeitamente espantoso (Callahan achou parecido com uma versão mais nova dos velhos microônibus VW) veio guinando com um passageiro que gritava alguma coisa para eles. Provavelmente não era feliz aniversário. — Bem, se não sairmos do meio da rua, talvez a fé não seja capaz de nos proteger.

4

— Ele está bem — disse Jake, pousando Oi na calçada. — Eu exagerei, não foi? Sinto muito.

— Perfeitamente compreensível — assegurou o reverendo Harrigan. — Que cachorro interessante! Nunca vi um animal parecido com esse, louvado Jesus! E se curvou para Oi.

— É mestiço — disse Jake meio tenso — e não gosta de estranhos.

Oi mostrou como não gostava e desconfiava de estranhos erguendo o focinho para a mão de Harrigan e encolhendo as orelhas para aumentar a superfície onde o carinho podia ser feito. Mostrou os dentes sorrindo para o pastor como se fossem velhos, velhos amigos. Callahan, enquanto isso, olhava em volta. Era Nova York e em Nova York as pessoas tinham uma tendência a cuidar da vida delas e deixar você cuidar da sua, mas Jake tinha puxado um revólver. Callahan não sabia quantos tinham visto aquilo, mas *sabia* que bastava uma pessoa passar aquilo adiante, talvez para aquele agente Benzyck que Harrigan havia mencionado, para colocá-los numa encrenca, justo quando menos precisavam dela.

Ele olhou para Oi e pensou: *Faça-me um favor e não diga nada, está bem? Talvez Jake possa fazer você passar como alguma nova espécie de Corgi ou alguma forma híbrida de Border Collie, mas no minuto em que começar a falar, tudo se joga pela janela. Portanto faça-me o favor de ficar calado.*

— Bom garoto — disse Harrigan e, após o amigo de Jake milagrosamente *não* responder dizendo: "Oto!", o pastor se empertigou. — Tenho uma coisa para o senhor, padre Don. Só um minuto.

— Senhor, nós realmente temos de...

— Tenho uma coisa para você, também, filho... louvado Jesus, damos vivas ao Senhor! Mas primeiro... isto só vai demorar um segundo...

Harrigan correu para abrir a porta lateral da velha van Dodge estacionada de forma irregular. Mergulhou dentro dela, remexeu.

Callahan suportou aquilo por alguns instantes, mas a sensação dos segundos passando logo se tornou insuportável.

— Senhor, sinto muito, mas...

— *Aqui* estão! — Harrigan exclamou e saiu da van com os primeiros dois dedos da mão direita agarrando os calços de um par de velhos mocassins marrons. — Se você calçar menos de 41, podemos forrar o sapato com um pedaço de jornal. Se calçar um número maior, é porque não deu sorte.

— Quarenta e um é exatamente o meu número — disse Callahan, arriscando um Deus seja louvado assim como um obrigado. Sentia-se melhor em sapatos tamanho quarenta, mas este número chegava perto e Callahan os calçou com sincera gratidão. — E agora nós...

Harrigan se virou para o garoto e disse:

— A mulher que você está procurando entrou num táxi bem onde nós tivemos a nossa briguinha. Isso aconteceu há não mais de meia hora. — Ele sorriu ante a expressão rapidamente mutável de Jake: do assombro ao deleite. — A mulher disse que a outra está no comando, e que vocês sabem quem é essa outra e para onde ela a está levando.

— Ié, para o Dixie Pig — disse Jake. — Avenida Lex com a Sessenta e Um. *Père*, talvez ainda tenhamos tempo de alcançá-la, mas só se formos já. Ela...

— Não — disse Harrigan. — A mulher que falou comigo... dentro de minha cabeça ela falou comigo, claro como um sino, Jesus seja louvado... a mulher disse que vocês deviam ir primeiro para o hotel.

— Que hotel? — Callahan perguntou.

Harrigan apontou para o Plaza-Park Hyatt na rua Quarenta e Seis.

— É o único nas redondezas... E foi dessa direção que ela veio.

— Obrigado — disse Callahan. — Ela disse por que tínhamos de ir para lá?

— Não — Harrigan respondeu num tom sereno. — Acredito que na hora que ia dizer, a outra a pegou falando e a fez calar. Depois ela entrou no táxi e se foi!

— Também temos de ir... — Jake começou.

Harrigan abanou a cabeça, mas ergueu um dedo de advertência.

— Claro que sim, mas não esqueçam que as bombas-Deus vão cair. Não importam as chuvas de bênçãos... isso é para as bestas metodistas e os bichos episcopais! As *bombas* vão cair! E... rapazes?

Eles se viraram para o pastor.

— Sei que vocês, caras, são tanto filhos humanos de Deus quanto eu, pois cheirei o suor de vocês, Jesus seja louvado! Mas e quanto à senhora? As senho-*ras*, pois na verdade acredito que haja duas delas. E quanto a *elas*?

— A mulher que você encontrou está conosco — disse Callahan após uma breve hesitação. — Ela está bem.

— Eu não sei — disse Harrigan. — O Livro diz... louvado seja Deus e louvado seja Seu Santo Nome!, o livro diz para tomar cuidado com a mulher estranha, pois seus lábios gotejam como faz o favo de mel, mas seus pés descem para a morte e seus passos acabam no inferno. Remove seu caminho do dela e não passa perto da porta de sua casa. — Ele havia erguido a mão calosa num gesto de bênção enquanto dizia essas palavras. Agora baixava a mão e sacudia os ombros. — Não é exatamente assim... Minha memória para a bíblia já não é a mesma de quando eu era mais jovem. Naquela época eu viajava o sul com meu pai, gritando a bíblia, mas acho que vocês pegaram o sentido.

— Livro dos Provérbios — disse Callahan.

Harrigan meneou afirmativamente a cabeça.

— Capítulo cinco, glória a *Deus*! — Então ele se virou e contemplou o edifício que atrás dele surgia no céu noturno. Jake começou a andar, mas Callahan o deteve com um toque... Quando Jake levantou as sobrancelhas, Callahan só soube balançar a cabeça. Não, não sabia por que fizera aquilo. Só sabia que ainda não tinham acabado de todo com Harrigan.

— Esta é uma cidade entupida de pecado e enferma de tanta transgressão — disse por fim o pregador. — Sodoma na casca, Gomorra no biscoito, pronta para o Deus-bomba que certamente cairá dos céus, digam aleluia!, digam doce Jesus e cantem amém! Mas este aqui é um bom lugar. Um *bom* lugar. Conseguem sentir isso rapazes?

— Sim — disse Jake.

— Podem *ouvir* isso?

— Sim — Jake e Callahan disseram juntos.

— Amém! Achei que tudo isso ia parar quando derrubassem a pequena déli que existiu ali anos e anos atrás. Mas não parou. Aquelas vozes angelicais...

— Assim fala Gan ao longo do Feixe — disse Jake.

Callahan se virou para ele e viu a cabeça do garoto inclinada para um lado, a face revelando o calmo olhar de encanto.

Jake disse:

— Assim fala Gan, e na voz do *can calah*, que alguns chamam de anjo. Gan nega o *can toi*; com o coração alegre da inocência ele nega o Rei Rubro e a própria Discórdia.

Callahan olhou para ele com os olhos arregalados — olhos assustados —, mas Harrigan balançava a cabeça com muita naturalidade, como se já tivesse ouvido tudo aquilo antes. Talvez tivesse.

— Havia um terreno baldio depois da déli, e depois construíram isto. O Hammarskjöld Plaza 2. E eu pensei: "Bem, *isso vai* acabar com tudo e então vou me mudar pois a mão de Satã é forte, seus cascos deixam fundas marcas no chão e nesses pontos nenhuma flor se abrirá e nenhum grão jamais crescerá." Podem dizer *se-lah*? — Harrigan ergueu os braços, as nodosas mãos de velho tremendo com os espasmos de Parkinson, e virou a cabeça para o céu, aquele gesto franco e imemorial de louvor e humildade. — Contudo ainda canta — disse Harrigan baixando as mãos.

— *Selah* — Callahan murmurou. — Você diz a verdade, nós agradecemos.

— *É* uma flor — disse Harrigan —, pois uma vez entrei lá para ver. No saguão, alguém diz aleluia!, eu digo no *saguão* entre as portas que dão na rua e os elevadores para aqueles andares superiores onde Deus sabe quanta putaria é feita paga com notas de dólar, há um pequeno jardim crescendo no sol que cai através das janelas altas, um jardim atrás de cordas de veludo e a placa diz: DOADO PELA TET CORPORATION, EM HONRA DA FAMÍLIA FEEIXEE E EM MEMÓRIA DE GILEAD.

— Verdade? — disse Jake, o rosto se iluminando com um sorriso contente. — É mesmo como está dizendo, *sai* Harrigan?

— Rapaz, se eu mentir eu morro. *Deus*-bomba! E no meio de todas aquelas flores floresce uma solitária rosa selvagem, tão bonita que eu a vi e chorei como aqueles junto às águas de Babilônia, as águas do grande rio que flui pelo Sião. E os homens indo e vindo naquele lugar, eles com as maletas entulhadas de trabalhos de Satã, muitos *deles* também choraram. Choraram, mas continuaram falando sobre seus negócios de prostitutas como se nem soubessem o que estava acontecendo.

— Eles sabiam... — Jake disse em voz baixa. — O senhor sabe o que eu penso, Sr. Harrigan? Penso que a rosa é um segredo que os corações deles conservam e que, se fosse ameaçado, a maioria deles lutaria para proteger. Talvez até a morte. — Ergueu os olhos para Callahan. — *Père*, temos de ir.

— Sim.

— Não é má idéia — Harrigan concordou —, pois meus olhos podem ver o agente Benzyck se encaminhando de novo para cá e talvez fosse melhor vocês já terem ido embora quando ele chegar. Estou feliz por seu pequeno amigo peludo não ter se machucado, filho!

— Obrigado, Sr. Harrigan.

— Louvado seja Deus, ele é tão cachorro quanto eu, não é?

— Exato, senhor — disse Jake com um sorriso largo.

— Cuidado com aquela mulher, rapazes. Ela pôs um pensamento em minha cabeça. Chamo isso bruxaria. E ela era *duas*.

— Como gêmeas numa só, ié — disse Callahan, e então (só percebendo que pretendia fazer isso depois de ter feito) esboçou o sinal-da-cruz na frente do pregador.

— Obrigado por sua bênção, pagã ou não — disse Earl Harrigan, nitidamente comovido. Então ele se virou para o patrulheiro da guarda municipal que se aproximava e gritou num tom jovial. — Guarda Benzyck! Que bom vê-lo por aqui e há um pouco de geléia bem aí na sua gola, Deus seja louvado!

E enquanto o guarda Benzyck procurava a geléia na gola do uniforme, Jake e Callahan escaparam.

5

— *Incrível* — disse Jake a meia-voz enquanto rumavam para o toldo do hotel, brilhantemente iluminado por baixo. Uma limusine branca, no mínimo duas vezes maior que qualquer uma que Jake já tivesse visto (e já vira algumas; um dia o pai chegara a levá-lo à entrega dos prêmios Emmy) estava descarregando homens sorridentes em smokings e mulheres em vestidos de noite. Eles desembarcavam num fluxo aparentemente interminável.

— É, sem dúvida — disse Callahan. — É como estar numa montanha-russa, não é?

— Não devíamos sequer *estar* aqui — disse Jake. — Isto era trabalho de Roland e Eddie. Devíamos apenas ir visitar Calvin Tower.

— Ao que parece, alguma coisa pensava diferente.

— Bem, devia ter pensado duas vezes — Jake disse num tom abatido. — Um garoto e um padre com um revólver entre eles? É uma piada. Quais são nossas chances se o Dixie Pig estiver cheio de vampiros e homens baixos dando uma relaxada em seu dia de folga?

Callahan não respondeu, embora a idéia de ter que resgatar Susannah do Dixie Pig o apavorasse.

— O que era aquele tal de Gan a que você estava se referindo?

Jake balançou a cabeça.

— Não sei... Eu mal consigo me lembrar do que disse. Acho que é parte do toque, *père*. E sabe de quem acho que o peguei?

— De Mia?

O garoto assentiu. Oi trotava atento em seus calcanhares, o focinho comprido quase encostando na barriga de sua perna.

— E estou pegando mais alguma coisa, também. Continuo vendo aquele homem negro no xadrez. Há um rádio ligado, falando a ele de tantas pessoas que estão mortas: os Kennedys, Marilyn Monroe, George Harrison, Peter Sellers, Itzak Rabin, seja quem *ele* for. Acho que pode ser a cadeia de Oxford, no Mississippi, onde mantiveram Odetta Holmes por algum tempo.

— Mas este é um *homem* que você vê. Não Susannah, mas um *homem*.

— Sim, com um bigode tipo escova e uns pequenos e engraçados óculos de aro dourado. Como um mago num conto de fadas.

Pararam diante da radiância na entrada do hotel. Um porteiro de fraque verde tocou numa altura de rachar os tímpanos o apitozinho prateado, fazendo parar um táxi amarelo.

— É Gan? Acha que o negro na cela da cadeia é Gan?

— Não sei. — Jake balançou a cabeça com ar frustrado. — Há alguma coisa sobre o Dogan também, tudo misturado.

— E isto vem do toque.

— Sim, mas não vem de Mia ou Susannah, nem de você ou de mim. Acho... — A voz de Jake baixou. — Eu acho que tenho que descobrir quem é aquele homem negro e o que ele significa para nós, porque acho que o que estou vendo vem da própria Torre Negra. — Olhou solenemente para Callahan. — Sob certo ponto de vista, estamos chegando muito perto dela e por isso é tão perigoso o *ka-tet* estar dividido como está.

"Sob certo ponto de vista, estamos quase lá."

6

Jake tomou suave e completamente a liderança desde o momento em que saiu da porta giratória com Oi nos braços e pôs o trapalhão no chão de azulejos do saguão. Callahan achava que o garoto nem tinha consciência disso, o que provavelmente era muito bom. Se prestasse atenção, sua confiança poderia desmoronar.

Oi farejou delicadamente seu próprio reflexo num dos espelhos esverdeados das paredes do saguão, depois seguiu Jake até o balcão de recepção, as garras soando baixo nos quadrados pretos e brancos do piso de mármore. Callahan andava a seu lado, ciente de que estava olhando para o futuro e tentando não encarar tudo de maneira óbvia demais.

— Ela esteve aqui — disse Jake. — *Père*, estou quase conseguindo vê-la. As duas, ela e Mia.

Antes que Callahan pudesse responder, Jake estava no balcão.

— Com sua licença, senhora — disse. — Meu nome é Jake Chambers. Não há uma mensagem para mim, uma encomenda ou algo assim? Deve ser de Susannah Dean ou talvez de uma tal de Sra. Mia.

Por um momento, a mulher ficou espreitando Oi com ar de desconfiança. Oi ergueu a cabeça para ela com um sorriso simpático que revelava muitos dentes. Talvez isso tenha perturbado a funcionária, pois ela se afastou franzindo a testa e foi consultar a tela do computador.

— Chambers? — perguntou.

— Sim, senhora. — Falava com uma voz calculada para impressionar adultos. Ficara muito tempo sem sentir necessidade de usá-la, mas ela continuava lá, Jake percebeu, e facilmente utilizável.

— Tenho uma coisa para você, mas não de uma mulher. É de alguém chamado Stephen King. — Ela sorriu. — Será que é mesmo o famoso escritor? Você o conhece?

— Não, senhora — disse Jake, atirando um olhar de lado para Callahan. Nenhum deles ouvira falar de Stephen King até recentemente, mas Jake compreendia por que o nome podia dar calafrios a seu atual companheiro de viagem. Callahan não parecia particularmente arrepiado naquele momento, mas sua boca tinha se reduzido a uma linha fina.

— Bem — disse ela. — Acho que é um nome bastante comum, não é? Provavelmente há Stephen Kings *normais* por todos os Estados Unidos que desejam... não sei... que ele *parasse* um pouco. — Ela deixou escapar um riso breve e nervoso; Callahan se perguntou o que a colocara tão agitada. Oi, que cada vez se parecia menos com um cachorro à medida que a pessoa olhava para ele? Talvez, mas Callahan achou que era mais provavelmente alguma coisa em Jake, algo que murmurava *perigo*. Talvez até *pistoleiro*. Certamente alguma coisa nele o diferenciava dos outros garotos. *Muito.* Callahan lembrou-se de Jake tirando a Ruger do coldre sob o braço e apontando-a para o nariz do desafortunado taxista. *Me diga que você estava dirigindo depressa demais e quase atropelou meu amigo!*, ele gritara, o dedo já esbranquiçado sobre o gatilho. *Me diga que não quer morrer aqui na rua com um buraco na cabeça!*

Seria esse o modo normal de um garoto de 12 anos reagir a um quase acidente? Callahan achava que não. Achava que a funcionária da recepção tinha razão em estar nervosa. Callahan, no entanto, percebeu que se sentia um pouco mais otimista sobre as chances que teriam no Dixie Pig. Não muito, mas um pouco.

7

Jake, talvez sentindo alguma coisa um tanto fora dos eixos, fulminou a funcionária com seu melhor sorriso de se dar bem com adultos, mas para Callahan aquilo lembrava o sorriso de Oi: dentes demais.

— Só um momento — disse ela virando as costas para Jake.

Jake deu a Callahan um confuso o-que-está-acontecendo-com-ela-olhar. Callahan abanou os ombros e abriu as mãos.

A funcionária foi até um armário, abriu-o, olhou por entre os conteúdos de uma caixa guardada lá dentro e voltou para o balcão com um envelope com o logotipo do Plaza-Park. O nome de Jake — e mais alguma coisa — fora escrito na frente com uma mistura de letra de assinatura com letra de bloco:

Jake Chambers
Esta é a verdade

Ela passou o envelope pelo balcão, tomando cuidado para não encostar os dedos nos de Jake.

Jake pegou o envelope e correu os dedos por toda a sua extensão. Havia um pedaço de papel lá dentro. E alguma outra coisa. Uma coisa estreita e dura. Ele rasgou o envelope e puxou o papel. Dentro estava o retângulo plástico de um cartão, o MagCard de um hotel. Quanto ao bilhete, ele fora escrito numa brincalhona folha de bloco com CHAMANDO TODOS OS NAVEGANTES escrito em cima. A mensagem em si era de poucas linhas:

Dad-a-chum, dad-a-chá, não se preocupe, você tem a chave.

Dad-a-chá, dad-a-relha, olhe, Jake! A chave é vermelha!

Jake olhou para o MagCard e viu a cor se alterar abruptamente, deixando quase de imediato o cartão da cor de sangue.

Ficar vermelho não podia, antes que a mensagem fosse lida, Jake pensou, sorrindo um pouco com o clima de charada. Ele ergueu os olhos para ver se a funcionária observara a transformação do MagCard, mas ela tinha encontrado algo que requeria sua atenção na outra ponta do balcão. E Callahan estava apreciando duas mulheres que acabavam de chegar da rua. Ele podia ser um padre, Jake refletiu, mas o olho para as damas ainda parecia estar em perfeito estado de funcionamento.

Jake voltou ao papel bem a tempo de ler uma última linha:

Dad-a-chum, dad-a-ático, dê a este garoto uma chave de plástico.

Dois anos antes, seus pais tinham lhe dado de Natal um estojo de química da Tyco. Usando o manual de instruções, ele conseguira produzir uma certa quantidade de tinta invisível. As palavras que escrevera com ela tinham desbotado quase tão depressa quanto aquelas palavras estavam desbotando, só que, na experiência com o estojo de química, se a pessoa olhasse bem de perto ainda conseguiria ler a mensagem escrita com a tinta. Esta, contudo, realmente *se fora* e Jake entendeu por quê. O objetivo havia sido alcançado. Não havia necessidade de manter sob qualquer forma a inscrição. Nem da linha dizendo que a chave era vermelha e, olha só, também estava sumindo. Só a primeira linha permanecia, como se ele necessitasse ser lembrado:

Dad-a-chum, dad-a-chá, não se preocupe, você tem a chave.

Será que Stephen King havia mandado aquela mensagem? Jake duvidava. Mais provavelmente teria sido um dos outros participantes do jogo — talvez o próprio Roland ou Eddie. Utilizara o nome para chamar sua atenção. Ele, no entanto, desde que chegara ali, batera em duas coisas que o encorajavam enormemente. A primeira era o contínuo cantar da rosa. Estava mais forte que nunca, sem dúvida, embora um arranha-céu tivesse sido construído no terreno baldio. A segunda era que Stephen King, 24 anos após criar o companheiro de viagem de Jake, parecia continuar vivo. E já não era apenas um escritor, mas um escritor *famoso*.

Ótimo. Por ora as coisas continuavam chacoalhando, ainda que precariamente, pelo trilho certo.

Jake agarrou o braço do padre Callahan, levou-o na direção da lojinha de suvenires e do tilintido do piano-bar. Oi foi atrás, bem rente ao joelho de Jake. Ao longo da parede havia uma fileira de telefones de onde se podia falar com os hóspedes.

— Quando a telefonista atender — disse Jake —, diga a ela que quer falar com sua amiga Susannah Dean ou com a amiga *dela*, Mia.

— Vai me perguntar o número do quarto — disse Callahan.

— Diga que esqueceu, mas que fica no 19º andar.
— Como você...
— É no 19º, pode confiar em mim.
— Confio — disse Callahan.

O telefone tocou duas vezes e então a telefonista perguntou em que podia ajudar. Callahan disse. Foi conectado e, num quarto do 19º andar, um telefone começou a tocar.

Jake observou o *père* dizendo alô. Depois, com um pequeno e curioso sorriso no rosto, se calou para tentar ouvir alguma coisa. Após alguns segundos, o *père* desligou.

— Secretária eletrônica! — disse. — Eles têm uma *máquina* que pega recados e os grava! Que maravilhosa invenção!

— Ié — disse Jake. — De qualquer modo, temos certeza que ela saiu e temos quase certeza que não deixou ninguém olhando sua tralha. Mas por via das dúvidas... — Ele bateu na frente da camisa, que agora escondia a Ruger.

Quando atravessaram o saguão na direção dos elevadores, Callahan perguntou:

— O que vamos procurar no quarto dela?
— Não sei.

Callahan tocou-o no ombro.

— Acho que sabe.

As portas do elevador do meio se abriram bruscamente, e Jake entrou com Oi no calcanhar. Callahan foi atrás, mas Jake achou que o *père* começara a arrastar um pouco os pés.

— Talvez eu saiba — disse Jake quando começaram a subir. — E talvez você também saiba.

De súbito, o estômago de Callahan pareceu mais pesado, como se ele tivesse acabado de fazer uma refeição muito farta. Callahan imaginava que o acréscimo de peso era puro medo.

— Achei que tinha me livrado daquilo — ele falou. — Quando Roland o tirou da igreja, realmente achei que tinha me livrado.

— Algumas coisas ruins costumam voltar sempre — disse Jake.

8

Estava disposto, se fosse preciso, a experimentar sua singular chave vermelha em cada porta do 19º andar, mas Jake soube que o quarto era o 1919 assim que pisaram no corredor. Callahan também soube e uma camada de suor brotou em sua testa. Sentiu como era fina e quente. Febril.

Mesmo Oi sabia do quarto. O trapalhão dera um ganido ansioso.

— Jake — disse Callahan. — Precisamos pensar um pouco. Essa coisa é perigosa. Pior, é *maligna*!

— É por isso que temos de pegá-la — disse Jake pacientemente. Estava parado na frente do 1919, tamborilando o MagCard entre os dedos. Do outro lado da porta (e debaixo dela, e através dela) vinha um zumbido hediondo, como a voz de algum idiota apocalíptico cantarolando. Misturado nisso havia o som de sinos confusos, desafinados. Jake sabia que a bola tinha o poder de pôr a pessoa em *todash* e mandá-la para aqueles espaços escuros, quase totalmente sem portas, onde era bem possível se perder para sempre. Mesmo se encontrasse o caminho para outra versão da Terra, haveria uma estranha escuridão em tudo, como se o Sol estivesse sempre à beira de um eclipse total.

— Você a viu? — Callahan perguntou.

Jake balançou afirmativamente a cabeça.

— Eu também — disse Callahan num tom abafado, enxugando com o braço o suor da testa. Suas faces tinham ficado como chumbo. — Há um Olho nele. Acho que é o olho do Rei Rubro. Acho que é uma parte dele presa para sempre ali, e insana. Jake, levar essa bola para um lugar onde há vampiros e homens baixos... servos do Rei... seria como dar a Adolf Hitler uma bomba atômica como presente de aniversário.

Jake sabia perfeitamente bem que o Treze Preto era capaz de causar grande, talvez ilimitado, dano. Mas também sabia de mais alguma coisa.

— *Père*, se Mia deixou o Treze Preto neste quarto e agora está indo para onde *eles* estão, eles muito breve vão ficar sabendo de sua existência. E virão atrás da bola num carro grande e flamejante antes que você tenha tempo de dizer Jack Robinson.

— Não podemos deixar a bola para Roland? — Callahan perguntou pesarosamente.

— Sim — disse Jake. — É uma boa idéia, assim como levá-la para o Dixie Pig é uma má idéia. Só não podemos é deixá-la para ele *aqui*. — Então, antes que Callahan pudesse dizer mais alguma coisa, Jake passou o MagCard vermelho-sangue pela abertura em cima da maçaneta. Houve um clique alto e a porta se escancarou.

— Oi, fique aqui fora, na frente da porta.

— Ake! — Oi se sentou, curvou ao redor das patas a cauda retorcida de desenho animado e se virou para Jake com olhos ansiosos.

Antes que continuassem, Jake pousou a mão fria no pulso de Callahan e disse uma coisa terrível.

— Proteja sua mente.

9

Mia tinha deixado as luzes acesas e mesmo assim uma estranha escuridão se insinuara no quarto 1919 desde sua partida. Jake reconheceu-a pelo que era: escuridão *todash*. A canção que o idiota zumbia e os sinos abafados, confusos, estavam vindo do armário.

Está acordado, Jake avaliou com um desânimo crescente. *Estava dormindo — pelo menos cochilando —, mas tanta agitação ao seu redor o acordou. O que vou fazer? Será que a caixa e a bolsa de boliche são suficientes para deixá-lo seguro? Tenho alguma coisa capaz de guardá-lo melhor? Algum encanto, algum* sigul?

Quando Jake abriu a porta do armário, Callahan teve de mobilizar toda a sua força de vontade — que era considerável — para não fugir. Aquele murmúrio atonal e o estrépito dos sinos ofendiam seus ouvidos, mente e coração. Não parava de se lembrar do posto de parada, do grito que dera quando o homem com capuz abrira a caixa. Como a coisa dentro dela era *lustrosa*! Estava pousada em veludo vermelho... e tinha *rolado*. Tinha *olhado* para ele e toda a malévola loucura do universo estivera contida naquele malicioso olhar desencarnado.

Não vou correr. Não vou. Se o garoto pode agüentar, eu também posso. Ah, mas o garoto era um *pistoleiro*, e isso fazia diferença! Era mais que filho do *ka*; era também filho de Roland de Gilead, seu filho adotivo.

Não está vendo como o garoto está pálido? Está tão assustado quanto você, pelo amor de Cristo! Agora procure se controlar, homem!

Talvez fosse uma coisa perversa, mas observar a extrema palidez de Jake o deixou mais calmo. Quando o trecho de uma velha canção de *nonsense* lhe ocorreu e ele começou a cantar a meia-voz, se acalmou ainda mais.

— *Rodar e rodar no arbusto da amora* — cantou num sussurro —, *o macaco caça a doninha... achando engraçada a rinha...*

Jake abriu com facilidade o armário. Havia um cofre de ferro lá dentro. Tentou 1919 e nada aconteceu. Fez uma pausa para deixar o mecanismo de segurança iniciar de novo, limpou o suor da testa com ambas as mãos (elas estavam trêmulas) e tentou de novo. Desta vez teclou 1999 e a porta se abriu de imediato.

O zumbido do Treze Preto e o contraponto dos sinos desafinados do *todash* aumentaram. Esses sons eram como dedos gelados invadindo a cabeça deles.

E podem nos mandar para lugares incríveis, Callahan pensou. *Só precisamos baixar um pouco a guarda... abrir a bolsa... abrir a caixa... e então... ah, os lugares para onde iremos! É só deixar rolar!*

Embora soubesse como a coisa era perigosa, parte dele *queria* abrir a caixa. *Ansiava* por isso. E não era o único; quando se deu conta, Jake estava ajoelhado diante do cofre como um fiel na frente de um altar. O braço com que Callahan procurou impedi-lo de erguer a bolsa pareceu incrivelmente pesado.

Não importa se você abre ou não abre, sussurrou uma voz em sua mente. Uma voz que induzia ao sono, extremamente persuasiva. Mesmo assim, Callahan continuou agindo. Agarrou o colarinho de Jake com dedos dos quais toda sensação parecia ter sumido.

— Não — disse ele. — Não. — A voz parecia arrastada, sem vida, deprimida. Quando Callahan puxou Jake para o lado, o garoto pareceu se mover em câmera lenta ou como se nadasse embaixo d'água. O quarto agora parecia iluminado por aquela doentia luminosidade amarela que, às vezes, cai sobre um recanto antes de vigorosa tempestade. Quando Callahan caiu de joelhos diante do cofre aberto (teve a sensação de descer pelo ar por pelo menos um minuto inteiro antes de tocar o chão), a voz do Treze Preto se fez ouvir mais alta que nunca. Estava lhe dizendo que matasse o garoto, que abrisse a garganta do garoto e oferecesse à bola um drinque refrescante com o sangue daquela vida cheia de energia de Jake. Depois Callahan teria autorização de pular da janela do quarto.

E até a calçada da rua Quarenta e Seis você vai me louvar, o Treze Preto lhe assegurou numa voz sã e lúcida.

— Faça isso — Jake suspirou. — Ah, sim, faça isso, quem vai se importar.

— Ake! — Oi latiu da soleira da porta. — *Ake!* — Os dois o ignoraram.

Quando Callahan estendeu a mão para a bolsa, começou a se lembrar do último encontro com Barlow, o rei vampiro — do Tipo Um, segundo o modo de falar de Callahan — que chegara à pequena cidade de 'Salem's Lot. Lembrou como se defrontara com Barlow na casa de Mark Petrie, vendo os pais de Mark caídos no chão, jazendo sem vida aos pés do vampiro, os crânios esmagados, os cérebros ah-tão-racionais transformados em geléia.

Enquanto você cai, vou deixá-lo murmurar o nome do meu *rei,* sussurrou o Treze Preto. *O Rei Rubro.*

Enquanto Callahan observava suas mãos agarrando a bolsa (a despeito de seu aspecto anterior, agora o que estava escrito nela era SOMENTE STRIKES NAS PISTAS DO MUNDO MÉDIO), a recordação de como seu crucifixo tinha, a princípio, brilhado com uma luz sobrenatural, fazendo Barlow retroceder... e então começara de novo a escurecer.

— Abra! — disse Jake avidamente. — Abra, eu quero ver!

Agora Oi latia sem parar. No fundo do corredor alguém gritava "faça o cachorro parar de latir", e era igualmente ignorado.

Callahan tirou a caixa de madeira reaproveitada da bolsa — a caixa que passara um tempo, abençoadamente tranqüilo, escondida sob o púlpito de sua igreja em Calla Bryn Sturgis. Agora ia abri-la. Agora ia observar o Treze Preto em toda a sua repelente glória.

E depois morrer. Agradecido.

10

Triste ver a fé de um homem falhar, dissera o vampiro Kurt Barlow tirando a cruz escura e inútil da mão de Don Callahan. Por que Barlow conseguira fazer isso? Porque (olhem o paradoxo, pensem no enigma) o padre Callahan *não conseguira jogar a cruz fora, ele mesmo.* Porque não aceitara que a cruz não passava de um símbolo de um poder muito maior, que fluía como um rio sob o universo, talvez sob mil universos...

Não preciso de símbolos, Callahan agora pensava; e então: *Foi por essa razão que Deus me deixou viver? Estaria Ele me dando uma segunda chance de aprender isso?*

Era possível, ele pensou enquanto suas mãos pegavam a tampa da caixa. Segundas chances eram uma das especialidades de Deus.

— Pessoal, vocês têm de fazer esse cachorro *parar.* — A voz rabujenta da camareira de um hotel, mas muito distante. Então a voz disse: — *Madre de Dios,* por que está tão *escuro* aqui? O que é esse... o que é esse... z... z...

Talvez estivesse tentando dizer *zumbido.* De qualquer forma, jamais concluiu. Mesmo Oi parecia agora submisso ao apelo da bola cantante, murmurante, pois abriu mão de seus protestos (e de seu posto junto à porta) para entrar trotando no quarto. Callahan achou que o animal queria estar ao lado de Jake quando o fim chegasse.

O *père* lutava para acalmar suas mãos suicidas. A coisa na caixa ergueu o volume de sua canção idiota e as pontas dos dedos de Callahan se mexiam em resposta. Depois se acalmaram de novo. *Pelo menos até aqui a vitória está sendo minha,* Callahan pensou.

— Deixe pra lá... *Eu faço.* — A voz da camareira, embriagada e ávida. — Quero ver. *Dios!* Quero *segurar isso!*

Os braços de Jake pareciam estar pesando uma tonelada, mas ele os forçou a se estenderem e a agarrar a camareira, uma senhora hispânica de meia-idade que não pesava mais de 50 quilos.

Do mesmo jeito que lutara para acalmar as mãos, Callahan agora lutava para rezar.

Deus, não a minha vontade mas a Tua. Não o oleiro, mas a argila do oleiro. Se eu não puder fazer mais nada, me ajude a pegá-la nos braços, pular a janela e destruir de uma vez por todas a maldita coisa. Mas se for Tua vontade me ajudar a fazê-la ficar quieta... a fazê-la voltar a dormir... me mande Tua força. E me ajude a lembrar...

Jake podia estar atordoado pelo Treze Preto, mas ainda não perdera seu toque. Agora puxava o resto do pensamento da mente do *père* e o falava em voz alta, mudando somente a palavra que Callahan usara àquela que Roland ensinara.

— Não preciso de *sigul* — disse Jake. — Não o oleiro, mas a argila do oleiro *e não preciso de sigul!*

— Deus — disse Callahan. A palavra era pesada como pedra, mas assim que saiu de sua boca as outras vieram com mais facilidade. — Deus, se o Senhor ainda estiver aí, se o Senhor ainda me ouve, aqui é Callahan. Por favor pare esta coisa, Senhor. Por favor faça-a voltar a dormir. É o que peço em nome de Jesus.

— Em nome do Branco — disse Jake.

— *Anco!* — Oi ganiu.

— Amém — disse a camareira num tom perplexo, bestificado.

Por um momento o zumbido da canção idiota que vinha da caixa aumentou mais um ponto e Callahan compreendeu que não havia esperança, que nem mesmo Deus Todo-Poderoso poderia enfrentar o Treze Preto.

E então a coisa caiu em silêncio.

— Deus seja louvado — murmurou ele, percebendo como seu corpo estava de cima a baixo encharcado de suor.

Jake explodiu em lágrimas e agarrou-se a Oi. A camareira também começou a chorar, mas não teve ninguém para consolá-la. Quando *père* Callahan passou a malha (estranhamente pesada) da bolsa de boliche em volta da caixa de madeira reaproveitada, Jake se virou para ela e disse:

— Precisa dar um cochilo, *sai*.

Foi a única coisa em que pôde pensar e funcionou. A camareira se virou e avançou em direção à cama. Subiu nela, puxou a saia para cobrir os joelhos e pareceu cair inconsciente.

— Será que a bola vai ficar dormindo? — Jake perguntou em voz baixa. — Porque... *père*... essa foi perto demais.

Talvez Jake tivesse razão, mas de repente a cabeça de Callahan pareceu livre — havia anos não estivera assim tão livre. Ou talvez fosse seu coração que tivesse se libertado. Seja como for, seus pensamentos pareceram muito claros quando ele pousou a bolsa de boliche junto às sacas de roupa para lavar que havia por cima do cofre.

Lembrando uma conversa na viela atrás da Casa. Ele, Frankie Chase e Magruder, numa saída para fumar. Falavam de onde guardar objetos de valor em Nova York, principalmente quando a pessoa ia demorar para pegá-los. Magruder tinha dito que o depósito mais seguro em Nova York... o depósito absolutamente mais seguro...

— Jake, há também uma sacola com pratos no cofre.

— Orizas?

— Sim. Pegue-os. — Enquanto ele o fazia, Callahan se aproximou da camareira deitada na cama e pôs a mão no bolso esquerdo da saia de seu uniforme. Retirou de lá alguns MagCards de plástico, chaves de quartos do hotel e pastilhas de hortelã de uma marca de que nunca ouvira falar: Altoids.

Ele virou a moça. Foi como virar um cadáver.

— O que está fazendo? — Jake sussurrou. Pusera Oi no chão para poder jogar sobre o ombro a sacola de juncos com forro de seda. Era pesada, mas ele achou o peso confortador.

— Roubando, o que acha que pode ser? — o *père* respondeu irritado. — Padre Callahan, da Sagrada Igreja Católica Romana, está roubando uma camareira de hotel. Ou estaria, se ela tivesse qualquer... ah!

Encontrou no outro bolso o pequeno maço de notas que estava procurando. Ela estava arrumando os quartos para a noite quando o latido de Oi a distraiu. A arrumação incluía dar descarga nos vasos sanitários, puxar as cortinas, abrir a cama e deixar o que as camareiras chamavam "o chocolate de travesseiro". Algumas vezes os hóspedes davam gorjetas. A camareira estava levando duas notas de dez, três de cinco e quatro de um dólar.

— Pago a você se nossos caminhos se cruzarem — Callahan disse à moça inconsciente. — Se não acontecer, considere isto como um serviço que presta a Deus.

— *Braaaanco* — disse a camareira no murmúrio arrastado de alguém que fala dormindo.

Callahan e Jake trocaram um olhar.

11

No elevador que descia, Callahan levava a bolsa contendo o Treze Preto e Jake carregava a sacola dos pratos Orizas. Também levava o dinheiro deles, que agora chegava a um total de 48 dólares.

— Será que vai dar? — Foi a única pergunta que Jake fez depois de ouvir o plano do *père* para se livrar da bola, um plano que necessitaria de outra parada.

— Não sei e não me importo — Callahan respondeu. Falava num tom baixo de conspiração, embora fossem as únicas pessoas no elevador. — Se posso roubar uma camareira adormecida, dar calote em um taxista deve ser uma brincadeira de criança.

— É — disse Jake. Ponderava que Roland tinha feito mais do que roubar pessoas inocentes durante sua busca pela Torre; matara muitos também. — Vamos acabar logo com isso e procurar o Dixie Pig.

— Não precisa ficar tão preocupado, não é? — disse Callahan. — Se a Torre cair, você será um dos primeiros a saber.

Jake o observou. Após um ou dois segundos de escrutínio, Callahan arriscou um sorriso. Não pôde contê-lo.

— Não é tão engraçado, *sai* — disse Jake e os dois saíram para o escuro daquela noite de início de verão, no ano de 1999.

12

Eram 20h45 e havia ainda um resíduo de luz no outro lado do Hudson quando chegaram à primeira de suas duas paradas. O taxímetro marcava nove dólares e cinquenta *cents*. Callahan deu ao taxista uma das notas de dez dólares da camareira.

— *Non*, não se machuque. — disse o motorista com um forte sotaque jamaicano. — Não quero que fique sem grana.

— Dê graças a Deus por estar conseguindo esses cinquenta, filho — disse Callahan num tom amável. — Estamos em Nova York com um orçamento muito apertado.

— Minha mulher também trabalha com um orçamento — disse o motorista, arrancando depois.

Jake, enquanto isso, olhava para cima.

— Uau — disse ele em voz baixa. — Acho que eu tinha esquecido como isto aqui é *grande*.

Callahan seguiu seu olhar e disse:

— Vamos fazer logo o que temos de fazer. — E, enquanto corriam para dentro: — O que está conseguindo de Susannah? Alguma coisa?

— Homem com um violão — disse Jake. — Cantando... não sei. E devia saber. Era outra daquelas coincidências que não são coincidências, como o proprietário da livraria chamar-se Tower, Torre, ou o bar de Balazar denominar-se A Torre Inclinada. Alguma canção... Eu devia saber.

— Mais alguma coisa?

Jake balançou a cabeça.

— Essa foi a última coisa que tirei dela e foi logo após entrarmos no táxi na frente do hotel. Acho que ela entrou no Dixie Pig, e agora está fora do toque. — Ele sorriu debilmente ante o jogo involuntário de palavras.

Callahan se virou para o quadro de aviso do prédio no centro do enorme saguão.

— Mantenha Oi perto de você.

— Não se preocupe.

Callahan não demorou muito para descobrir o que estava procurando.

13

A placa dizia:

GUARDADOS A LONGO PRAZO
10-36 MESES
USE FICHAS
PEGUE A CHAVE
A GERÊNCIA NÃO SE RESPONSABILIZA
POR OBJETOS PERDIDOS!

Embaixo, num quadro emoldurado, havia uma lista de normas e regulamentos, que os dois examinaram com atenção. De debaixo de seus pés veio o ronco de um trem subterrâneo. Callahan, que não pisava em Nova York havia vinte anos, não fazia idéia de que trem poderia ser, para onde poderia ir ou a que profundidade poderia estar correndo nas entranhas da cidade. Já tinham descido dois andares por escada rolante, primeiro para o piso das lojas e depois para cá. A estação de metrô, no entanto, era ainda mais profunda.

Jake deslocou a sacola de Orizas para o outro ombro e apontou para a última linha no quadro emoldurado:

— Teríamos um desconto se fôssemos locatários — disse ele.

— Conto! — Oi gritou severamente.

— Pois é, rapazinho — Callahan concordou —, mas se desejos fossem pássaros, os mendigos iriam voar. Não precisamos de um desconto.

Após atravessar um detector de metais (nenhum problema com os Orizas) e passarem por um vigia cochilando em cima de um banco, Jake concluiu que um dos menores escaninhos do armário — aqueles na extremidade esquerda do comprido saguão — acomodaria a bolsa das PISTAS DO MUNDO MÉDIO e a caixa que havia lá dentro. Alugar o compartimento pelo prazo custaria 27 dólares. *Père* Callahan colocou notas cuidadosamente nas várias aberturas da máquina que liberava as fichas, com medo de um mau funcionamento: de todas as maravilhas e horrores que vira durante este breve período de retorno à cidade (o último horror fora saber de uma taxa adicional de dois dólares para o táxi), esta era, sob certos aspectos, a mais difícil de aceitar. Uma máquina de vender que aceitava notas? Um monte de tecnologia sofisticada tinha de existir por trás desta máquina com seu opaco mostrador marrom e suas instruções ao usuário: INSIRA AS NOTAS COM A FRENTE PARA CIMA! A ilustração acompanhando o comando mostrava George Washington com a cabeça de frente para a esquerda, mas as notas que Callahan introduziu na máquina pareceram funcionar independentemente do jeito que a cabeça estava virada. Desde que a figura estivesse para cima. Callahan ficou quase aliviado quando a máquina funcionou *mal* em determinado momento, recusando-se a aceitar uma velha e amassada nota de um dólar. Engoliu sem um murmúrio as relativamente novas notas de cinco, despejando pequenas chuvas de fichas na bandeja. Callahan recolheu fichas no valor de 27 dólares, voltou para onde Jake estava esperando e deu outra volta curioso a respeito de alguma coisa. Examinou a lateral da surpreendente (surpreendente pelo menos para ele, é claro) máquina comedora de notas. Então, numa série de pequenas placas, viu a informação que estava procurando. Esta era uma Change-Mak-R 2000, fabricada em Cleveland, Ohio, mas diversas empresas tinham contribuído para sua montagem: General Electric, DeWalt Electronics, Showrie Electric, Panasonic e, embaixo, em letras menores mas bastante nítidas, a North Central Positronics.

A cobra no jardim, Callahan pensou. *Este tal de Stephen King, que supostamente me bolou, pode só existir num mundo, mas quer apostar que a North Central Positronics existe em todos eles? Claro, porque faz parte do esquema do Rei Rubro, exatamente como a Sombra também faz parte. O Rei só quer o que qualquer déspota enlouquecido pelo poder sempre quis: estar em toda parte, possuir tudo e basicamente controlar o universo.*

— Ou levá-lo para a escuridão — ele murmurou.

— *Père!* — Jake chamou impaciente. — *Père!*

— Estou indo — disse ele e correu para Jake com as mãos cheias de brilhantes fichas douradas.

14

A chave saiu do escaninho 883 depois de Jake inserir nove fichas, mas ele continuou a colocá-las até todas as 27 desaparecerem. Neste ponto a pequena portinhola de vidro sob o número do compartimento ficou vermelha.

— No limite — disse Jake com satisfação. Ainda estava conversando naquele tom baixo, tipo não-vamos-acordar-o-bebê, e aquela galeria comprida, cavernosa, era de fato muito silenciosa. Jake achou que seria extremamente tumultuada às oito da manhã e às cinco da tarde nos dias úteis, com as pessoas chegando e saindo da estação do metrô logo abaixo, algumas guardando suas coisas no bagageiro, nos escaninhos para períodos curtos. Agora havia apenas o fantasmagórico som de conversas descendo pela escada rolante, vindo das poucas lojas ainda abertas na galeria, e o ronco de outro trem se aproximando.

Callahan introduziu a bolsa de boliche na abertura estreita. Empurrou-a o mais que pôde para o fundo com Jake observando ansioso. Então bateu a porta do armário e Jake girou a chave.

— Bingo — disse Jake, pondo a chave no bolso. Depois, com ansiedade: — Vai ficar adormecida?

— Acho que sim — disse Callahan. — Como fez em minha igreja. Se outro Feixe se romper, ela poderá despertar e trabalhar de forma maligna, mas de qualquer modo, se outro Feixe ceder...

— Se outro Feixe ceder, um pouco de malícia não vai fazer diferença — Jake concluiu.

Callahan abanou a cabeça.

— A única coisa é... bem, você sabe para onde estamos indo. E você sabe o que somos capazes de encontrar lá.

Vampiros. Homens baixos. Talvez outros servos do Rei Rubro. Possivelmente Walter, o homem de preto e de capuz que às vezes trocava de forma e estilo, passando a se chamar Randall Flagg. Possivelmente o próprio Rei Rubro.

Sim, Jake sabia.

— Se você tem o toque — Callahan continuou —, temos de presumir que algum deles também tem. É possível que possam captar este lugar... e o número do armário... a partir de nossas mentes. Vamos entrar lá e tentar pegá-las, mas temos de reconhecer que as chances de fracasso são razoavelmente altas. Nunca atirei com um revólver em toda a minha vida e você... me perdoe, Jake, mas você não é exatamente um veterano endurecido pela batalha.

— Já tenho um ou dois na minha conta definitiva — disse Jake. Estava pensando em seu confronto com Gasher. E com os Lobos, é claro.

— Isto é capaz de ser diferente — disse Callahan. — Estou apenas dizendo que não acho uma boa idéia sermos apanhados vivos. Se a coisa ficar muito brava. Está entendendo?

— Não se preocupe — disse Jake num tom de gélido consolo. — Não se preocupe com isso, *père*. Não vão nos pegar.

15

De repente estavam de novo do lado de fora, à procura de outro táxi. Graças ao dinheiro trocado da camareira, Jake constatou que tinham mais ou menos dinheiro suficiente para serem levados ao Dixie Pig. E ele tinha idéia que, assim que entrassem no Pig, a necessidade de dinheiro no bolso — ou qualquer outra coisa — cessaria.

— Aqui está um — disse Callahan agitando o braço num sinal de parada. Jake, enquanto isso, olhava para o edifício de onde tinham acabado de sair.

— Tem certeza de que a coisa estará segura? — perguntou a Callahan quando o táxi começou a avançar na direção deles, buzinando implacavelmente para o motorista lerdo que havia entre ele e seus passageiros.

— Segundo meu velho amigo *sai* Magruder, este é o lugar mais confiável para guardar alguma coisa em Manhattan — disse Callahan. — Cinqüenta vezes mais seguro que os escaninhos dos armários da Penn Station ou da Grand Central, segundo ele... E naturalmente aqui você tem a opção de um depósito a longo prazo. Há provavelmente outros bagageiros em Nova York, mas já teremos ido embora quando eles abrirem... de um modo ou de outro.

O táxi chegou perto. Callahan manteve a porta aberta para Jake, e Oi pulou discretamente bem atrás dele. Callahan dispensou um último olhar às torres gêmeas do World Trade Center antes de entrar.

— Está tudo certo até junho de 2002, a não ser que alguém arrombe o escaninho e a roube.

— Ou se o prédio cair em cima dela — disse Jake.

Callahan riu, embora o tom de Jake não fosse exatamente de quem estivesse brincando.

— Nunca vai acontecer. E se acontecer... bem, uma bola de cristal sob 110 andares de aço e concreto? Mesmo uma bola de cristal cheia de magia forte? Isto seria um meio de acabar com a coisa detestável, eu acho.

16

Jake pedira que o táxi os deixasse na esquina da Lexington com a Cinqüenta e Nove, para não arriscar nada e, depois de olhar para Callahan em busca de aprovação, deu ao *sai* o que lhe restava acima de seus últimos dois dólares.

Na esquina da Lex com a rua Sessenta, Jake apontou para algumas pontas de cigarro amassadas na calçada.

— Era aqui que ele estava — disse. — O homem tocando o violão.

Ele se curvou, pegou uma das pontas e conservou-a um momento ou dois na palma da mão. Depois abanou a cabeça, sorriu com um ar meio abatido e ajeitou a correia no ombro. Os Orizas retiniram levemente dentro da bolsa de junco. Jake os havia contado no banco de trás do táxi e não ficara surpreso ao constatar que eram exatamente 19.

— Não admira que ela parasse — disse Jake, deixando cair a guimba e limpando a mão na camisa. E de repente começou a cantar, baixo mas perfeitamente no tom: — Sou um homem... de pesar constante... Vi problemas... todos os meus dias... Estou pronto para viajar... na ferrovia do norte entrar... Talvez até o próximo trem... eu vá pegar.

Callahan, já aquecido, sentiu a manivela dos nervos se apertando ainda mais. Evidentemente reconhecia a canção. Ao cantá-la aquela noite no Pavilhão (a mesma noite em que Roland ganhara os corações da Calla dançando a mais energética *commala* já vista por muita gente), Susannah substituíra "moça" por "homem".

— Ela lhe deu dinheiro — Jake disse num tom de devaneio. — E ela disse... — Permanecia de cabeça baixa, mordendo o lábio, muito concentrado. Oi erguia os olhos para ele com um ar arrebatado. Callahan também não interrompeu. A compreensão chegara até ele: ele e Jake iam morrer no Dixie Pig. Cairiam lutando, mas iam morrer ali.

E ele achou que tudo bem em morrer. Ia partir o coração de Roland perder o garoto... mas Roland continuaria. Enquanto a Torre Negra se mantivesse de pé, Roland continuaria.

Jake levantou a cabeça.

— Ela disse: "Lembrem-se da luta."

— Susannah disse.

— Sim. Ela *tomou a frente*. Mia deixou. E a canção mexeu com Mia. Ela chorou.

— De verdade?

— De verdade. Mia, filha de ninguém, mãe de um. E enquanto Mia estava distraída... os olhos ofuscados de lágrimas...

Jake olhou em volta. Oi olhou em volta com ele, provavelmente não procurando nada, só imitando seu amado Ake. Callahan estava se lembrando daquela noite no Pavilhão. As luzes. O modo como Oi ficara nas patas traseiras e se curvara para o *folken*. Susannah, cantando. As luzes.

A dança, Roland dançando a *commala* nas luzes, as luzes coloridas. Roland dançando num espaço branco. Sempre Roland; e no fim, após os outros terem caído, assassinados um a um naqueles sangrentos movimentos, Roland restaria.

Posso viver com isso, Callahan pensou. *E morrer com isso.*

— Susannah deixou alguma coisa, mas *sumiu*! — Jake disse num tom angustiado, quase de choro. — Alguém deve ter encontrado... ou talvez o violonista tenha visto quando ela deixou cair e pegou... Porra de cidade! Todo mundo rouba tudo! Ah, *merda*!

— Esqueça.

Jake virou o rosto pálido, cansado, assustado para Callahan.

— Ela nos deixou alguma coisa de que *precisamos*! Você não entende como são pequenas as nossas chances?

— Sim. Se quiser recuar, Jake, agora seria o momento certo.

O garoto balançou a cabeça sem qualquer dúvida, nem mesmo a menor hesitação, e Callahan se sentiu terrivelmente orgulhoso dele.

— Vamos, *père* — disse Jake.

17

Na esquina da Lex e da rua Sessenta e Um pararam de novo. Jake apontou para o outro lado da rua. Callahan viu o toldo verde e abanou a cabeça. Havia um leitão desenhado nele que, a despeito de ter sido assado e estar muito vermelho, sorria alegremente, fumegante. THE DIXIE PIG, era o que estava escrito no toldo suspenso. Estacionadas numa fileira diante dele, cinco compridas limusines pretas, com as luzes laterais ligadas, atiravam uma luminosidade amarela, meio borrada, na escuridão. Pela primeira vez Callahan percebeu que havia uma névoa descendo pela avenida.

— Pegue — disse Jake passando-lhe a Ruger. Depois o garoto remexeu nos bolsos, de onde tirou dois grandes cartuchos de munição. Os cartuchos tinham um brilho opaco no penetrante clarão alaranjado das luzes da rua. — Ponha tudo isso no bolso da camisa, *père*. Vai ficar mais fácil pegar, certo?

Callahan assentiu.

— Alguma vez já atirou com um revólver?

— Não — disse Callahan. — E você já atirou algum desses pratos?

Os lábios se separaram num sorriso.

— Benny Slightman e eu até que praticamos bastante atirando da margem do rio. Uma noite fizemos uma competição. Ele não era muito bom, mas...

— Me deixe adivinhar. Você era.

Jake deu de ombros, depois abanou afirmativamente a cabeça. Não teve palavras para expressar como os pratos tinham se adaptado bem às suas mãos, com que selvagem adequação. Mas talvez não houvesse nenhuma vantagem aí. Susannah também aprendera depressa e sem grande esforço a atirar os Orizas. *Père* Callahan vira isso com seus próprios olhos.

— Tudo bem, qual é o nosso plano? — Callahan perguntou. Agora que decidira levar tudo isso até o fim, estava mais do que inclinado a entregar a liderança ao garoto. Jake, afinal, era o pistoleiro.

O garoto balançou a cabeça.

— Não *há* nenhum — disse ele —, não de fato. Entro primeiro. Você vem logo atrás de mim. Assim que atravessarmos a porta nos separamos. Três metros entre nós sempre que for possível, *père*... está entendendo? Assim não importa quantos sejam ou o quanto estejam *perto*, nenhum deles conseguirá pegar nós dois ao mesmo tempo.

Era uma lição de Roland, e Callahan reconheceu-a como tal. Ele aquiesceu.

— Vou ser capaz de segui-la pelo toque e Oi fará isso pelo faro — disse Jake. — Mova-se conosco. Atire em qualquer coisa que peça um tiro, e sem hesitação, está entendendo?

— Ié.

— Se matar alguma coisa que tenha uma arma que pareça aproveitável, pegue a arma. Evidentemente se puder recolhê-la durante o movimento. Temos de continuar avançando. Temos de continuar levando o fogo para eles. Temos de ser implacáveis. Pode gritar?

Callahan refletiu, depois abanou a cabeça.

— Grite com eles — disse Jake. — Estarei fazendo o mesmo. E estarei avançando. Talvez correndo, mais provavelmente me deslocando a um passo bem acelerado. Cada vez que eu me virar para a direita, quero ver o lado do seu rosto, cuide para que seja assim.

— Você o verá — disse Callahan e pensou: *Pelo menos até um deles me derrubar.* — Depois que a tirarmos de lá, Jake, serei um pistoleiro?

O sorriso de Jake foi feroz, todas as dúvidas e medos postos para trás.

— *Khef, ka* e *ka-tet* — disse ele. — Olhe, a luz SIGA. Vamos atravessar.

18

O assento do motorista da primeira limusine estava vazio. Havia um sujeito de uniforme e boné atrás do volante da segunda, mas para *père* Callahan, o *sai* parecia adormecido. Havia outro homem de uniforme e boné encostado na terceira limusine, no lado que dava para a calçada. A brasa de um cigarro fez um arco preguiçoso do lado de seu corpo para sua boca e depois tornou a descer. Ele olhou de relance para os dois, mas sem grande interesse. O que havia para ver? Um homem a caminho da velhice, um garoto entrando na adolescência e um cachorro correndo. Grande coisa.

Quando chegaram no outro lado da rua Sessenta e Um, Callahan viu uma placa num cavalete de cromo na frente do restaurante.

FECHADO PARA REUNIÃO PARTICULAR

O que, exatamente, seria a reunião nesta noite no Dixie Pig?, Callahan se perguntava. Um chá de bebê? Uma festa de aniversário?

— O que fazemos com Oi? — perguntou ele a Jake em voz baixa.

— Oi fica comigo.

— Só três palavras, mas o suficiente para convencer Callahan de que Jake sabia o que estava dizendo: aquela era a noite mortal. Callahan não sabia se iriam se acabar num clarão de glória, mas iam se acabar, todos os três. A clareira no final do caminho estava agora escondida da vista por uma única virada; ombro a ombro, os três entrariam nela. E por menos que quisesse morrer enquanto seus pulmões ainda estavam limpos e os olhos ainda enxergavam, Callahan compreendeu que as coisas poderiam ter sido muito piores. O Treze Preto, afinal, estava enfiado num lugar escuro, onde ficaria adormecido, e se Roland realmente permanecesse de pé quando a confusão estivesse acabada, com a batalha perdida e ganha, Roland iria atrás da bola e disporia dela como achasse melhor. Enquanto isso...

— Jake, me dê um segundo de atenção. É importante.

Jake abanou a cabeça, mas parecia impaciente.

— Entende que está em perigo de morte e deve pedir perdão pelos seus pecados?

O garoto entendeu que estava recebendo a extrema-unção.

— Sim — disse.

— Lamenta sinceramente todos esses pecados?

— Sim.

— Arrepende-se deles?

— Sim, *père*.

Callahan esboçou o sinal-da-cruz na frente dele.

— *In nomine Patris, et Filii et Spiritus...*

Oi latiu. Só uma vez, mas com empolgação. E foi um latido um pouco abafado, pois tinha achado alguma coisa na sarjeta e a segurava na boca para Jake ver. O garoto se curvou e pegou.

— O que é? — Callahan perguntou. — O que é isso?

— É o que ela deixou para nós — disse Jake parecendo enormemente aliviado, quase esperançoso de novo. — O que ela deixou cair enquanto Mia estava distraída e chorando com a canção. Ah, cara... podemos ter uma chance, *père*. Afinal podemos ter realmente uma chance.

Ele pôs o objeto na mão do *père*. Callahan ficou surpreso com o peso e quase sem fôlego com a beleza. Sentiu o mesmo alvorecer de esperança. Era provavelmente uma sensação estúpida, mas estava ali, de verdade.

Aproximou do rosto a tartaruga de marfim entalhado e correu a parte de baixo do dedo indicador pelo arranhado em forma de ponto de interrogação que havia no casco. Contemplou os olhos sábios e pacíficos.

— Como é fascinante! — sussurrou. — É a Tartaruga Maturin? É, não é?

— Não sei — disse Jake. — Provavelmente. Susannah a chama de *sköldpadda* e ela pode nos ajudar, mas não vai matar os capangas que estão lá dentro à nossa espera. — Sacudiu a cabeça para o Dixie Pig. — Só nós podemos fazer isso, *père*. Não é?

— Ah, sim — disse calmamente Callahan pondo a tartaruga, a *sköldpadda*, no bolso da frente. — Vou atirar até as balas acabarem ou eu estar morto. Se eu gastar as balas antes que me matem, vou acertá-los com a coronha do revólver.

— Bem. Vamos dar *a eles* a nossa extrema-unção.

Passaram a placa FECHADO em seu cavalete de cromo, Oi trotando entre eles, a cabeça erguida e o focinho com aquele sorriso cheio de dentes. Subiram sem hesitação os três degraus para as portas duplas. No patamar, Jake pôs a mão na bolsa e puxou dois pratos. Ele bateu os dois juntos, abanando a cabeça com o retinir abafado, e disse:

— Vamos ver a sua arma.

Callahan ergueu a Ruger e aprumou o cano ao lado da face direita, como o participante de um duelo. Então tocou no bolso da camisa, inchado e torto com o peso das balas.

Jake abanou a cabeça, satisfeito.

— Assim que entrarmos, ficamos juntos. Sempre juntos, com Oi entre nós. E avançamos os três. E assim que começarmos, só paramos quanto estivermos mortos.

— Nunca vamos parar.

— Certo. Está pronto?

— Sim. Que o amor de Deus caia sobre você, garoto.

— E sobre você também, *père*. Um... dois... *três*. — Jake abriu a porta e eles penetraram juntos na luz fraca e no cheiro adocicado e picante de porco assando.

LINHA: Commala-*venha*-ki,
Há um tempo de viver e um de morrer.
Com as costas no último muro
Você deixa a bala voar.

RESPOSTA: Commala-*venha* ki!
Deixa a bala voar!
E não chore por mim, guri
Quando meu dia de morrer chegar.

Décima Terceira Estrofe

Salve, Mia, Salve, Mãe

1

O *ka* podia ter colocado aquele ônibus urbano onde ele estava quando o táxi de Mia chegou ou podia ter sido apenas coincidência. Certamente é o tipo de questão que provoca discussões do mais humilde pregador de rua (quem vai me dizer aleluia) até o mais refinado filósofo teológico (quem vai me dar o amém socrático). Alguns podem considerar a coisa quase fútil; as enormes questões que lançam suas sombras atrás do debate, contudo, são tudo menos fúteis.

Um ônibus urbano, quase vazio.

Mas se ele não estivesse ali, na esquina da Lex com a rua Sessenta e Um, provavelmente Mia jamais teria reparado no homem que tocava violão. E se ela não tivesse parado para ouvir o homem tocando guitarra, quem sabe quanta coisa do que se seguiu não teria sido diferente?

2

— Eiiii, *cara*, onde já se viu uma coisa *dessas*? — o taxista exclamou erguendo a mão para o pára-brisa num gesto exasperado. Havia um ônibus estacionado na esquina da Lexington com a Sessenta e Um, o motor diesel roncando e as lanternas piscando, o que Mia julgou ser alguma espécie de código para pedido de socorro. O motorista do ônibus estava parado junto de uma das rodas traseiras, observando a escura nuvem de fumaça de diesel que jorrava pelos orifícios de ventilação da traseira do ônibus.

— Senhora — disse o taxista —, será que se importava de saltar na esquina da Sessenta? Tudo bem ali?

Está?, Mia perguntou. *O que devo dizer?*

Claro, Susannah respondeu distraída. *Na Sessenta está ótimo.*

A pergunta de Mia a chamara de volta de sua versão do Dogan, onde tentava entrar em contato com Eddie. Dessa vez não tivera sorte e estava horrorizada com o estado do lugar. As rachaduras no piso pareciam mais fundas e um dos painéis do teto havia se esborrachado no chão, trazendo consigo as lâmpadas fluorescentes e diversos e compridos emaranhados de cabos elétricos. Alguns painéis de instrumentos se apagaram. Outros estavam exalando anéis de fumaça. A agulha no mostrador SUSANNAH-MIO estava entrando no vermelho. Abaixo de seus pés, o chão vibrava e a maquinaria guinchava. E dizer que nada daquilo era real, que tudo não passava de uma técnica de visualização! Bem, isso era fugir inteiramente do que interessava, não era? Ela interrompera um processo muito poderoso e seu corpo estava pagando um preço. A voz do Dogan a alertara para o perigo do que estava fazendo, lembrando (nas palavras de um comercial de tevê) que não era simpático brincar com a Mãe Natureza. Susannah não tinha idéia de qual de suas glândulas e órgãos estariam suportando a carga maior, mas sabia que *eram* os seus. Não os de Mia. Estava na hora de dar um basta naquela loucura antes que tudo fosse para o espaço.

Primeiro, no entanto, tentara entrar em contato com Eddie, gritando repetidamente seu nome naquele microfone com NORTH CENTRAL POSITRONICS estampado nele. Nada. Gritar o nome de Roland também não dava resultado. Se estivessem mortos, ela teria sabido. Tinha certeza. Mas o fato de não estar sendo *realmente* capaz de entrar em contato com eles... o que isso podia significar?

Isto significa que tu, mais uma vez, foi fodida e muito bem fodida, pimentão de mel, Detta disse a ela e cacarejou uma risada. *Foi isso que tu conseguiu pru se metê cum branco chifrudo.*

Posso saltar aqui?, Mia perguntava retraída como uma menina chegando ao primeiro baile. *Posso mesmo?*

Susannah teria batido em sua própria têmpora, se tivesse uma. Deus, quando se tratava de qualquer coisa menos o bebê, a puta ficava tão malditamente *tímida*!

Sim, tudo bem. É apenas uma quadra e, nas avenidas, as quadras são curtas.

O motorista... quanto devo dar ao motorista?

Dê uma nota de dez e deixe que fique com o troco. Vá, deixa eu ver...

Susannah sentiu a relutância de Mia e reagiu com uma raiva sem muita convicção. Aquilo não deixava de ter sua graça.

Preste atenção, querida, lavo minhas mãos com relação a você. Tudo bem? Dê a ele a porra da quantia que muito bem entender.

Não, não, está tudo bem. Humilde agora. Assustada. *Confio em você, Susannah.* Ela puxou do bolso as notas restantes do Mats, e colocou-as paradas diante dos olhos, como um punhado de cartas.

Susannah quase se recusou, mas que sentido havia em não ajudar? Ela *tomou a frente*, assumiu o controle sobre as mãos marrons que seguravam o dinheiro, selecionou uma nota de dez e deu-a ao motorista.

— Guarde o troco — disse.

— Obrigado, senhora!

Susannah abriu a porta do lado do meio-fio. Uma voz de robô começou a falar quando ela o fez, assustando-a... assustando as duas. Era uma moça chamada Whoopi Goldberg lembrando-a para não esquecerem seus pertences. Para Susannah-Mia, a questão da tralha era sem importância. Agora só carregavam uma coisa, algo que dizia respeito às duas e de que Mia logo ia se livrar.

Mia ouviu música de violão. Ao mesmo tempo sentiu diminuir seu controle sobre a mão que enfiava no bolso o dinheiro que sobrara e sobre a perna que saltava do táxi. Agora que Susannah resolvera outro de seus probleminhas nova-iorquinos, Mia assumia de novo. Susannah começou a lutar contra esta usurpação

(meu *corpo, maldição*, meu, *pelo menos da cintura para cima, e isso inclui a cabeça e o cérebro dentro dele!*)

mas logo desistiu. Para quê? Mia era mais forte. Susannah não sabia muito bem por quê, mas sabia que era.

A esta altura, uma espécie de estranho fatalismo de samurai se apoderara de Susannah Dean. O tipo de calmaria que encobre motoristas de carros derrapando inexoravelmente para viadutos, os pilotos de aviões que entram em parafuso, motores parados, para uma queda final... e pistoleiros impelidos para uma última gruta ou uma última luta. Mais tarde talvez ela lutasse, se a luta parecesse valer a pena ou conceder alguma honra. Lutaria para salvar a si mesma ou ao bebê, mas não Mia — esta era sua decisão. Pela maneira de ver de Susannah, Mia perdera o direito a qualquer chance de resgate que um dia pudesse ter merecido.

Por ora nada havia a fazer, exceto talvez girar o disco TRABALHO DE PARTO de volta para o 10. Ela achou que poderia se permitir este nível de controle.

Antes disso, no entanto... a música. O violão. Era uma canção que conhecia e conhecia bem. Cantara uma versão desta música para o *folken* na noite da chegada deles a Calla Bryn Sturgis.

Após tudo que vivera desde que conhecera Roland, ouvir "Homem de Pesar Constante" naquela esquina de Nova York não lhe parecia, de forma alguma, mera coincidência. E era uma canção maravilhosa, não era? Talvez o ápice de todas as canções *folk* que ela tanto amara quando jovem, aquelas que a tinham seduzido e levado, passo a passo, ao ativismo e que, finalmente, a conduziriam a Oxford, no Mississippi. Aqueles dias tinham passado... ela se sentia muito mais velha do que era então... mas a triste simplicidade da canção ainda exercia um forte apelo. O Dixie Pig ficava a menos de uma quadra. Assim que Mia as fizesse passar através de suas portas, Susannah estaria na Terra do Rei Rubro. Não tinha dúvidas ou ilusões a esse respeito. Não esperava voltar de lá, não esperava ver de novo seus amigos ou seu bem-amado, e desconfiava que talvez tivesse de morrer na companhia dos gemidos injustiçados de Mia... Nada disso, porém, interferia em seu prazer de ouvir a canção neste momento. Seria sua marcha fúnebre? Se fosse, ótimo.

Susannah, filha de Dan, julgava que podia ter sido muito pior.

3

O músico de rua tinha se instalado defronte a um café chamado Blackstrap Molasses. O estojo do violão estava aberto na frente dele, o veludo roxo do interior (exatamente o mesmo tom que o tapete no quarto de *sai* King em Bridgton, não vamos dizer amém?) salpicado de moedas e notas, de modo que qualquer transeunte inabitualmente inocente percebesse qual era a coisa certa a fazer. Estava sentado num sólido cubo de madeira que parecia exatamente igual àquele onde o rev. Harrigan subia para pregar.

Havia sinais de que estava quase dando a noite por encerrada. Vestira a jaqueta, que trazia um decalque dos New York Yankees na manga, e um boné com **JOHN LENNON VIVE** escrito na aba. Aparentemente tinha havido uma placa na frente dele, mas agora ele a devolvera ao estojo do instrumento, o lado com as palavras para baixo. De qualquer modo, Mia não teria sido capaz de decifrar o que estava escrito na placa, ela não.

O músico olhou para a mulher, sorriu, e parou de tocar. Ela ergueu uma das suas notas restantes e disse:

— Vou lhe dar esta se você tocar de novo aquela canção. Desta vez inteira.

O rapaz parecia ter em torno de vinte anos e, embora não houvesse nada de muito bonito na pele muito pálida, cheia de manchas, na argola dourada numa das narinas e no cigarro se projetando do canto da boca, tinha um ar cativante. Os olhos se alargaram quando perceberam de quem era a cara na nota que ela estava segurando.

— Senhora, por cinqüenta paus eu tocava todas as músicas de Ralph Stanley que conheço... e conheço um bom número.

— Acho que nos contentaremos com esta — disse Mia jogando a nota que esvoaçou para o estojo do violão do músico. Ele contemplou sua descida irregular com uma expressão atônita. — Rápido — disse Mia. Susannah estava quieta, mas Mia percebeu que prestava atenção. — Meu tempo é curto. Toque!

E assim o tocador de violão, sentado num cubo na frente do café, começou a tocar uma canção que Susannah ouvira pela primeira vez no The Hungryi, uma canção que ela própria cantara em só Deus sabe quantas audições de música *folk*, uma canção que, certa noite, cantara atrás de um motel em Oxford, no Mississippi. Acontecera na véspera de serem todos atirados no xadrez. Àquela altura, os três jovens que registravam os negros como eleitores já estavam sumidos havia quase um mês, enterrados na terra preta do Mississippi, em algum lugar nos arredores da Filadélfia (finalmente foram encontrados na cidade de Longdale, podem dizer aleluia, por favor digam amém). A Famosa Marreta Branca tinha começado de novo a cair nas regiões rurais onde moravam os caipiras brancos, mas cantaram mesmo assim. Odetta Holmes Det, como a chamavam naquele tempo — dera início à canção e todos se juntaram a ela, os rapazes cantando *homem* e as garotas cantando *moça*. Agora, embevecida dentro do Dogan, que se tornara seu *gulag*, Susannah ouvia aquele jovem, que ainda não era nem nascido naqueles dias terríveis, cantar a canção de novo. O compartimento estanque de suas memórias se escancarou e foi Mia, despreparada para a violência dessas recordações, quem se deixara arrebatar pela onda.

4

Na Terra da Memória, o tempo é sempre *Agora*.
No Reino do Passado, o relógio faz tiquetaque... mas seus ponteiros nunca se mexem.
Há uma Porta Não-Encontrada
(Ah, perdida)
e a memória é a chave que a abre.

5

Seus nomes são Cheney, Goodman, Schwerner; foram eles que caíram sob a Marreta Branca a 19 de junho de 1964.
Ó Discórdia!

6

Estão hospedados num lugar chamado Blue Moon Motor Hotel, no lado negro de Oxford, Mississippi. O Blue Moon pertence a Lester Bambry, cujo irmão John é pastor da Primeira Igreja Metodista Afro-Americana de Oxford, podem dizer aleluia, podem dizer amém!

É 19 de julho de 1964, um mês após o desaparecimento de Cheney, Goodman e Schwerner. Três dias após eles sumirem em algum lugar nos arre-

dores de Filadélfia, houve uma reunião na igreja de John Bambry e os ativistas negros locais disseram a cerca de três dúzias remanescentes de brancos do norte que, em vista do que estava acontecendo, deviam se sentir, é claro, livres para voltar para casa. E alguns tinham *voltado para casa, Deus seja louvado!, mas Odetta Holmes e outros 18 ficam. Sim. Ficam no Blue Moon Motor Hotel. E agora, à noite, às vezes vão lá nos fundos, e Delbert Anderson leva seu violão e todos cantam.*

"Serei liberto", *cantam e*

"John Henry", *cantam, capaz de vergar o próprio aço (grande Deus, digam Deus-bomba), e eles cantam*

"Blowin in the Wind", *e eles cantam*

"Hesitation Blues" *pelo rev. Gary Davis, todos rindo com os versos deliciosamente apimentados: um dólar é um dólar e um tostão é um tostão eu peguei uma casa cheia de filhos e nenhum deles é meu, e eles cantam*

"I Ain't Marchin Anymore", *Não estou mais fazendo as passeatas, e eles cantam*

na Terra da Memória e no Reino do Passado eles cantam

no sangue-quente de sua juventude, na energia dos corpos, na confiança das mentes eles cantam

para negar a Discórdia

para negar o can toi

na afirmação de Gan, o Construtor, Gan, o Tomador do Mal

eles não conhecem esses nomes

eles conhecem todos esses nomes

o coração canta o que tem de cantar

o sangue sabe o que o sangue sabe

no Caminho do Feixe nossos corações sabem de todos os segredos

e eles cantam

cantam

Odetta começa e Delbert Anderson toca; ela canta

— Sou uma moça de pesar constante... Vi problemas todos os meus dias... Dei adeus... ao velho Kentucky...

7

Assim Mia foi conduzida pela Porta Não-Encontrada para a Terra da Memória, transportada para o quintal cheio de mato atrás do Blue Moon Motor Hotel, de Lester Bambry, e assim ela ouviu...
(ouve)

8

Mia ouve a mulher que se tornará Susannah ao cantar a canção. Ouve os outros se juntando a ela, um por um, até todos estarem cantando em coro e, lá no alto, está a lua do Mississippi, derramando a radiância em seus rostos — alguns pretos, alguns brancos — e sobre os frios trilhos de aço da linha que corre atrás do hotel, trilhos que correm para o sul a partir daqui, que vão até Longdale, a cidade onde a 5 de agosto de 1964 os corpos muito decompostos de seus amigos serão encontrados: James Cheney, 21; Andrew Goodman, 21; Michael Schwerner, 24; ó Discórdia! E você que faz o jogo da escuridão, mostre sua alegria pelo Olho vermelho que brilha ali!
Ela os ouve cantar.
Por toda esta Terra estou destinada a vagar... Através do temporal e do vento, através da nevasca e da chuva... estou destinada a passar naquela ferrovia do norte...
Nada abre o olho da memória como uma canção e são as memórias de Odetta que levantam Mia e a carregam enquanto elas cantam juntas, Det e seus companheiros de *ka* sob a lua prateada. Mia os observa caminhando de um lado para o outro com os braços unidos, cantando
(ah, fundo em meu coração... eu realmente creio...)
outra canção, aquela que sentem que os define mais claramente. As faces que se enfileiram na rua a observá-los estão contraídas de ódio. Os punhos sendo sacudidos para elas têm calos. As bocas das mulheres que franzem os lábios para atirar o cuspe que salpicará seus rostos sujar seu cabelo manchar suas blusas não têm batom e as pernas não têm meias e os sapatos não passam de pedaços surrados de lona. Há homens de macacões (da Oshkosh, por Deus, alguém diga aleluia). Há adolescentes em lavados

suéteres brancos, cabelos cortados a máquina zero e um deles grita para Odetta, articulando cuidadosamente cada palavra: *Vamos matar! Cada um! Maldição! Nigger! Quem ousa pôr os pés no* campus *da Universidade do Mississippi?*

E a camaradagem apesar do medo. *Por causa* do medo. A sensação de estarem fazendo algo incrivelmente importante: algo para o futuro. Vão mudar a América e se o preço é sangue, então vão pagá-lo? Digam em voz alta, chamem aleluia, louvado seja Deus, dêem améns em voz alta!

Então vem o garoto branco chamado Darryl e a princípio ele não podia, ele brochava e não podia, e então mais tarde ele podia e a outra secreta de Odetta — a barulhenta, sorridente, feia outra secreta — nunca se aproximou. Darryl e Det deitaram juntos até de manhã, dormindo juntinhos até de manhã sob a lua do Mississippi. Ouvindo os grilos. Ouvindo as corujas. Ouvindo o leve, suave rumor da Terra girando em seu eixo, girando e girando sempre mais pelo século XX. São novos, o sangue corre nas veias e eles não põem em dúvida sua capacidade de tudo mudar.

É adeus, meu verdadeiro amante...

Isto é sua canção no mato atrás do Blue Moon Motor Hotel; esta é sua canção sob o luar.

Nunca verei seu rosto de novo...

É Odetta Holmes na apoteose de sua vida e Mia está *lá!* Ela vê isso, sente isso, está perdida em sua gloriosa e um tanto, alguns diriam, burra esperança (ah, mas eu digo aleluia, todos nós dizemos Deus-bomba). Ela compreende como estar todo tempo com medo torna mais preciosos os amigos; como torna doce cada mordida de cada refeição; como estica o tempo até que cada dia parece durar para sempre, e se prolongar na noite de veludo, e eles *sabem* que James Cheney está morto

(falem a verdade)

eles *sabem* que Andrew Goodman está morto

(digam aleluia)

eles *sabem* que Michael Schwerner — o mais velho deles e no entanto apenas um bebê de 24 anos — está morto.

(Doem seu mais alto amém!)

Sabem que qualquer um deles é também candidato a sentir o cheiro da lama de Longdale ou Filadélfia. *A qualquer momento.* Na noite após aquele coro especial atrás do Blue Moon, a maioria deles, Odetta incluída, será levada para o xadrez e o tempo da humilhação começará. Mas nesta noite ela está com seus amigos, com seu amante, eles são um só e a Discórdia foi banida. Nesta noite eles cantam, balançando com os braços em volta uns dos outros.

As garotas cantam *moça*, os rapazes cantam *homem*.

Mia está muito impressionada com o amor que têm um pelo outro; está exaltada pela simplicidade daquilo em que acreditam.

A princípio, atônita demais para rir ou chorar, ela só consegue ouvir, maravilhada.

9

Quando o músico de rua começou o quarto verso, Susannah se juntou a ele, de início hesitante e então — ante o sorriso encorajador do rapaz — com vontade, harmonizando acima da voz dele:

Para o café da manhã tínhamos molho de buldogue
Para o jantar tínhamos feijões e pão
Os mineradores não têm o que jantar
E chamam de cama um feixe de palha...

10

O cantor de rua parou após esse verso, contemplando Susannah-Mia com um ar de feliz surpresa.

— Achei que eu era o único que conhecia esta letra — disse. — É o modo como os Freedom Riders costumavam...

— Não — disse Susannah em voz baixa. — Não eles. Era o pessoal do registro eleitoral que cantava o verso do molho de buldogue. As pessoas que vieram para Oxford no verão de 1964. Quando aqueles três rapazes foram mortos.

— Schwerner e Goodman — disse o rapaz. — Não consigo me lembrar do nome de...

— James Cheney — disse ela em voz baixa. — O que tinha o *cabelo* mais bonito.

— Fala como se o tivesse conhecido — disse ele —, mas você não pode ter muito mais de... trinta?

Susannah acreditava que parecia ter muito mais de trinta, especialmente nesta noite, mas é claro que este jovem tinha mais cinqüenta dólares no estojo do violão do que uma canção atrás, e isso podia ter afetado sua visão.

— Minha mãe passou o verão de 1964 no condado de Neshoba — disse Susannah, não imaginando que, com duas palavras espontaneamente escolhidas (*minha mãe*), pudesse causar um mal tão grande à sua seqüestradora. Aquelas palavras deixavam em carne viva o coração de Mia.

— Que mãe maneira! — o jovem exclamou e sorriu. Então o sorriso acabou. Ele tirou a nota de cinqüenta do estojo do violão e a devolveu. — Tome de volta. Foi realmente um prazer cantar com a senhora, madame.

— Não posso aceitar, acredite — disse Susannah sorrindo. — Lembre-se da luta, para mim isso é o bastante. E lembre-se de Jimmy, Andy e Michael, se conseguir. Isso me recompensaria plenamente.

— Por favor — o rapaz insistia. Estava sorrindo de novo, mas o sorriso parecia transtornado e ele podia ter sido qualquer um daqueles rapazes da Terra do Passado, cantando ao luar na porra imunda dos fundos das pequenas cabanas individuais do Blue Moon, vendo o duplo e frio reflexo dos raios de luar nos trilhos da ferrovia; podia ter sido qualquer um deles com sua beleza, com a flor descuidada da juventude e como, neste momento, Mia o amou. Mesmo o chapinha pareceu secundário naquele ardor. Ela sabia que, sob muitos aspectos, era um falso ardor, trazido pelas recordações de sua hospedeira e, no entanto, suspeitava que, sob outros aspectos, fosse um ardor bastante real. Pelo menos tinha certeza de uma coisa: só uma criatura como ela, que tivera a imortalidade e dela abrira mão, seria capaz de apreciar a rude coragem de que as pessoas precisavam para se colocarem contra as forças da Discórdia. Para arriscar aquela frágil beleza colocando suas crenças à frente da segurança pessoal.

Faça-o feliz, pegue o dinheiro de volta, ela disse a Susannah, mas não *tomou a frente* para obrigar Susannah a fazer isso. Que a opção fosse dela.

Antes que Susannah pudesse responder, o alarme no Dogan disparou, inundando a mente compartilhada das duas de ruído e luz vermelha.

Susannah se virou naquela direção, mas Mia agarrou seu ombro e apertou-o como uma garra antes que ela pudesse ir.

O que está acontecendo? O que houve de errado?
Me solte!

Susannah se contorceu e se soltou. E antes que Mia pudesse agarrá-la de novo, ela se foi.

11

O Dogan de Susannah pulsava e cintilava com luzes vermelhas de pânico. Um sinal de advertência martelava pelos alto-falantes acima. Todos os monitores de tevê haviam entrado em curto, com exceção de dois — um deles ainda mostrando o músico na esquina da Lex com a rua Sessenta, o outro o bebê adormecido. O piso rachado zumbia sob os pés de Susannah e soltava poeira. Um dos painéis de controle ficara escuro e outro estava em chamas.

Isto parecia mau.

Como se para confirmar seus temores, a Voz do Dogan, semelhante à de Blaine, começou de novo a falar.

— AVISO! — a voz gritou. — SISTEMA COM SOBRECARGA! SEM REDUÇÃO DA POTÊNCIA DA SEÇÃO ALFA, A QUEDA COMPLETA DO SISTEMA OCORRERÁ EM 40 SEGUNDOS!

Susannah não se lembrava de ter visto qualquer Seção Alfa em suas visitas anteriores ao Dogan, mas não ficou espantada ao ver agora uma placa indicando exatamente aquilo. Um dos painéis perto dela de repente estourou com uma vistosa chuva de centelhas alaranjadas, fazendo pegar fogo o assento de uma poltrona. Mais painéis caíram, arrastando emaranhados de fios.

— SEM REDUÇÃO DA POTÊNCIA NA SEÇÃO ALFA, A QUEDA COMPLETA DO SISTEMA OCORRERÁ EM 30 SEGUNDOS!

E quanto ao mostrador TEMP EMOCIONAL?

— Deixe isso em paz — murmurou para si mesma.

Tudo bem, CHAPINHA? O que me diz dessa?

Depois de pensar um momento, Susannah passou o interruptor de ADORMECIDO para ACORDADO e aqueles desconcertantes olhos azuis se abriram de repente, fitando Susannah com o que parecia ser uma curiosidade febril.

O filho de Roland, ela pensou com estranha e dolorosa mistura de emoções. *E meu. Quanto a Mia? Garota, você não passa de uma* ka-mai. *Sinto muito.*

Ka-mai, sim. Não apenas uma tola, mas uma tola do *ka*... uma tola do destino.

— SEM REDUÇÃO DA POTÊNCIA NA SEÇÃO ALFA, A QUEDA COMPLETA DO SISTEMA OCORRERÁ EM 25 SEGUNDOS!

Então acordar o bebê de nada serviria, pelo menos em termos de evitar um total colapso do sistema. Hora do Plano B.

Ela estendeu a mão para o absurdo botão de controle rotulado TRABALHO DE PARTO, aquele que tanto lembrava o botão do forno no fogão da mãe. Fazer o disco voltar a 2 fora difícil e a porra da dor fora incrível. Girá-lo para o outro lado foi mais fácil e não houve absolutamente qualquer dor. O que ela sentiu foi um *relaxamento* em algum lugar no fundo de sua cabeça, como se alguma teia de músculos que tinham ficado horas flexionados estivesse agora sendo solta com um pequeno grito de alívio.

A barulhenta pulsação do sinal de advertência cessou.

Susannah girou o TRABALHO DE PARTO para 8, parou ali e deu de ombros. Que diabo, estava na hora de tocar o apito, acabar com isto. Ela virou o botão até 10. No momento em que ele chegou lá, uma dor enorme, concentrada, endureceu seu estômago e desceu, agarrando sua pélvis. Ela teve de apertar os lábios para não gritar.

— A REDUÇÃO DE POTÊNCIA NA SEÇÃO ALFA FOI CUMPRIDA — disse a voz para logo cair numa fala arrastada tipo John Wayne, que Susannah conhecia muito bem. — UM MONTE DE OBRIGADO, GRANDE VAQUEIRA.

Ela teve de apertar os lábios para sufocar outro grito... não dor desta vez, mas franco terror. Não foi difícil a Susannah se lembrar de que Blaine, o Mono, estava morto e aquela voz estava vindo de alguma detestável piada armada por seu próprio subconsciente, mas isso não interrompia o medo.

— O TRABALHO DE PARTO... COMEÇOU — disse a voz amplificada, voltando à imitação de John Wayne. — O TRABALHO... COMEÇOU. — Então, num tom horrível (e nasal) à maneira de Bob Dylan, que fez seus dentes rangerem, a voz entoou: — PARABÉNS PRA VOCÊ... *DOÇURA!*... PARABÉNS... PRA VOCÊ! PARABÉNS... QUERIDO MORDRED... PARABÉNS... PRA VOCÊ!

Susannah visualizou um extintor de incêndio instalado na parede atrás dela e, quando se virou, o extintor estava, é claro, bem ali (mas não imaginara a plaquinha que dizia: SÓ VOCÊ E SOMBRA PODEM AJUDAR A PREVENIR O FOGO NOS PAINÉIS — isso, juntamente com um desenho de Shardik, do Feixe, usando um chapéu com a inscrição Fumaça, o Urso, era brincadeira de outro piadista). Quando correu pelo chão rachado e irregular para pegar o extintor, contornando os painéis caídos do teto, outra dor pareceu rasgá-la, acendendo sua barriga e coxas em fogo, fazendo-a ter vontade de vergar o corpo e empurrar a ultrajante pedra em seu útero.

Não vai demorar muito, pensou numa voz que era parte Susannah e parte Detta. *Não senhora. Este chapinha está vindo por trem expresso!*

Mas então a dor cedeu ligeiramente. Ela arrancou o extintor da parede, dirigiu o bico fino para o flamejante painel de controle e apertou o disparador. A espuma jorrou, cobrindo as chamas. Houve um sinistro assobio e um cheiro que lembrava cabelo queimando.

— O FOGO... ESTÁ APAGADO — proclamou a Voz do Dogan. — O FOGO... ESTÁ APAGADO. — E então, passando rápido como relâmpago para um sotaque macio, com todas as pausas de um lorde britânico: — EU DIGO, PELA ALEGRIA DE DEUS, SIU-SANNAH, ABSOLUTAMENTE BRILLHHHAN-TE!

Ela cambaleou outra vez pelo minado piso do Dogan, agarrou o microfone e apertou o botão de transmissão. No alto, numa das telas de tevê ainda operando, pôde ver que Mia estava de novo em movimento, atravessando a rua Sessenta.

Então Susannah viu o toldo verde com a caricatura do porco e seu coração se contraiu. Não a Sessenta, mas a Sessenta e *Um.* A mama puta seqüestradora tinha alcançado seu destino.

— Eddie! — ela gritou ao microfone. — Eddie ou Roland! — Que diabo, por que não dar uma boa varredura no local? — Jake? *Père* Callahan? Chegamos ao Dixie Pig e vamos ter este maldito bebê! Venham para cá se puderem, mas tenham cuidado!

Tornou a erguer os olhos para o monitor. Mia estava agora no lado da rua onde ficava o Dixie Pig, dando uma olhada no toldo verde. Hesitando. Seria capaz de ler as palavras DIXIE PIG? Provavelmente não, mas podia certamente perceber o desenho. O porco sorridente, fumegante. E de qualquer modo, não hesitaria por muito tempo, não agora que o trabalho de parto havia começado.

— Eddie, tenho de ir. Amo você, docinho! Aconteça o que acontecer, lembre-se disso! Nunca esqueça isso! *Eu amo você!* Isto é... — Seu olho caiu no mostrador semicircular no painel atrás do microfone. O ponteiro tinha saído do vermelho. Achou que ficaria no amarelo até o parto acabar, voltando então para o verde.

A não ser, é claro, que alguma coisa desse errado.

Ela percebeu que continuava agarrando o microfone.

— Aqui é Susannah-Mio, desligando. Que Deus esteja com vocês, rapazes. Deus e *ka*.

Ela pousou o microfone e fechou os olhos.

12

Susannah sentiu de imediato a diferença em Mia. Embora ela tivesse alcançado o Dixie Pig e o trabalho de parto tivesse ostensivamente começado, a mente de Mia estava, pelo menos desta vez, em outro lugar. Na realidade se voltara para Odetta Holmes e para o que Michael Schwerner chamara Projeto de Verão do Mississippi (*ele* era chamado pelos caipiras brancos do sul de Garoto Judeu). A atmosfera emocional a que Susannah retornou estava *carregada*, como o ar quieto antes de uma violenta tempestade de setembro.

Susannah! Susannah, filha de Dan!
Sim, Mia.
Concordei com a mortalidade.
Você o disse.

E certamente Mia parecera mortal em Fedic. Mortal e *terrivelmente* grávida.

Contudo, perdi a maior parte do que faz a vida de curto prazo valer a pena? Não é? A dor naquela voz era terrível; a surpresa era ainda pior. *E não há tempo para você me dizer. Não agora.*

Vá para outro lugar, disse Susannah, sem absolutamente qualquer esperança. *Chame um táxi, vá para um hospital. Vamos tê-lo juntas, Mia. Talvez até possamos criá-lo jun...*

Se eu o tiver em qualquer outro lugar que não seja aqui, ele vai morrer e nós morreremos com ele. Falava com absoluta certeza. *E eu vou tê-lo. Fui despojada de tudo a não ser de meu chapinha, e eu vou tê-lo. Mas... Susannah... antes de entrarmos... você falava de sua mãe.*

Eu menti. Era eu em Oxford. Mentir era mais fácil que tentar explicar uma viagem no tempo e mundos paralelos.

Me mostre a verdade. Me mostre sua mãe. Me mostre, eu imploro!

Não havia tempo para pesar os prós e os contras do pedido; era aceitá-lo ou se recusar no impulso do momento. Susannah decidiu aceitá-lo.

Olhe, disse.

13

Na Terra da Memória, o tempo é sempre *Agora*.

Há uma Porta Não-Encontrada

(Ah, perdida)

e quando Susannah a encontrou e abriu, Mia viu uma mulher com o cabelo preto todo penteado para trás e incríveis olhos cinza. Há um camafeu no pescoço da mulher. Está sentada na mesa da cozinha, essa mulher, num eterno raio de sol. Nesta memória são sempre duas e dez de uma tarde de outubro de 1946, a Grande Guerra já terminou, Irene Daye está no rádio e o cheiro é sempre de bolo de gengibre.

— Odetta, venha se sentar comigo — diz a mulher à mesa, ela que é mãe. — Coma alguma coisa doce. Você está *bonita*, garota.

E ela sorri.

Ah, fantasma perdido, e pelo vento chorado, volte outra vez!

14

Bastante prosaico, você diria, sim. Uma menina volta da escola com a bolsa de livros numa das mãos e a bolsa de roupa de ginástica na outra, usando a blusa branca, a saia pregueada de xadrez escocês e meias até o joelho com faixas do lado (laranja e preta, as cores da escola St. Ann). A mãe, sentada à mesa da cozinha, ergue os olhos e oferece à filha um pedaço do bolo de gengibre que acabou de sair do forno. É só um momento num milhão de outros momentos banais, um simples átomo de evento numa eternidade deles. Mas roubou a respiração de Mia

(*você está* bonita, *garota*)

e lhe mostra, num modo concreto que anteriormente ela não havia compreendido, como a maternidade podia ser rica... *se*, é claro, pudesse seguir seu curso sem interrupções.

As recompensas?

Incomensuráveis.

No final *você* podia ser a mulher sentada no raio de sol. *Você* podia ser aquela olhando para a criança que navega bravamente para fora do porto da infância. Você podia ser o vento nas velas desfraldadas daquela criança.

Você.

Odetta, venha se sentar comigo.

O ar começou a mover-se aos arrancos no peito de Mia.

Coma alguma coisa doce.

Seus olhos se enevoaram, o sorridente porco desenhado no toldo primeiro se duplicando, depois se quadruplicando.

Você está bonita, *garota.*

Algum tempo era melhor que tempo nenhum. Mesmo cinco anos — ou três — era melhor que tempo nenhum. Ela não sabia ler, não estivera no Morehouse, nem *no house*, mas pelo menos esta matemática conseguia fazer: três = melhor que nenhum. Mesmo um = melhor que nenhum.

Ah...

Ah, mas...

Mia pensou num garoto de olho azul atravessando uma porta; uma porta encontrada, não uma porta perdida. Imaginou-se dizendo a ele: *você está* bonito, *filho!*

Ela começou a chorar.

O que fiz foi uma terrível pergunta. *O que mais* podia *ter feito* era talvez ainda pior.

Ó Discórdia!

15

Era a única chance que Susannah tinha de fazer alguma coisa: agora, com Mia parada diante dos degraus que levavam a seu destino. Susannah pôs a mão no bolso do jeans e sentiu a tartaruga, a *sköldpadda*. Os dedos marrons, separados da perna branca de Mia por um forro fino, fecharam-se em torno da tartaruga.

Ela a puxou e fez um movimento para trás, jogando-a na sarjeta. De sua mão para o colo do *ka*.

Depois se deixou carregar pelos três degraus até as portas duplas do Dixie Pig.

16

Estava muito escuro lá dentro e a princípio Mia não pôde ver nada além das luzes fracas, vermelho-alaranjadas. *Tochas* elétricas do tipo que ainda iluminava alguns cômodos no Castelo Discórdia. Seu senso de olfato não precisava, contudo, de ajuste e, mesmo quando uma renovada dor de parto apertou, o estômago reagiu ao cheiro do porco assado e gritou para ser alimentado. Seu *chapinha* gritou para ser alimentado.

Isso não é porco, Mia, disse Susannah, e foi ignorada.

Quando as portas se fecharam — havia um homem (ou um ser parecido com um homem) parado em cada uma delas —, ela começou a ver melhor. Estava na frente de um salão de jantar comprido e estreito. As toalhas das mesas e os guardanapos brilhavam. Em cada mesa havia uma vela num suporte tingido de laranja. As velas brilhavam como olhos de raposa. O piso do vestíbulo era de mármore preto, mas além da mesa do maître havia um tapete de um vermelho muito carregado.

Ao lado da mesa havia um *sai* de uns sessenta anos com cabelo branco penteado para trás, rosto magro e um ar um tanto perverso. Era a face de um homem inteligente, mas as roupas — o espalhafatoso paletó esporte amarelo, a camisa vermelha, a gravata preta — eram as de um vendedor de carros usados ou um jogador especializado em depenar os caipiras de cidades pequenas. No centro de sua testa havia um buraco vermelho com pouco mais de dois centímetros de uma ponta a outra, como se ele tivesse sido baleado à queima-roupa. Estava inundado de sangue, mas o sangue não transbordava para a pele pálida.

Nas mesas do salão de jantar havia talvez uns cinqüenta homens e a metade desse número em mulheres. A maioria deles usava roupas tão ou mais espalhafatosas que a do cavalheiro de cabelos brancos. Grande anéis cintilavam em dedos carnudos, brincos de diamante em forma de pingentes refletiam a luz alaranjada dos *flambeaux*.

Havia também figuras com trajes mais sóbrios — jeans e camisas brancas sem estampados parecia ser a indumentária por que optara esta minoria. Esses *folken* eram pálidos e atentos, os olhos aparentemente puras pupilas. Em volta de seus corpos, girando tão debilmente que às vezes desapareciam, havia auras azuis. Para Mia, aquelas criaturas pálidas, cercadas de auras, pareciam realmente bem mais humanas que os homens e mulheres baixos. Eram vampiros — não era preciso observar os afiados caninos que os sorrisos revelavam para descobrir isso —, mas ainda assim pareciam mais humanos que o bando de Sayre. Talvez porque tivessem um dia *sido* humanos. Os outros, porém...

Seus rostos são apenas máscaras, ela observou com crescente mal-estar. *Sob as máscaras que os Lobos usam estão os homens elétricos — os robôs —, mas o que há sob estas?*

O salão de jantar estava morbidamente silencioso, mas de algum lugar nas proximidades vinham os sons ininterruptos de conversa, riso, copos tilintando e talheres batendo contra louças. Houve um barulho de líquido — vinho ou água, ela supôs — e uma explosão mais alta de riso.

Um homem baixo e uma mulher baixa — ele num smoking adornado com lapelas xadrez e uma gravata-borboleta de veludo vermelho, ela num vestido de noite prata *lamé*, sem alças, ambos de uma alarmante obesidade — viraram-se (com óbvio desprazer) para a fonte daqueles sons, que pareciam estar vindo de trás de uma tapeçaria mais ou menos pretensiosa retratando cavaleiros e suas esposas num jantar. Quando o gordo casal se virou para olhar, Mia viu as bochechas se enrugarem para cima como tecido que agarra e, por um momento, sob o suave ângulo dos queixos, viu uma coisa escura, vermelha e forrada de pêlos.

Susannah, isos era pele*?,* Mia perguntou. *Bom Deus, aquilo era a* pele *deles?*

Susannah não deu resposta, nem sequer um *eu disse a você* ou *eu não avisei?* Essas coisas agora pertenciam ao passado. Era tarde demais para exasperação (ou para qualquer uma das emoções mais suaves) e Susannah sentia uma pena sincera da mulher que a levara até lá. Sim, Mia mentira e traíra; sim, dera tudo de si para que Eddie e Roland fossem mortos. Mas algum dia tivera escolha? Susannah percebeu, com um despontar de amargura, que agora podia dar a perfeita definição de uma *ka-mai*: alguém a quem tinham dado esperança, mas não opções.

Como dar uma motocicleta a um cego, ela pensou.

Richard Sayre — magro, de meia-idade, com belos lábios grossos, um tipo cara larga — começou a bater palmas. Os anéis lampejavam em seus dedos. O *blazer* amarelo chamava muita atenção sob a luminosidade fraca.

— Salve, Mia! — gritou ele.

— *Salve, Mia!* — responderam os outros.

— Salve, mãe!

— *Salve, mãe!* — os vampiros e os homens e mulheres baixos gritaram, e também eles começaram a aplaudir. O som era sem dúvida bastante entusiástico, mas a acústica do local o amortecia, transformando-o num agitar de asas de morcego. Um som faminto, que fez Susannah sentir-se mal do estômago. Ao mesmo tempo uma nova contração tomou conta dela, convertendo suas pernas em água. Ela cambaleou para a frente, mas quase saudou a dor, que amortecia um pouco o nervosismo. Sayre deu um passo à frente e agarrou-a pela parte superior dos braços, apoiando-a antes que caísse. Ela tinha pensado que seu toque seria frio, mas os dedos de Sayre estavam quentes como os de uma vítima de cólera.

Bem mais nos fundos, ela viu uma figura alta saindo das sombras, algo que não era nem homem baixo nem vampiro. Usava calça jeans e uma camisa social branca, mas emergindo da gola da camisa havia a cabeça de um pássaro. Estava coberta de penas lisas, num tom amarelo-escuro. Os olhos eram pretos. A coisa batia palmas num aplauso educado e ela viu —

com um mal-estar cada vez maior — que as mãos eram equipadas com garras, não com dedos.

Meia dúzia de insetos saíram correndo de debaixo de uma das mesas e olharam-na com olhos que oscilavam em antenas grossas. Olhos horrendamente inteligentes. As mandíbulas clicaram num som que era muito parecido com riso.

Salve, Mia!, ela ouviu em sua cabeça. Um zumbido de inseto. *Salve, mãe!* E então eles se foram, de volta para as sombras.

Mia se virou para a porta e viu a dupla de homens baixos que a bloqueavam. E sim, *eram* máscaras; assim perto dos guardas das portas era impossível não ver como os cabelos pretos e lisos eram apenas pintura. Mia se virou para Sayre com o coração apertado.

Tarde demais agora.

Tarde demais para qualquer coisa, a não ser continuar com aquilo.

17

O aperto de Sayre se soltara quando ela se virou. Agora ele o restabelecia agarrando sua mão esquerda. No mesmo momento, alguém lhe pegou também a mão direita. Ela se virou e viu a mulher gorda no vestido prata *lamé*. O enorme busto ultrapassava em muito o topo do vestido, que lutava corajosamente para não revelá-lo de todo. A carne da parte de cima dos braços tremia solta, derramando um sufocante odor de talco. Na testa havia uma ferida vermelha que encharcava mas nunca transbordava.

É como eles respiram, Mia pensou. *É como respiram quando estão usando suas...*

Em seu crescente mal-estar, Mia se esquecera quase de todo de Susannah Dean e completamente de Detta. Então, quando Detta Walker *tomou a frente* — diabo, quando ela *saltou para a frente* — não houve meio de detê-la. Ela observou os braços se estendendo aparentemente pela própria vontade deles e viu os dedos mergulharem na gorducha face da mulher de vestido prata *lamé*. A mulher gritou, mas estranhamente, os outros, Sayre incluído, riram estrepitosamente, como se aquilo fosse a coisa mais engraçada que já tinham visto em suas vidas.

A máscara de humanidade escorregou do olhar sobressaltado da mulher baixa e depois se rasgou. Susannah lembrou-se dos últimos momentos passados no torreão do castelo, quando tudo havia congelado e o céu tinha se rasgado como papel.

Detta dilacerou quase inteiramente a máscara. Fiapos do que parecia látex ficaram escorrendo das pontas dos seus dedos. Embaixo da máscara despontou a cabeça de um enorme rato vermelho, um mutante com dentes amarelos crescendo numa crosta do lado de fora das bochechas e coisas brancas que pareciam vermes pendendo do nariz.

— Garota travessa — disse o rato, sacudindo um dedo malicioso para Susannah-Mio. Sua outra mão continuava segurando a dela. O companheiro da coisa (o homem baixo com o smoking brilhante) ria tanto que chegava a vergar o corpo e, quando ele o fez, Mia viu alguma coisa saindo pelo traseiro da calça. Era ossudo demais para ser uma cauda, mas apesar de tudo ela achou que fosse.

— Venha, Mia — disse Sayre, puxando-a para a frente e se inclinando para ela, espreitando avidamente em seus olhos como um amante. — Ora, é você, Odetta? É, não é? É *você*, sua negra ultra-estudada, importuna, criadora de caso.

— Não, sou *eu*, seu branco puto cara de rato! — Detta grasnou e cuspiu na cara de Sayre.

A boca de Sayre se abriu numa expressão de assombro. Então se fechou de novo e se contorceu numa careta amarga. O salão ficara de novo em silêncio. Ele tirou o cuspe do rosto — da máscara que usava *sobre* o rosto — e contemplou-o com ar incrédulo.

— Mia? — perguntou. — Mia, você a deixou fazer isto *comigo*? Comigo, que se oferece como padrinho de seu bebê?

— Tu num vai sê merda nenhuma! — Detta gritou. — Vai chupá o pau do papai-*ka* e enfiá o dedo pela popa dele pra sabê se vai sê bom fudê! Tu...

— *LIVRE-SE dela!* — Sayre berrou.

E ante aquela atenta platéia de vampiros e homens baixos no salão de jantar da frente do Dixie Pig, Mia fez exatamente isso. O resultado foi extraordinário. A voz de Detta começou a *definhar*, como se ela estivesse sendo escoltada para fora do restaurante (pelo leão-de-chácara, segurada pelo cangote). A certa altura, Detta desistiu de tentar falar e ensaiou um riso rouco, mas logo ele também se foi.

Sayre permanecia com as mãos entrelaçadas na frente do corpo, olhando solenemente para Mia. Os outros também estavam olhando. Em algum lugar atrás da tapeçaria dos cavaleiros e damas num banquete, a conversa e o riso baixos de algum outro grupo continuavam.

— Ela se foi — Mia disse por fim. — A má se foi. — Mesmo no silêncio do salão foi difícil ouvi-la, pois o tom foi pouco mais que um sussurro. Seus olhos estavam timidamente atirados para baixo e as faces tinham ficado mortalmente brancas. — Por favor, Sr. Sayre... *sai* Sayre... agora que fiz o que pediu, por favor, confirme que me disse a verdade e que vou poder criar meu chapinha. Por favor, diga isso! Se o fizer, jamais ouvirá de novo a voz da outra, juro pela face de meu pai e pelo nome de minha mãe, eu juro.

— Não teve nenhum dos dois — disse Sayre num distante tom de desprezo. A compaixão, a clemência pela qual ela implorava não ocupavam espaço nos olhos dele. E acima dos olhos, o buraco vermelho no centro da testa se enchia cada vez mais, embora nunca transbordasse.

Outra dor, de longe a maior de todas, fincou os dentes nela. Mia cambaleou e, desta vez, Sayre não se preocupou em segurá-la. Mia caiu de joelhos diante dele, pôs as mãos na áspera e brilhante superfície de pele de avestruz de suas botas e ergueu os olhos para o rosto pálido. Isto devolveu o olhar de cima do violento e berrante tom amarelo do paletó esporte.

— Por favor — disse ela. — Por favor, eu lhe imploro: *cumpra o que me prometeu!*

— Talvez — disse ele —, ou talvez não. Sabe, eu nunca tive minhas botas lambidas. Pode imaginar? Ter vivido tanto tempo quanto eu e nunca ter tido uma boa, simples e antiquada lambida de bota.

Em algum lugar uma mulher sufocou um riso.

Mia se curvou para a frente.

Não, Mia, você não deve, Susannah resmungou, mas Mia não deu resposta. Nem a dor paralisante no fundo de suas entranhas conseguiu detê-la. Ela pôs a língua entre os lábios e começou a lamber a áspera superfície das botas de Richard Sayre. Susannah, mesmo a uma grande distância, sentia o gosto. Era um gosto seco, um gosto de couro, de pó, cheio de arrependimento e humilhação.

Sayre deixou-a continuar um pouco naquilo. Então disse:

— Pare. Já basta.

Ele a colocou brutalmente de pé e ficou com o rosto sério a pouco mais de cinco centímetros do dela. Agora, depois que vira a primeira, era impossível não perceber as máscaras que ele e os outros usavam. As faces esticadas pareciam quase transparentes e redemoinhos de um escuro cabelo escarlate eram ligeiramente visíveis por baixo.

Ou talvez fosse melhor chamar de pêlo, já que cobria o rosto inteiro.

— Sua mendicância não lhe traz proveito — disse ele —, embora eu tenha de admitir que a sensação foi extraordinária.

— Você prometeu! — gritou ela, tentanto recuar, escapar do aperto dele. Então outra contração a atingiu e ela se dobrou em duas, tentando pelo menos não gritar. Quando a dor abrandou um pouco, ela pressionou: — Você disse cinco anos... ou talvez sete... sim, sete... o melhor de tudo para o meu chapinha, você disse...

— Sim — disse Sayre. — Acho que me lembro disso, Mia. — Ele franziu a testa como alguém que enfrentasse algum problema particularmente espinhoso; de repente se alegrou. Quando sorriu, a área da máscara em volta do canto da boca se enrugou e revelou uma ponta amarela, saliente. Era a ponta de um dente que irrompia da dobra onde o lábio inferior encontrava o superior. Ele afastou uma das mãos de Mia para erguer um dedo no gesto pedagogo. — O melhor de tudo para o chapinha, sim. A questão é: você vai realmente dar conta disso?

Apreciativos murmúrios de riso saudaram esta introdução. Mia se lembrou de como a chamaram de mãe e a saudaram com *salve*, mas aquilo agora parecia distante, como um insignificante fragmento de sonho.

Mas tu foi bastante boa pra carregar ele, né?, Detta perguntou de algum lugar bem em seu interior — do porão, de fato. *Poisssé! Tu foi bastante boa pra fazê isso,* cum certeza!

— Fui boa o bastante para carregá-lo, não fui? — Mia quase cuspiu nele. — Boa o bastante para colocar a outra no pântano comendo rãs e pensando que era caviar... Fui boa o bastante para *isso,* não é?

Sayre piscou, obviamente sobressaltado por uma resposta tão ríspida. Mia tornou a abrandar.

— *Sai*, pense em tudo de que abri mão!

— Xiii, você não tinha *nada*! — Sayre respondeu. — Não passava de um espírito insignificante cuja existência girava em torno de foder algum vagabundo de ocasião. Puta dos ventos, não é assim que Roland chama gente da sua espécie?

— Então pense na outra — disse Mia. — Nela, que se chama Susannah. Roubei toda a sua vida, tudo que ela tinha pela frente por causa do meu chapinha, e a seu comando.

Sayre fez um gesto de desprezo.

— Sua boca não lhe traz qualquer proveito, Mia. Portanto, feche-a.

Ele fez um sinal com a cabeça para a esquerda. Um homem baixo com cara larga de buldogue e exuberante cabeça de cabelo crespo e grisalho veio a frente. O buraco vermelho na testa tinha uma estranha aparência de coisa amendoada chinesa. Andando atrás dele vinha outra das coisas-pássaro, esta com uma feroz cabeça de falcão marrom-escura. A cabeça se projetava do colarinho redondo de uma camiseta com a inscrição DEMÔNIOS AZUIS DO DUQUE. Eles se apoderaram de Mia. O aperto das coisas-pássaro era repulsivo, estranho e vil.

— Você tem sido uma excelente guardiã — disse Sayre —, ao menos nesse ponto estamos certamente de acordo. Mas também devemos lembrar que foi a garota de Roland de Gilead quem realmente engendrou a criança, devemos ou não?

— *É mentira!* — Mia gritou. — *Ah, isso é uma suja... MENTIRA!*

Ele continuou como se não a tivesse ouvido:

— E diferentes tarefas requerem diferentes habilidades. Prazeres diferentes para diferentes pessoas, como se costuma dizer.

— POR FAVOR! — gritou Mia.

Agora o Homem-Falcão pôs as mãos com garras dos lados da cabeça e balançou-a de um lado para o outro, como se estivesse ensurdecendo. A espirituosa pantomima provocou riso e mesmo algumas palmas.

Susannah sentiu vagamente um jorro quente descendo pelas pernas — pernas de *Mia* — e viu o jeans escurecer no meio das pernas e nas coxas. A bolsa de água finalmente havia se rompido.

— *Vaaaaaamos...* é, vamos ter um *BEBÊ!* — Sayre proclamou vibrante como um animador de programa de auditório. Havia dentes demais naquele sorriso, uma dupla fileira tanto em cima quanto embaixo. — Depois disso, vamos ver. Prometo que seu pedido será levado em consideração. Por enquanto... Salve, Mia! Salve, mãe!

— *Salve, Mia!, Salve, mãe!* — os demais gritaram, e Mia se viu de repente levada para os fundos do salão, o homem baixo com cara de buldogue agarrando seu braço esquerdo e o Homem-Falcão agarrando o direito. Cada vez que o Homem-Falcão respirava, sua garganta produzia um zumbido baixo e desagradável. Os pés de Mia mal encostavam no tapete enquanto ela era carregada na direção da coisa-pássaro com penas amarelas; Mia imaginou-a como um homem-canário.

Sayre a fez parar com um simples gesto da mão e falou com o homem-canário apontando para a porta da rua do Dixie Pig. Mia ouviu o nome de Roland e também o de Jake. O homem-canário abanou a cabeça. Sayre apontou de novo enfaticamente para a porta e balançou a cabeça. *Nada entra aqui,* dizia o balanço de cabeça. *Nada!*

O homem-canário abanou de novo a cabeça e falou entre gorjeios e silvos que deixaram Mia com vontade de gritar. Ela virou a cabeça e, por acaso, seu olhar bateu no mural com os cavaleiros e suas damas. Estavam numa mesa que ela reconheceu — uma das que havia no salão de banquetes do Castelo da Discórdia. Arthur Eld sentava-se à cabeceira com a coroa na testa e a dama esposa dele à sua mão direita. E os olhos do Eld tinham um azul que Mia conhecia dos sonhos.

Talvez o *ka* tivesse escolhido aquele momento particular para soprar uma sinuosa corrente de vento pelo salão de jantar do Dixie Pig e deslocar para o lado a tapeçaria. Foi apenas por um ou dois segundos, mas o suficiente para Mia ver que havia outro salão de jantar — um salão de jantar *particular* — ali atrás.

Sentados numa comprida mesa de madeira, sob um chamejante lustre de cristal, havia talvez uma dúzia de homens e mulheres, faces de bonecos, rosadas e retorcidas, contraídas pela idade e o mal. Os lábios eram repuxados, se afastando de grandes buquês de dentes amarelados; os dias em que qualquer uma daquelas monstruosidades podia fechar a boca tinham há muito ficado para trás. Os olhos eram pretos e destilavam uma espécie de gosma malcheirosa pelos cantos. A pele era amarela, cheia de dentes, e coberta por manchas de pêlos de aparência doentia.

O que eles são?, Mia gritou. *O que eles são, pelo amor dos deuses?*

Mutantes, disse Susannah. *Ou talvez a palavra melhor seja híbridos. E isso não importa, Mia. Você viu o que importa, não é?*

Ela sabia e Susannah também. Embora o tapete de veludo só tivesse sido repuxado brevemente, o tempo fora suficiente para ambas verem o espeto que tinha sido posto no meio daquela mesa e o cadáver sem cabeça girando nele, a pele escurecendo, enrugando, chiando e emanando caldos cheirosos. Não, o cheiro que havia no ar não era de porco. A coisa virando no espeto, escura como um gambá, era um bebê humano. As criaturas ao redor da mesa punham delicadas xícaras de porcelana sob o que pingava dele, brindavam umas com as outras... e bebiam.

A corrente de ar cessou. A tapeçaria voltou ao lugar. E antes que fosse mais uma vez tomada pelos braços e empurrada do salão de jantar para os fundos daquele prédio que cruzava tantos mundos ao longo do Feixe, a mulher em trabalho de parto entendeu a graça do quadro. Não era uma coxa de ave que Arthur Eld levava aos lábios como um primeiro olhar distraído poderia ter sugerido; era a perna de um bebê. O copo que a rainha Rowena tinha erguido num brinde não estava cheio de vinho, mas de sangue.

— Salve, Mia! — Sayre tornou a gritar. Ah, ele estava em seu melhor humor, agora que o pombo-correio chegava finalmente ao destino!

Salve, Mia!, os outros berravam em resposta. Era mais ou menos como uma enlouquecida torcida de futebol. Os que estavam atrás do mural juntaram-se ao coro, embora suas vozes se reduzissem a pouco mais que resmungos. E suas bocas, é claro, estavam repletas de comida.

— Salve, mãe! — Desta vez Sayre concedeu-lhe uma mesura debochada para combinar com a zombaria da saudação.

Salve, mãe!, os vampiros e os homens baixos responderam e, na onda satírica dos aplausos ela foi sendo levada, primeiro para a cozinha, depois para a copa e então pela escada nos fundos.

No final de tudo, é claro, havia uma porta.

18

Susannah soube que era a cozinha do Dixie Pig pelo cheiro do obsceno cardápio: não porco afinal, mas certamente o que os piratas do século XVIII chamariam porco *de colo*.

Há quantos anos aquela casamata estaria servindo os vampiros e os homens baixos da cidade de Nova York? Desde os tempos de Callahan, nos anos 70 e 80? Desde seu próprio tempo, anos 60? Quase certamente mais tempo. Susannah achou que poderia ter existido uma versão do Dixie Pig naquele lugar desde a época dos holandeses, eles que tinham enganado os índios com sacos de contas e plantado suas mortíferas crenças cristãs muito mais profundamente que sua bandeira. Um povo prático, o holandês, com um gosto por costelas e pouca paciência para a magia, branca ou negra.

Ela viu o suficiente para reconhecer a cozinha como um cômodo gêmeo daquele que visitara nas entranhas do Castelo da Discórdia. Fora lá que Mia matara um rato que estivera tentando abocanhar a última comida que havia no lugar: um porco assado no forno.

Só que não havia forno nem assado, ela pensou. *Diabo, nem cozinha. Havia um leitão atrás do celeiro, um leitão de Tian e Zalia Jaffords. E fui eu quem o matou e bebeu seu sangue quente, não ela. Mas então ela me possuía quase toda, embora eu ainda não soubesse disso. Eu me pergunto se Eddie...*

Quando Mia a arrebatou pela última vez, arrancando-a de seus pensamentos e obrigando-a a mergulhar no escuro, Susannah percebeu de que forma completa a terrível e ávida filha-da-puta possuíra sua vida. Sabia por que Mia tinha feito isso — por causa do chapinha. A questão era por que ela, Susannah Dean, tinha deixado acontecer. Porque já fora possuída antes? Porque já estava tão viciada com o estranho por dentro, como Eddie fora dependente da heroína?

Temia que isso pudesse ser verdade.

Girava no escuro. E quando tornou a abrir os olhos, deu de frente com aquela lua selvagem pendendo sobre o Castelo da Discórdia e o curvo clarão vermelho

(forja do Rei)

no horizonte.

— Aqui! — gritou uma mulher, assim como já tinha gritado antes. — Aqui, fora do vento!

Susannah baixou os olhos e viu que não tinha pernas e estava sentada na mesma carreta rude, como em sua anterior visita ao torreão. A mesma mulher, alta e atraente, com o cabelo negro ondeando no vento, acenava para ela. Mia, é claro, e tudo aquilo não era mais real que os vagos devaneios e memórias de Susannah sobre o salão de banquetes.

Ela pensou: *Fedic, no entanto, era real. O corpo de Mia está lá exatamente como o meu está, neste exato momento, sendo empurrado pela cozinha atrás do Dixie Pig, onde iguarias inconfessáveis são preparadas para fregueses não-humanos. O torreão do castelo é o lugar-sonho de Mia, seu refúgio, seu Dogan.*

— Para cá, Susannah do Mundo Médio, e para longe do clarão do Rei Rubro! Saia do vento, venha para trás desta ameia!

Susannah balançou a cabeça.

— Diga o que tem a dizer e vamos embora, Mia. Temos de ter um bebê... ié, de certa forma, entre nós... e assim que ele tiver nascido, estamos quites. Porque você envenenou minha vida, foi o que fez.

Mia olhou-a com desesperada intensidade, a barriga despontando sob o poncho, os cabelos jogados para trás pelo sopro do vento.

— Foi você quem pegou o veneno, Susannah! Foi você quem o engoliu! Ié, quando a criança era ainda uma semente não-germinada na barriga!

Isso era verdade? E se fosse, qual delas convidara Mia a entrar, como o vampiro que ela realmente era? Fora Susannah ou Detta?

Susannah achava que nem uma nem outra.

Achava que talvez pudesse ter sido Odetta Holmes. Odetta que nunca teria quebrado o detestável prato superespecial da velha dama azul. Odetta que amava as bonecas, embora a maioria delas fossem brancas como suas calcinhas de algodão.

— O que você quer comigo, Mia, filha de ninguém? Diga e acabe logo com isso!

— Logo estaremos juntas... sim, de verdade mesmo, participando juntas do mesmo parto. E só peço que se eu tiver a menor chance de escapar com meu chapinha, você me ajude a levá-lo.

Susannah pensou no assunto. Na solidão das rochas e na boca das grotas, as hienas riam. O vento era entorpecedor, mas a dor que de repente se apoderara de sua barriga, entre os maxilares era pior. Viu a mesma dor na face de Mia e pensou de novo como toda a sua existência parecia ter se tornado uma aridez cheia de espelhos. De qualquer modo, que dano uma promessa destas podia provocar? Provavelmente não haveria chance alguma, mas, se houvesse, ela ia deixar a coisa que Mia queria chamar de Mordred cair nas mãos dos homens do Rei?

— Está bem — disse. — Tudo bem. Se puder ajudá-la a escapar com ele, *vou* ajudar.

— Fugir para qualquer lugar! — Mia clamou num murmúrio áspero. — Mesmo... — Ela se deteve. Engoliu em seco. Forçou-se a continuar. — Mesmo para a escuridão *todash*! Pois vagar eternamente com meu filho do lado não será condenação alguma.

Talvez não para você, *irmã*, Susannah pensou, mas não disse nada. Na verdade já estava acostumada ao repertório depressivo de Mia.

— E se não nos sobrar qualquer meio de escape — disse Mia —, acabe conosco!

Embora lá no alto o único ruído fosse o vento e a risada das hienas, Susannah podia sentir seu corpo físico em movimento, sendo agora carregado para baixo por um lance de degraus. A realidade parecia estar atrás da membrana mais fina. O fato de ter sido transportada para aquele mundo, especialmente já sentindo as dores do parto, sugeria que Mia era um ser de grande poder. Que pena que esse poder não pudesse ser utilizado de outra forma.

Mia aparentemente encarou como relutância o demorado silêncio, pois avançou pelo piso circular do torreão com suas sandálias robustas, *huaraches*, e quase correu até Susannah, que continuava sentada na carreta tosca e bamba. Pegou Susannah pelos ombros, sacudiu-a.

— *Faça isso!* — gritou com veemência. — Acabe conosco! Melhor estarmos juntos na morte que... — Deixou a voz morrer; depois falou num tom surdo e amargo. — Fui o tempo todo enganada. Não fui?

E agora que o momento tinha chegado, Susannah não sentia nem compreensão, nem simpatia, nem pesar. Ela só abanou a cabeça.

— Será que pretendem comê-lo? Alimentar aqueles velhos terríveis com seu cadáver?

— Tenho quase certeza que não — disse Susannah. E no entanto continuaria a haver um componente de canibalismo na coisa; seu coração pressentia isso.

— Não se importam absolutamente comigo — disse Mia. — Só a *baby-sitter*, não foi assim que você me chamou? E acho que nem isso vou ser por muito tempo, vou?

— Acho que não — disse Susannah. — Talvez consiga seis meses para amamentá-lo, mas mesmo isso... — Ela balançou a cabeça, depois mordeu os lábios quando uma nova contração ventou para dentro dela, tornando em vidro todos os músculos em sua barriga e coxas. Quando a coisa abrandou um pouco, ela concluiu: — Bem, duvido que aconteça.

— Acabe conosco, se a coisa chegar a esse ponto. Faça isso, Susannah, por favor, eu imploro!

— E se eu fizer alguma coisa por você, Mia, o que você fará por mim? Presumindo que eu consiga acreditar em alguma palavra que sair de sua boca mentirosa.

— Eu a liberto, se houver oportunidade.

Susannah refletiu e chegou à conclusão que um acordo precário era melhor que nenhum acordo. Estendendo os braços, pegou as mãos que agarravam seus ombros.

— Tudo bem. Eu concordo.

Então, como no final da anterior palestra das duas naquele mesmo lugar, o céu se rasgou, assim como as ameias e o próprio ar que as cercava. Através do rasgão, Susannah viu um corredor oscilar. A imagem era vaga, borrada. Ela compreendia que estava olhando através de seus próprios olhos, mas eles estavam quase fechados. O buldogue e o Homem-Falcão ainda a seguravam. Eles a levavam para a porta no final do corredor — sempre, desde que Roland entrara na vida dela, havia outra porta — e deviam estar pensando que tinha morrido ou desmaiado. Achava que, de certa forma, tinha mesmo. Então tornou a entrar em seu corpo híbrido, de pernas brancas... quem sabia quanto de sua pele anteriormente escura estava agora branca? Achou que aquela situação estava, pelo menos, prestes a terminar e ficou muito satisfeita. Trocaria de bom grado as pernas brancas, por mais fortes que pudessem ser, por um mínimo de paz.

Um mínimo de paz *na* sua mente.

19

— Está voltando a si — alguém rosnou. O sujeito com cara de buldogue, Susannah pensou. Não que aquilo importasse; no fundo, todos eles lembravam ratos humanóides com pêlo brotando dos corpos ossudos e cascudos.

— Ótimo. — Era Sayre, caminhando atrás. Ela olhou em volta e viu que o séquito consistia em seis homens baixos, mais o Homem-Falcão e um trio de vampiros. Os homens baixos carregavam revólveres em coldres debaixo dos braços. Dois dos vampiros tinham *bahs*, a besta de Calla. O terceiro estava carregando uma espada elétrica que zumbia desagradavelmente, como as espadas que os Lobos brandiam.

Dez por cento de chances, Susannah pensou friamente. *Nada bom... mas podia ser pior.*

Você pode?... A voz de Mia, de algum lugar por dentro.

Cale a boca, disse Susannah. *Não é mais hora de conversar.*

À frente, na porta de que estavam se aproximando, ela viu isto:

NORTH CENTRAL POSITRONICS LTDA.
Nova York/Fedic

Segurança Máxima
ACESSO SOMENTE COM CÓDIGO VERBAL

A coisa era familiar e Susannah soube instantaneamente por quê. Vira uma placa semelhante durante sua única e breve visita a Fedic. Fedic, onde a verdadeira Mia (o ser que assumira a mortalidade no que podia ter sido a pior barganha da história) estava aprisionada.

Quando alcançaram a porta, Sayre foi mais na frente, pelo lado do Homem-Falcão. Depois se inclinou na direção da porta e falou alguma coisa articulada bem no fundo da garganta, uma palavra estranha que Susannah jamais conseguiria pronunciar. *Não importa,* Mia murmurou. *Posso dizê-la e, se for preciso, posso ensinar outra a você, uma que conseguirá pronunciar. E agora... Susannah, me desculpe por tudo. Adeus.*

A porta para a Estação Experimental Arco 16, em Fedic, abriu. Susannah ouvia um rumor entrecortado e sentiu o cheiro de ozônio. Nenhuma magia fornecia energia a esta porta entre os mundos; este era o trabalho do povo antigo, que fracassava. Os que o fabricaram haviam perdido sua fé na magia, tinham desistido da crença na Torre. No lugar da magia havia esta coisa moribunda, que zumbia. Esta coisa estúpida e mortal. E além dela Susannah viu um grande salão cheio de camas. Centenas de camas.

É onde operam as crianças. Onde extraem delas tudo que os Sapadores possam precisar.

Agora só uma das camas estava ocupada. Parada no pé dessa cama havia uma mulher com uma daquelas terríveis cabeças de rato. Uma enfermeira, talvez. Ao lado dela havia um humano... Susannah não achou que fosse um vampiro, mas não podia ter certeza, pois a visão através da porta era tão trêmula quanto o ar sobre um incinerador. Ele ergueu os olhos e viu as duas.

— Rápido! — o homem gritou. — Tragam aqui essa carga! Temos de conectá-las e completar o trabalho, ou ela morrerá! As duas morrerão! — O médico (certamente só um médico seria capaz de ostentar tamanha arrogância e mau temperamento na presença de Richard P. Sayre) fazia gestos impacientes para que as duas fossem colocadas ao seu alcance. — Ponham a mulher aqui! Estão atrasados, maldição!

Sayre empurrou-a rudemente pela porta. Ela ouviu um rumor no fundo da cabeça e um breve estrépito de sinos *todash*: baixou os olhos mas era tarde; as pernas emprestadas de Mia já tinham se ido e ela se esborrachava no chão antes que o Homem-Falcão e o Buldogue pudessem alcançá-la por trás e segurá-la.

Firmou-se nos cotovelos e levantou a cabeça, ciente de que, pela primeira vez em só Deus sabia quanto tempo (provavelmente desde que fora raptada no círculo de pedras), só pertencia a si mesma. Mia se fora.

Então, como para provar que não era bem assim, a importuna hóspede de Susannah, que partira tão recentemente, soltou um grito. Susannah acrescentou seu próprio grito — a dor era agora forte demais para ficar em silêncio — e por um momento as vozes das duas cantaram em perfeita harmonia a iminente chegada do bebê.

— Cristo — disse um dos guardas de Susannah... se vampiro ou homem baixo ela não sabia. — Minhas orelhas estão sangrando? Devem estar, tenho esta *sensação*...

— Levante-a, Haber! — Sayre falou com rispidez. — Jey! Agarre-a! Tirem-na do chão, pelo amor de seus pais!

O buldogue e o Homem-Falcão (ou Haber e Jey, se preferirmos) pegaram-na sob os braços e rapidamente a levaram pelo corredor da enfermaria, por entre as fileiras de camas vazias.

Mia se virou para Susannah e conseguiu dar um sorriso fraco, exausto. Tinha o rosto molhado de suor e o cabelo grudado à pele corada.

— Um bom encontro... e mal... — ela conseguiu dizer.

— Empurrem essa cama para cá! — gritou o médico. — Rápido, malditos! Como conseguem ser tão devotamente *lentos*?

Dois homens baixos que tinham acompanhado Susannah desde o Dixie Pig se curvaram sobre a cama vazia mais próxima e a empurraram para junto da cama de Mia, enquanto Haber e Jey continuavam a segurar Susannah. Algo na cabeceira das camas lembrava uma mistura de secador de cabelo e o tipo de capacete espacial dos antigos seriados do *Flash Gordon*. Susannah não chegou a simpatizar com a aparência da coisa. Tinha um aspecto de sugador de cérebros.

Enquanto isso, a enfermeira com cabeça de rato se curvava entre as pernas esparramadas de sua paciente e espreitava sob a camisola aberta de hospital que Mia agora usava. Deu palmadinhas no joelho direito de Mia com a mão gorducha e deixou escapar uma espécie de miado. Quase certamente pretendia tranqüilizar, mas Susannah estremeceu.

— Não fiquem aí parados com os polegares pela bunda, seus idiotas! — gritou o médico. Era um homem corpulento, com olhos castanhos e faces coradas. O cabelo preto puxado para trás e grudado no crânio deixava trilhas vazias da largura de uma calha. Usava um guarda-pó de laboratório de náilon branco sobre um terno de *tweed*. A gravata escarlate tinha a estampa de um olho. Aquele *sigul* não causou o menor espanto a Susannah.

— Estamos às suas ordens — disse Jey, o Homem-Falcão. Falava num tom estranhamente inumano, monocórdio, tão desagradável quanto o miado da enfermeira cabeça de rato, mas perfeitamente compreensível.

— Não deviam *precisar* das minhas ordens! — rosnou o médico, batendo as mãos num gesto gaulês de repulsa. — Será que suas mães não tiveram um único filho normal?

— Eu... — Haber começou, mas o médico avançou sobre ele. Parecia fora de si.

— Há quanto tempo estávamos à espera disto, hããã? Quantas vezes simulamos o procedimento? Por que vocês têm de ser tão fodidamente *estúpidos*, tão devotamente *retardados*? Ponham a mulher na c...

Sayre se moveu com uma velocidade que Susannah achou que nem mesmo Roland conseguiria igualar. Num momento estava parado ao lado de Haber, o homem baixo com a cara de buldogue; no momento seguinte investia contra o médico, enfiando o queixo no ombro do sujeito, agarrando seu braço e torcendo-o bem atrás das costas.

A expressão de petulante fúria do médico desapareceu como passe de mágica e ele começou a gritar como uma criança, num tom muito agudo. O cuspe se derramou sobre o lábio inferior e o meio da calça de *tweed* escureceu quando a urina escapou.

— Pare! — uivou ele. — *Não vou servir de nada se quebrar o meu braço! Ah, pare, isso DÓÓÓÓI!*

— Se quebrasse seu braço, Scowther, eu simplesmente pegaria na rua algum viciador de pílula para acabar logo com isto e o mataria depois. Por que não? É uma mulher tendo um bebê, não uma cirurgia de cérebro, pelo amor de Gan!

Mas ele relaxou um pouco seu aperto. Scowther soluçava, se contorcia e gemia tão sem fôlego quanto alguém tendo relações sexuais num clima quente.

— E quando a coisa ficasse concluída sem que você tivesse participado dela — Sayre continuou —, ia entregá-lo para o banquete *deles* — completou fazendo um gesto com o queixo.

Susannah olhou para onde ele indicava. O corredor que vinha da porta para a cama onde estava Mia se encontrava agora coberto pelos insetos vistos de relance no Dixie Pig. Os olhos ávidos, peritos, se fixavam no médico gorducho. Mandíbulas estalavam.

— O que... *sai*, o que devo fazer?

— Me pedir desculpas.

— P-Peço desculpas!

— E agora a esses outros, pois também os insultou, com certeza!

— Senhores, eu... eu... p-peço...

— Doutor! — interrompeu a enfermeira com cabeça de rato. A voz era pastosa, mas compreensível. Continuava curvada entre as pernas de Mia. — A cabeça do bebê está apontando!

Sayre soltou o braço de Scowther.

— Vamos, Dr. Scowther. Cumpra seu dever. Tire a criança! — Sayre se curvou para a frente e alisou a face de Mia com extraordinária gentileza. — Tenha coragem e não perca a esperança, minha dama-*sai* — disse ele. — Alguns de seus sonhos ainda podem se tornar realidade.

Mia ergueu os olhos com uma gratidão cansada que contraiu o coração de Susannah. *Não acredite nele, suas mentiras não têm fim*, foi a mensagem que tentou enviar, mas naquele momento o contato das duas estava rompido.

Susannah foi atirada como um saco de farinha na cama que tinha sido empurrada para perto da cama de Mia. Foi incapaz de esboçar resistência quando encaixaram um dos capacetes em sua cabeça; logo outra contração a agarrava e de novo as duas mulheres gritaram juntas.

Susannah pôde ouvir Sayre e os outros murmurando. Também ouvia o desagradável matraquear dos insetos que começava embaixo e atrás deles. Dentro do capacete, redondas protuberâncias de metal pressionavam suas têmporas, com uma força quase capaz de provocar dor.

De repente uma agradável voz feminina:

— Bem-vinda ao mundo da North Central Positronics, parte do Grupo Sombra! "Sombra, onde o progresso nunca pára!" Prepare-se para a entrada do *link*.

Um zumbido alto começou. A princípio só parecia próximo dos seus ouvidos, mas logo Susannah teve a sensação de que alguma coisa a perfurava de ambos os lados. Ela visualizava um par de projéteis brilhantes movendo-se um para o outro.

Vagamente, como se a coisa viesse da outra extremidade da sala e não da sua direita, ouviu Mia gritar: *Ah, não, não, isso dói!*

O zumbido esquerdo e o zumbido direito juntaram-se no centro do cérebro de Susannah, criando um perfurante tom telepático que, se durasse muito tempo, destruiria sua capacidade de pensar. Era martirizante, mas ela manteve os lábios rigidamente cerrados. Não ia gritar. Que vissem as lágrimas transbordando por baixo das pálpebras fechadas, mas Susannah era uma pistoleira e não conseguiriam fazê-la gritar.

Após o que pareceu uma eternidade, o zumbido cessou.

Susannah teve um momento ou dois para desfrutar o abençoado silêncio em sua cabeça. Então sentiu outra contração, agora muito baixa em sua barriga e com a força de um tufão. Com esta dor ela *realmente* se permitiu gritar. Porque de certa forma era diferente; gritar por causa da vinda do bebê era uma honra.

Virou a cabeça e viu que um idêntico capacete de ferro tinha sido colocado sobre o suado cabelo negro de Mia. Os tubos segmentados que vinham dos dois capacetes se conectavam no meio. Esses eram os equipamentos que usavam nos gêmeos raptados, mas agora estavam sendo destinados a algum outro propósito. Qual?

Sayre se inclinou para Susannah, chegando perto o bastante para ela poder sentir seu cheiro de colônia. Achou que era a English Leather.

— Para a fase final do trabalho de parto e realmente empurrar o bebê para fora, precisamos deste elo físico — disse ele. — Trazê-la para cá, para Fedic, era absolutamente vital. — Deu palmadinhas em seu ombro. — Boa sorte. Agora já não vai demorar. — Deu-lhe um sorriso simpático. A máscara que usava se enrugava para cima, revelando um pouco do horror vermelho que se escondia embaixo. — Depois podemos matá-la.

O sorriso se ampliou.

— E comê-la, é claro. Nada deve ser desperdiçado no Dixie Pig, nem mesmo uma puta tão arrogante quanto você.

Antes que Susannah pudesse responder, a voz de mulher em sua cabeça tornou a falar.

— Por favor diga seu nome, de forma clara e pausada.

— Vá se foder! — Susannah respondeu com rispidez.

— Va-Si-Fudê não está registrado como nome válido para uma não-asiática — disse a agradável voz feminina. — Detectamos hostilidade e nos desculpamos antecipadamente pelo procedimento a seguir.

Por um momento não houve nada. Então a mente de Susannah se incendiou com uma dor além de qualquer coisa que ela pudesse ter imaginado que teria de suportar. Uma dor maior do que suspeitava que pudesse existir. Seus lábios, contudo, continuaram fechados enquanto a coisa a devastava. Ela pensou na canção e ouviu-a mesmo por entre aquele trovão da dor: *Sou uma moça... de pesar constante... Vi problemas todos os meus dias...*

Finalmente o trovão cessou.

— Por favor diga seu nome de forma clara e pausada — pediu a agradável voz feminina no meio de sua cabeça — ou este procedimento será intensificado por um fator de dez.

Não precisa, Susannah comunicou à voz feminina. *Estou convencida.*

— Suuuu-zaaaa-nahhh — disse ela. — Suuu-zannn-ahhh...

Continuaram a olhá-la, todos com exceção da senhorita Cabeça de Rato, que espreitava em êxtase a ponta da cabeça do bebê aparecendo mais uma vez entre os lábios recuados da vagina de Mia.

— Miiii-aaaahhhh...

— Suuuu-zaaa...

— Miiii...

— annn-ahhh...

Quando começou a contração seguinte, o Dr. Scowther já tinha pegado um fórceps. As vozes das mulheres tornaram-se uma só, proferindo uma palavra, um nome, que não era nem *Susannah* nem *Mia*, mas uma combinação de ambos.

— O elo — disse a agradável voz feminina — foi estabelecido. — Um *clique* fraco. — Repito que o elo foi estabelecido. Obrigado por sua cooperação.

— É agora pessoal — disse Scowther. Sua dor e terror pareciam esquecidos; a voz revelava entusiasmo. Virou-se para a enfermeira. — Ele pode chorar, Alia. Se assim for, não intervenha, pelo amor de seu pai! Se assim não for, limpe a boca de imediato!

— Sim, doutor. — Os lábios da coisa recuaram trêmulos, revelando uma dupla coleção de caninos. Era uma careta ou um sorriso?

Scowther olhou em volta com um traço da anterior arrogância.

— Todos vocês fiquem exatamente onde estão até que eu diga que podem se mover — falou. — Nenhum de nós sabe exatamente o que temos aqui. Só sabemos que a criança pertence ao próprio Rei Rubro...

Com isso, Mia gritou. De dor e em protesto.

— Ah, seu idiota! — disse Sayre. Ele ergueu a mão e esbofeteou Scowther com força suficiente para fazer seu cabelo voar e o sangue espirrar contra a parede branca num padrão de gotinhas finas.

— Não! — gritou Mia. Ela tentou se apoiar nos cotovelos, não conseguiu, caiu para trás. — Não, você disse que eu devia ficar com a criação dele! Ah, por favor... nem que apenas por um tempo curto, eu imploro...

Então uma dor ainda pior que as outras envolveu Susannah... envolveu as duas, sepultando-as. Elas gritaram em sucessão, e Susannah não precisou ouvir Scowther, que estava dizendo *força, força AGORA!*

— Está vindo, doutor! — a enfermeira gritou num êxtase nervoso.

Susannah fechou os olhos, relaxou e, ao sentir a dor começando a fluir para fora dela como um redemoinho de água que gira e desce por um ralo escuro, teve uma sensação de angústia como jamais havia sentido. Pois era para Mia que o bebê estava desaguando; iam-se as últimas e poucas linhas da mensagem viva que o corpo de Susannah tinha de alguma forma sido forçado a transmitir. Estava acabando. Independentemente do que acontecesse em seguida, esta parte estava acabando e Susannah Dean deixou escapar um grito onde se misturava alívio e pesar; um grito que era em si mesmo como uma canção.

E nas asas dessa canção, Mordred Deschain, filho de Roland (e de alguém mais, Ah, quem vai dizer Discórdia), entrou no mundo.

LINHA: Commala-*venha*-kim*!*
A criança chegou enfim!
Cante sua canção, Ah, saiba bem cantar!
A criança veio para passar.

RESPOSTA: Commala-*venha*-kim,
O pior veio para passar.
A Torre treme em sua base;
A criança chegou enfim.

POSFÁCIO

Páginas do Diário de um Escritor

<u>12 de julho de 1977</u>
　Cara, é bom voltar a Bridgton. Sempre nos tratam bem no que Joe ainda chama "cidade da Nana" e onde Owen não pára um só minuto. Ele está mais calmo desde que voltamos para casa. Só fizemos uma parada, em Waterville, para comer alguma coisa no Silent Woman (aliás, as refeições ali já foram melhores).
　Sem dúvida cumpri a promessa que tinha feito a mim mesmo e, assim que voltamos, iniciei uma grande caçada por aquela história da <u>Torre Negra</u>. Tinha quase desistido quando encontrei as folhas no canto mais remoto da garagem, embaixo de uma caixa dos velhos catálogos de Tab. Havia um monte de "salpicos e borrifos" naquelas curiosas páginas azuis com cheiro de mofo, mas o texto está perfeitamente legível. Terminei de revisá-lo, daí sentei e adicionei um pequeno trecho ao material do Posto de Parada (onde o pistoleiro encontra Jake, o garoto). Achei que ficaria meio engraçado pôr uma bomba d'água que funciona a partir de uma pepita atômica, o que fiz sem demora. Trabalhar numa velha história costuma ser tão gostoso quanto comer um sanduíche com pão mofado, mas desta vez a coisa está parecendo perfeitamente natural... como calçar um sapato velho.
　Sobre o que, exatamente, devia ser a história?
　Não consigo lembrar, só sei que ela me ocorreu há muito, muito tempo. Voltando agora do norte, com toda a família cochilando, comecei a pensar na época em que David e eu fugimos da casa de tia Ethelyn. Está-

vamos planejando voltar a Connecticut, eu acho. Os adultos nos pegaram, é claro, e nos puseram a trabalhar no celeiro, cortando madeira. Destacamento do Castigo, como tio Oren nos chamou. Desconfio que alguma coisa assustadora aconteceu comigo, mas, maldição, não consigo me lembrar do que foi, só que era vermelho. E imaginei um herói, um pistoleiro mágico, para me manter a salvo daquilo. Houve também alguma coisa sobre magnetismo ou Feixes de Poder. Tenho certeza absoluta que foi esta a gênese da história, embora seja estranho como tudo parece borrado. Ah, bem, quem se lembra de todos os pequenos detalhes barrentos da infância? Quem quer lembrar?

Não está acontecendo muita coisa mais. Joe e Naomi brincaram no *playground* e os planos de Tabby para sua viagem à Inglaterra estão quase completos. Cara, essa história sobre o pistoleiro não sai da minha cabeça!

Sabe do que Roland realmente precisa: de alguns amigos!

19 de julho de 1977

Hoje à noite fui de moto ver *Guerra nas Estrelas* e acho que não volto a sentar na moto enquanto o tempo não esfriar um pouco. Comi uma tonelada de insetos. E não venham me falar sobre proteína!

Na viagem, continuei a pensar em Roland, meu pistoleiro do poema de Robert Browning (virando a ponta do chapéu do artista de Gibi, Hatto para Sérgio Leone, é claro). O original é um romance, sem dúvida (ou parte de um), mas tenho a impressão de que os capítulos também poderiam ser lidos independentemente. Ou quase. Me pergunto se não conseguiria vendê-los para uma revista de ficção científica. Talvez, quem sabe, *Fantasy and Science Fiction*, que é, é claro, o Santo Graal do gênero.

Provavelmente uma idéia estúpida.

Quanto ao mais, hoje não fiz muito a não ser ver a última partida do campeonato nacional (Liga Nacional 7, Liga Americana 5). Até o final do jogo tomei todas. Tabby não gostou...

9 de agosto de 1978

Kirby McCauley vendeu o primeiro capítulo daquela minha velha história sobre a *Torre Negra* para *Fantasy and Science Fiction*! Cara, mal pude acreditar! Foi realmente muito legal! Kirby acha que Ed Ferman (é o Ed-chefe) provavelmente vai publicar tudo que eu tiver da história da *Torre Negra*. Vai chamar o primeiro pedaço ("O homem de preto fugia pelo deserto e o pistoleiro ia atrás", etc., etc., blablá, bangue-bangue) "O Pistoleiro", o que faz sentido.

Nada mau para uma velha história que, ano passado, estava mofando num canto úmido da garagem. Ferman disse a Kirby que Roland "tem o toque de realidade" que faltava em grande parte da narrativa fantástica e quis saber se haveria novas aventuras. Tenho certeza que há mais aventuras (ou havia, ou haverá... qual o tempo certo do verbo quando estamos falando de histórias não-escritas?), mas não faço idéia de como possam ser. Só sei que John "Jake" Chambers teria de voltar a elas.

Um dia chuvoso, abafado na margem do lago. Nada de *playground* para as crianças. Hoje à noite tivemos Andy Fulcher cuidando dos grandes enquanto eu & Tab & Owen fomos ao *drive-in* de Bridgton. Tabby achou o filme (*O Outro Lado da Meia-Noite*... na realidade em cartaz desde o ano passado) uma merda, mas não chegou a implorar para ser levada para casa. Quanto a mim, quando dei conta minha mente derivava de novo para aquele maldito Roland. Desta vez, para assuntos relacionados a seu amor perdido.

— Susan, linda moça à janela.

Quem, por favor, seria ela?

9 de setembro de 1978

Recebi meu primeiro exemplar da edição de outubro, a que traz "O Pistoleiro". Cara, isto parece ótimo!

Burt Hatlen ligou hoje. Está falando de eu passar um ano na Universidade do Maine como escritor residente. Só Burt teria os colhões para pensar em conectar um peão como eu a um emprego desses. Mas não deixa de ser uma idéia interessante.

29 de outubro de 1979

Bem, merda, embriagado de novo. Mal consigo ver a maldita página, mas acho que é melhor anotar alguma coisa antes de cambalear para a cama. Hoje recebi uma carta de Ed Ferman, da F&SF. Vai chamar o segundo capítulo da Torre Negra (a parte onde Roland encontra o garoto) de "O Posto de Parada". Ele realmente quer publicar toda a série de histórias e estou de acordo. Queria que já tivesse mais. Enquanto isso, tenho de pensar em *A Dança da Morte*... e, é claro, na *Zona Morta*.

Por enquanto nada disso parece significar grande coisa. Detesto estar aqui em Orrington... Para começar, detesto estar perto de uma estrada tão movimentada. Hoje, Owen chegou miseravelmente perto de ser esmagado por um daqueles caminhões Cianbro. Isso me deixou realmente apavorado. Também me deu uma idéia para uma história, tendo a ver com aquele estranho cemiteriozinho de bichos atrás da casa. **SIMETÉRIO DE BICHOS** é o que diz na tabuleta que tem lá, não é esquisito? Engraçado, mas também meio de arrepiar. Quase um tipo de coisa do gibi *Vault of Horror*.

19 de junho de 1980

Acabei de falar no telefone com Kirby McCauley. Ele recebeu um telefonema de Donald Grant, que publica muita coisa fantástica em sua editora (Kirby gosta de brincar dizendo que Don Grant é "o homem que tornou o escritor de fantasia Pulp Robert E. Howard infame*"). Seja como for, Don gostaria de publicar minhas histórias sobre o pistoleiro e com o título original, *A Torre Negra* (subtítulo *O Pistoleiro*). Não é interessante? Uma "edição limitada". Ele faria uma tiragem de 10 mil exemplares, fora 500 assinados e numerados. Disse a Kirby para ir em frente e fechar o acordo.

Seja como for, parece que minha carreira como professor está encerrada e e fiquei bem doidão para comemorar. Peguei as laudas de *O Cemitério* e dei uma olhada. Meu Deus, é mórbido! Acho que os leitores me linchariam se eu publicasse. É um livro que jamais verá a luz do dia...

27 de julho de 1983

Publishers Weekly (nosso filho Owen chama de *Publishers Weakness*,** o que não deixa de ser um tanto preciso) fez uma resenha do último livro de Richard Bachman... e mais uma vez, rapaz, fui torrado. Deram a entender

---

* *Infamous* no original (que é *infame*, enquanto *famous* é *famoso*). (N. do T.)
** *Fraqueza dos Editores* em vez de *Semanário dos Editores*. (N. do T.)

que é chato, e isso, meu amigo, não é. Ah, bem, pensar nisso tornou muito mais fácil ir até North Windham e pegar aqueles dois barris de chope para a festa. Peguei-os no Discount Beverage. Estou fumando de novo, também, fazer o quê. Vou largar no dia em que entrar nos 40 e isto é uma promessa.

Ah, *O Cemitério* vai ser publicado exatamente daqui a dois meses. Então minha carreira estará realmente encerrada (brincadeira... pelo menos espero que seja brincadeira). Depois de pensar um pouco, acrescentei *A Torre Negra* à listagem das obras do autor na frente do livro. Afinal, pensei, por que não? Sim, sei que está esgotado — a tiragem foi de apenas 10 mil exemplares, pelo amor de Deus —, mas foi um verdadeiro livro e estou orgulhoso dele. Acho que nunca voltarei para Roland, Revólver na Cinta, Cavaleiro Errante, mas sim, estou orgulhoso desse livro.

Que bom ter lembrado dos barris de chope.

21 de fevereiro de 1984

Cara, hoje à tarde recebi uma chamada maluca de Sam Vaughn da Doubleday (ele editou *O Cemitério*, como você deve lembrar). Sei, porque também recebo cartas, que alguns fãs querem *A Torre Negra* e estão irritados por não conseguirem comprar o livro. Mas Sam diz que já são mais de TRÊS MIL!! cartas. E por quê, você pergunta? Porque fiz a bobagem de inserir *A Torre Negra* na listagem das obras do autor em *O Cemitério*. Acho que Sam está um pouco irritado comigo e ele tem certa razão. Diz que relacionar um livro que os fãs querem & não podem conseguir é mais ou menos como mostrar um pedaço de carne a um cachorro faminto e depois puxá-lo de volta, dizendo: "Não, não, não pode pegar, he-he!". Por outro lado, bendito seja Deus & o Homem Jesus, as pessoas estão fodidamente mimadas! Se há um livro em algum lugar do mundo elas simplesmente querem obtê-lo, presumindo que têm radical direito ao tal livro. Que diferença ao que acontecia com as pessoas na Idade Média, que podiam ouvir rumores sobre livros sem jamais terem visto um; o papel era valioso (o que seria uma boa coisa para pôr no volume seguinte do *"Pistoleiro/A Torre Negra"*; se algum dia eu chegar a escrevê-lo) e livros eram tesouros que a pessoa protegia com a própria vida. Adoro ser capaz de ganhar a vida escrevendo histórias, mas quem achar que a coisa não tem o seu lado negro não entende porra nenhuma. Um dia ainda vou escrever um romance sobre um psicótico negociante de livros raros! (Brincadeira.)

Mudando de assunto, hoje foi aniversário de Owen. Fez sete anos! A idade da razão! Mal posso acreditar que meu caçula já tem sete anos e que tenho uma filha de 13 anos, uma bela e jovem mulher.

14 de agosto de 1984 (Nova York)
Acabei de voltar de um encontro com Elaine Koster da NAL e com meu agente, o grande Kirboo. Ambos quiseram me convencer a lançar uma versão de O Pistoleiro em brochura, mas não aceitei. Talvez um dia, mas não darei a tanta gente a chance de ler algo excessivamente inacabado, a não ser que eu volte a trabalhar na história.

O que provavelmente jamais farei. Enquanto isso, tive outra idéia para um longo romance sobre um palhaço que se revela o pior monstro do mundo. Não é má idéia; palhaços são assustadores. Ao menos para mim. (Palhaços & galinhas, vá entender.)

18 de novembro de 1984
Tive um sonho ontem à noite que acho que quebra o impasse criativo de A Coisa. Vamos supor que haja uma espécie de Feixe de Luz mantendo a Terra (ou múltiplas Terras) no lugar? E que o gerador do Feixe repouse no casco de uma tartaruga. Eu podia fazer disso parte do clímax do livro. Sei que parece maluco, mas certamente li em algum lugar que, na mitologia hindu, há uma grande tartaruga que nos sustenta a todos em seu casco, uma tartaruga que serve Gan, a superforça criativa. Além disso, lembro de uma história onde uma senhora diz a um famoso cientista: "Esta coisa da evolução é ridícula. Todo mundo sabe que uma tartaruga sustenta o universo." Ao que o cientista (cujo nome eu queria lembrar, mas não lembro) responde: "Pode ser, madame, mas o que sustenta a tartaruga?" Um riso de desdém da senhora, que diz: "Ah, não me faça de tola! São tartarugas até lá embaixo."

Ah! Agüentem essa, homens racionais de ciência!

Seja como for, mantenho um caderninho em branco ao lado da minha cama e anoto um monte de sonhos e elementos de sonhos, sem estar plenamente acordado. Hoje de manhã escrevi: Lembre a Tartaruga! E isto: Veja a TARTARUGA de enorme casco! Seu casco sustenta a Terra. Seu pensamento é lento, mas sempre generoso: sustenta a todos nós em sua mente. Não um grande poema, admito, mas não de todo mau para um cara que estava três quartos dormindo ao escrever isto!

Tabby tá me enchendo por eu estar novamente bebendo demais. Acho que tem razão, mas...

10 de junho de 1986 (Lovell/Via do Casco da Tartaruga)

Cara, estou satisfeito por termos comprado esta casa! No início, fiquei com medo da despesa, mas nunca escrevi melhor do que estou escrevendo aqui. E — é assustador, mas é verdade — acho que quero voltar a trabalhar na história de *A Torre Negra*. No fundo, achei que jamais ia conseguir, mas ontem à noite quando fui pegar umas cervejas no Center General, quase pude ouvir Roland dizendo: "Há muitos mundos e muitas histórias, mas não muito tempo."

Acabei dando meia-volta e retornando à casa. Não me lembro da última vez que passei uma noite inteiramente sóbrio, mas a noite de ontem se enquadraria nessa categoria. Só que realmente me senti fodido por não estar fodido. O que é muito triste, eu acho.

13 de junho de 1986

Acordei no meio da noite, de ressaca e precisando mijar. Enquanto estava parado na frente do vaso, foi quase como se eu pudesse ver Roland de Gilead. Mandando que eu começasse com as lagostrosidades. Vou fazer isso.

Sei exatamente o que elas são.

15 de junho de 1986

Iniciado hoje o novo livro. Não posso acreditar que estou realmente escrevendo de novo sobre o velho sujeito alto e feio, mas tudo se encaixou logo na primeira página. Diabo, logo na primeira palavra. Decidi que a coisa terá quase a estrutura clássica dos contos de fadas: Roland caminha ao longo da praia do mar Ocidental, ficando mais & mais doente à medida que avança e há uma série de portas para o nosso mundo. Ele vai puxar um novo personagem de trás de cada uma. O primeiro será um viciado de heroína chamado Eddie Dean...

<u>16 de julho de 1986</u>

Não posso acreditar nisto. Quer dizer, tenho os originais sobre a mesa, bem na minha frente, e de certa forma <u>tenho</u> de acreditar, mas mesmo assim não consigo. Escrevi !!300!!PÁGINAS no mês passado e o texto é tão limpo que brilha. <u>Nunca</u> me senti como um daqueles escritores que se responsabilizam pelo seu trabalho, que dizem que planejam cada movimento e fato, mas também nunca um livro pareceu fluir tão naturalmente por mim como este fluiu. Sem a menor dúvida se apoderou da minha vida desde o Dia Um. E, entenda, me parece agora que grande parte das outras coisas que escrevi (especialmente <u>A Coisa</u>) foi uma espécie de "treino" para esta história. Nunca imaginei que ia pegar uma história com tanto empenho depois de deixá-la abandonada por 15 anos! Claro que dei uma <u>pequena</u> revirada nas histórias que Ed Ferman publicou em <u>F&SF</u> e revirei um pouco mais quando Don Grant publicou *O Pistoleiro*, mas nada como o que está acontecendo agora. Chego até a <u>sonhar</u> com a história. Há dias em que eu gostaria de conseguir parar de beber, mas confesso uma coisa: estou quase assustado pela idéia de parar. Sei que a inspiração não flui do gargalo de uma garrafa, mas existe algo que...

Estou assustado, tá? Sinto como se houvesse alguma coisa — <u>Alguma Coisa</u> — que não quer que eu acabe este livro. Preferindo até que eu nem o tivesse começado. Sei, é claro, que é loucura ("Como algo saído de uma história de Stephen King", ha-ha), mas ao mesmo tempo parece muito real. Provavelmente vai ser muito bom que ninguém jamais venha a ler este diário; muito provavelmente iam mandar para o asilo, se lessem?

Vou chamar o livro *A Escolha dos Três*, eu acho.

19 de setembro de 1986

Está pronta. *A Escolha dos Três* está pronta. Fiquei de porre para comemorar. Doidão também. E o que vem agora? Bem, A Coisa será publicada em cerca de um mês e, em dois dias, farei 39 anos. Cara, mal posso acreditar! Parece que ainda uma semana atrás estávamos morando em Bridgton e as crianças eram bebês.

Ah, porra. Tempo de parar. O escritor está ficando piegas.

19 de junho de 1987

Hoje Donald Grant mandou meu primeiro exemplar de *A Escolha*. Vem com um bonito visual. Também decidi deixar a NAL ir adiante e preparar ambos os livros da *Torre Negra* em brochura — dar ao povo o que querem. Por que não?

É claro, eu tomei um porre para comemorar... Mas nestes dias, quem precisa de uma ocasião especial?

É um bom livro mas, sob certos aspectos, é como se eu não estivesse absolutamente escrevendo a porra da coisa, é como se ela simplesmente fluísse de mim, como o cordão umbilical saindo do umbigo de um bebê. O que estou tentando dizer é que o vento sopra, o berço balança e às vezes me parece que nada disto é meu, que não passo da porra de uma secretária de Roland de Gilead. Sei que é burrice, mas acho que uma parte de mim acredita nisso. Só que talvez Roland também tenha seu próprio patrão. *Ka?*

Tenho realmente uma tendência a ficar deprimido quando olho para minha vida: as bebedeiras, as drogas, os cigarros. Como se eu estivesse realmente tentando me matar. Ou alguma outra coisa estivesse...

19 de outubro de 1987

Hoje à noite estou em Lovell, na casa da Via do Casco da Tartaruga. Vim para cá para refletir na maneira que estou levando minha vida. Alguma coisa tem de mudar, cara, senão posso acabar dando a caçada por encerrada e estourar os miolos.

Alguma coisa tem de mudar.

O artigo que vem a seguir, extraído do Mountain Ear, *de North Conway (New Hampshire), foi colado no diário do escritor com a data de 12 de abril de 1988:*

SOCIÓLOGO LOCAL REJEITA HISTÓRIAS SOBRE 'APARECIDOS'
por Logan Merrill

Há dez anos, pelo menos, vêm ecoando nas White Mountains relatos sobre os "aparecidos", criaturas que podem ser alienígenas vindos do espaço, viajantes do tempo ou até mesmo "seres de outra dimensão". Numa animada conferência na noite de ontem, na Biblioteca Pública de North Conway, o sociólogo local Henry K. Verdon, autor de *Grupos de Pares e a Criação de Mitos*, usou o fenômeno dos aparecidos para mostrar como os mitos são criados e como se desenvolvem. Disse que, ao que tudo indica, os "aparecidos" foram originalmente criados por adolescentes nas cidades da zona fronteiriça entre o Maine e New Hampshire. Ele também especulou que a aparição de imigrantes ilegais que cruzam a fronteira norte com o Canadá em direção aos estados da Nova Inglaterra podem ter desempenhado um papel na criação deste mito, que se tornou tão difundido.

"Acho que todos nós sabemos", disse o professor Verdon, "que Papai Noel não existe, nem a Fada dos Dentes, nem, na verdade, seres chamados aparecidos. Essas histórias, no entanto...

(continua na p. 8)

O restante do artigo está faltando. Não há qualquer explicação sobre os motivos que podem ter levado King a incluí-lo em seu diário.

19 de junho de 1989

Acabei de voltar de meu "aniversário" de um ano de Alcoólicos Anônimos. Um ano inteiro sem drogas ou bebida! Mal posso acreditar. Nada a lamentar; ficar sóbrio sem a menor dúvida salvou minha vida (e provavelmente meu casamento), mas eu gostaria que não tivesse ficado tão difícil escrever histórias depois disso. As pessoas do "Programa" dizem "não force, a coisa virá", mas há outra voz (penso nela como a Voz da Tartaruga) me dizendo para andar depressa, para seguir adiante, o tempo é curto e tenho que afiar as ferramentas. Por que razão? Por causa da *Torre Negra*, é claro, e não apenas porque continuem chegando cartas de pessoas que leram *A Escolha dos Três* e querem saber o que acontece a seguir. Alguma coisa em mim quer voltar a trabalhar na história, mas a porra é que eu não faço a menor idéia de como voltar.

12 de julho de 1989

Há alguns tesouros impressionantes nas prateleiras aqui em Lovell. Sabe o que achei esta manhã, enquanto procurava algo para ler? *Shardik*, de Richard Adams. Não a história sobre os coelhos, mas aquela sobre o gigantesco urso mitológico. Acho que vou tornar a lê-la.

E ainda não estou escrevendo grande coisa...

21 de setembro de 1989

Tudo bem, isto é relativamente estranho, então se prepare.

Por volta das dez da manhã, enquanto eu estava escrevendo (enquanto estava olhando para o *processador de palavras* e imaginando como seria bom ter pelo menos um barril gelado de Bud), a campainha tocou. Era um sujeito da Casa das Flores de Bangor, com uma dúzia de rosas. Não para Tab, mas para mim. O cartão dizia Feliz Aniversário, dos Mansfield — Dave, Sandy e Megan.

Eu havia esquecido inteiramente, mas hoje faço o Grande 42. Seja como for, peguei uma das rosas e fiquei quase completamente absorto a contemplá-la. Sei como isso parece estranho, acredite, mas foi o que fiz. Parecia estar ouvindo um doce rumor partindo dela e fui simplesmente mergulhando & mergulhando, seguindo as curvas da rosa, como se estivesse penetrando naquelas gotas de orvalho que pareciam grandes como lagos. E, durante todo o tempo, aquele tom murmurante foi ficando mais alto & mais doce, e a rosa foi ficando... bem, mais rosa. E me vi pensando no Jake da primeira história da *Torre Negra*, em Eddie Dean e uma livraria. Lembro inclusive do nome: Restaurante da Mente de Manhattan.

Então, pam! Senti a mão de alguém no meu ombro, virei-me, era Tabby. Queria saber quem me mandou as rosas. Também queria saber se eu caíra no sono. Eu disse que não, mas acho que caí, bem ali na cozinha.

Sabe o que pareceu? Aquela cena no Posto de Parada, em *O Pistoleiro*, quando Roland hipnotiza Jake com uma bala. No entanto sou imune à hipnose. Quando eu era menino, um sujeito me fez subir num palco da Feira de Topsham e tentou me hipnotizar, mas não conseguiu. Pelo que me lembro, meu irmão Dave ficou bastante decepcionado. Ele queria me ver cacarejando como uma galinha.

De qualquer modo, acho que quero voltar a trabalhar na *Torre Negra*. Não sei se estou pronto para uma coisa assim tão complexa — após alguns fracassos nos últimos dois anos, digamos que estou em dúvida —, mas ainda assim quero fazer uma tentativa. Ouço aquelas pessoas de faz-de-conta apelando para mim. E quem sabe? Talvez nesta história haja até um lugar para um urso gigante, como o Shardik, do romance de Richard Adams!

7 de outubro de 1989

Hoje comecei o próximo volume de *A Torre Negra* e — como aconteceu com *A Escolha dos Três* — acabei minha primeira sessão de trabalho me perguntando por quê, em nome de Deus, esperei tanto tempo. Estar com Roland, Eddie e Susannah é como um copo de água fresca. Ou como encontrar velhos amigos após uma longa ausência. E, mais uma vez, há uma sensação de que não estou contando a história, mas apenas fornecendo um canal para que ela flua. E sabem de uma coisa? Para mim tudo está ótimo. Hoje de manhã fiquei sentado quatro horas diante do *processador de palavras* e não pensei uma só vez em bebida ou em qualquer espécie de droga alteradora da mente. Acho que chamarei este volume de *As Terras Devastadas*.

9 de outubro de 1989

Não *Wastelands*, mas *Waste Lands*, Terras Devastadas, em duas palavras, como no poema de T. S. Eliot (acho que é realmente "The Waste Land").

19 de janeiro de 1990

Acabei esta noite *As Terras Devastadas*, após uma maratona de cinco horas corridas de trabalho. As pessoas vão detestar o modo como ele acaba, sem uma conclusão do torneio de adivinhações, e eu mesmo achava que a história devia demorar mais. Não pude, no entanto, fazer nada. Ouvi uma voz falando claramente em minha cabeça (e, como sempre, soava como a voz de Roland): "Encerra isso por agora... fecha teu livro, palavreiro."

Deixando de lado esse suspense no fim, a história me parece boa, mas, como sempre, não tão boa quanto as outras que escrevi. O original é um tijolo com mais de 800 páginas, tijolo que consegui criar em pouco mais de três meses.

Uma verdadeira foda.

Mais uma vez, quase não tem palavras riscadas ou correções. Há alguns probleminhas de continuidade, mas considerando a extensão do livro, mal posso acreditar que sejam tão poucos. Nem posso acreditar como, quando precisava de algum tipo de inspiração literária, o livro certo sempre parecia voar naturalmente para minha mão. Como *The Quincunx*, de Charles Palliser, com todo aquele maravilhoso resmungar da gíria do século XVII. Um jargão que parecia perfeito saindo da boca de Gasher (pelo menos eu achava). E como foi legal ver Jake voltar para a história do modo como ele voltou!

A única coisa que me preocupa é o que vai acontecer com Susannah Dean (que antes era Detta/Odetta). Está grávida e tenho medo de quem ou o quê possa ser o pai. Algum demônio? Não penso exatamente assim. Talvez eu não tenha de lidar com isso até mais uns dois livros na frente. De qualquer modo, minha experiência é que, num livro extenso, sempre que uma mulher fica grávida e ninguém sabe quem é o pai, a história corre o risco de entrar pelo cano. Não sei por quê, como complicador numa trama, a gravidez parece naturalmente sugar!

Ah, bem, talvez isso não importe. Por enquanto estou cansado de Roland e seu *ka-tet*. Talvez possa demorar um pouco para voltar a eles, mesmo achando que os fãs vão berrar para caramba por causa do final de suspense no trem saindo de Lud. Pode gravar o que digo.

Mas estou satisfeito de tê-lo escrito e o fim me parece correto. Sob muitos aspectos, *Terras Devastadas* representa o ponto alto de minha "vida ficcional".

Talvez até mais que *A Dança da Morte*.

27 de novembro de 1991

Lembram quando eu disse que ia ouvir muitas reclamações por causa do final de *Terras Devastadas*? Olhem isto!

A carta a seguir vem de John T. Spier, de Lawrence, Kansas:

16 de novembro de 1991

Caro Sr. King,

Ou devia ir direto ao ponto e dizer "Caro Babaca"?

Não posso acreditar que eu tenha pago tamanha quantidade de dólares pela edição de Donald Grant do seu livro As Terras Devastadas, da coleção sobre o PISTOLEIRO, e tenha recebido o que recebi. Pelo menos a coisa tem um título adequado, pois se trata de uma verdadeira "obra DEVASTADA".

Acho até que a história estava bem, não me interprete mal, até mesmo muito bem, mas como pôde o senhor "grampear" um fim como aquele? Não foi, aliás, absolutamente um fim, mas um simples caso de você se cansar e dizer "ah, bem, que porra, não preciso forçar meu cérebro para escrever um fim, os idiotas que compram meus livros engolem qualquer coisa".

Ia mandá-lo de volta, mas vou ficar com ele porque pelo menos gostei das gravuras (especialmente a do Oi). Mas a história era um vexame.

É capaz de soletrar VEXAME, sr. King? T-R-A-P-A-Ç-A, isto soletra VEXAME.

Seu crítico mais sincero,

John T. Spier
Lawrence, Kansas

23 de março de 1992

Em certo sentido, esta faz com que eu me sinta ainda pior.

A carta a seguir vem da Sra. Coretta Vele, de Stowe, Vermont:

6 de março de 1992

Caro Stephen King,

Não sei se esta carta vai realmente chegar ao senhor, mas a esperança é a última que morre. Li a maioria de seus livros e gostei de todos eles. Sou uma jovem avó de 76 anos de seu "estado irmão" de Vermont e gosto especialmente de suas histórias sobre a *Torre Negra*. Bem, vamos ao ponto. No mês passado fui consultar um grupo de oncologistas no hospital Mass General e eles me disseram que o tumor cerebral que eu tenho parece ser mesmo maligno (a princípio tinham dito: "não se preocupe, Coretta, é benino"). Sei, é claro, que o senhor tem de fazer o que tem de fazer, Sr. King, e "seguir sua musa", mas o que estão dizendo é que eu terei sorte se conseguir ver o 4 de Julho deste ano. Acho então que li meu último "história da *Torre Negra*". Por isso o que me pergunto é: poderia me dizer como a história da Torre Negra termina, pelo menos se Roland e seu "Ka-tet" chegam realmente à Torre Negra? E se assim for, o que encontram lá? Prometo não dizer uma palavra a uma alma e o senhor estará tornando uma moribunda muito feliz.

Sinceramente,

Coretta Vele
Stowe, Vt.

Eu me sinto realmente uma merda quando penso em como fiquei satisfeito com relação ao final de *Terras Devastadas*. Preciso responder à carta de Coretta Vele, mas não sei o que dizer. Poderia fazê-la acreditar que sei tanto quanto ela sobre o fim da história de Roland? Duvido muito e, no entanto, "essa é a verdade", como diz Jake em sua Redação Final. Sei tanto o que há dentro daquela abençoada Torre quanto... bem, quanto Oi! Inclusive só fiquei sabendo que ela estava num campo de rosas quando a coisa saiu da ponta dos meus dedos e apareceu no monitor de meu novo computador Macintosh! Coretta aceitaria isso? Qual seria a reação dela se eu dissesse: "Escute, Cory: o vento sopra e a história vem. De repente ele pára de soprar e tudo que posso fazer é esperar, exatamente como você."

As pessoas acham que estou no comando, cada uma delas, do crítico mais inteligente ao leitor menos mentalmente equipado. E isso é muito engraçado.

Porque não estou.

22 de setembro de 1992

A edição Grant de *As Terras Devastadas* está esgotada e a edição em brochura está indo muito bem. Eu devia estar feliz e acho que estou, mas continuo recebendo uma tonelada de cartas sobre o suspense do final. Elas se encaixam em três grandes categorias: pessoas que estão irritadas, pessoas que querem saber quando vai sair o próximo livro da série e pessoas irritadas que querem saber quando vai sair o próximo livro da série.

Mas estou emperrado. O vento daqueles lados simplesmente não está soprando. Pelo menos não agora.

Enquanto isso, tive uma idéia para um romance sobre uma senhora que compra um quadro numa casa de penhores e depois acaba caindo dentro dele. Ei, quem sabe ela não caia no Mundo Médio e encontre Roland!

9 de julho de 1994

Eu e Tabby quase não brigamos desde que parei de beber, mas ah, cara, hoje de manhã tivemos um bom atrito. Estamos na casa de Lovell, é claro, e quando eu me aprontava para dar minha caminhada matinal, ela me mostrou uma história que saiu hoje no *Sun*, de Lewiston. Parece que um homem de Stoneham, Charles "Chip" McCausland, foi atropelado e morto por um motorista (que fugiu) enquanto caminhava na rota 7. Que é a estrada onde caminho, claro. Tabby tentou me convencer a ficar na Via do Casco da Tartaruga, eu tentei convencê-la de que tinha tanto direito a usar a rota 7 quanto qualquer outra pessoa (e para falar a verdade, ando menos de um quilômetro no asfalto) e, a partir daí, as coisas foram piorando. Por fim ela me pediu que, pelo menos, parasse de andar no Slab City Hill, onde há muitas curvas fechadas e não há para onde pular se algum carro sair da estrada e invadir o acostamento. Eu disse a ela que ia pensar no assunto (daria meio-dia antes que eu conseguisse sair de casa, se continuássemos a falar), mas na verdade não pretendo viver com medo. Além disso, me parece que o pobre sujeito de Stoneham levou a chance de eu ser atropelado durante a caminhada para uma em um milhão. Disse isto a Tabby e ela respondeu: "As chances de você ser tão bem-sucedido como escritor como tem sido eram ainda menores. Foi você quem disse."

A isso nada pude acrescentar.

19 de junho de 1995 (Bangor)
Eu e Tabby acabamos de chegar do Bangor Auditorium, onde nosso caçula (e mais uns quatrocentos colegas) finalmente conseguiu um canudo. Agora ele tem oficialmente o diploma de secundarista. A Bangor High e os Bangor Rams já passaram. Vai estar começando a universidade no outono e então eu e Tab teremos de começar a lidar com a sempre popular Síndrome do Ninho Vazio. Todo mundo diz que isso passa num piscar de olhos, você responde claro claro claro... e aí a coisa passa mesmo.

Porra, estou triste.

Me sinto perdido. Mas, afinal, qual é o problema? Bem, tudo é uma grande corrida do berço até o túmulo? Até "a clareira no fim do caminho"? Jesus, é deprimente.

Esta tarde vamos para Lovell e da casa na Via do Casco da Tartaruga... Owen diz se juntará a nós em um ou dois dias. Tabby sabe que quero escrever perto do lago e, rapaz, ela está tão intuitiva que fico com medo. Quando voltávamos da cerimônia de formatura, ela me perguntou se o vento não estava soprando de novo.

De fato está e, desta vez, é logo um vendaval. Não vejo a hora de começar o próximo volume da série da *Torre Negra*. Já é tempo de descobrir o que acontece no torneio de adivinhação (que Eddie vai explodir a mente computadorizada de Blaine com "perguntas tolas" — isto é, adivinhações — é algo que já sei há vários meses), mas acho que desta vez esta não é a história principal. Quero escrever sobre Susan, o primeiro amor de Roland, e quero situar o "romance caubói" dos dois numa região fictícia do Mundo Médio chamada Mejis (isto é, México).

É tempo de selar o cavalo e dar outro passeio com a Turma Braba.

Enquanto isso, minha garotada vai indo bem, embora Naomi tenha tido algum tipo de reação alérgica, talvez a mariscos...

19 de julho de 1995 (Via do Casco da Tartaruga, Lovell)
Como nas minhas expedições anteriores ao Mundo Médio, me sinto como alguém que acabou de passar um mês num trenó a jato. Chapado e com visões alucinatórias. Achei que ia ser mais difícil começar este livro, muito mais, só que foi de novo tão fácil quanto calçar um velho e confortável par de sapatos, ou aquelas botas curtas estilo *western* que achei no

Bally's de Nova York três ou quatro anos atrás e que ainda não consegui largar.

Já completei mais de 200 páginas e fiquei deliciado ao ver Roland e seus amigos investigando os restos da supergripe; e encontrando pistas de Randall Flagg e da Mãe Abagail.

Acho que Flagg pode acabar se revelando como Walter, o velho oponente de Roland. Seu verdadeiro nome é Walter das Sombras e, no início, ele era apenas um peão rural. O que tem perfeita lógica, sob certo ponto de vista. Agora posso ver como, em maior ou menor grau, cada história que já escrevi é sobre esta história. E acredite, isto não me causa problema. Escrever esta história me dá sempre aquela sensação de estar chegando em casa.

Mas por que isso também sempre parece perigoso? Por que devo estar tão convencido de que se um dia eu cair sobre minha mesa, morto de um enfarte (ou se for atropelado numa caminhada, provavelmente na rota 7), a coisa acontecerá quando eu estiver trabalhando numa dessas Estranhas Histórias de *western*? Acho que isso acontece porque sei quanta gente está confiando que vou concluir o ciclo. E eu quero concluí-lo! Deus, sim! Nada de *Contos de Canterbury* ou *O Mistério de Edwin Drood* no meu currículo, muitíssimo obrigado, a não ser que eu não possa mesmo evitar. E no entanto tenho sempre a sensação de que alguma força anticriativa está rondado à minha volta e que fico muito mais visível quando estou trabalhando nessas histórias.

Bem, chega de crise de nervos. Vou fazer minha caminhada.

2 de setembro de 1995

Minha expectativa é acabar o livro em cinco semanas. Este tem sido mais desafiador, mas a história me chega em detalhes maravilhosamente ricos. Vi ontem à noite *Os Sete Samurais*, de Kurosawa, e me perguntei se aquilo não indicaria o rumo mais correto para o volume seis, *Os Lobisomens do Fim do Mundo* (ou coisa parecida). Provavelmente eu devia dar uma olhada nas pequenas locadoras de vídeo de beira de estrada que existem por aqui e ver se alguma delas tem *Sete Homens e um Destino*, que é a versão americanizada do filme de Kurosawa.

Falando de beira de estrada, hoje à tarde quase tive de mergulhar numa vala para me esquivar de um cara numa van — guinando de um lado para o outro, muito claramente embriagado — no último trecho da rota 7. Foi antes do acostamento relativamente bom nos arredores da Via do Casco da Tartaruga. Acho que nem vou mencionar isto a Tabby; ela ficaria furiosa. De qualquer modo, já tive meu "susto de pedestre" e fico satisfeito que não tenha acontecido no trecho da Slab City Hill.

19 de outubro de 1995

Demorou um pouco mais do que eu pensava, mas hoje à noite terminei *Mago e Vidro*...

19 de agosto de 1997

Eu e Tabby acabamos de nos despedir de Joe e sua boa esposa; eles estão voltando para Nova York. Fiquei satisfeito em poder dar a eles um exemplar de *Mago e Vidro*. Hoje chegou o primeiro pacote de livros em versão final. O que tem melhor aparência & cheiro que um novo livro, principalmente se o seu nome estiver na capa? Meu trabalho é o melhor do mundo; gente de verdade me paga dinheiro de verdade para passar o tempo na minha imaginação. Onde, eu devia acrescentar, as únicas pessoas que me parecem de fato reais são Roland e os membros de seu *ka-tet*.

Acho que os LFs* vão realmente gostar deste livro e não só pelo fato de ele concluir a história de Blaine, o Mono. Eu me pergunto se a Vovó de Vermont, com o tumor no cérebro, ainda está viva? Suponho que não, mas se estivesse, gostaria muito de lhe mandar um exemplar...

6 de julho de 1998

Hoje à noite, eu, Tabby, Owen e Joe fomos até Oxford para ver o filme *Armageddon*. Gostei mais do que esperava, em parte porque minha família estava comigo. O filme é pura ficção científica e está todo voltado para essa coisa do fim do mundo. O que me fez pensar na Torre Negra e no Rei Rubro. Provavelmente não é de admirar.

---

* Leitores Fiéis. (N. do A.)

De manhã trabalhei um pouco em minha história passada no Vietnã, trocando a escrita à mão pelo *PowerBook,* então acho que estou levando a coisa a sério. Gosto do modo como Sully John reapareceu. Pergunta: Será que Roland Deschain e seus amigos algum dia vão encontrar Ted Brautigan, parceiro de Bobby Garfield? E exatamente quem são os homens baixos que caçam o velho Tedster? Cada vez mais meu trabalho parece uma tina inclinada através da qual tudo acaba desaguando no Mundo Médio e no Fim do Mundo.

A Torre Negra é minha uberhistória, sobre isso não há dúvida. Quando estiver pronta, pretendo dar uma aliviada. Talvez me aposentar completamente.

7 de agosto de 1998

Hoje à tarde dei meu passeio habitual e à noite levei Fred Hauser comigo para o encontro dos AA em Fryeburg. Na volta, ele me pediu para ser seu padrinho e eu disse que sim; acho que finalmente está falando sério quando diz que quer parar de beber. Que bom. De qualquer modo, a conversa acabou girando em torno dos chamados "aparecidos". Ele diz que nunca houve tantos na região das Sete Cidades como agora, e gente de todo tipo anda comentando sobre eles.

— Então como eu nunca ouvi nada sobre isso? — perguntei. Mas em vez de resposta, só recebi um olhar extremamente esquisito. Continuei atiçando e e finalmente Fred explicou:

— As pessoas não gostam de falar perto de você, Steve, porque há informes da aparição de duas dúzias de aparecidos na Via do Casco da Tartaruga nos últimos oito meses e você alega que não viu nenhum.

A resposta me pareceu despropositada e não fiz comentários. Só depois do encontro — e depois de deixar meu novo colega em casa — é que percebi o que ele estava dizendo: as pessoas não falam sobre os "aparecidos" perto de mim porque acham que, de alguma forma louca, EU SOU RESPONSÁVEL. Achei que já estava realmente me acostumando a ser o "bicho-papão da América", mas isto é realmente um tanto ultrajante...

2 de janeiro de 1999 (Boston)

Esta noite eu e Owen estamos no Hyatt Harborside e amanhã rumamos para a Flórida. (Tabby e eu andamos falando em comprar uma

casa por lá, mas não dissemos nada às crianças; quero dizer, eles têm apenas 21, 25 e 27 anos... talvez, quando estiverem um pouco mais velhos para compreender certas coisas, ha-ha). Um pouco mais cedo encontramos com Joe e vimos com ele um filme chamado *Hurlyburly, Tumulto*, baseado na peça de David Rabe. Muito estranho. Falando de estranho, tive um tipo de pesadelo de noite de Ano Novo antes de sair do Maine. Não consigo lembrar exatamente como foi, mas de manhã, quando acordei, vi que tinha escrito duas coisas no meu livrinho de sonhos. Uma era Bebê Mordred, tipo alguma coisa saída de uma charge de Chas Addams. Acho que posso compreender isso; só pode se referir ao bebê de Susannah nas histórias da *Torre Negra*. É a outra coisa que me deixa perplexo. A inscrição diz 19/6/99, Ó Discórdia.

Discórdia também soa como alguma coisa saída da série *Torre Negra*, mas não é nada que eu tenha criado. Quanto a 19/6/99 é uma data, certo? Significando o quê? Dezenove de junho deste ano. Nessa data eu e Tabby já devemos estar de volta à casa da Via do Casco da Tartaruga, mas pelo que posso me lembrar não é aniversário de ninguém.

Talvez seja a data em que vou encontrar meu primeiro aparecido!

12 de junho de 1999

É maravilhoso estar de volta ao lago!

Decidi tirar dez dias de folga, depois finalmente voltar a trabalhar no livro sobre-como-escrever. Estou curioso sobre Corações em Atlântida; será que as pessoas vão querer saber se Ted Brautigan, amigo de Bobby Garfield, desempenha um papel na saga da *Torre*? A verdade é que eu realmente não sei a resposta. De qualquer modo, os leitores da histórias da *Torre* têm caído bastante ultimamente — os números são realmente decepcionantes comparados aos de meus outros livros (com exceção de *Rose Madder*, que foi um autêntico buraco negro, pelo menos no sentido comercial). Mas isso não importa, pelo menos para mim, e se a série ficar realmente completa, as vendas podem aumentar.

Eu e Tabby tivemos outra discussão sobre minha rota de caminhada; ela tornou a me pedir para não pegar a estrada principal. Também me perguntou se "o vento já está soprando". Ou seja, se já estou pensando na próxima história da *Torre Negra*. Disse que não, *commala*-vem-vem, história é que ainda não tem. Mas terá e nela há uma dança chamada *commala*. É a única coisa que vejo claramente: Roland dançando. Por quê, ou para quem, eu não sei.

De qualquer modo, perguntei a T. por que ela queria saber da *Torre Negra* e ela respondeu:

— Você está mais seguro quando está com os pistoleiros.

Brincando, eu acho, mas uma <u>estranha</u> brincadeira para T. Não muito de acordo com seu temperamento.

<u>17 de junho de 1999</u>

Conversa hoje à noite com Rand Holston e Mark Carliner. Ambos parecem entusiasmados com a idéia de passar da *Tempestade do Século* para *A Casa Adormecida* (ou *Kingdom Hospital*), mas qualquer um deles me daria força de novo.

Ontem à noite sonhei com minha caminhada & acordei chorando. <u>A Torre vai cair</u>, pensei. <u>Oh Discórdia, o mundo escurece.</u>

????

Manchete do Press-Herald *de Portland, 18 de junho de 1999:*

FENÔMENO DOS "APARECIDOS" NO OESTE DO MAINE CONTINUA A DESAFIAR EXPLICAÇÕES

<u>19 de junho de 1999</u>

Isto é como um daqueles momentos em que todos os planetas ficam alinhados, só que neste caso é minha família toda em fila aqui na Via do Casco da Tartaruga. Joe e a família dele chegaram por volta do meio-dia; o garoto deles é realmente uma gracinha. Diga a verdade! Às vezes me olho no espelho e digo: "<u>Você é avô.</u>" E o Steve no espelho apenas ri, porque a idéia é tão ridícula. O Steve no espelho sabe que ainda sou um segundanista da universidade, de dia indo para as aulas e protestando contra a guerra no Vietnã, à noite tomando cerveja no Pat's Pizza com Flip Thompson e George McLeod. E quanto a meu neto, o belo Ethan? Ele só puxa o balão amarrado em seu dedo do pé e ri.

A filha Naomi e o filho Owen chegaram tarde ontem à noite. Tivemos um grande jantar do Dia dos Pais; as pessoas me dizendo coisas tão bonitas que cheguei a ficar com a sensação de já ter morrido! Deus, tenho sorte de ter uma família, sorte de ter mais histórias para contar, sorte de continuar vivo. A pior coisa que pode acontecer esta semana, eu espero, seria a cama de minha esposa desabar com o peso de nosso filho e nossa nora — os idiotas estavam se engalfinhando nela.

Sabe de uma coisa? Afinal, estou pensando em voltar para a história de Roland. Assim que concluir o livro sobre como escrever (realmente *On Writing* não seria um mau título — é simples e vai direto ao ponto). Mas neste momento o sol está brilhando, o dia é belo e o que vou fazer é dar um passeio.

Mais tarde, talvez.

Do Telegram *de Portland, edição de domingo, 20 de junho de 1999:*

STEPHEN KING MORRE PERTO DE SUA CASA EM LOVELL

O POPULAR ESCRITOR DO MAINE É MORTO À TARDE ENQUANTO FAZIA SUA CAMINHADA

TESTEMUNHA ALEGA QUE O HOMEM QUE DIRIGIA A VAN LETAL "DESVIOU OS OLHOS DA ESTRADA" AO SE APROXIMAR DE KING NA ROTA 7

por Ray Routhier

LOVELL, ME. (exclusivo): O mais popular escritor do Maine foi atropelado e morto por uma van enquanto caminhava perto de sua casa de veraneio ontem à tarde. A van era dirigida por Bryan Smith, de Fryeburg. Segundo fontes próximas ao caso, Smith admitiu que "desviou os olhos da estrada" quando um de seus rottweilers saiu dos fundos da van e começou a farejar em um isopor atrás do banco do motorista.

"Nem cheguei a vê-lo", é o que se afirma que Smith teria declarado logo após o atropelamento, que teve lugar num trecho da estrada chamado pelos habitantes locais de Slab City Hill.

King, autor de livros tão populares quanto *A Coisa*, *'Salem*, *O Iluminado* e *A Dança da Morte*, foi levado para o Northern Cumberland Memorial Hospital, em Bridgton, onde foi dado como morto às 18h02 de sábado. Tinha 52 anos.

Uma fonte do hospital disse que a morte ocorreu em virtude de profundos ferimentos na cabeça. A família de King, que tinha se reunido para comemorar o Dia dos Pais, está recolhida...

Commala-venha-venha
A batalha agora começou!
E todos os adversários dos homens e da rosa
Se erguem com o pôr do sol.

Nota do Narrador

Gostaria mais uma vez de reconhecer as inestimáveis contribuições de Robin Furth, que leu os originais deste romance — e daqueles que o precederam — com grande e simpática atenção ao detalhe. Se esta história cada vez mais complexa se mantiver coerente, é Robin quem devia ficar com a maior parte do crédito. E se não acredita nisso, consulte seu índice de termos e significados da *Torre Negra*, coisa em si mesma fascinante e que deve ser lida.

Devo também agradecimentos a Chuck Verrill, que editou os últimos cinco volumes do ciclo da Torre e aos três outros editores, dois grandes e um pequeno, que colaboraram para transformar este maciço projeto em realidade: Robert Wiener (Donald M.Grant, Publisher), Susan Petersen Kennedy e Pamela Dorman (Viking), Susan Moldow e Nan Graham (Scribner). Agradecimentos especiais ao agente Moldow, cuja ironia e coragem nos pouparam momentos muito tristes. Há outros, muitos, mas não vou chateá-lo com a lista inteira. Afinal, não estamos dando a porra dos Prêmios da Academia, certo?

Certos detalhes geográficos neste livro e no último romance do ciclo da Torre foram ficcionalizados. As pessoas reais mencionadas nestas páginas foram usadas de um modo ficcional. E pelo que sei, nunca houve armários de bagageiro funcionando a fichas no World Trade Center.

Quanto a você, Leitor Fiel...

Mais uma volta do caminho e chegamos à clareira.

Venha comigo, naum acha bom?

Stephen King
28 de maio de 2003
(Diga obrigado Senhor.)

1ª EDIÇÃO [2009] 10 reimpressões

ESTA OBRA FOI COMPOSTA PELA ABREU'S SYSTEM EM ADOBE GARAMOND
E IMPRESSA EM OFSETE PELA GEOGRÁFICA SOBRE PAPEL PÓLEN SOFT DA
SUZANO PAPEL E CELULOSE PARA A EDITORA SCHWARCZ EM NOVEMBRO DE 2016

MISTO
Papel produzido
a partir de
fontes responsáveis
FSC® C019498

A marca FSC® é a garantia de que a madeira utilizada na fabricação do papel deste livro provém de florestas que foram gerenciadas de maneira ambientalmente correta, socialmente justa e economicamente viável, além de outras fontes de origem controlada.